Jenny-Mai Nuyen

KALT WIE SCHNEE, HART WIE EISEN

Jenny-Mai Nuyen

KALT WIE SCHNEE, HART WIE EISEN

cbt

Bei diesem Buch wurden die durch das verwendete Material und die Produktion entstandenen CO_2-Emissionen ausgeglichen, indem der cbj-Verlag ein Projekt zur Aufforstung in Brasilien unterstützt.
Weitere Informationen zu dem Projekt unter:
www.ClimatePartner.com/14044-1912-1001

MIX
Papier aus verantwortungsvollen Quellen
FSC® C083411

Wir produzieren
Klimaneutral
ClimatePartner.com/14044-1912-1001
Druckprodukt

Penguin Random House Verlagsgruppe
FSC® N001967

1. Auflage
Originalausgabe September 2021

Lektorat: Luitgard Distel
Umschlaggestaltung: Carolin Liepins, München,
unter Verwendung von Motiven von
© Shutterstock.com (Willyam Bradberry, Aleshyn_Andrei (2×), Dream Expander, Jingjing Yan, higyou, adezhda F, Rafal Szozda)
kk · Herstellung: ik
Satz: GGP Media GmbH, Pößneck
Druck: CPI books GmbH, Leck
ISBN 978-3-570-31341-1

Printed in Germany

www.cbj-verlag.de

Denn was ist die Welt wert – ohne ein Herz, um sie zu lieben?

Achte elfische Frage der Weisheit

Figurenverzeichnis

Die Elfen

Laurien	Heerführerin
Alarion	Weise vom Brunnen
Niran	Weiser vom Brunnen
Gajadis	Weiser vom Brunnen
Erinian	Befehlshaber der Bogenschützen
Savionne	Befehlshaberin der Wasserschwerter

Die Menschen

Kanemô	Königstochter
Heganen	Rebellenführer
Perakín	Rebell
Gerothen	Perakíns Bruder
Fürst Githeon	Perakíns und Gerothens Vater
Madurahan	Hohepriesterin

Die Zwerge

Sagrik	Bibliothekar König Sagamenons
Liotan	Zauberin

Prolog

Auf Zehenspitzen spähte Kanemô aus dem Palastfenster. Ihre Nasenspitze ragte nur knapp über die Mauerkante. Sie hätte ihre Mutter bitten können, sie auf den Arm zu nehmen, aber die Königin wirkte angespannt und hielt sich ein Taschentuch vor die Nase. Außerdem wusste Kanemô, dass sie mit sechs Sommern eigentlich zu alt war, um noch getragen zu werden wie ein kleines Kind. Trotzdem sehnte sie sich danach, von ihrer Mutter in die Arme genommen zu werden.

Dicke Rauchschwaden drangen aus dem Eisenturm, der mitten im Palasthof in die Höhe ragte. Der Rauch wehte zu ihnen herein und kratzte Kanemô in der Kehle.

»Wer hätte gedacht, dass wir einmal schlechtere Luft haben würden als das Volk unten in der Stadt?«, murmelte eine Hofdame.

Das Gefolge der Königin hatte sich hinter Kanemô und ihrer Mutter versammelt und spähte ebenfalls durch die Fenster nach draußen.

»Es kommt ja auch nicht oft vor, dass ein Drache im Sterben liegt«, flüsterte eine andere Hofdame gedämpft durch ein vorgehaltenes Taschentuch.

Der Wind trieb den dichten Rauch draußen auseinander und Kanemô erhaschte einen Blick auf einen blassgolden geschuppten Schwanz, der aus einer der höhlenartigen Öffnungen des Eisenturms hing. Gestern hatte der Schwanz sich noch vor Schmerzen gekrümmt, heute Morgen fehlte dem Drachen selbst dafür die Kraft. Eine seiner Klauen ragte zitternd aus der Höhle wie ein Ast ohne Blätter. Längst spie das Geschöpf keine Flammen mehr, doch mit jedem rasselnden Atemzug drang Qualm aus seiner Höhle im Eisenturm, jede Menge Qualm, beißend wie Pestgestank.

Die Hofdamen stießen entsetzte Laute aus, als der Drache sich auf einmal bewegte und sein Kopf in der Öffnung sichtbar wurde. Sein gelbes Auge funkelte im Schatten. Er schien auf den Palast aus grünem Marmor hinabzublicken, dann über die Villen des Adels, die gepflegten Steinhäuser der Bürger und die nestartigen Hütten der Armen weiter unten hinweg bis zu den Feldern und Hügeln in der Ferne – auf jene Welt, in die er nie gehört hatte.

»Ist er blind?«, fragte jemand.

»Nein. Und er wird wieder gesund!«, murmelte die Königin.

Keine Hofdame wagte zu widersprechen.

Kanemô wusste, dass schon vier Drachen gestorben waren, seit ihr Vater, König Sagamenon, regierte. Niemand wusste weshalb. Der König erschuf auch keine neuen Drachen. Man sagte, ihm fehle das Talent, um diese prächtigsten aller Bestien aus dem Zauberkessel emporsteigen zu lassen. Dieser Kessel thronte auf dem höchsten Plateau des Eisenturms – ein ungeheuerliches Gefäß aus Eisen, das nicht von Menschenhand erschaffen worden war, sondern sich manifestiert hatte, als die Berge vor Jahrhunderten unter der Einwirkung von Zauberei geborsten waren. Damals war der Eisenturm erschienen, ein Pfeiler aus geschmolzenem und wieder erhärtetem Metall, krumm und um sich selbst gewunden und voller unheimlicher Hohlräume und Höhlen. Ganz oben thronte der Zauberkessel, der in den Himmel starrte wie eine leere Augenhöhle. Früher waren die Höhlen des Eisenturms voller Drachen gewesen, manche groß wie Schiffe, andere kaum von geflügelten Schlangen zu unterscheiden. Es hatte ölschwarze gegeben mit glutroten Augen, graue mit bläulichen Bäuchen und andere in allen Nuancen des Feuers, das sie spien. Doch dieser, mittelgroß und von sonnenbleicher Färbung, war der letzte Drache.

Erneut erschollen Rufe des Entsetzens. Der Drache ließ den Kopf sinken. Sein Nacken knackte, als würden Steinquader bersten, und aus dem Maul drang ein letztes Fauchen, gefolgt von einem Schwall Kriechglut, die hundert Fuß tiefer über den Hof spritzte und einen Heuwagen in Brand setzte.

»Er ist tot«, flüsterte jemand.

Kanemô blickte zu ihrer Mutter auf. Die Königin ließ sich keine Regung anmerken.

Wenig später kam der König die Treppe des Eisenturms herabgestiegen, die sich teils außen um das Gebäude wand, teils im Inneren hinabführte. Der König hatte bei der kranken Bestie gewacht, ohne zu schlafen oder zu essen. Seine Haut, sein blondes Haar, sein Bart und die Gewänder waren schwarz vor Ruß. Umso heller wirkten seine Augen und seine Zähne, entblößt in einem unheimlichen Lächeln.

Kanemô schauderte. Es gab niemanden, den sie so sehr fürchtete wie ihren Vater. Als Tochter war es ihre Pflicht, ihn zu lieben, das wusste sie, aber wann immer sie ihm vorgeführt wurde, empfand sie nichts als Angst. Sie hatte schon miterlebt, wie er seine Bestien auf Diener, Berater und sogar Ritter losgelassen hatte, nur weil diese ein falsches Wort gesagt hatten.

Ihr Lehrmeister hatte ihr erzählt, dass es früher schon hin und wieder Könige gegeben hatte, die keine Drachen aus dem Zauberkessel steigen lassen konnten, sodass man sie nicht mit dem ehrwürdigen Titel *Drachenmacher* angeredet hatte. Aber Bestien wurden von Vater zu Sohn vererbt. In der gesamten Geschichte Ivenhalls war es jedoch noch nie vorgekommen, dass ein König ganz ohne Drachen herrschte. Die Drachen waren es, die Ivenhall unbesiegbar machten.

»Bringt mir Weihrauch und Salpeter, Weidenwurzeln und Quecksilber!«, rief der König seinen Gefolgsleuten zu, die unten im Hof versammelt waren. »Ich werde einen Drachen erschaffen!«

Keiner seiner Untertanen ließ sich irgendwelche Zweifel anmerken. Man brachte die gewünschten Zutaten dem König, der beladen mit den Ingredienzen hinauf zum Zauberkessel stieg. Kanemô hörte den Wind, der sich in dem riesigen Kessel verfing und mit Aberhundert Stimmen heulte. Der König hob die Arme und goss die Ingredienzen in das mächtige Gefäß. Nebel wallte über den Rand des Turms und hüllte ihn ein, sodass weder der Kessel noch der König mehr zu sehen war.

Kanemô, die Königin und ihre Hofdamen verließen die Fenster, um sich an das längst kalt gewordene Frühstück zu setzen. Sie aßen nur wenig und widmeten sich dann ihren Stickarbeiten, vertieft in sorgenvolles Schweigen. Der Tod des Drachen war ein schwerer Schlag für Ivenhall.

Kanemô wollte ihre Mutter aufmuntern und traute sich zu sagen: »Vielleicht kehrt Vater ja mit einem neuen Drachen wieder.« Aber ihre Mutter blickte sie mit so harten Augen an, dass Kanemô danach lieber den Mund hielt.

Dann, am späten Nachmittag, verstummte der Wind im Kessel. Ein Knistern schien die Luft zu erfüllen. Alle Edelfrauen liefen wieder an die Fenster. Noch immer wallte Nebel vom Eisenturm herab, aber er schien sich zu lichten. Ein Schatten hoch oben auf dem Eisenturm wurde sichtbar. Doch es war kein Drache. Es war eine Werkatze.

Die Bestie hatte Ähnlichkeit mit einem Löwen, war jedoch groß wie ein Pferd und besaß ein beunruhigend menschliches

Antlitz. Einen Moment lang schien sie Kanemô direkt anzustarren. Ein stiller Hass loderte in ihrem Blick und verriet, dass sie nicht freiwillig in diese Welt gekommen war.

Die Werkatze neigte den Kopf. König Sagamenon war hinter ihr aufgetaucht, griff in ihre Mähne und zog sich auf ihren Rücken. Auch der König starrte voller Hass auf den Palast, als sei es die Schuld der Königin – die Schuld seiner kleinen Tochter –, dass er wieder keinen Drachen hatte erschaffen können.

In den kommenden Tagen schöpfte der König wieder und wieder aus dem Zauberkessel und verschwand länger im Nebel, als es für einen Menschen gut sein konnte. Aber nie brachte er einen Drachen hervor. Nur Werkatzen, langbeinige Einhörner mit säbelkrummen spitzen Zähnen und ein Rogstier folgten ihm aus dem Nebel wie Gespenster seines Zorns. Kam er mit seiner Bestie den Eisenturm herab, zitterten die Hofleute. Früher hatten kleinste Fehltritte seiner Untergebenen gereicht und er hatte die Bestien auf sie gehetzt. Jetzt bedurfte es oft nicht einmal mehr eines Anlasses.

Dann verschwand die Königin.

Kanemô erwachte eines Morgens allein und eine schreckliche Vorahnung ballte sich wie ein Klumpen in ihrem Magen zusammen. Bisher hatte sie immer mitbekommen, wenn ihre Mutter aufstand.

Die Königin entstammte dem Geschlecht der Hohen Elfen von Madgar Yhs. Man sagte den Elfen nach, dass sie sich lautlos bewegen konnten, wenn sie es wollten. Und so war es wohl auch. Es gab keinen Abschiedsbrief. Keinen Hinweis, wohin oder warum sie gegangen war.

König Sagamenon verkündete, dass seine Gemahlin eine Verschwörerin gewesen sei und die letzten Drachen von Ivenhall im

Auftrag von Madgar Yhs vergiftet habe. Mit dieser Begründung erklärte der König den Elfen den Krieg, und alle Elfen, ob Hohe Elfen oder Nachtelfen, ob in Madgar Yhs geboren oder in den Reichen der Menschen, wurden verfolgt und getötet.

Kanemô wurde mitten in der Nacht aus dem Palast geschafft, an einen geheimen Ort verbannt und vergessen.

Sie aber vergaß nicht.

Teil eins:

Königstochter

1

Über den gewundenen Pfad entlang der Küste stieg ein Wanderer zum Mondtempel herauf. Er hatte sich die Kapuze ins Gesicht gezogen, um sich gegen die Gischt zu schützen, die an den Klippen emporsprühte, sein Umhang flatterte im Wind und gelegentlich leuchtete ein Wams mit Goldsäumen darunter hervor. Seine Beine steckten in Seidenstrümpfen und er trug Schuhe mit Goldschnallen und Absätzen, eher gemacht für Tänze auf Marmorböden als für Fußmärsche durch das nördliche Hochland.

Kanemô hielt in ihrer Arbeit am Webstuhl inne, als sie ihn durch das Fenster des Höhlenzimmers entdeckte. Es geschah nicht oft, dass sie Besuch bekamen. Wenn doch, waren es meistens Frauen aus den Fischerdörfern oder dem umliegenden Hochland, die den Segen für ein krankes Kind erbaten. Dieser Besucher wirkte nicht wie jemand aus der Gegend.

»Was gibt es zu sehen?«, fragte Silan, eine der zwölf Priesterinnen des Tempels.

Bevor Kanemô antworten konnte, hatte sich die Priesterin erhoben und spähte aus dem Fenster, wobei sie den Kopf nach allen Seiten reckte. Silan, deren Haar schon ergraut war, hatte nicht mehr die besten Augen, vor allem zu dieser Jahreszeit, da es früh dunkel wurde und der Nebel bereits nach Frost schmeckte.

»Er sieht wie ein hoher Herr aus«, kam Kanemô ihr zu Hilfe. »Aber warum ist er zu Fuß und nicht zu Pferd?«

Silan warf ihr einen mahnenden Blick zu. Sie wusste wohl, was Kanemô dachte: dass es ein königlicher Gesandter sein könnte.

»Ihr bleibt hier und arbeitet weiter«, befahl die Priesterin Kanemô und den beiden anderen Novizinnen Perasia und Letanna, die ebenfalls vor einem Webstuhl saßen und die Hälse reckten, um nach draußen zu blicken. Sie waren etwas jünger als Kanemô, Töchter des Kleinadels vom Hochland, die nicht verheiratet werden konnten und darum den Mysterien des Mondes geweiht worden waren. Sie schienen sich mit ihrem Schicksal abgefunden zu haben – vielleicht, weil sie so jung hergebracht worden waren und kaum etwas anderes kannten. Dasselbe traf auf Kanemô zu, aber sie konnte sich nicht damit abfinden.

Ihr Herz schlug ihr bis in die Magengrube, als sie den Besucher zwischen den Säulen des Tempels verschwinden sah. Vielleicht war er tatsächlich ein Bote des Königs von Ivenhall? Welche Kunde mochte er bringen? Derzeit gab es viele Gerüchte ... Sie drangen selbst bis hierher, an die unwirtlichen Küsten des Nordmeeres: geraunte Worte zwischen Wolllieferungen, Klagen einer betenden Mutter, die Lieder vorbeiziehender Schafshirten – sie alle brachten Kunde, dass die Territorien gegen das Reich rebellierten. Selbst aus dieser Gegend hier, so hieß es, waren junge Männer aufgebrochen, um sich den Rebellen anzuschließen.

Mehr aus Gewohnheit als aus Gehorsam widmete Kanemô sich wieder ihrer Arbeit. Sie ließ das Schiffchen zwischen den aufgespannten Fäden hindurchtauchen, auf und ab, auf und ab, tagaus, tagein – seit sie sechs Jahre zählte. Und nun war sie eine junge Frau. Eine junge Frau ... als ob das hier etwas bedeuten würde! Die Götter wussten es, manchmal vergaß sie schon, wer sie war. Manchmal war sie wirklich nur eine Novizin des Mondtempels, nichts als ein weiteres blasses Gesicht in der langen Abfolge blasser Gesichter, die in den Steinhallen ihr Leben wegatmeten. Aber wann immer ein Besucher kam, der ein königlicher Gesandter sein könnte, lichtete sich der Staub der Stunden, und sie erinnerte sich, dass sie einst, in einem anderen Leben, die erstgeborene

Tochter König Sagamenons gewesen war, Prinzessin von Ivenhall. Weggesperrt von ihrem Vater, nachdem ihre Mutter verschwunden war.

Es klang für sie beinah schon wie ein Märchen.

Dann aber hielt sich Kanemô doch nicht an den Befehl der Priesterin Silan. Nach einem Moment gab sie vor, den Abort aufsuchen zu müssen, und verließ die Kammer.

»Lass dich nicht erwischen!«, rief Letanna ihr leise nach, der man nichts vormachen konnte.

Kanemô schnitt eine Grimasse, salutierte aber, wie um den Befehl der Novizin entgegenzunehmen.

Der Tempel war vor Jahrhunderten in die Felsen gehauen worden. Es gab viele Säulengänge und wenige Türen und jedes Geräusch hallte weit. Deshalb hatte Kanemô gelernt, sich lautlos zu bewegen. Ihre Röcke und den violetten leichten Wollschleier einer Novizin gerafft, schlich sie eine Treppe hinab, durch einen Flur und schob sich dort in eine Nische im Gestein, von der aus sie zu der von Salz weiß verkrusteten Eingangshalle spähen konnte, ohne selbst gesehen zu werden. Die Eingangshalle war jetzt trocken, denn es herrschte Ebbe. Bei Flut spülte das Meer herein. An einem der beiden Altäre, deren Flammen nie verlöschen durften, hatten sich vier Priesterinnen versammelt. Sie waren schwarz verschleiert, wie es sich vor Fremden geziemte. Nur ihre mit Silbergeschmeiden geschmückten Hände waren entblößt. Doch Kanemô erkannte sie alle an ihrer Haltung. Silan war unter ihnen und außerdem die alte Hohepriesterin Madurahan.

Der Besucher nahm die Kapuze ab und verbeugte sich vor den Frauen. Sein Oberkörper wirkte kräftig, aber ungewöhnlich kurz; überhaupt war er klein, kaum größer als ein zwölfjähriges Kind, trotz der geschwungenen Absätze seiner Samtschuhe, die die Spuren einer langen Wanderschaft trugen. Er hatte kinnlanges, farblos wirkendes Haar, das ihm in feinen, feuchten Strähnen am Schädel klebte. Kanemô hätte sein Alter nicht schätzen können, denn er war hässlich – anders konnte sein breites, kinnloses Gesicht mit den wulstigen Lippen und den schweren, merkwürdig hervortretenden Augen nicht genannt werden. Schönheit mochte welken, Hässlichkeit verwandelte sich mit der Zeit auf unvorhersehbare Weise, verschwamm und verdichtete sich und blieb doch immer, was sie war. So wirkte der Mann weder jung noch alt.

Er begann zu reden, doch der Wind fegte durch die Halle und löschte die Worte für Kanemô aus. Schließlich wies die Hohepriesterin Madurahan in die Richtung des Kaminzimmers, in der sie üblicherweise Gespräche führte, und der Mann und die Priesterinnen setzten sich in Bewegung.

Kanemô folgte ihnen durch die Halle. Am Ende eines gekrümmten Flurs schimmerte Licht durch die Ritzen der Steintür. Kanemô musste direkt davortreten, um etwas zu hören, denn auch hier heulte der Wind wie überall im Tempel.

»... unvorbereitet, weil es so etwas noch nie gegeben hat. Wer hätte je einen Aufstand von Bauern erwartet, der zum Erfolg führt«, sagte der Mann. Er hatte eine erstaunlich tiefe, aber gequetscht wirkende Stimme, als könne die Luft nicht ganz aus seinen Lungen entweichen. Kanemô hörte ihn schlürfen. Die Priesterinnen hatten ihm offenbar einen wärmenden Trunk gereicht. Endlich fuhr er fort: »Aber es waren nicht nur Bauern. An ihrer Seite haben Elfen aus Madgar Yhs gekämpft. *Sie* haben aus den wilden Horden Soldaten gemacht. Sie haben ein Heer zusammengestellt und einen Eroberungsplan geschmiedet. So wurde das Großreich eingenommen.«

»Also war es gar kein Krieg von Menschen gegen Menschen, sondern ein Eroberungszug der Hohen Elfen?«, fragte die Hohepriesterin Madurahan so ruhig zurück, als unterhielten sie sich über das Wetter.

»Beides«, antwortete der Mann. Er seufzte. »Das Resultat ist jedenfalls dasselbe. Ivenhall ist an die Barbaren gefallen. Unser König, seine Söhne und Ritter sind tot. Es war reines Glück, dass ich aus dem Palast entkommen konnte, ehe die Rebellen auch mich niederstreckten.«

Kanemô wankte. *Ivenhall ist an die Barbaren gefallen. Unser König … tot.* Und seine Söhne … Sie hatte nicht gewusst, dass sie Halbbrüder gehabt hatte. Sie mussten jünger als zehn gewesen sein. Und nun waren sie tot.

Kanemô hätte an den Fingern einer Hand abzählen können, wie oft in ihrem Leben sie ihrem Vater begegnet war. Es fiel ihr schwer, um einen Mann zu trauern, den sie kaum gekannt und vor dem sie sich so gefürchtet hatte. Doch ihr schauderte bei der Vorstellung, dass König Sagamenon, direkter Nachkomme von Ivendir dem Großen, dem Zerbrecher der Berge und erstem Zauberkönig von Ivenhall, von Aufständischen besiegt worden war. Sie sah ihren Vater in seiner Königshalle auf dem Thron sitzen, prachtvoll im Licht der bunten Glasfenster und dem funkelnden Zierwerk aus Kristall, Silber und Gold, umgeben von seinen Rittern, zu seinen Füßen drei Werkatzen mit goldenem Fell und grünen Augen und hinter sich, im Schatten, ein schlummernder Drache. Sagamenon mochte selbst nie einen Drachen erschaffen haben, aber ihr war er dennoch mächtig vorgekommen. Sie konnte nicht glauben, dass der König, der Bestien aus dem Zauberkessel steigen ließ, der über das Leben und den Tod seiner Untertanen bestimmte und der sie, seine Tochter, mit einem Wort aus der

Verbannung im abgeschiedenen Mondtempel hätte zurückholen können, besiegt worden war.

Besiegt von Bauern ... und dem Elfenvolk.

»Wissen die Rebellen, dass die Prinzessin hier ist?«, fragte die Hohepriesterin.

»Es ist nur eine Frage der Zeit, bis sie es herausfinden. Der Anführer der Rebellen genießt zwar die Unterstützung einiger Fürsten, aber die übrigen bekriegen ihn. Er wird sich erinnern, dass derjenige, der die Prinzessin ehelicht, nach dem Gesetz rechtmäßiger König von Ivenhall ist. So könnte er die Fürstentümer ohne Krieg unter sich vereinen. Und noch viel wichtiger: Der Prinzessin und allen Kindern, die sie gebiert, würden die Bestien gehorchen, die die Könige von Ivenhall bisher unbesiegbar machten ...«

Draußen schien das aufgewühlte Meer heftiger gegen die Felswände des Tempels zu krachen, aber das konnte Kanemô nicht über das hinwegtäuschen, was sie gehört hatte.

»Ich dachte, die Rebellen wollen das Königreich zerstören?«, sagte Madurahan ungerührt. »Haben sie nicht für die Unabhängigkeit der Territorien gekämpft? Wieso sollte der Rebellenführer jetzt König werden wollen?«

Der Mann lachte. Es klang wie das Unken einer Kröte. »Eine Rebellion hört nicht auf, nur weil sie ihr Ziel erreicht hat – im Gegenteil. Die Territorien mögen zwar für ihre Unabhängigkeit gekämpft haben, aber tatsächlich sind sie unter ihrem Rebellenführer geeinter denn je. Er wird den Thron besteigen. Das ist so sicher wie der Wechsel der Jahreszeiten. – Wo wir von Jahreszeiten sprechen: Könnte ich noch eine Tasse Eurer köstlichen Wintermilch bekommen? Ich habe tagelang im Freien geschlafen mit nichts als meinem Umhang. Es ist ein Wunder, dass ich nicht erfroren bin.«

»Ihr hattet Glück, dass es in diesem Herbst wenig Regen gibt«, sagte Silan.

Eine Weile hörte Kanemô nichts als Schlürfen.

»Wohin wollt Ihr die Prinzessin bringen?«, fragte die Hohepriesterin.

»Es ist besser, wenn Ihr das nicht wisst.«

Das Klirren von Armreifen erklang. Madurahan musste näher an den Mann herangetreten sein. »Wir Priesterinnen bewahren die Mysterien des Mondes. Da werden wir die Geheimnisse von Sterblichen wohl ebenfalls für uns behalten können.« Leiser fuhr sie fort: »Ich habe das Mädchen zehn Jahre lang gehütet, ohne dass ihr ein Haar gekrümmt wurde. Ohne dass irgendjemand darauf gekommen wäre, dass sie hier ist. Ich habe dem König von Ivenhall einen Schwur geleistet, den ich halten werde, auch wenn der König tot ist.« Sie hielt inne und wieder klapperte ihr Schmuck. »Der Brief sieht echt aus. Ich erkenne die Handschrift und das Siegel des Königs. Ich werde Euch die Prinzessin überantworten wie befohlen. Aber Ihr werdet mir sagen, wohin sie gebracht wird.«

Schweigen. Schließlich erwiderte der Gesandte: »König Sagamenon hat mich beauftragt, die Prinzessin zu Fürst Korigan zu bringen. Die Festung von Ofeha ist noch nie eingenommen worden, und wenn einer der Söhne Korigans die Prinzessin ehelicht, könnte die königliche Linie von Ivenhall bewahrt werden. Leider ist es im Moment unmöglich, Ofeha zu erreichen. Die Festung wird von den Rebellen und den Hohen Elfen belagert. Bis es einen sicheren Weg gibt, die Prinzessin nach Ofeha zu bringen, wird sie in einem Versteck in den Sümpfen bleiben.«

Kanemô schloss die Augen. Dass sie den Mondtempel endlich, endlich doch noch verlassen würde … nur um in ein Versteck in den Sümpfen gebracht zu werden!

»Wie viel Zeit bleibt, bis die Rebellen hier auftauchen?«, fragte Madurahan.

»Gar keine. Sosehr ich mich nach einem Bett sehne, ich kann nicht verantworten, auch nur eine einzige Nacht zu bleiben. Ich bin froh, dass die Rebellen nicht schon vor mir hier eingetroffen sind«, sagte der Gesandte.

Kanemô wich zurück. Gleich würde sich die Tür öffnen … Sie drehte sich um und eilte ins Höhlenzimmer, wo Perasia und Letanna mit Neugier auf sie warteten.

»Und?«, fragte Perasia, die jüngere der beiden. »Wer ist der Mann?«

»Was ist passiert? Du siehst aus, als hättest du ein Gespenst gesehen«, bemerkte Letanna.

Kanemô konnte nichts erwidern. Sie konnte kaum schlucken. Sie sank vor ihren Webstuhl und betrachtete die Fäden. Starrte auf die Leere dazwischen, die sie nicht mehr ausfüllen würde. Jetzt nicht mehr.

»Was ist denn los?«, bohrte Perasia nach, stand auf und fasste sie an der Schulter.

Da trat auch schon Silan ein, den Schleier zurückgeschlagen. Mit einem einzigen Blick schien sie zu begreifen, was los war. Ihr Ausdruck wirkte jedoch nicht so sehr erzürnt als vielmehr besorgt.

»Komm, mein Kind«, sagte sie.

Kanemô wollte sich von Perasia und Letanna verabschieden, sie wenigstens ein letztes Mal ansehen, aber Tränen ließen alles verschwimmen. Perasias Hand glitt von ihrer Schulter und Kanemô folgte der Priesterin ohne ein Wort.

Der Gesandte war nicht mehr im Kaminzimmer, als Kanemô eintrat – nur die Hohepriesterin saß am Feuer, ihr von schweren Entscheidungen zerfurchtes Gesicht entblößt, da sie unter sich waren.

»Sie hat gelauscht und weiß schon alles«, sagte Silan.

Kanemô machte sich nicht die Mühe, es abzustreiten.

Die Hohepriesterin nickte. Es würde keine Bestrafung geben – nie wieder.

»Setz dich zu mir«, sagte Madurahan.

Kanemô nahm auf einem der mit Schafsfell bespannten Stühle Platz. Sie sahen sich an. Nahmen im Stillen Abschied voneinander.

»Ich habe dich, wie jede unserer Novizinnen, gelehrt zu vergessen, wer du vor dem Eintritt in unsere Schwesternschaft warst.« Madurahans schwarze Augen schienen nicht in Kanemô zu forschen wie sonst so oft. Sie wirkten weit und tief wie das Meer, wenn es in einer ruhigen Nacht den Himmel spiegelte. »Zu vergessen, ist eine höhere Kunst, als sich Dinge zu merken. Doch wie eine Welle, die ankommt und sich wieder zurückzieht, sind Vergessen und Erinnern Bewegungen ein und derselben Weisheit. Du hast in deinen jungen Jahren bereits zwei Leben gelebt, Kanemô, mein Kind. Und ein drittes wird folgen. So wollen es die Götter. Vergiss, was nötig ist, und erinnere dich, wenn die Zeit reif ist. Und dann denke daran, dass alles, was geschieht, nur eine Bewegung ein und desselben Herzens ist, das in deiner Brust schlägt.«

Kanemô fielen Tränen aus den Augen und versickerten zwischen ihren Fäusten im Schoß. »Was wird aus Euch, wenn …?«

Madurahan lachte – tiefe, brummige Laute, die ihre Brust zum Beben brachten. »Aus uns wird, was die Götter für uns vorgesehen haben. Ängstlich zu sein, ist die Wurzel des Bösen, die man sich ausreißen muss.«

Mit einem Schlag auf die Armlehnen erhob sich die Hohepriesterin, öffnete eine Schatulle auf dem Kaminsims und legte den Inhalt in Kanemôs Hände. Es war das goldene Diadem, das Kanemô beim Eintritt in den Tempel getragen hatte. Es passte ihr bestimmt nicht mehr, aber die Saphire und Rubine und der goldene Drachenkopf, das Wappentier des Hauses Ivenhall, glänzten prachtvoll wie eh und je.

»Reiß dir die Angst aus!«, mahnte Madurahan. »Du musst Mut haben. Immerhin fließt in dir das Blut von Drachenmachern.«

2

Es dauerte nicht lange, bis Kanemô ihre wenigen Habseligkeiten gepackt hatte – ein paar Kleidungsstücke, ihr Perlmuttkamm, am Strand gefundener Bernstein und bestickte Taschentücher waren alles, was sie besaß. Als sie den Umhang zugeknöpft und den Quersack umgeschlungen hatte, schien ihre Schlafkammer um sie herum zusammenzuschrumpfen. Wie viele Nächte hatte sie hier gelegen und sich wie lebendig begraben gefühlt – und jetzt, da sie gehen durfte, wollte sie sich am liebsten unter der Bettdecke verkriechen! Aber sie hielt die Tränen zurück. Sich die Angst ausreißen … so wie Madurahan es gesagt hatte.

Nach kurzem Zögern legte sie ihr Diadem unter das Kissen von Perasias Bett. Sie war noch so klein, dass es ihr passen musste. Und weil Kanemô nicht gehen konnte, ohne Letanna auch etwas zu schenken, öffnete sie ihren Quersack rasch wieder und schob den Perlmuttkamm unter das Kissen der zweiten Novizin. Sie hatten sich oft gegenseitig damit frisiert.

Bei den Feueraltaren in der großen Halle warteten schon die zwölf Priesterinnen, die beiden Novizinnen und der Gesandte. Im Näherkommen erschienen Kanemô seine riesigen Augen, sein kurzer Leib und sein breiter Schädel noch merkwürdiger. Der Mann seinerseits musterte sie prüfend, ob sie diejenige war, die er suchte. Es war unangenehm, beinahe bedrohlich, von einem Fremden angesehen zu werden, nachdem sie zehn Jahre lang den Schleier einer Novizin getragen hatte. Sein Blick wanderte über ihre Haut, die einen grünlich-goldenen Schimmer hatte, studierte das hellgrau gesprenkelte Blau ihrer Augen und glitt über ihr Haar, das die Farbe von Gras hatte, kurz bevor es zu Heu verblasst. Zuletzt betrachtete er ihre Ohren, die spitzer zuliefen als bei den Menschen.

Als der Gesandte überzeugt zu sein schien, dass sie die Tochter der Königin war, einer Hohen Elfe von Madgar Yhs, und des gefallenen Königs, verneigte er sich vor ihr. »Prinzessin Kanemô. Es ist mir eine Ehre. Wenn Ihr gestattet, dass ich mich vorstelle – mein Name lautet Sagrik, Bibliothekar und Berater König Sagamenons des Dritten, Eures Vaters. Verzeiht, dass ich Euch keine komfortablere Art zu reisen anbieten kann, aber die Priesterinnen waren so gütig, uns zwei Esel zu geben – Eurem Stand nicht angemessen, aber besser als nichts.«

Kanemô dachte daran, dass sie nie auf einem Esel hatte reiten dürfen, wenn sie für Besorgungen zu den Dörfern geschickt worden war. Aber Sagrik hatte recht, einer Königstochter stand mindestens ein Pferd zu, wenn nicht eine Kutsche oder Sänfte. Nur war sie die längste Zeit ihres Lebens eine Novizin gewesen.

Sagrik verneigte sich nun auch vor den Priesterinnen. »Meine Ehrerbietung – und meinen tiefsten Dank.«

Kanemô kniete nieder und küsste den Priesterinnen die silbergeschmückten Hände. Sie wünschte, die Frauen wären nicht verschleiert. Obwohl sie nicht gerade liebevoll gewesen waren, hatten sie Kanemô doch aufgenommen und erzogen. Es gab niemanden auf der Welt, den sie länger kannte als diese zwölf verhüllten Gestalten. Sich das einzugestehen, tat weh.

»Mögen die Götter dich schützen«, sagte Silan förmlich.

Und Madurahan, beinahe flüsternd: »Mutter Mond stehe dir bei und zähle deine Schritte.«

Letanna und Perasia verneigten sich vor Kanemô, zitternd unter ihren Schleiern, und Kanemô konnte hören, dass Perasia ein Schluchzen unterdrückte. Kanemô wollte die Verneigung schon erwidern, aber ihr Herz drängte sie dazu, die beiden Mädchen zu umarmen. Mochte es auch unschicklich sein – das hier war wichtiger. Und als sie die beiden an sich drückte und von ihnen gedrückt wurde, spürte sie, wie sehr sie es bereut hätte, nicht den Mut dazu aufgebracht zu haben.

Die Esel waren mit zusammengerollten Lederdecken zum Schlafen und Taschen voll Proviant bepackt. Kanemô und Sagrik saßen auf und ritten auf dem gewundenen Pfad entlang der Küste davon. Zwischen den Wolkenbänken vor ihnen tauchte die Sonne auf, ein strahlendes Auge, das sich öffnete, bevor es hinter der Welt versank.

Sie ritten, bis Wolken das Mondlicht schluckten und die Finsternis sie zur Rast zwang. Zwischen hohen Felsen entfachte der kleine Mann ein Feuer, indem er eine Glasphiole öffnete und ein träge kriechendes, stinkendes Gas über ein Büschel Trockenmoos rinnen ließ – Kriechglut. So nannte man den entzündlichen Atem, den Drachen aushauchten. Kanemô hatte seit ihrer Zeit im Palast keine Kriechglut mehr gesehen, und es weckte die Erinnerung an Glaskugeln, in denen sich bunte Flammen wie im Schlaf räkelten.

»Ich dachte, es gibt keine Drachen mehr?«, sagte Kanemô.

»So ist es auch. Diese Kriechglut ist aus den letzten Vorräten von früher und sehr kostbar. Ich benutze sie nur, um Feuer zu entfachen«, sagte er mit seiner gequetscht wirkenden Stimme. »Verzeiht den üblen Geruch. Ich würde Rosenöl oder Zimtöl darüberträufeln, aber ich konnte nicht einmal das Nötigste mitnehmen, geschweige denn die Dinge, die das Leben angenehmer gestalten.«

Während das Trockenmoos glühte, huschte Sagrik hin und her, brach Zweige aus Büschen, sammelte Treibholz und vertrocknetes Schilf und fütterte das Feuer, bis es fröhlich flackerte.

Wie oft hatte Kanemô davon geträumt, ein Ritter würde kommen, entsandt von ihrem Vater, um sie zurückzuholen! Nicht selten hatte sie auch davon fantasiert, der Ritter würde sie vom Tod ihres Vaters unterrichten, weshalb sie wieder nach Hause dürfe. Und gelegentlich hatte sie sich sogar vorgestellt, dass jemand sie entführen würde … All diese Vorstellungen hatten gemeinsam gehabt, dass der Ritter schön und galant war und dass er sich auf der Reise in sie verliebte. Sagrik war weder schön noch galant, auch wenn er sich Mühe gab, sie zu umsorgen. Aber ganz sicher wollte sie nicht, dass er sich in sie verliebte.

Er goss Wintermilch aus einem Lederschlauch in einen kleinen Kessel über dem Feuer. Kanemô streute indessen den Eseln Hafer hin. Als die Tiere fraßen, tunkten auch Kanemô und Sagrik ihren Zwieback in den heißen Trunk aus Schafsmilch, Winterwurzelmehl und Mandelzucker.

»Ist der König mit Sicherheit tot?«, fragte Kanemô.

»Ja«, sagte der Bibliothekar nach einer Pause. »Der Anführer der Rebellenhorden hat ihn erschlagen. Sie haben seine Leiche zur Schau gestellt. Ich habe sie vor meiner Abreise gesehen.«

Sie schauderte, doch wohl nicht vor Entsetzen. Auch nicht vor Genugtuung, obwohl sie geglaubt hatte, ihren Vater zu fürchten und zu hassen. Nun merkte sie, dass das nicht stimmte. Sie kannte ihn schlichtweg nicht gut genug, um so viel für ihn zu empfinden. Die lähmende Ungerechtigkeit, die er ihr angetan hatte, war durch seinen Tod nicht gesühnt. Und vielleicht war es das, was sie schaudern ließ: die Willkür des Unrechts, das jeden treffen konnte, eine Königstochter und sogar den König des größten Reiches der Welt.

»Lebt meine Mutter noch?«, fragte sie.

Sagrik nahm sich einen weiteren Zwieback und füllte sich den Becher nach, bevor er antwortete. »Ich weiß nicht das Geringste über die Herrin Iriobal, verzeiht … Es war verboten, am Hof über sie zu sprechen.«

»Falls sie sich versteckt hält, könnte sie jetzt doch wieder auftauchen, da die Rebellen und die Hohen Elfen Ivenhall eingenommen haben, nicht wahr?«

»Das wäre die logische Schlussfolgerung.«

»Falls sie noch lebt.« Eine Weile hing sie ihren Gedanken nach. Dann bat sie: »Erzählt mir mehr von dem Versteck, in das Ihr mich bringt.«

Er gluckste. »Meine Prinzessin, die Sümpfe selbst sind das Versteck. Hat man Euch schon einmal vom Sumpfland erzählt?«

»Es ist … nun, dort gibt es keine Fürsten. Und deshalb auch niemanden, der dem König von Ivenhall unterstehen könnte. Es ist unbeherrschtes Land.« Sie biss sich auf die Lippe. Sie wusste so gut wie nichts über die Sümpfe. Wenn sie ehrlich war, wusste sie auch so gut wie nichts über das Großreich, das nun rechtmäßig ihr gehörte.

Sagrik nickte, als hätte er nichts anderes erwartet. »Es ist allgemein bekannt, dass die Wirklichkeit nicht überall gleichermaßen fest ist. Sie hat eine harte, solide Oberfläche«, er klopfte auf den Felsboden, »und einen fließenden, *flüssigen* Kern. Diesen flüssigen Kern nennen wir den Nebel. Alle Zauberkunst, die wir kennen, zieht ihre Kraft aus dem Nebel. Eure Vorfahren, die Könige von Ivenhall, herrschten über die Menschen, weil sie als Einzige einen dauerhaften Zugang zum Nebel hatten, nämlich den Zauberkessel, der auf dem Eisenturm thront. Daran erinnert Ihr Euch gewiss. Euer Vater schöpfte oft aus dem Nebel des Zauberkessels die Bestien, die seine Herrschaft sicherten. Nun ja – bis zuletzt. Die Könige vor ihm haben mehr zauberisches Talent bewiesen, denn sie ließen Drachen aus dem Zauberkessel steigen, Euer Vater nur geringere Bestien. Darum konnte er von aufständischen Bauern mit Unterstützung der Elfen besiegt werden.«

»Und weil er den Verstand verloren hat«, sagte Kanemô leise. »Er hat den Verstand verloren, weil er zu viel Zeit vor dem Zauberkessel verbrachte. Das sagen die Leute doch?«

»Ich erlaube mir darüber kein Urteil. Aber es ist so, dass der Nebel im Grunde überall aufsteigen kann. Doch der erste König von Ivenhall war der einzige Mensch, der es je geschafft hat, den Nebel in ein Gefäß zu bannen, den Zauberkessel – und zwar mit einer Art Blutzauber, weshalb nur seine blutsverwandten Nachkommen seine Zauberkraft erben. Heute haben nur noch die Hohen Elfen von Madgar Yhs Zugriff auf den Nebel. In ihren Sommerwäldern haben sie einen zauberischen Brunnen. Sie schöpfen keine Bestien daraus, sondern nutzen ihn, um nach Belieben durch den Raum und sogar die Zeit zu schreiten, heißt es. Diese Zauberkunst behalten sie eigensüchtig für sich, weil sie das mächtigste Volk der Welt sein wollen. Aber einst wussten auch die Bewohner des Sumpflandes, wie man den Nebel ruft und aus ihm schöpft ...«

»Die Zwerge?«

»So nennen die Menschen das alte Volk der Gokra. Und nicht ganz zu Unrecht. Denn die Gokra nennen sich selbst das Kleine Volk. Warum? Eine Legende besagt, dass vor langer Zeit, bevor es uns Sterbliche gab, die Götter der Erde gegen die Götter des Himmels in den Krieg zogen und verloren. Heute leben wir auf den Leichen der Erdgötter – den reglosen Bergen und Felsen. Eine der Erdgöttinnen war schwanger, als sie im Kampf fiel. Vater Sonne hatte Mitleid, ging zwischen ihren Schenkeln unter und wärmte ihren Schoß, sodass ihre Kinder lebend zur Welt kamen – unfertige, winzige Geschöpfe, die sich in Erinnerung an ihre riesenhaften Ahnen *Gokra* nannten – die Kleinen Leute oder Zwerge.«

Er leerte seinen Becher und füllte ihn ein weiteres Mal, nachdem er zuerst Kanemô von der Wintermilch angeboten und ihr den Becher nachgefüllt hatte. »Die Gokra waren viele Tausend Jahre das einzige Volk, das aus dem Nebel schöpfte und eine eigene Zauberkunst besaß. Die Elfen zogen damals heimatlos wie Wölfe durch die Wälder. Doch heute gibt es die Gokra kaum noch. Und der Nebel, aus dem sie einst schöpften, ist zwar nicht verschwunden, aber verwildert. Darum bewegt sich das Sumpfland auf unvorhersehbare Weise. Inseln aus löcherigem Gestein, Schädelberge genannt, tauchen auf und gehen unter im unsichtbaren Sog des Nebels. Die Schädelberge sind ausgezeichnete Wohnstätten dank ihrer Tunnelgänge und Höhlen und nicht zuletzt gibt es im gesamten Sumpfland nur bei den Schädelbergen fließendes, trinkbares Wasser. Wenn ein Schädelberg nach Jahren oder auch nach nur ein paar Monden im Nebel versinkt, müssen seine Bewohner ihre Heimat verlassen und einen anderswo aufgetauchten Schädelberg finden – darum nennt man sie auch Wandernde Städte. Und darum gibt es auch keine Fürsten oder Könige im Sumpfland. Alle paar Jahre werden die Karten neu gemischt!« Er kicherte darüber.

»Also werde ich in diesen Wandernden Städten leben, bis Fürst Korigan einen Weg gefunden hat, mich nach Ofeha zu holen«, schloss Kanemô. Sie beobachtete Sagrik genau, denn von den Priesterinnen hatte sie gelernt, in Gesichtern zu lesen. Langsam fuhr sie fort: »Aber vielleicht besiegen die Rebellen Fürst Korigan. Und dann bleibe ich für immer im Sumpfland.«

Sie kannte seine Antwort, bevor er sprach: »Prinzessin Kanemô … Fürst Korigan wird die Rebellen nicht besiegen. Wenn Euer Vater mit seinen zweitausend Bestien es nicht konnte, können es Fürst Korigan und sein einziger Verbündeter, Fürst Morthog, erst recht nicht. Es ist nur eine Frage der Zeit, bis die beiden Fürstentümer fallen.«

Kanemô blickte in die Dunkelheit, in der das dumpfe Krachen der Meeresbrandung zu hören war. Sie versuchte es sich vorzustellen – ein Leben im Verborgenen, von einem Schädelberg zum nächsten fliehend wie eine Ratte auf sinkenden Schiffen. Sie würde mehr Freiheiten haben als im Mondtempel, dafür aber wohl auch weniger Schutz. Im Grunde würde sich jedoch nichts ändern. Sie würde warten. Jahr um Jahr warten, dass ihr endlich Gerechtigkeit widerfuhr und sie den Platz einnehmen durfte, der ihr von Geburt her zustand. Sie würde alt werden, während sie wartete, und sie würde sterben. Ein Niemand, der jemand hätte werden sollen und nie geworden war.

»Ich will das nicht«, murmelte sie. »Ich will nicht die Hoffnung mit mir herumtragen, dass eines Tages irgendein Wunder passiert. Sie erdrückt mich, diese Hoffnung. Ich will vergessen, wer ich gewesen bin!«

»Ist das so?« Sein spöttischer Tonfall durchschnitt ihr Selbstmitleid, und sie fühlte selbst, dass es eine Lüge gewesen war.

»Ob Ihr vergesst oder nicht, meine Prinzessin, die Vergangenheit lässt sich nicht ungeschehen machen. Es gibt Fakten. In Euch fließt das zauberische Blut von Ivenhall und all Eure näheren Verwandten sind tot. Ihr seid die Letzte, die Bestien aus dem Zauberkessel schöpfen könnte.« Er schob ein paar Zweige ins Feuer. »Zudem besagt das Gesetz, dass derjenige, der Euch ehelicht, Anspruch auf den Thron hat. Darum schickte mich Euer Vater los, um Euch vor den Rebellen zu verstecken. Aber was jetzt Eure Schwäche ist, kann morgen Eure Stärke sein. Ihr müsst nicht warten, dass Euch Gerechtigkeit widerfährt. Ihr könnt sie Euch erkämpfen.«

Sie dachte an Fürst Korigan, den Retter, den sie vermutlich niemals treffen würde. »Wie?«

»Das gilt es herauszufinden.« Nun war es Sagrik, der ihr Gesicht studierte, als liege darin die Antwort.

Er schlürfte seine Wintermilch aus und hinter dem Rand des Bechers schien er zu lächeln.

3

Zwei Tage ritten Kanemô und Sagrik an der Küste des Nordmeeres entlang. Anfangs sahen sie noch Dörfer auf den Rücken der Hügel, umgeben von Feldern und Schafherden. Doch bald wurde das Land kärger und die weißen Felsen schienen dem Meer die Zähne zu blecken. Das Meer warf sich schäumend dagegen und kreiselte in den Buchten wie von Sinnen. Weit draußen sahen sie einmal Wale vorüberziehen, ansonsten begegnete ihnen kein Lebewesen.

Die unendliche Weite des Landes bedrückte Kanemô so sehr, dass ihr das Atmen schwerfiel. Welche Bedeutung hatte ihr Schicksal in dieser riesigen, leeren Welt? Welchen Unterschied machte es, ob sie entkam oder gefangen wurde, lebte oder starb? Die Erde, der Himmel und das Meer griffen ineinander wie Hände, die nichts fühlten. Hände, die alles zwischen sich zerrieben, ohne es auch nur zu merken.

Kanemô vermisste Letanna und Perasia mehr, als sie es je für möglich gehalten hätte. Die beiden waren wie Schwestern für sie gewesen. Dass sie die Novizinnen wahrscheinlich nie wiedersehen würde, war schwerer zu ertragen als jede andere Ungerechtigkeit.

Am dritten Tag ging es bergab und sie ritten durch Dünen und feuchte Marschen. Ein Weg aus Holzbohlen tauchte auf, der vom Meer fortführte. Sie folgten ihm vorbei an Flüssen und Wiesen, auf denen Hunderte von Gänsen und Kranichen auf ihrem Zug in den Süden Halt machten. Die Flüsse verwandelten sich in Bäche, die Bäche in Tümpel. Knorrige Bäume, über und über von Schlingpflanzen und Moos bewachsen, ragten aus der Erde wie auferstehende Tote, erstarrt in der Zeit.

Sie machten abends Feuer aus Wollgräsern, die im Wind knisterten, und erwachten morgens in einer vor Frost glitzernden Welt. Kanemô hatte den Nachklang von Träumen im Herzen, die von Letanna und Perasia handelten und so traurig waren, dass sie alles in ihr zum Stillstand brachten. Aber in dieser Stille kam ihr ein Gedanke, der beinah tröstlich war: Sie hatte jetzt nichts mehr zu verlieren außer ihr Leben. Und ihr Leben war nicht nur etwas, das sie verlieren konnte; es war ein Einsatz. Um zu gewinnen, was auch immer ihr wichtig war.

Was ist mir wichtig? Gerechtigkeit. Mein Recht.

Sie probierte die Worte an, wie man Kleider anprobierte.

Was ist mir wirklich wichtig? Ich will … nicht hilflos sein. Ich will, dass die Angst weggeht.

Im Lauf des Tages ließ die Sonne den Frost zu Nebel verdampfen. Sie konnten kaum einen Schritt weit sehen und die Holzbohlen waren kaum noch zwischen dem Gestrüpp und Schlamm auszumachen. Nicht selten musste Sagrik absteigen und den Weg suchen, der teils im Sumpf versunken war. Nach einiger Zeit verbesserte sich der Weg dann merklich. Sie passierten eine Hängebrücke, deren Bretter nach frisch geschlagenem Holz rochen, und der Weg wurde zu einer breiten, gepflasterten Straße. Im Nebel vor ihnen tauchte ein großer, hoher Umriss auf … ein Berg. Und er leuchtete aus unzähligen Höhlen.

»Ein Schädelberg«, bemerkte Sagrik überflüssigerweise. »Die Stadt unter der Erde ist wohl noch deutlich größer, sonst würde nicht so eine aufwendig gepflegte Straße zu ihr führen. Wollt Ihr einen Besuch wagen, meine Prinzessin?«

»Was bleibt uns anderes übrig? Unser Proviant ist fast aufgebraucht.«

»Ich wollte Euer Gefühl entscheiden lassen, aber Ihr habt der Vernunft den Vorrang gegeben. Bravo, Prinzessin Kanemô. Nun denn, hinein ins Getümmel!«

Er gab seinem Esel die Gerte und sie ritten dem Berg entgegen. Bogenbrücken führten über quirlige Bäche. Als die Nebel sich noch mehr lichteten, bemerkten sie Wasserfälle, die aus dem Berg stürzten. Tatsächlich war der gigantische Felskoloss von einem See umgeben, der etliche Ströme speiste. Steinpfade verbanden das Ufer mit dem Berg. Es gab keinen Schutzwall, keine Wächter oder eine sonstige sichtbare Verteidigung. Kanemô und Sagrik ritten geradewegs in den Schädelberg hinein.

Der schmale Tunnel wurde von Torflichtern in Nischen des Gesteins erhellt. Es ging bergauf. Ein Summen war zu vernehmen, als befänden sie sich in einem Bienenstock, und gelegentlich lief ein Grollen durch die Erde.

»Merkt Ihr es?«, fragte Sagrik, als die Felsen besonders laut knackten und die Esel scheuten. »Der Schädelberg knirscht mit den Zähnen!«

Und ob Kanemô es merkte. Bei der Vorstellung, das Gewölbe ringsum bewege sich, brach ihr der kalte Schweiß aus. Doch sie trieb ihren Esel voran.

Dann wurde die Wand des Tunnels immer löcheriger und sank zu einer Art Geländer herab. Vor Kanemô erstreckte sich ein unermesslicher Komplex aus Terrassen, Hängebrücken, Tunnelgängen, Höhlen und Befestigungen, die vor Geschäftigkeit wimmelten. Durch Felsspalten fielen Schleier von Tageslicht, aber die meiste Helligkeit spendeten die Torflichter. Ihr schummeriger gelber Schein lag auf Tavernen, Verkaufsständen, aus Lehm und Wurzelgeflecht gebauten Nesthäusern und Treppen. Wasserfälle stürzten hier und da von Klippen und sammelten sich in Becken, umringt von Mühlen, dampfenden Garküchen und Badestätten. Kanemô konnte sich nicht erinnern, je so viele Leute an einem Ort gesehen zu haben, nicht einmal im Palast, als sie ein Kind gewesen war. Überall herrschte Gedränge. Mit Ochsen bespannte Wagen voller Gemüse, Hühnern und Kochgeschirr bahnten sich einen Weg vorbei an Lastenträgern, die Körbe auf dem Kopf balancierten, Frauen in gefärbten Kleidern mit klotzigem Schmuck, Elfen in Mänteln aus Marué, dem farbwechselnden Stoff – das Geheimnis seiner Herstellung wurde in Madgar Yhs gehütet –, und schwer bewaffneten Kriegern mit rasierten Schädeln bis auf einen Zopf entlang der linken Schläfe. An den Felsen kletterten Kinder. Es roch nach Feuchtigkeit und Feuer, nach Essen, Tieren, Abfall und dem betäubenden Duft der Räucherstäbchen, die vor beinah jeder Tür glommen. Nach zehn Jahren im Mondtempel, dessen Stille nur der Wind und das Meer eingeklammert hatten, fühlte Kanemô sich überwältigt. Der Berg schien über ihr zusammenzustürzen …

»Meine Herrin.«

Sie spürte Sagriks kleine, dicke Hand auf dem Rücken und zuckte zusammen. Er zog die Hand sofort zurück.

»Ihr solltet etwas zu Euch nehmen und Euch ausruhen. Erlaubt Ihr, dass ich Euch zu einer Freundin führe?«

»Einer Freundin?«, echote sie und folgte mit dem Blick seinem Fingerzeig in die Tiefe, aber sie sah nichts als ein Gewirr aus Balkonen, Treppen, Brücken und Höhlengängen.

»Ja, eine sehr vertrauenswürdige Person. Wir können uns ihrer Gastfreundschaft sicher sein.« Sagrik beugte sich zu ihr vor. »Ab jetzt werde ich Euch nur noch *meine Herrin* nennen. Verzeiht mir diese Vorsichtsmaßnahme, meine Herrin.«

Mit einem verschwörerischen Zwinkern nahm er die Zügel ihres Esels und sie ritten nebeneinander durch die Menge. Mädchen wollten ihr Blumen in die Hand drücken, Gewürzhändler hielten ihr duftende Schalen unter die Nase, ein junger Mann, der halb elfisch zu sein schien, bot ihr sogar zwei Wolfswelpen an. Doch Sagrik scheuchte sie alle mit seiner Gerte weg wie Fliegen. Er selbst bekam Zurufe und freche Bemerkungen von stark geschminkten Frauen, die Kanemô mit ihren Blicken durchbohrten, ohne dabei ihr Lächeln zu verlieren.

Sie schoben sich bergab durch das Gedränge, bis sie an einen Bach gelangten. Durch einen Spalt in der Felswand drang geisterblasses Sonnenlicht. Zwischen Rankengeflecht saß ein kleiner weißhäutiger Junge und machte mit einem Kescher Jagd auf Frösche. Als er den Kopf hob, sah Kanemô, dass er kein Mensch war – sein Gesicht war zu flach und breit, die Augen vorgewölbt und schwarz wie sein krauses Haar.

»Odra, kon feig. Edra matara Liotan ner wom?«

Sagrik hatte so schnell und leise gesprochen, dass Kanemô nicht sicher war, ob es tatsächlich eine andere Sprache gewesen war. Doch die Antwort des Jungen bestätigte es: »Omer rikt?«

»Liotans utrigst Usgerda, Sagrik. Almet tosar irbethen kwendir vapromdir. Lut al preg kwendir.«

Der Junge stand auf, nahm seinen Käfig voller Frösche und verschwand im herabhängenden Dickicht.

»Gleich können wir uns ausruhen«, sagte Sagrik.

»Welche Sprache war das?«

»Gokragan, die Sprache des Kleinen Volkes.«

Kanemô beobachtete mit offenem Mund, wie er von seinem Esel sprang, seine Kleider zurechtzupfte und sich das farblose

Haar auf dem Schädel glattstrich. Er schabte sich sogar mit den Absätzen den verkrusteten Schlamm von den Schuhen.

»Ihr seid vom Kleinen Volk«, stellte Kanemô fest. »Ihr seid … ein Zwerg.«

4

Es gibt heute kaum noch reinblütige Zwerge«, erwiderte Sagrik leichthin. »Mein Vater war ein Mischling, meine Mutter war wahrscheinlich rein menschlicher Abstammung. Sicher weiß ich es nicht.«

Kanemô wusste kaum etwas über das Kleine Volk. Trotzdem – oder gerade deshalb – veränderte sich ihr Blick auf Sagrik. Bei Zwergen musste sie an ein sagenumwobenes untergegangenes Volk denken, an unvorstellbare Schätze sowohl in Form von Gold als auch von Wissen über die Zauberkunst. Dass das alte Blut des Kleinen Volkes in Sagrik floss, machte seine Hässlichkeit faszinierend, seine Uneindeutigkeit geheimnisvoll und entschuldigte sogar ein wenig sein gelegentlich befremdliches Verhalten.

Der kleine Junge kam wieder und hielt ihnen den Vorhang aus Ranken auf. Ob er ein reinblütiger Gokra war? Kanemô konnte es sich vorstellen, so fremdartig war sein Aussehen.

Sagrik führte seinen Esel durch das Dickicht, Kanemô folgte. Dahinter lag ein See im Schimmer von Lichtstrahlen, die weit, weit oben durch das Gestein fielen. Hütten trieben auf dem Wasser, manche durch Klappstege miteinander verbunden. Der Junge brachte Kanemô und Sagrik zu einem Floß, das mit einem Baldachin und Laternen ausgestattet war und beinah auch eine Hütte genannt werden konnte. Sagrik und der Junge tauschten ein paar Worte in der Sprache des Kleinen Volkes, dann nahm der Junge die Esel und führte sie fort, vermutlich, um sie zu versorgen. Sagrik stieg auf das Floß und half Kanemô hinauf. Zielsicher stakte er das Gefährt auf eine Hütte am anderen Ende des Sees zu, die unter einem Felsvorsprung so mit Moos und Gestrüpp überwachsen war, dass Kanemô sie für eine Insel gehalten hätte, wären die Fenster nicht von Licht erfüllt gewesen.

Als Sagrik das Floß mit den Ranken am Haus vertäute, sah Kanemô eine Gestalt im Eingang stehen. Erst hielt sie die Gestalt für hochgewachsen, doch sie trug nur einen erstaunlich hohen schwarzen Hut mit breiter Krempe. Was darunter normalerweise vom Gesicht zu sehen gewesen wäre, verdeckte der aufgestellte Kragen eines Mantels.

»Matara Liotan, men arherag«, sagte Sagrik und verneigte sich mehrfach, während er auf die Veranda des Hauses kletterte und Kanemô die Hände reichte, um ihr vom Floß zu helfen. Ohne seine Hilfe wäre es leichter gewesen.

Sie traten vor den Eingang der Hütte, und Kanemô fiel auf, dass die Gestalt vor ihnen klein war wie ein Kind. Ihre Augen, groß und rund und finster, schmälerten sich durch etwas, das ein Lächeln sein mochte.

»Vor Euch steht eine große Frau – eine mächtige Frau«, sagte Sagrik. »Und eine liebe Freundin. Ihr Name ist Löwenzahn – Liotan in der Sprache unseres Volkes.«

Kanemô machte einen Knicks.

Liotan strich den Kragen ihres Mantels herab, wie man eine Blüte öffnen würde, und entblößte ihr Gesicht. Wie Kanemô geahnt hatte, lächelte sie. Aber was für ein Lächeln! Ihr Mund war so breit, dass er ihr rundes weißes Gesicht zu spalten schien. Und darin glänzten zwei Reihen *spitzer* Zähne.

»Königstochter«, flüsterte die Zwergin. »Wie hübsch sich das Blut der Menschen und Elfen in Euch gemischt hat. Es freut mich, Euch kennenzulernen.«

»Woher wisst Ihr –?« Kanemô warf Sagrik einen Blick zu. Der neigte den Kopf.

»Kommt. Speist und ruht Euch aus«, flüsterte Liotan und ging ihnen voran in die Hütte.

Ein schmaler spiralförmiger Gang mündete in einen Raum, in dessen Mitte ein Herdfeuer brannte. Das Dach war ringsherum offen, sodass der Rauch abziehen konnte. Grünzeug wucherte herein. Das Erstaunlichste an dem Raum waren jedoch die Wände aus polierten Kupferplatten, auf denen sie sich ein Dutzend Mal spiegelten, so als würden nicht nur drei Leute eintreten, sondern eine ganze Gruppe von Doppelgängern.

Liotan schob eine der Wände beiseite. Kanemô hätte erwartet, dahinter den Spiralgang zu erblicken, aus dem sie gekommen waren, doch stattdessen fand sie ein Badezimmer vor, in dem eine Wasserwanne über einem kleinen Feuer dampfte.

»Wascht Euch nach der langen Reise«, sagte Liotan mit ihrer leisen Stimme.

»Ich lasse Euch den Vortritt«, beeilte sich Sagrik zu sagen. »Euch steht das saubere Wasser zu, meine Herrin.«

»Danke«, murmelte Kanemô.

Liotan schob die Wand zu. Und Kanemô war allein … nun, abgesehen von ein paar neugierigen Vögeln, die in den Ranken im Dach zwitscherten.

Kanemô legte ihre schlammbespritzten Kleider ab. Es tat gut, die Stiefel auszuziehen. Als sie in das heiße Badewasser glitt, entfuhr ihr ein Seufzen. Seife, eine Bürste und ein Schwamm lagen auf einem Tischchen bereit. Woher hatte Liotan gewusst, dass sie kommen würden? Hatte Sagrik von Anfang an geplant, sie hierherzubringen? Sie hatte nie den königlichen Brief gesehen, der die Hohepriesterin Madurahan dazu bewogen hatte, sie Sagrik anzuvertrauen. Sie musste darauf vertrauen, dass Madurahan sich nicht von einer Fälschung hatte täuschen lassen … Die Tatsache, dass sie keinerlei Mitspracherecht bei den Entscheidungen über ihr Leben gehabt hatte und dass sie ihren Beschützern vollkommen ausgeliefert war, fuhr ihr wie ein eisiger Luftzug durch die Knochen – trotz des heißen Badewassers. Sie umschlang sich selbst. Atmete gegen das entsetzliche Gefühl der Hilflosigkeit an. Es gelang ihr einigermaßen.

Doch als sie die Seife zur Hand nahm und sich die Haare einschäumte, kam ihr etwas davon in die Augen. Tränen rannen ihr über die Wangen … Sie tauchte unter, um sich nicht schluchzen zu hören.

Als sie aus der Wanne stieg, fühlte sie sich von einer dumpfen Gleichmut wie betäubt. Ein Tuch zum Abtrocknen lag neben den Waschsachen bereit und darunter ein weicher Stoffmantel. Kanemô schlüpfte hinein. Es würde ohnehin alles so geschehen, wie andere es beschlossen hatten. Was nützte es, sich zu sträuben? Doch bevor sie aus dem Bad trat, hielt sie inne, schob die Kupferwand einen winzigen Spalt weit auf und spähte in den Raum.

Liotan saß breitbeinig auf einem niedrigen Sessel am Feuer, Sagrik kniete auf einem Sitzkissen und hatte den Kopf gesenkt. Reglos, wie er war, hätte Kanemô ihn für schlafend halten können, doch er raunte Worte in der Sprache der Gokra. Währenddessen begutachtete Liotan den Inhalt eines Ledersäckchens. Hin und wieder fischte sie einen kleinen Gegenstand heraus, befühlte ihn und hielt ihn gegen den Feuerschein. Es waren weiße, längliche Gegenstände. Klauen oder Zähne oder beides.

Liotan schüttete den Inhalt des Ledersäckchens in ihre Hand und warf sich die Klauen und Zähne in den Mund. Kanemô schauderte, als sie sie kauen hörte. Es klang, als würden Klingen übereinanderschrammen.

Sie gab sich einen Ruck und schob die Wand auf.

»Komm. Setz dich«, flüsterte Liotan.

Kanemô gehorchte.

Sagrik war schon verschwunden, als sie sich nach ihm umdrehte – wie merkwürdig. Er musste lautlos aufgestanden und gegangen sein. Kanemô war mit Liotan allein.

Die Zwergin musterte sie. »Bist du hungrig? Iss!«

Kanemô nahm den Löffel und die Holzschüssel, die auf einem Tischchen neben dem Herdfeuer dampfte. Darin befand sich eine dunkle Suppe mit weißen Teigklößen und Rüben. Kanemô aß. Sie schmeckte bittersüße Gewürze heraus, die sie noch nie gekostet hatte. Doch die Klöße waren köstlich, ebenso das Fleisch, auch wenn sie es keinem Tier zuordnen konnte.

»Woher kennt Ihr Sagrik?«, fragte sie nach ein paar Löffeln des Schweigens.

»Sagrik und ich sind schon lange, lange Freunde«, flüsterte die Zwergin, als sei das eine Antwort. »Mundet Euch der Eintopf? Es ist ein altes Gericht meines Volkes.«

»Es schmeckt köstlich. Vielen Dank für Eure Gastfreundschaft.« Sie zögerte, dann fragte sie: »Warum hat Sagrik mich zu Euch gebracht?«

»Haha … Ihr seid direkt und furchtlos. Wie es sich für eine Thronfolgerin gehört.« Liotans Mund war blutig vom Zerkauen der scharfen Gegenstände, die Sagrik ihr gebracht hatte. »Oder irre ich mich?« Liotan kniff die Augen zusammen. »Fürchtet Ihr Euch?«

»Habe ich Grund, mich zu fürchten?«

»O ja«, zischte die Zwergin. »Männer ziehen durch das Land auf der Suche nach Euch. Wenn sie Euch finden, werden sie Euch wie hungrige Löwen zwischen sich zerreißen.«

Kanemô wandte den Blick ab und musterte den merkwürdigen

Raum. Ihre Spiegelbilder auf den Kupferwänden. Liotan sah sie in der Reflexion an.

»Was erhofft Ihr Euch davon, dass Ihr mich versteckt?«, fragte Kanemô rundheraus.

Die Zwergin lachte lautlos. »Ich habe nicht vor, Euch zu verstecken. Ich biete nur einem alten Freund und seinem Schützling meine Hilfe an. Ich werde oft von meinen Freunden um Hilfe gebeten ...«

»Und Ihr könnt mir helfen?«

»Wenn Ihr das wollt ... Wenn Ihr wisst, *was* Ihr wollt.«

Nie war Kanemô gefragt worden, was sie wollte. Sie wusste nur, was sie *nicht* wollte.

»Ein Leben im Verborgenen gefällt Euch nicht«, erriet Liotan. »Und es ist auch nicht angemessen. Eine Thronfolgerin ist nicht feige. Sie versteckt sich nicht wie ein Kaninchen im Bau. Sie verteidigt ihr Recht auf das, was ihr zusteht. Das ist es, was Ihr wollt ... was Euch von Geburt zusteht.«

Kanemô ballte die Fäuste. Sie war die erstgeborene Tochter des Königs und – sofern es keine Söhne gab – Erbin der Krone von Ivenhall, dem größten Reich der Menschen, das alle Fürstentümer geeint und die Kriege der Vergangenheit beendet hatte. Sie hatte sich nie wirklich in ihr Schicksal als Novizin des Mondtempels gefügt. Ebenso wenig würde sie hinnehmen, von jetzt an auf der Flucht vor aufständischen Bauern zu leben. Aber wenn sie ehrlich mit sich war, dann war es nicht das Recht auf die Krone, was sie am meisten ersehnte. Mehr als alles andere wollte sie – das ahnte sie, seit sie den Tempel verlassen hatte – Letanna und Perasia wiedersehen. Egal unter welchen Umständen. Dass das ihr größter Herzenswunsch war, kam ihr wie ein beschämendes Geheimnis vor.

»Ich weiß nicht, wie ich zu meinem Recht kommen soll«, entgegnete Kanemô, um sich von ihrer Einsicht abzulenken. »Es müsste schon jemand die Rebellen besiegen.«

Liotan stand auf, nahm sie bei den Händen und führte sie vor eine der Kupferwände.

»Schaut genau hin«, flüsterte Liotan. Sie strich über Kanemôs langes, gewelltes Haar. Dann öffnete sie Kanemôs Mantel und entblößte ihren Körper. Kanemô fühlte sich vor Schreck wie erstarrt und ihr Gesicht begann zu glühen.

»Schaut«, befahl Liotan. »Das seid Ihr. Das ist Eure Macht. Wenn jemand die Rebellen besiegt, dann *Ihr*. Aber unter Eurer zarten Haut müsst Ihr hart sein wie Eisen. Und kalt wie Schnee.«

Kanemô widerstand dem Drang, ihren Mantel wieder zuzuziehen. Sie wollte nicht zugeben, wie verunsichert sie von ihrer eigenen Nacktheit war. »Ihr schlagt vor, dass ich mich den Rebellen stelle, anstatt mich zu verstecken. Dass ich den Mörder meines Vaters heirate, um selbst auf den Thron zu gelangen!«

Die Zwergin kniff ihr kosend in die Wange. »Ihr seid weder hart noch kalt. Schon Euer eigener Anblick lässt Euch zittern!«

Kanemô schloss den Mantel und verschränkte die Arme. »Selbst wenn – der Mörder meines Vaters wird erwarten, dass ich mich an ihm rächen will. Ich weiß nicht, wie man Bestien beherrscht, auch wenn in mir das Blut von Ivenhall fließt. Und ich kann ihn nicht einfach … vergiften. Man würde sofort wissen, dass ich es war.«

»Was das angeht, gibt es Mittel und Wege. Viel wichtiger ist, ob Ihr dazu in der Lage seid. Und ich glaube, Ihr wollt das Opfer nicht darbringen.«

»Welches Opfer?«

Liotan schritt zurück zu ihrem Sessel und nahm Platz. Kein Anzeichen von Vergnügen lag mehr in ihrer Miene. »Euer Herz.«

5

Mein Herz?« Kanemô bemühte sich um einen spöttischen Tonfall, aber sie wusste nicht, ob es ihr gelang. »Was soll das heißen?«

»Ihr habt Kälte erfahren«, flüsterte Liotan. »Aber ich sehe, Ihr seid nicht kalt. Ein Herz bedeutet Angst. Ein Herz bedeutet Zögern. Und Verletzlichkeit. All dies steht Euch im Weg. Darum ist es ein so hässlicher Weg, der auf den Thron führt. Man tötet sich selbst mit jedem Feind, den man tötet. Vielleicht ist es das Ziel nicht wert.« Sie zuckte die Schultern und schob ein paar Holzscheite in das Herdfeuer. Die Flammen warfen zitternde Schatten auf die Kupferwände des Raumes, und fast schien es, als würden die Wände sich ineinanderfalten.

Wo blieb eigentlich Sagrik? Kanemô ahnte, dass er absichtlich so lange badete, um ihr und Liotan Zeit zu geben, sich zu unterhalten. Sie trat vor die Zwergin. »Wenn ich mich von den Rebellen finden und mit ihrem Anführer verheiraten lasse … welches Gift würde nicht auf mich zurückführen?«

Ebenso gelassen erwiderte Liotan: »Nur ein Gift, das den Anschein erweckt, als sei der Rebellenführer noch am Leben.«

Kanemô versuchte das zu verstehen. »Eins, das ihn krank macht?«

»Nicht krank – tot. Tot und dabei lebendig wirkend. Wie eine Marionette. Aber das geht nur, wenn Ihr die Fäden richtig haltet, und das zu beherrschen, verlangt ein großes Opfer.«

Etwas an Liotans mitleidigem Blick ließ Kanemô frösteln. Denn das Mitleid schien über einem anderen, verborgenen Gefühl zu tänzeln … Gier.

»Ich bin müde«, sagte Kanemô. »Erlaubt Ihr, dass ich mich schlafen lege?«

Liotan lächelte, und an diesem viel zu schnellen Lächeln erkannte Kanemô, dass die Zwergin ihre wahren Gefühle verbarg. Das plötzliche Beenden des Gesprächs hätte sie eigentlich enttäuschen, wenn nicht gar verärgern müssen, wollte sie Kanemôs Neugier doch so offensichtlich wecken.

»Bitte.« Die Zwergin wies auf ein Lager aus Daunenkissen und Wolldecken in einer Ecke des Raumes.

Kanemô legte sich hin, das Gesicht zur Wand. Ihr Herz klopfte hart in ihrer Brust. Sie traute Liotan kein bisschen. Doch wenn sie ihr wirklich ein Gift geben konnte, das ihr Macht über den Mörder ihres Vaters gab … *Wie eine Marionette.*

Kurz darauf hörte sie, wie Sagrik aus dem Bad kam. Er und Liotan tuschelten in der kehligen Sprache ihres Volkes. Kanemô lauschte ihnen, bis sie, ohne es zu merken, einschlief.

Mit einem Schreckenslaut kam Kanemô zu sich. Die Erinnerung an ihren Traum von Letanna, Perasia und den Priesterinnen zerrann augenblicklich. Nur Liotans Lächeln voller spitzer blutiger Zähne flimmerte noch vor ihrem inneren Auge.

Als sie sich aufrichtete, bemerkte sie, dass Sagrik neben ihr auf dem Boden lag und den Kopf einzog, um so zu tun, als würde er schlafen.

»Ihr seid wach«, bemerkte Kanemô.

Langsam richtete sich Sagrik auf. »Oh, Prinzessin. Ihr könnt nicht schlafen? Kein Wunder. Die neue Umgebung, die Aufregung …«

Kanemô warf einen Blick durch den Raum. Das Herdfeuer war zur Glut heruntergebrannt und Liotan fehlte. Sie rutschte ein wenig von Sagrik weg. »War der Brief meines Vaters eine Fälschung?«

»Was meint Ihr?«, fragte Sagrik.

Sein unterwürfiger Ton versetzte sie in Rage. Er musste sie für dumm halten. Auf dem Bündel seiner abgelegten Kleider sah sie einen Dolch, der am Gürtel befestigt war. Gefühlt sehr langsam zog sie den Dolch heraus, beugte sich über Sagrik und drückte ihm die Klinge an die Kehle.

»Die Priesterinnen haben immer mich die Schafe schlachten lassen«, sagte sie ruhig. »Handelt Ihr auf königlichen Befehl oder habt Ihr mich entführt?«

Ihm entfuhr ein Röcheln, als das Metall ihn ritzte. »Der Brief ist echt. Euer Vater hat mich beauftragt, Euch zu beschützen.«

»Aber mich zu Eurer Freundin zu bringen, die mir ein Gift für den Rebellenführer andrehen will, das war allein Eure Idee. Nicht wahr?«

»Ja«, krächzte er.

»Warum?«

»Meine Prinzessin … bitte lasst mich erklären.«

Sie verringerte den Druck der Klinge, nahm sie aber nicht weg. Eine hellrote Schramme blieb an seinem fetten Kinn zurück.

»Ich sage Euch alles. Die Wahrheit.« Er unterdrückte ein Seufzen, als sie die Klinge immer noch nicht senkte. »Ich will Euch auf dem Thron sehen, Prinzessin Kanemô. Euch, nicht irgendeinen Bauern ohne Zauberkraft. Das Königshaus von Ivenhall muss fortbestehen. Ich werde alles dafür tun. Ich würde mein Leben dafür geben.«

»Warum?«

»Bevor Ivendir, der erste König von Ivenhall, einen Drachen erschuf, befand sich die Welt im Chaos. Die Fürsten der Menschen kämpften alle gegeneinander. Es muss einen Herrscher geben, der mächtiger ist als alle anderen, damit Frieden herrscht. Wenn Euer Vater ein Drachenmacher gewesen wäre wie seine Vorfahren, hätte es nie eine Rebellion gegeben, und uns wäre ein blutiger Krieg erspart geblieben. Nur Ihr könnt diesen Frieden wiederherstellen … wenn in Euch eine Drachenmacherin steckt.«

Sie musterte ihn und versuchte festzustellen, ob er wirklich jemand war, der sein Leben geben würde, damit andere Frieden bekamen.

»Und wir sind für Ivenhall, weil Ivenhall im Gegenzug unser Volk beschützt«, flüsterte Liotan.

Kanemô fuhr zusammen. Die Zwergin schien direkt aus einer der Kupferwände getreten zu sein, ihren merkwürdigen hohen Hut ins Gesicht gezogen. Zu sehen, wie Sagrik unter der Klinge lag, schien sie zu amüsieren.

»Eure Vorväter, Prinzessin, waren die Verbündeten meines Volkes. Dank der Macht Eurer Vorväter sind die Hohen Elfen in Madgar Yhs geblieben, anstatt uns zu jagen und auszurotten. Das Elfenvolk und unser Volk lieben sich nicht. Darum missfällt es uns umso mehr, dass die Hohen Elfen Ivenhall zerstören und die Zauberkraft der Menschen auslöschen wollen.«

»Das ist der Grund, warum ich den Rebellenkönig heiraten und vergiften soll, sodass er meine Marionette wird – und ich die Eure«, fasste Kanemô zusammen.

Liotan betrachtete die Klinge an Sagriks Hals. »Ich bin froh, äußerst froh über Euren Scharfsinn, Prinzessin. Denn viel besser als eine Marionette ist eine Verbündete – eine Freundin. Lasst uns einander helfen, wie unsere Völker es seit Jahrhunderten getan haben.«

»Ich bin eine Halbelfe«, erinnerte Kanemô sie.

»Eure elfische Mutter war eine Spionin und hat Euch im Stich gelassen, um nach Madgar Yhs zurückzukehren. Würden die Elfen Euch als eine der Ihren ansehen, hätten sie Euch nicht in einem Mondtempel verrotten lassen.«

Kanemô biss die Zähne zusammen, um sich keine Gefühlsregung anmerken zu lassen. Es konnte eine Lüge sein – ein Test. Ihre Mutter konnte ebenso gut von König Sagamenon eingesperrt oder getötet worden sein.

»Aber vielleicht hegen wir unsere Hoffnungen umsonst«, seufzte Liotan. »In Euch mag das königliche Blut fließen, doch was bringt das, wenn Ihr zu einer furchtsamen Novizin erzogen wurdet, die von der Welt nichts weiß … und sich nur danach sehnt, in ihren Tempel zurückzukehren.«

Kanemô stieg das Blut ins Gesicht. Sie drückte die Klinge wieder fester an Sagriks Kehle. »Ihr sagt, dass ich herzlos sein muss, um mich zu rächen. Glaubt Ihr mir jetzt oder muss ich es erst beweisen?«

Liotan begann lautlos zu lachen. »Ich will einen Beweis.«

Die Worte, obzwar nur geraunt, klangen in Kanemôs Ohren. Verlangte die Zwergin allen Ernstes, dass sie Sagrik umbrachte?

Liotan wartete; dann streckte sie einen Fuß aus und schob den Dolch beiseite. »Lass uns allein«, befahl sie.

Erst glaubte Kanemô, sie sei gemeint, doch dann kroch Sagrik aus ihrer Mitte und verließ den Raum.

»Ich werde dir Macht geben«, flüsterte die Zwergin. Ihr Fuß drückte den Dolch mit solcher Kraft zu Boden, dass Kanemô loslassen musste. Liotan nahm ihr Gesicht in die Hände. Kanemô spürte ihren Atem auf der Haut. Er roch süß und bitter wie Pflanzensaft. »Du wirst keine Angst haben. Du wirst keine Feigheit kennen. Du wirst nicht den Tempel vermissen und schwach werden vor Sehnsucht nach den Menschen, die dir fehlen. Du wirst dein Herz bei mir lassen, wenn du den Thron besteigst, und ich werde es aufbewahren wie eine Freundin. Einverstanden?«

Kanemô schämte sich, so durchschaut worden zu sein. Sie sah in die Augen der Zwergin, die schwarz waren wie Sumpföl und kein Licht reflektierten. Und für einen Moment flackerte das Bild von Letanna und Perasia vor ihr auf, wie sie sie umarmten. Nicht im Tempel in der Vergangenheit, sondern in der Zukunft, im Palast, wenn sie Königin geworden war.

»Einverstanden«, sagte Kanemô kühn. »Aber erst will ich das Gift für den Königsmörder.«

Liotan drückte Kanemôs Kopf zurück. Dann beugte sie sich so nah zu ihr herab, dass ihre Lippen sich beinah berührten. Mit ihren Fingern spreizte sie Kanemôs Mund auf und dann küsste sie sie.

Kanemô spürte die fremde Zunge wie ein Lebewesen in sich, und ein Schluck kalter – *eiskalter* – Flüssigkeit rann ihr die Kehle hinab, so süß und bitter, dass Kanemô würgen musste. Sie wollte Liotan wegdrücken, doch die Zwergin presste ihren Mund weiter auf ihren und ihre spitzen Zähne ritzten ihr die Lippen auf. Eine Weile rangen sie atemlos miteinander, wogten vor und zurück wie Liebende. Das Gefühl, sich übergeben zu müssen, versickerte in Kanemô zu einem dumpfen, betäubenden Grauen. Sie hatte nicht mehr die Kraft, sich zu wehren. Und da endlich löste Liotan den Mund von ihrem und begann ihr Dinge ins Ohr zu flüstern, entsetzliche, verstörende Dinge, derer Kanemô nun fähig sei, und Kanemô spürte mit jeder Faser, dass es stimmte.

Liotan ließ sie los – stieß sie geradezu von sich –, und Kanemô sank auf das Lager zurück. Ekel erfüllte ihren Körper, kribbelte wie Schaben unter ihrer Haut, kroch wie Würmer durch ihre

Eingeweide, räkelte sich wie ein Aal in den Hohlräumen ihrer Knochen. Sie war erstarrt vor Abscheu, während in ihrem Körper tausendfaches Leben erwachte. Sie versuchte nicht einmal zu verhindern, dass Liotan sich auf sie setzte und ihren Mantel öffnete. Die Hände der Zwergin glitten ihren Hals hinab, der ein Fluss aus Unrat geworden zu sein schien, und verweilten auf ihrer Brust, einem Friedhofshügel, berstend vor Aas. Und in die weiche, gärende Masse, die ihr Körper geworden war, drangen die Finger der Zwergin ein, umschlossen etwas und zogen es aus dem Rippenkäfig heraus.

Der Raum stand in Flammen. Die Kupferwände flackerten vor Hitze. Sie spürte die Finger der Zwergin an einem Ort in sich, den sie für unberührbar gehalten hatte. Sie erwartete Schmerz … aber er kam nicht. Im Gegenteil. Die Finger zogen sich aus ihr zurück und hinterließen eine Leere, die angenehm war.

Kanemô schnappte nach Luft. Leer. Sie war vollkommen leer. Vollkommen still.

Der Raum lag im Halbdunkel. Schwach schimmerte die Glut des Herdfeuers auf den Kupferwänden. Kein Geräusch war zu vernehmen; die Stille war dick und leicht wie eine Handvoll roher Wolle.

Liotan war bereits von ihr heruntergestiegen. Kanemô sah gerade noch, wie sie das Etwas, das aus ihrer Brust stammte, unter ihren Mantel schob – behutsam, als wäre es ein Vogeljunges. Es schien aber eher ein Stein zu sein. Doch schon war es unter dem Mantel verschwunden.

Kanemô blickte an sich herab. Auf ihrer Brust, auf der Höhe ihres Herzens, war eine sternförmige Narbe. Sie dachte daran, dass sie entsetzt sein müsste. Sie dachte daran, dass das, was soeben geschehen war, Grund zur Panik wäre.

Sie empfand – nichts.

Die Stille war weich und dicht, und erst als sie in den Ranken, die durch die Fenster weit oben hereinwucherten, Vögel zwitschern hörte, begriff sie, dass die Stille nicht um sie herum herrschte.

6

Als Kanemô morgens auf die Veranda vor dem Haus trat, schlief Sagrik dort im Sitzen. Obwohl die Äste unter ihren Füßen nur leise knarrten, erwachte er sofort und wischte sich über den Mund.

»Herrin! Es freut mich, Euch wohlauf und ausgeruht zu sehen. Konntet Ihr ein wenig schlafen?«

Kanemô antwortete nicht, sondern ließ den Blick über den See und die Hütten schweifen, die auf ihm trieben. Junges Tageslicht fiel durch die Gesteinsspalten weit oben. Die letzten Stunden schienen wie im Traum verflogen zu sein. Sie hatte dagesessen und sich an die neue Leere in sich gewöhnt, während Liotans Ratschläge an ihr vorbeigeplätschert waren. Diese Leere … Sie ließ nicht einmal Platz für Worte, um sie zu beschreiben. Kanemô fühlte sich so leicht.

Sie wandte sich Sagrik zu: »Ich habe es getan.«

Der Bibliothekar rappelte sich auf. Sein Gesicht wirkte durch das Lächeln noch hässlicher. »Ihr seid wahrlich eine Tochter von Ivenhall, Herrin von Bestien! Was gedenkt Ihr als Nächstes zu tun?«

Sie fragte sich, ob Liotan ihn tatsächlich nicht eingeweiht hatte oder ob er sich nur ahnungslos stellte wie so oft. Da sie schwieg, nickte er schließlich mit einem verschwörerischen Funkeln in den Augen.

»Ich habe die Esel schon bereit machen lassen und die Taschen mit Proviant gefüllt«, sagte er. »Nun will ich Euch den Weg nach Ofeha zu Fürst Korigan erklären, damit die Rebellen Euch unterwegs aufgreifen. Ein Stück weit kann ich Euch begleiten, ehe unsere Wege sich trennen …«

»Ich werde nicht zu Fürst Korigan reiten«, unterbrach sie ihn. Ihr missfiel, dass offensichtlich alles von Liotan und Sagrik im Vorfeld geplant worden war. Aber jetzt hatte sie das Gift … jetzt konnten Liotan und Sagrik nicht mehr bestimmen, was sie tat. Das Bewusstsein um ihre neue Macht kitzelte sie wie eine Frühlingsbrise. Sie musste sich an so viel Neues gewöhnen.

Sagrik maß sie misstrauisch. Er erwartete eine Erklärung.

»Die Rebellen werden im Mondtempel nach mir suchen. Wenn ich nicht dort bin, werden sie die Priesterinnen foltern und womöglich töten.« Während sie das sagte, wusste sie, dass ihre Entscheidung richtig war, aber sie fühlte die Richtigkeit nicht. Wie seltsam!

»Aber der Weg zurück durch die Marschen ist trügerisch. Ihr solltet ihn nicht allein auf euch nehmen. Und ich muss in die andere Richtung … Was hat Liotan dazu gesagt?«

»Fragt sie selbst. Wir sehen uns im Palast von Ivenhall.«

Er deutete eine Verneigung an. »Ich werde einen Weg finden, zu Euch zu gelangen. Ich werde anders aussehen als jetzt, aber Ihr werdet mich erkennen.«

Das hatte auch Liotan ihr versprochen. Sie nickte. »Bringt mich zu meinem Esel. Ich will keine Zeit verlieren.«

Sagrik schien unentschlossen. Bestimmt hätte er lieber zuerst mit Liotan abgesprochen, ob Kanemô im Mondtempel auf die Rebellen warten sollte, anstatt sich auf dem Weg zu Fürst Korigan aufgreifen zu lassen. Aber Kanemô kletterte bereits auf das Floß. Ergeben folgte er ihr und brachte sie zum Ufer.

Die Esel waren neben dem Gestrüpp angebunden, durch das sie gestern gekommen waren. Wie viel sich in dieser einen Nacht verändert hatte! Kanemô war nicht mehr dieselbe. Aber sie empfand keine Angst – vor nichts.

»Ich begleite Euch noch durch die Stadt«, erklärte Sagrik.

Kanemô schüttelte den Kopf und deutete auf seinen Dolch, den sie sich in den Gürtel gesteckt hatte. »Ich danke Euch für Eure Treue. Und dass Ihr mich hergebracht habt. Bis bald.« Sie schwang sich auf ihren Esel. »Verzeiht, dass ich Euch verletzt habe.«

Er tastete nach der Schramme an seinem Hals, und fast schien es, als würde er erröten. Kanemô erkannte mit einem Mal, dass er noch nicht alt war. Man hätte ihn fast noch als jungen Mann bezeichnen können.

»Ihr müsst mich nicht um Verzeihung bitten«, sagte er leise. »Ich bin Euer Diener, Herrin.«

Ihr fiel nicht ein, was sie darauf erwidern sollte. Sie gab dem Esel die Rute und ritt durch den Vorhang aus Dickicht, den Sagrik ihr aufhielt, davon.

Sie verließ den Schädelberg und folgte derselben Straße, die sie gekommen war. Das Land schien wie erstarrt in Frost und Herbstnebeln und ebenso kalt fühlte es sich in ihr an. Nachts schlief sie, ohne ein Feuer zu entfachen, an ihren Esel gekuschelt. Die Finsternis und die Einsamkeit machten ihr nichts aus. Sie dachte an Letanna und Perasia, die sie nun doch wiedersehen würde, so wie es ihr größter Wunsch gewesen war, aber es bedeutete ihr nichts mehr. Sie dachte auch an ihre Zukunft. Sie sah die Thronhalle vor sich, den grünen Marmorpalast, in dessen Mitte der Eisenturm in den Himmel ragte, voll von wundersamen Bestien. Die majestätischen, aufrecht sitzenden Werkatzen, die den Zauberkessel bewachten, und die beiden Drachen, die nur so taten, als würden sie um den Turm geschmiegt schlafen, einer goldschwarz mit roten Hörnern, der andere grau mit blauem Bauch, die Farben eines stürmischen Himmels. Und der Zauberkessel …

Sie träumte, dass sie auf einer Werkatze ritt und mit dem mächtigen Geschöpf die Rebellen bekämpfte. Die Bestie machte riesige Sprünge, zerriss ihre Feinde, und Kanemô hielt sich an der Mähne fest. Doch dann flogen zwei Speere aus verschiedenen Richtungen auf sie zu und drangen in ihre Brust ein. Sie waren so kalt. Kanemô blickte an sich herab und sah die Hände der Zwergin, die in ihr wühlten. Unter ihrem Blick verwandelten sich die Hände in flatternde Vögel, und sie wusste, die Vögel würden fliegen, wenn ihre Flügel nicht mehr gebrochen waren … Als sie im Zwielicht des neuen Tages erwachte, hielt sie das borstige Haar ihres Esels umklammert, der es gutmütig hinnahm. Sie empfand ein Ziehen in der Brust und befühlte die Narbe. Es war eher ein angenehmes Gefühl, so wie die Erschöpfung, wenn man lange geweint hatte.

Sie setzte ihre Rückreise fort. Noch immer rasteten die Zugvögel in den Wiesen. Kanemô sog tief die kalte Luft ein und stieß einen Schrei aus. Aberhundert Gänse und Kraniche flatterten auf. Es sah aus, als würde der Himmel in Scherben zerfallen. Kanemô schrie noch ein zweites und ein drittes Mal. Sie würde das Reich ihrer Väter zurückerobern. Sie, sie, sie! Aber so befreiend es war, die Weite des Landes mit ihrer Stimme zu füllen, sie empfand dabei nicht die erwartete Freude. Ganz so, als sei sie gegen sich selbst blind und taub geworden.

In der Abenddämmerung des vierten Tages erreichte sie die Klippen am Meer, in die der Mondtempel gehauen war. Der Tempel kam ihr kleiner vor – er war wirklich nur ein winziges Grinsen im Gesicht der Küste.

Etwas ferner sah sie eine Reihe von Schatten an der Küste entlangpreschen. Reiter. Das mussten die Rebellen sein! Sie trieb den Esel zum Trab an.

Die Männer des Königsmörders galoppierten auf ihren Schlachtrössern geradewegs durch die Halle des Mondtempels, die kein Unbefugter betreten durfte, erst recht kein Krieger zu Pferd. Die zwölf schwarz verschleierten Priesterinnen, angeführt von der Hohepriesterin Madurahan, standen reglos in der Mitte und ließen sich von ihnen umkreisen.

Kanemô glitt von ihrem Esel – und erstarrte im Schutz der Klippen, als sie sah, wie die Männer den Priesterinnen die Schleier vom Kopf rissen. Nacktes Entsetzen stand den Frauen in die Gesichter geschrieben. Die meisten waren seit ihrer Kindheit nicht mehr von einem Mann erblickt worden. Für eine Priesterin gab es kaum etwas Entwürdigenderes.

»Die Prinzessin«, forderte der Anführer der Männer. Sein Rüstzeug schien von einem Schlachtfeld zusammengeklaubt. Er hatte, wie alle Männer, einen langen, schmalen Zopf entlang seiner linken Schläfe und rote Flicken auf seinem Umhang. Es mussten Erkennungsmerkmale der Rebellen sein.

Madurahan musterte ihn, dann seinen Rappen, von dessen Maul Schaum troff. Langsam hob sie die Arme und die silbernen Geschmeide an ihren Gelenken klirrten aneinander. »Ihr entweiht heiligen Boden. Seid verflucht! Verflucht sei euer Königsmörder! Agh–«

Der Anführer hatte sich vom Pferd geschwungen und Madurahan an der Kehle gepackt. »Wo ist die Prinzessin?«, wiederholte er an die Priesterinnen gewandt.

Madurahan würgte. Ihre Zehenspitzen schrammten über die Steinfliesen.

»Die Prinzessin ist nicht da«, stieß eine der Priesterinnen aus. »Sie ist vor acht Tagen verschwunden – wir wissen nicht, wohin. Das schwöre ich.«

Kanemô stieg die Außenstufen des Tempels empor. »Sie ist wiedergekommen.«

Alle drehten sich zu ihr um. Sie schlug die Kapuze ihres Umhangs zurück, um sich zu zeigen. Der Anführer der Männer ließ Madurahan los, die nach Atem ringend in die Arme ihrer Priesterinnen fiel. Der Krieger trat auf Kanemô zu. Unter ihrem Umhang schloss sie die Faust um den Dolch, wohl wissend, wie aussichtslos ein Kampf wäre, wenn der Krieger sein Schwert zog.

Doch er packte sie nur am Arm und schlug ihren Umhang zurück. Sie holte mit dem Dolch aus, aber er verdrehte ihr lässig das Handgelenk, sodass die Waffe auf den Boden klapperte. Kanemô stöhnte auf. Schlimmer als der Schmerz war, wie schamlos der Mann seine Finger in ihr Gesicht drückte, um ihre Ohren zu mustern. Als er überzeugt schien, dass sie diejenige war, die er suchte, zog er sie hinter sich her und hob sie auf sein Pferd.

»Hoffnungslos«, krächzte Madurahan. Erst klang es, als würde sie wehklagen, doch es war ein raues Lachen. »Euer Plan ist hoffnungslos! Der Königsmörder bleibt ein Mörder, ein aufständischer Bauer, ganz gleich, ob er sein Köterblut in königliches Blut mischt. Und wir werden jeden Tag und jede Nacht unseren Fluch um euch dichter weben!«

»Das hättest du nicht sagen sollen. Ich bin abergläubisch.« Der Krieger zog sein Schwert. Das Licht glitt über die Eisenklinge. Blitzschnell holte er aus und schlug Madurahan mit einem einzigen Streich den Kopf ab.

Kanemô fühlte warmes Blut auf ihr Bein spritzen. Die Priesterinnen schrien entsetzt auf. Dann schwang der Krieger sich hinter Kanemô in den Sattel und drückte sie an sich. Seine nach Schweiß, Leder und Eisen riechende Nähe verursachte ihr Übelkeit. Der Reiter gab seinem Ross die Sporen und sie preschten los.

Kanemô sah nicht zurück. Während sie auf dem gewundenen Weg die Küste entlanggaloppierten – das tobende Meer unter sich, die nackten Felshänge über sich –, dachte sie daran, dass sie Letanna und Perasia nicht gesehen hatte. Und vermutlich nie wiedersehen würde. Aber es tat nicht mehr weh. Wenigstens hatte sie verhindert, dass die beiden Novizinnen und der Rest der Priesterinnen von den Rebellen getötet wurden. Nur Madurahan hatte sie nicht retten können.

Doch auch das tat nicht weh.

7

Fünf Tage ritten sie durch das karge Hochland, vorbei an Dörfern, die nur aus einer Handvoll Hütten und Äckern bestanden, und folgten dann der Königsstraße durch die düsteren Tannenwälder von Odia. Ihre Ruhepausen dauerten immer nur ein paar Stunden – gerade lang genug, um die Pferde verschnaufen zu lassen. Niemand richtete ein Wort an Kanemô. Die Männer vermieden sogar, sie anzusehen. Sie war die Braut ihres Herrn; ein kostbarer Gegenstand, den man besser nicht zu lange betrachtete.

Kanemô aber musterte die Männer. Sie wirkten nicht wie Bauern, sondern eher wie Ritter. Ihr Anführer – die anderen nannten ihn Gerothen – schien sogar ein Fürstensohn zu sein, zumindest entnahm sie das den Gesprächen. Groß und stark war er, und mit seinen klaren Gesichtszügen ähnelte er mehr als Sagrik dem Ritter, von dem sie früher geträumt hatte. Dennoch hätte sie eher Sagrik geheiratet als ihn, und Gerothen schien fest entschlossen, überhaupt nichts für sie zu empfinden außer eine Art Besitzerstolz.

Als sie sich der Königsstadt näherten, bemerkte Kanemô die Spuren des Krieges. Geplünderte Siedlungen säumten die Straße. Aus den Trümmern von Häusern stiegen Rauchfahnen. Der Rauch übertünchte jedoch nicht überall einen noch abstoßenderen süßlichen Geruch. Krähenscharen und Hunde stritten sich auf den Feldern um Beute, die Kanemô gar nicht so genau erkennen wollte. Zum Glück begann Schnee zu fallen und begrub die Wahrheit gnädig unter sich. Der erste Schnee des Jahres … Die Priesterinnen hatten ihn immer mit einem besonderen Ritual empfangen. Kanemô legte leicht den Kopf zurück, damit die Flocken ihre Stirn segneten.

Der Winter frisst das Jahr. Der Tod ist eine Reinigung.

An diesem Abend kehrten sie in einem großen Gasthof auf einem Hügel ein, von dem aus man die Stadt Ivenhall und den Eisenturm des Palasts auf den Felsen bereits sehen konnte. Der Eisenturm schien von seinem höchsten Punkt Nebel auszuatmen, der sich mit den violett leuchtenden Wolken mischte. Benutzte etwa jemand den Zauberkessel?

Der Gasthof war wohl von den Kämpfen verschont geblieben. Doch Kanemô glaubte, durch die verschlossenen Türen der Kammern im Obergeschoss das Stöhnen von Verwundeten zu hören.

Sie wurde bereits erwartet. Ein Dutzend Krieger mit den roten Flicken der Rebellen an den Umhängen bewachten das größte Zimmer des Hauses. Zwei Damen befanden sich darin, die eine nur wenig älter als Kanemô, die andere bereits grauhaarig, doch beide hatten so weiße Haut und so feine Hände, dass sie ihr Leben sicher im Palast verbracht hatten. Sie stellten sich mit einem Knicks vor und begannen Kanemô zu entkleiden und zu waschen.

Jede ihrer Berührungen ist angsterfüllt, dachte Kanemô. *Sie haben Angst, dass ich anfange zu weinen. Dass ich sie um Hilfe anflehe.*

Ruhig ließ sie alles über sich ergehen. Sie bekam ein Nachthemd übergestreift und ein Abendmahl serviert: geröstete Wachteln, Fladenbrot aus gesiebtem Mehl, eingelegte Eier, Birnenkompott und aus klebrigen süßen Fäden gedrehtes Sesamkonfekt. Die Edelfrauen rümpften über die Qualität die Nase, doch Kanemô, die in den letzten Tagen nichts als Trockenfleisch und Zwieback zu sich genommen hatte, aß mit Appetit. Sie merkte, dass die Frauen sich darüber wunderten – nicht nur, weil sie offenbar delikatere Speisen gewohnt waren. Angesichts der Umstände wirkte Kanemô erstaunlich gelassen. Aber bestimmt brachten die Frauen das nicht mit der sternförmigen Narbe in Verbindung.

Sie teilten sich das große Bett. Kanemô lag lange wach. Die harte Erde, auf der sie die letzten Tage geschlafen hatte, war ihr lieber gewesen als das weiche Daunenzeug. Auch im Mondtempel war ihr Schlaflager einfach gewesen – nur eine strohgefüllte Matratze und eine gesteppte Wolldecke. Doch nun kehrten alte, fast vergessene Erinnerungen an ihre Kindheit im Palast zurück. Seidene Bezüge, ein mit Sternen bestickter Baldachin über dem Bett aus lackiertem Holz, Wandteppiche, die Märchenszenen zeigten. Der Duft von Zimtbrötchen, wenn sie erwachte, und das leise Klirren von Silberbesteck, das neben ihren Teller gelegt wurde. Ihre Mutter, die morgens immer sehr vorsichtig umarmt werden musste, damit Puder und Lippenrot nicht auf die Kleider abfärbten. Ihre Mutter, die in all ihrer Schönheit und elfischen Anmut fast so einschüchternd und Furcht einflößend gewesen war wie der König mit seinen Bestien.

»Mein süßer Knopf«, hatte sie gesagt und Kanemôs Gesicht in ihre Hände genommen – große, schmale Hände, die sich wie fließender Marmor angefühlt hatten. »Mein Perlmuttknopf! Ich möchte dich an meinen Kragen nähen, genau hierhin.«

Sie hatte auf die Kuhle über ihrem Schlüsselbein gewiesen, Kanemô hatte diese Kuhle mit ihren ungeschickten Kinderfingern berührt und sie hatten beide gekichert.

Mein Knopf. Kanemô hätte sich kaum eine höhere Auszeichnung denken können, als den Kragen der Herrin Iriobal zu zieren. Seit ihrem Verschwinden hatte sie Kanemô nie geschrieben. Vielleicht hatte König Sagamenon sie ja auch ermorden lassen. Kanemô war erst sechs gewesen, aber sie hatte mitbekommen, dass man der Königin vorwarf, im Auftrag der Hohen Elfen von Madgar Yhs die letzten Drachen vergiftet zu haben. Vielleicht stimmte es.

Am nächsten Tag wurde Kanemô erneut gewaschen, diesmal mit einer Mischung aus Honig, Milch und Wasser. Die Hofdamen rieben sie anschließend mit duftenden Ölen ein: Rosenöl aus dem Königreich Nekra für Hände und Füße, Orangenblütenöl aus den Inselterritorien für Hals, Nacken und Brust, Pinienöl aus den östlichen Fürstentümern für die Innenseiten ihrer Schenkel. Sie kämmten ihr Haar, bis es in glänzenden Wellen über ihren Rücken fiel, und flochten Perlen in die Strähnen, die ihr Gesicht umrahmten. Geschliffene Edelsteine wurden ihr an die Ohren gehängt und eine schwere Silberspange um den Hals geschlossen, von der weiße Opale baumelten. Eine zierliche Kette aus Gold verband die Spangen um ihre Fußgelenke, damit sie nur kleine, anmutige Schritte machen konnte – die Schritte einer Braut, die sich mit Zögern dem Altar nähert.

Mehrere Gewänder standen zur Auswahl. Die Hofdamen entschieden sich, ohne Kanemô um ihre Meinung zu fragen, für ein blassviolettes Kleid mit hellblauer Schleppe und Zierbahnen aus dunkelblauem Samt, die abwechselnd mit Perlen besetzt und feinem Goldfaden durchwirkt waren.

»Wie hübsch sie ist«, sagte die ältere Hofdame, als alles getan war. »Was für ein schönes, seltenes Gesicht!« Sie streichelte Kanemôs Wange und erlaubte sich ein trauriges Lächeln.

So herausgeputzt wurde Kanemô aus dem Zimmer geführt. Vor dem Gasthof stand eine goldbeschlagene Kutsche mit einem Kuppeldach und vier weißen Pferden bereit. Ein Speer ragte hinten heraus, auf dem der Kopf einer Werkatze steckte.

Kanemô hatte, seit sie zum Mondtempel geschickt worden war,

keine Bestie mehr gesehen. Sie starrte den Kopf an, der so schwer wirkte wie ein Weinfass. Die weiße Mähne und das kupferfarbene Fell waren blutverkrustet. Obwohl die Schnauze aufgerissen war und die Reißzähne entblößt, hatte ihr Antlitz etwas erschreckend Menschliches. Ein kluger, unheimlicher Geist schien selbst jetzt, im Tod, noch in ihren Smaragdaugen zu blitzen.

Die Legende besagte, die ersten Werkatzen seien Hexen gewesen, die die Zauberkraft des Nebels nutzten, um in die Körper von Löwen zu schlüpften und Morde zu begehen. Doch als Löwen vergaßen sie, wie sie sich zurückverwandeln konnten, sodass sie für immer Mischwesen im Nebel blieben. Es gab für alle bekannten Bestien eine Legende, und die meisten handelten von Hexen, die lange vor den Königen Ivenhalls Zauberei gewirkt hatten. Ob die Hexen alle vom Kleinen Volk abstammten?

Kanemô trat näher, streckte die Hand aus, um den Werkatzenkopf zu berühren. Doch der Anführer der Männer, Gerothen, zog sie zurück und schob sie in die Kutsche.

»Ihr wollt Eure hübschen Kleider doch nicht beschmutzen«, mahnte er.

Kanemô bemerkte die Unsicherheit hinter seinem Grinsen. Obwohl die Bestie tot war, fürchtete der Rebell immer noch, dass ihr königliches Blut irgendeine Macht über sie ausüben konnte.

Die Hofdamen saßen bereits in der Kutsche und legten Kanemô eine weiße Felldecke um. Sie fuhren los.

Als sie sich Ivenhall näherten, wurde der Gestank immer unerträglicher. Scheiterhaufen loderten auf den Feldern und pusteten Ascheflocken in den Schnee. Kahl rasierte Krieger in roten Flickenumhängen und zerlumpte Gestalten ohne Waffen waren damit beschäftigt, Leichen in die Feuer zu werfen. Wagen um Wagen von Toten wurden aus der Stadt gebracht. Natürlich wagte niemand, die Gefallenen zu begraben. Es hieß, gewaltsam Gestorbene brächten Unruhe in die Erde und sorgten für schlechte Ernten.

»Macht Platz!«, brüllte Gerothen, der der Kutsche voranritt. »Macht Platz für Prinzessin Kanemô, die Braut von König Heganen!«

Heganen. Sie hatte die Männer diesen Namen sagen hören, doch erst jetzt begriff sie, dass er der Königsmörder war. In ihrer Vorstellung tauchte für einen Moment der Umriss eines Mannes auf – eines Mannes, so echt und lebendig wie sie selbst –, und etwas drückte auf ihre Brust, das Angst sein müsste, wenn es nicht sofort wieder verschwunden wäre. Alles, was blieb, war ein Gefühl von Leere, als wäre da ein Loch in ihr. Instinktiv legte sie eine Hand über die Narbe, die Liotan ihr zugefügt hatte.

Sie überquerten den *Katzenrachen* – die Schlucht, die die Stadt umgab – über eine der Brücken, die heil geblieben waren. Kanemô reckte sich, um hinabzublicken. Aus der Tiefe unter ihnen ragten Felsspitzen und karge Nadelbäume herauf. Wo der Nebel in Fetzen vorübertrieb, konnte man das Wasser glitzern sehen, das auf dem Grund der Schlucht floss und sich später in die Iven teilte, die durch das ganze Land strömten.

Das massive Stadttor war zerstört. Sie holperten über Schlaglöcher, wo Steine aus der Straße herausgerissen worden waren, vermutlich um sie als Waffen zu benutzen. Elfische und menschliche Krieger zu Fuß und zu Pferd empfingen sie, dazu Musikanten mit Trommeln, Flöten und Rasseln. Und Kinder.

Die Kinder waren wie Hochwohlgeborene gekleidet, doch Kanemô bezweifelte, dass die Rebellen jemanden aus den Familien am Leben gelassen hatten, in denen königliches Blut floss, egal wie verdünnt. Schließlich war es schon vorgekommen, dass aus den adeligen Häusern ein neuer König hervorgegangen war, der Bestien beherrschen und aus dem Nebel führen konnte, weil seine Verwandtschaft mit den Vorvätern Ivenhalls eng genug war. Kanemô musterte die Kinder: Hüte aus weißem Kaninchenfell und gelbe Umhänge für die Mädchen, schwarze Marderpelzmützen und rote Umhänge für die Jungen. Sie wirkten ein wenig abgemagert unter den feinen Gewändern, und obwohl sie mit ernsten Mienen vor der Kutsche hergingen und getrocknete Rosenblätter auf den Weg streuten, hatten die Mädchen nicht die anmutige Haltung in Verbindung mit den kleinen Schritten, die einer Adelstochter von früh an anerzogen wurden.

Die Blumen sehen aus wie Blutkrusten, dachte Kanemô. Wenigstens passte das zu den Umständen.

Der Weg durch die unteren Viertel war trostlos, selbst auf der Königsstraße. Nach der Eroberung der Rebellen sah es hier jedoch kaum schlimmer aus, als Kanemô es in Erinnerung hatte: Bei den Behausungen aus Holz und Lehm, die wie Schwalbennester an den Felsen klebten, hatte es immer schon aus schiefen Kaminen geraucht und sie hatten nach Verfall ausgesehen. Wenn überhaupt, hatten die Bewohner vermutlich vom Krieg profitiert. Mehrere Gestalten, die einen Umhang der königlichen Garde zu tragen schienen, huschten auf den steilen Treppen umher.

Etwas weiter oben, wo die Straßen gepflastert waren und die Häuser Fenster hatten, tummelte sich das Bürgervolk. Die Hofdamen nahmen die Decke von Kanemôs Schultern, damit man sie besser sehen konnte, und zupften hier und da an ihren Kleidern und Haaren. Kanemô wagte sich nicht zu rühren. Wie die Leute sie anstarrten – als wäre *sie* die Verräterin!

Die Königsstraße führte an Bogengängen vorbei, in denen bisher Märkte stattgefunden hatten und die nun ausgebrannt waren.

Weiter oben, in den Adelsvierteln, sah es noch schlimmer aus. Die Villen waren niedergebrannt, die Steinmauern weggerissen, sogar die Bäume abgefackelt oder für Brennholz gefällt. Dass von den Reichen und Mächtigen vermutlich niemand überlebt hatte, war ein befremdlicher Gedanke.

Endlich fuhren sie durch das Palasttor. Die Kutsche kam im großen Hof zum Stillstand, direkt vor dem gigantischen Eisenturm, der halb Kristall und halb geschmolzenes Wachs zu sein schien. Rebellen, Dienerinnen und Arbeiter erstarrten in ihrer Geschäftigkeit. Kanemô hielt den Atem an. Sie erkannte alles wieder. Die breite Treppe, die ins Innere des grünen Marmorpalasts führte. Die spitz zulaufenden, hohen Torbogen und Fenster. Nur wehten nicht die Fahnen mit den Wappen ihrer Vorväter von den Dachfirsten, sondern rote Fetzen der Rebellen. Doch was war schon ein bisschen Stoff, der im Wind flatterte? Die Steine darunter währten bereits Jahrtausende.

Kanemô stieg aus der Kutsche. Zehn Jahre. Nun war sie endlich zu Hause.

Teil zwei:

Ein Gesicht

1

Laurien stand auf den Trümmern des Stadtwalls, den die Rebellen mithilfe des Elfenheeres drei Tage zuvor überwunden hatten, um Ivenhall zu erobern. Das Herz des größten Menschenreiches aller Zeiten war unter ihrer Kontrolle – von den Lehmhütten der unteren Viertel bis hinauf zu den Prachtbauten und Lustgärten der Noblen und dem marmorgrünen Palast des Königs mit dem unheimlichen Eisenturm, auf dem der Zauberkessel thronte wie eine leere Augenhöhle. Die aus Flicken genähten und rot gefärbten Fahnen der Rebellion wehten über Wassertürmen, Marktplätzen, den Dächern der Tavernen und sogar dem Eisenturm. Laurien war, wie viele der Rebellen, bis zum Zauberkessel emporgestiegen und hatte ihn sich angesehen. Sie hatte förmlich gespürt, dass das aus Eisen gewachsene riesige Gefäß eine Öffnung in eine andere Welt war. Der Wind verfing sich in seinem tiefen schwarzen Bauch und wehte als seufzende Geisterstimmen über den Palast, fremdartiger als alles, was Laurien je gehört hatte. Diese Echos bereiteten ihr allerdings weniger Unbehagen als das Klirren von Waffen und die Frauenschreie, die immer noch gelegentlich aus den Gassen hallten und ihr nachts den Schlaf raubten.

Im Moment hatte sie der Stadt jedoch den Rücken zugekehrt. Sie betrachtete das Land. Scheiterhaufen brannten jenseits der Schlucht, die Ivenhall umgab und voller Felsspitzen war, weshalb man sie Katzenrachen nannte.

Es hatte viele Tote gegeben. Weil die Menschen hier glaubten, im Kampf Gefallene dürften nicht in der Erde begraben werden, wurden Tag und Nacht Leichen verbrannt. Der Wind strich Lauriens von Zöpfen durchzogenes, langes Haar zurück und fühlte sich wie eine ungewohnte Liebkosung auf ihrer rechten Gesichtshälfte an, die von Kriechglut entstellt war. Normalerweise versteckte sie die Verbrennungen, so gut es ging, unter ihren Haaren. Aber hier war niemand, der sich vor ihrem Aussehen erschrecken könnte. Sie atmete tief die kalte Luft ein. Versuchte unter dem Geruch von Rauch und Blut die Düfte wahrzunehmen, die der Wind von den herbstlichen Hügeln im Norden mitbrachte, wo das Land freundlicher war als das felsige Ivenhall. Fast gelang es ihr.

Es war noch immer merkwürdig, von der Stadt aus aufs Land zu blicken – plötzlich den Blickwinkel der Feinde einzunehmen. Sie hatten wirklich gesiegt. Nachdem Laurien drei Jahre mitgekämpft und mehr verloren hatte, als in Worte zu fassen war, ließ sich diese Tatsache nicht leicht begreifen. Sie wartete noch darauf, Glück zu empfinden. Aber es war, als bremse Verwunderung ihre Freude. Vielleicht sogar eine Art Bestürzung. Sie wusste nicht, weshalb.

Drei Reiter auf zierlichen grauen Pferden tauchten aus den Wäldern auf. Sie steuerten geradewegs auf Ivenhall zu. Nicht nur an den Pferden, auch an den farbwechselnden leichten Umhängen erkannte Laurien, dass es Hohe Elfen aus Madgar Yhs sein mussten.

Sie sprang die Trümmer hinab und eilte über eine der Brücken, die intakt geblieben waren. In der Schlucht unter ihr war an klaren Tagen manchmal das Wasser zu sehen, das aus den schroffen Gebirgen kam, in weiter Tiefe durch den Katzenrachen floss und sich dann in zahlreichen Strömen – den Iven – durchs Land zog. Doch meistens lag die Schlucht im Nebel, heute stieg zusätzlich noch beißender Qualm wie der Atem eines wahren Monstrums empor, denn kochendes Öl und Kriechglut waren während der Schlacht hinabgeronnen und verschmorten die Toten, die niemand aus der Tiefe bergen wollte.

Auf der Königsstraße ging sie den Reitern entgegen – das Haar vorgestrichen und den Kopf ein wenig eingezogen, um ihre Entstellung zu kaschieren. Zahlreiche Menschen und Elfen aus den Lagern der Rebellen ringsum hatten sich versammelt, um die Neuankömmlinge zu empfangen, darunter Savionne, Anführerin der Wasserklingen und ranghöchste Schwertkämpferin des elfischen Heeres direkt nach Laurien. Die Kriegerin zwinkerte Laurien zu und schnalzte mit der Zunge, als sie sie entdeckte. Obwohl Laurien ihre Befehlshaberin war, hatte Savionne in gewisser Weise eine mütterliche Beziehung zu ihr – oder zumindest Narrenfreiheit –, denn sie war fast doppelt so alt wie Laurien und kannte sie seit ihrer Geburt.

Die drei Reiter waren, wie Laurien vermutet hatte, keine Krieger, obwohl ihre Reisegewänder sich kaum vom typischen Waffenrock des Elfenheeres unterschieden. Es waren drei der zwölf Weisen vom Brunnen, die Madgar Yhs regierten.

In der Mitte ritt Alarion, eine der Ältesten und Einflussreichsten der Weisen vom Brunnen. Obwohl ihr Haar bereits schlohweiß war und ihr langes, hohlwangiges Gesicht voller Falten, saß sie aufrecht und bewegte sich geschmeidig im Sattel. Zu ihrer Linken ritt Gajadis, Alarions Sohn, der selbst kein junger Mann mehr war und eine tiefere Zornesfalte zwischen den Brauen trug als seine Mutter. Zu Alarions Rechten ritt ein Gelehrter namens Niran, das lange, knochige Gesicht umrahmt von einer Flechtfrisur, die recht aufwendig war und Eitelkeit verriet. Niran war sehr jung, so wie Laurien. Vielleicht war es sogar eine noch größere Auszeichnung, in diesem Alter bereits ein Weiser vom Brunnen geworden zu sein als eine Heerführerin. Laurien hatte gehört, dass Niran eine der

Sechsunddreißig Fragen der Weisheit beantwortet hatte – die einem den Elfen zufolge die gesamte Welt erschlossen –, als er kaum sechzehn Sommer gezählt hatte. Aber womöglich war das nur ein Gerücht. Laurien bezweifelte, dass die Fragen tatsächlich beantwortet werden konnten. So oder so ahnte sie, dass es für Niran ebenso schwierig war wie für sie selbst, trotz seiner Jugend ernst genommen zu werden, aber sie hatten nie darüber gesprochen. Niran wirkte so, als würde er mit niemandem über allzu Persönliches sprechen.

Die drei zügelten ihre Pferde. Alarion entdeckte Laurien in der Menge und richtete das Wort an sie. »Laurien, Tochter. Und Savionne.«

»Seid gesegnet«, grüßten Laurien und Savionne im Einklang zurück, wobei Savionne sich nicht die Mühe machte, einen spöttischen Tonfall zu überspielen. Es war kein Geheimnis, dass Savionne und die zwölf Weisen vom Brunnen nicht das beste Verhältnis hatten. Ihre Führungsposition im Heer hatte Savionne allein ihrer Beliebtheit bei den Schwertkämpfern zu verdanken – die Weisen vom Brunnen hätten sie nie zur Anführerin einer Legion gemacht.

Mit lauterer Stimme und an die Menge gewandt fuhr Alarion fort: »Die mutigen Menschen haben mithilfe unserer tapferen Elfenkrieger das Böse bezwungen! Nie wieder soll ein Tyrann mithilfe von Bestien herrschen. Lang lebe die Rebellion!«

Jubel erscholl, aber Laurien konnte hören, dass es eher Höflichkeit war. Die Weisen vom Brunnen hatten nicht mit ihnen gekämpft, sondern das Geschehen aus der Sicherheit von Madgar Yhs verfolgt. Für die Menschen standen sie für die Entrücktheit und Zwielichtigkeit, die man den Hohen Elfen nachsagte. Vor der Rebellion und bevor König Sagamenon in seinem Wahn alle Elfen im Reich hatte verfolgen lassen, waren es die Weisen vom Brunnen gewesen, die mit Sagamenon paktierten – obwohl er schon damals die Territorien unterdrückte, die nun gegen ihn aufbegehrt hatten, und obwohl es eine lange Tradition der Könige von Ivenhall war, ihre Untertanen mithilfe der Bestien zu beherrschen.

»Wir sind gekommen, sobald der Weg frei war, um mit euch allen auf den Trümmern des Großreiches zu feiern«, fuhr Alarion fort, wobei Laurien wahrscheinlich nicht die Einzige war, die sich Alarion nur schwer beim Feiern vorstellen konnte. Aber ihre Gedanken waren sowieso woanders.

»Der Weg war frei?«, fragte sie und schluckte.

Alarion richtete ihren klugen, alles durchdringenden Blick wieder auf Laurien. Erst da begriff Laurien, dass ihre Frage falsch gedeutet werden konnte – nämlich als Argwohn, ob die drei Weisen vom Brunnen tatsächlich den weiten Weg von Madgar Yhs zu Pferd zurückgelegt hatten. Schließlich waren die Weisen vom Brunnen bewandert in den Zauberkünsten. Angeblich konnten sie in ihrem Zauberbrunnen Vergangenheit und Zukunft sehen und große Distanzen mit einem einzigen Schritt überwinden. Manchmal hatten sie während der Rebellion tatsächlich Dinge gewusst, die nur so zu erklären waren. Auch die Kleider der drei waren für Reisende erstaunlich sauber ... Aber Laurien hatte noch nie erlebt, dass die Weisen sich mit ihren Fähigkeiten brüsteten oder sie auch nur zugaben.

»So ist es: Zwischen der Königsstadt und den Sommerwäldern gibt es kein Land mehr, das die Rebellen nicht erobert hätten«, erklärte Alarion. »Die Truppen von Fürst Githeon sind zwei Stunden Marsch von hier entfernt. Sie waren siegreich.«

Der Jubel, der nun ausbrach, kam von Herzen. Die Truppen von Fürst Githeon, der die Rebellion unterstützte, hatten dem königstreuen Fürst Otana und dessen Männern auf dem Weg nach Ivenhall aufgelauert, damit dieser nicht den Belagerern von Ivenhall in den Rücken fiel. Ihr Kampf hatte sich in den östlichen Bergen abgespielt, doch seit einem halben Mond hatte hier während der Belagerung niemand gewusst, wie es um sie stand. Nun war die Erleichterung groß.

Nur Laurien war wie erstarrt. Sie hatte so sehr um Fürst Githeons Truppen gebangt, dass sie es kaum glauben konnte.

»Lebt der Fürst?«, fragte sie und hoffte, die Antwort auf ihre eigentliche Frage zu erhalten.

»Fürst Githeon und seine Söhne sind wohlauf«, verkündete Alarion.

Laurien konnte ein Aufseufzen nicht verhindern. Zum Glück schien es niemand zu bemerken, denn Savionne klopfte ihr dabei auf die Schulter und überhaupt herrschte fröhlicher Lärm und Durcheinander. Der Fürst und seine Söhne waren nicht gefallen. Perakín, der jüngere seiner Söhne, war wohlauf!

Am liebsten wäre Laurien ihm entgegengeritten. Aber der bloße Gedanke, ihren Übereifer so zur Schau zu stellen, ließ sie erröten. Stattdessen sagte sie: »Bereiten wir alles für den Empfang der Truppen des Fürsten vor. Wir brauchen frische Lager – und ein Festmahl für die Ankunft der ehrwürdigen Weisen vom Brunnen.«

Auf dem gemeinsamen Weg zur Stadt strich sie sich nervös die Haare vor die verbrannte rechte Gesichtshälfte. Es war fast zwei Jahre her, dass sie Perakín getroffen hatte. So vieles hatte sich seitdem verändert. Bestimmt war er nicht mehr der Junge, der sie als Tagtraum so oft begleitet hatte – tagsüber und nachts –, einundzwanzig Monde lang. Sie war ganz sicher nicht mehr dieselbe.

Ihre Nervosität verdichtete sich zu elender Panik.

Er musste davon gehört haben, was ihr zugestoßen war und dass man sie zur Heerführerin gemacht hatte. Aber er hatte es noch nicht mit eigenen Augen gesehen.

Laurien erinnerte sich genau, wie Perakín vor zwei Jahren in ihr Leben getreten war. Oder besser gesagt, wie er flüchtig *hindurchgetreten* war, um eine dauerhafte Lücke zu hinterlassen. Der Moment, als ihr seine Bedeutsamkeit klar wurde, war denkbar unromantisch gewesen – sie hatten buchstäblich bis zu den Knien im Dreck gesteckt.

Seit Wochen hatten Frühlingsschauer das Land aufgeweicht. Die Rebellen hatten damals geholfen, die Handelsstadt Kathun am Rand der Sümpfe von Ivenhalls Herrschaft zu befreien. Zwar hatten die Rebellen die Truppen König Sagamenons zurückgeschlagen, aber im Anschluss wurden viele Bewohner der Stadt krank, denn die Brunnen waren verunreinigt. Wegen der Nässe hatte man die Toten nicht rechtzeitig verbrennen können und die Abwasserkanäle waren verstopft oder im Kampf zerstört worden. Sie brauchten dringend eine neue Kanalisation.

Perakín hatte zwar im Kampf nicht so geglänzt wie sein älterer Bruder Gerothen, aber bald wurde allen klar, dass dieser knochige Halbwüchsige die Lösung für das Abwasserproblem finden würde. Er hatte von Anfang an darauf gedrängt, dass der Wiederaufbau der Kanäle Vorrang haben sollte, aber das interessierte im ersten Siegestaumel niemanden. Doch nachdem die Situation sich zuspitzte, wurde Perakín Gehör geschenkt. Er studierte die Baupläne der Stadt, untersuchte die Schäden, kalkulierte das Material, das zur Verfügung stand, und entwarf unterirdische Schächte und Aquädukte, die effizienter waren als jene, die zerstört worden waren.

Laurien war damals nur ein Silberschwert unter dem Befehl ihres ehemaligen Lehrmeisters und Heerführers Faisah gewesen. Die Ereignisse, die sie zur jüngsten Heerführerin aller Zeiten machen und sie das Gesicht kosten würden, lagen noch in der Zukunft. Sie zählte gerade sechzehn Sommer und hatte bisher gegen mehr Strohpuppen gekämpft als gegen Menschen und Bestien, auch wenn sie die Erfahrung des Tötens in diesem Frühling gemacht hatte, jene bleischwere Einsicht, die nicht sehend macht, sondern blind. Sie hatte Perakín einige Male getroffen und davon gehört, dass man ihm den Bau neuer Kanäle überantwortet hatte, was ihr verwunderlich vorgekommen war. Immerhin zählte er nur wenige Jahre mehr als sie und wirkte um einiges jünger. Auf dem Schlachtfeld hatte sie nicht besonders viel von ihm gehalten. In vollem Rüstzeug und auf dem großen Rappen machte er weniger her als sie, die wie alle elfischen Schwertkämpfer einen leichten Waffenrock aus Marué trug und ihr wendiges graues Pferd nur bei seltenen Kampfmanövern in die Schlacht ritt. Hätten Perakín nicht stets die Ritter seines Vaters umgeben, wäre er vermutlich in der ersten Schlacht gefallen – daran zweifelte Laurien auch später nicht, als ihr Blick auf ihn nicht mehr ganz so nüchtern war wie zu Beginn.

Sie wurde eingeteilt, bei dem Bau der Kanäle zu helfen. Es war bei Weitem nicht das Schlimmste, was sie hatte tun müssen, seit die Elfen die Rebellen gegen König Sagamenon unterstützten. Am ersten Morgen sammelten sich die Helfer um Perakín, der statt eines Schwertes Papierrollen und Maßstäbe im Gürtel stecken hatte. Er malte mit einem Stock in den Schlamm, um viel zu detailreich zu erklären, was sie tun würden, und blickte immer wieder auf, um zu fragen, ob alle einverstanden seien oder Ideen zur Verbesserung hatten. Keiner hatte Ideen zur Verbesserung. Laurien überkam die Gewissheit, noch nie jemandem wie diesem Jungen begegnet zu sein. Aber seit sie im Krieg war, erlebte sie fast täglich Dinge, die sie sich zuvor nicht einmal hätte vorstellen können.

Sie begann mehr über ihn nachzudenken, als die Bauarbeiten losgingen und Perakín nicht, wie sie erwartet hatte, bei seinen Papieren blieb, sondern mit anpackte. Bisher waren die Adeligen des Menschenvolks, die Laurien kennengelernt hatte, noch hochnäsiger gewesen als die Weisen vom Brunnen in Madgar Yhs. Perakín schien sich seines Standes nicht bewusst zu sein oder es scherte ihn nicht im Geringsten. Mehr noch, Laurien bemerkte, dass ihm auch der Rang der anderen nichts galt. Er behandelte die Rebellen ebenso freundlich wie Helfer aus der Stadt oder die Elfen. Ja, sogar die Elfenkriegerinnen behandelte er wie jeden anderen. Laurien hatte noch keinen Menschen getroffen, den die Tatsache, dass elfische Frauen ebenso kämpften wie Männer, nicht entweder verängstigt oder amüsiert hätte oder beides. Perakín wich ihnen nicht aus, er gaffte sie nicht an, er gab keine dummen Kommentare ab. Er war schlicht und ergreifend *freundlich*. Laurien kam zu dem Schluss, dass er zu jenen rar gesäten Leuten gehörte, die komplizierteste Angelegenheiten sofort begriffen, aber die offensichtlichsten Dinge nicht einmal wahrnahmen.

Dennoch konnte sie mit diesem Urteil nicht ihre Gedanken über ihn abschließen. Sie beobachtete ihn, wie er unermüdlich arbeitete, wie er sich Zeit nahm, jedem zuzuhören, wie er sich von keinem Unsinn und keinem Hindernis aus der Ruhe bringen ließ. Wenn etwas nicht funktionierte, begann er an einer Locke seines dunklen Haares zu zupfen und beugte sich über seine Pläne, bis er schließlich aufsprang und mit einem ruhigen, aber strahlenden

Gesicht verkündete, dass er *vielleicht* eine Lösung habe. Er kam ihr hier, im Krieg, so fehl am Platz vor ... und zugleich war alles an Perakín richtig. Ja, die Umgebung war falsch, das offenbarte sich in seiner ganzen Richtigkeit. Während alle ihren Zorn gegen König Sagamenon schürten, sich rächen wollten und vernichten und umstürzen, wollte er etwas bauen, damit die anderen nicht in ihrem eigenen Dreck zugrunde gingen. Und er freute sich. In seinen Augen – schöne tiefblaue Kinderaugen – stand stets ein Lächeln. Dieses Lächeln hatte nichts Zynisches im Angesicht des Elends, das sie umgab; er schien bloß etwas anderes zu sehen als die anderen. Etwas, das größer war und wichtiger und besser als ihr Krieg.

Die Wahrheit war, dass Laurien auch unabhängig von ihm begann, an der Herrlichkeit der Rebellion zu zweifeln. Sie ertappte sich dabei, wie sie Kindern beim Spielen zusah, Katzen beim Schlafen und Maiglöckchen beim Wachsen, und in alldem mehr Sinn erkannte als in ihrem hehren Ziel, die Territorien von der Herrschaft Ivenhalls zu befreien.

Doch dann kam der Tag, an dem sie begriff, dass Perakín ihr noch mehr bedeutete als spielende Kinder, schlafende Kätzchen und blühende Maiglöckchen. Sie waren gerade dabei, die Trümmer der zerstörten Stadtmauer abzutragen, um einen Kanal freizulegen. Die Steinquader waren schwer wie Pferde und der Regen machte sie glitschig. Mit einem Mal gab es einen Rutsch; die Steinbrocken polterten zur Seite. Der Kanal öffnete sich und ein Sturzbach aus Abwässern drang hervor. Innerhalb weniger Augenblicke vermischte sich der stinkende Schlamm mit Regen, Erde und der Asche der letzten Schlacht zu einer Brühe, in der sie bis zu den Knien versanken. Fluchend fuhren sie fort, die Steine beiseitezuräumen, damit das Abwasser in eine Sickergrube abfließen konnte. Und während alle murrten und ächzten, begann Perakín mit seiner Halbwüchsigenstimme, die an den höchsten Tönen brach, zu singen:

»Lasst die Schaufeln, legt sie weg.
Mein Mädchen ist nur kühl im Schlaf.
Was hat das Schaufeln für einen Zweck?
Mein Mädchen braucht doch noch kein Grab!«

Alle lachten und begannen im Chor das Lied des Liebhabers zu singen, der den Tod seines Mädchens nicht wahrhaben will, während sie ein Grab für den Unrat aushoben. Irgendwer fing an, den Unrat Ludmilla zu nennen, und bald witzelten sie über Ludmilla, die mächtig *stinkende* heimliche Herrin der Stadt, die nicht so tot war, wie manch einer glaubte. Dass dieser Witz ziemlich dumm war, amüsierte sie nur umso mehr. Sie alle sehnten sich nach etwas Leichtigkeit.

Drei Reiter kamen an der Stadtmauer entlang. Es waren Fürst Githeon und dessen Sohn Gerothen in Begleitung eines Mannes, den Laurien noch nie gesehen hatte. Seinem schlammverkrusteten Rüstzeug nach musste er ein Ritter sein – und von einer langen Reise kommen.

»Perakín!«, rief Gerothen.

Perakín hielt in der Arbeit inne, als er seinen Bruder hörte. Die drei Reiter zügelten ihre Pferde in gebührendem Abstand zu dem Dreck.

»Vater«, grüßte Perakín, wie es sich gehörte, dann wandte er sich an den Fremden: »Mosgar! Sei gegrüßt. Was führt dich so weit fort von zu Hause?«

An den Mienen der drei war abzulesen, dass der Grund kein erfreulicher war.

»Was ist passiert?«, fragte Perakín.

»Deine Schwester«, erklärte Fürst Githeon. Sein Atem dampfte in der Luft. »Sie wurde geraubt.«

Nur das Regenprasseln war zu hören.

Schließlich fuhr Gerothen fort: »Fürst Korigans Schergen haben sich in die Festung geschlichen und sie entführt. So wollen sie uns zwingen, die Waffen niederzulegen und die Rebellion zu verraten!«

Wieder trat Schweigen ein. Laurien sah, dass Perakín die Fäuste geballt hatte.

»Also greifen wir Fürst Korigan an!?«, fragte Perakín – es klang mehr wie ein Befehl als eine Frage.

»Wir werden die Waffen nicht niederlegen«, erwiderte Fürst Githeon, »und wir werden Korigan nicht angreifen. Wir ziehen mit der Rebellion weiter nach Ivenhall.«

»Aber Aritamé«, wand Perakín ein.

»Aritamé würde wollen, dass wir weiterkämpfen«, bestimmte Githeon mit einer Härte, die wohl auch gegen seine eigene Verzweiflung gerichtet war. »Wir werden weiterkämpfen wie geplant. Und hoffentlich Kriegsgefangene machen, die wir gegen sie eintauschen können.«

Perakín schluckte. »Vater, gebt mir vier Truppen, und ich finde einen Weg, Aritamé zu befreien.«

Githeon kniff die Augen zusammen, als tue Perakíns Zuversicht ihm weh. Er schüttelte den Kopf.

»Wie denn?«, höhnte Gerothen. »Willst du einen Kanal in die Festung von Fürst Korigan graben?«

»Ich werde mir eine Strategie überlegen, wenn du das meinst, ja«, gab Perakín zurück.

»Nein. Wir können keine vier Truppen entbehren«, lehnte

Githeon ab. »Dass wir uns aufteilen und angreifbar machen, ist genau das, was König Sagamenon und sein Schoßhund Korigan wollen.«

Perakín wandte sich abermals an den Ritter, den er Mosgar genannt hatte: »Wie viele Männer haben wir auf der Burg?«

»So viele, wie zurückgelassen wurden, weniger meiner. Bei der Entführung der Herrin Aritamé wurden nur ein Stalljunge und zwei Dienerinnen getötet.«

Perakín schien zu überlegen, was er mit der Anzahl von Männern anfangen könnte.

»Perakín«, mahnte Githeon. »Ich wollte, dass du es nicht viel später erfährst als wir. Darum bin ich gekommen. Nicht, um dich auf dumme Gedanken zu bringen. Hörst du? Bleib bei dem, was du kannst. Das ist ein Befehl!«

Der Fürst wendete sein Pferd und preschte durch den Regen davon. Sein ältester Sohn und sein Ritter folgten ihm. Die Blicke der Arbeiter lagen auf Perakíns gebeugten Schultern. Lange stand er so da, im Unrat und Regen, und rührte sich nicht. Dann schaufelte er weiter. Auch die anderen setzten ihre Arbeit fort, doch niemand sang mehr.

Als es dunkel wurde und Zeit, sich auszuruhen, entzündete Perakín Fackeln. Er arbeitete weiter. Nach und nach gingen die anderen, um sich zu waschen, etwas zu essen und zu ruhen. Nur Laurien blieb. Sie brachte es nicht über sich, ihn allein zu lassen. Sie wollte etwas sagen, aber sie wusste nicht, was. Oder etwas fragen, aber auch da fiel ihr nichts ein. Also schaufelte sie weiter, so wie er, schwer atmend, sich den Regen aus den Augen wischend, ganz und gar ratlos. Er schien nicht zu bemerken, dass sie da war. Doch das war kein Grund zu gehen.

Irgendwann, es musste tiefste Nacht gewesen sein, kletterte er aus dem Loch und kniete sich davor wie ein Trauernder an ein Grab. Laurien beobachtete den Umriss seines Rückens, ob er schluchzte. Aber er blieb ganz reglos.

Sie setzte sich neben ihn. Und als sie sicher war, dass seine Nähe ihn nicht störte, sagte sie: »Meine Mutter ist gestorben. Ich konnte sie nicht retten.«

Er sah sie nicht an und sprach ihr auch nicht sein Beileid aus, wofür sie dankbar war. Er fragte nur: »Wie?«

Sie hätte beinah die Schultern gezuckt. Sie hatte sich angewöhnt, ohne Gefühle an ihre Mutter zu denken und auch so über sie zu sprechen, wenn es sein musste. »Sie war eine Nachtelfe – eine von jenen, die nicht in Madgar Yhs geboren sind und in den Ländern der Menschen oder den Sümpfen leben. Auch ich bin nicht in Madgar Yhs geboren …« Sie linste zu ihm hinüber, ob die Offenbarung, dass sie keine Hohe Elfe war, etwas an seiner Miene veränderte, aber das tat es nicht. Sie atmete auf. »Meine Mutter hat sich als Wahrsagerin durchgeschlagen, was eigentlich fast lustig ist, weil ich niemanden kenne, der so sehr die Wahrheit verdrängt und sich selbst belogen hat wie sie. Sie hat viel getrunken … und Violettenkraut geraucht. Als ich klein war, dachte ich, es sei normal, dass eine Mutter den ganzen Tag schläft, dann Zitteranfälle hat, Blut hustet und wirres Zeug redet, weil sie nichts zu rauchen hat. Sie hat mich auch immer gewarnt, dass ich bald eine Vollwaise sein würde. Als ich klein war, machte mir das große Angst. Ich glaubte ihr, wenn sie behauptete zu sterben, und ich hatte schreckliches Mitleid. Aber als ich älter wurde und sie nicht starb, sondern nur kaputter wurde, hatte ich weniger Mitleid.« Sie grinste freudlos. »Und dann ist sie doch gestorben. Ich habe sie auf dem Boden vor ihrem Bett gefunden. Kein schöner Anblick.«

Er sah sie an, ein zärtliches Funkeln lag in seinem Blick. »Wie alt warst du?«

»Zehn Sommer. Oder neun.«

»Wie bist du ins Heer der Elfen von Madgar Yhs gekommen?«

»Faisah hat mich aufgesucht, unser Heerführer und mein Ausbilder«, sagte sie. »Er bot mir an, die Kampfkünste zu erlernen, und nahm mich mit nach Madgar Yhs. Er hat dafür gekämpft, dass ich bei den Hohen Elfen aufgenommen wurde. Ich verdanke ihm alles.« Sie kaute auf ihrer Unterlippe. Dass sie als Waise mit den Schulden ihrer Mutter ins nächstbeste Bordell verkauft worden wäre, wenn Faisah sie nicht geholt hätte, musste sie nicht aussprechen. Sie dachte nur ungern daran. An die vergitterten Fenster, hinter denen Kinder elfischer und menschlicher Abstammung saßen, das Gelächter von Männern und das Klappern von Bierkrügen im Hintergrund. In ihren ersten Jahren in Madgar Yhs war sie nachts aus Albträumen davon aufgeschreckt. Und auch später noch, als sie ausgezogen war, um die Rebellion zu unterstützen, hatte sie an diese Kinder gedacht, deren Schicksalsgenossin sie um ein Haar geworden wäre und die vielleicht ein neues Leben führen konnten, wenn der König gestürzt und das Großreich zerschlagen war. Das wünschte sie sich mehr als alles andere in diesem Krieg.

»Jedenfalls habe ich versucht, meine Mutter zu beschützen, aber es war nicht möglich. Ich hätte nichts für sie tun können. Und trotzdem … fühle ich mich schuldig. Nicht nur an ihrem Tod. Auch an ihrem traurigen, sinnlosen Leben.«

Er atmete hörbar aus. »Erzählst du mir davon, damit ich kein schlechtes Gewissen habe, wenn ich meine Schwester im Stich lasse?«

»Nein. Nein … ich erzähle dir davon, weil ich weiß, wie es sich anfühlt, Angst um jemanden zu haben, den man liebt. Meine Mutter war nicht zu retten. Ich glaube, deine Schwester schon.«

Am folgenden Abend war Laurien wieder die Letzte, die noch mit Perakín zusammen arbeitete. Als sie stumm für einige Zeit geschaufelt hatten, ging er weg und holte die eiserne Truhe, in der er seine Papierrollen aufbewahrte.

»Laurien«, rief er sie so leise, dass sie ihn im Regen fast überhört hätte.

Sie wunderte sich, dass er sich an ihren Namen erinnerte, denn sie hatte sich nur ein Mal vor Wochen vorgestellt. »Ja?«

»Bitte komm.«

Sie kletterte zu ihm nach oben. Er stellte die Truhe vor ihr ab.

»Bitte nimm die Pläne und sorge dafür, dass alles umgesetzt wird. Ich glaube, dass es so funktionieren müsste.«

»Ich?«, stotterte sie.

»Ich vertraue dir«, sagte er schlicht. »Du bist pflichtbewusst und motivierst die anderen. Vor allem weißt du immer, was zu tun ist.«

Ihre Wangen begannen zu glühen. Abermals wunderte sie sich, dass es keinerlei Rolle für ihn zu spielen schien, dass sie eine Nachtelfe war, eine Frau und noch so jung … Als sehe er einfach über diese Dinge hinweg, die für andere alles bedeuteten. Sie setzte sich auf die Truhe, sodass genug Platz neben ihr war, damit auch er sich setzen konnte. Nach einem Augenblick tat er es. Eine Zeit lang sagte keiner von ihnen etwas.

Dann begann Perakín zögerlich zu sprechen: »Mein Vater unterstützt die Rebellion, weil er das Königshaus von Ivenhall verabscheut. Ich glaube, ihm ist nicht klar, welche Idee der Rebellion zugrunde liegt. Heganen, der Rebellenführer, ist ein Bauernsohn. Mein Vater, ein Fürst, folgt einem Bauernsohn … und er verkennt die Symbolkraft davon. Er sieht nur sich und den König. Die Rebellen nimmt er wahrscheinlich gar nicht ernst genug, um sich über sie Gedanken zu machen. Aber wenn wir siegen, wird nichts so sein wie vorher. Es ist schon jetzt nichts mehr wie vorher.«

»Ihr meint, der Sieg der Rebellion könnte Eurem Vater am Ende schaden?«

»Womöglich. Und doch ist die Rebellion das Großartigste, was die Menschen zustande bringen konnten. Nach meinem Vater soll die Herrschaft über Odia an Gerothen gehen, denn er ist der erstgeborene Sohn. Aber ob es dazu kommt, nachdem die Rebellion blinden Gehorsam und Tradition infrage gestellt hat …« Er hielt inne, als würde ihm erst jetzt klar, was er gesagt hatte. Gelassen fügte er hinzu: »Ich meine nicht, dass *ich* Fürst werden will. Ich habe eher gedacht, es sollte einen Rat geben. Mit Aritamé. Sie ist sehr belesen und die klügste Person, die ich kenne. Meine große Schwester.« Er verstummte gedankenverloren.

»Wenn ein Bauernsohn einen König besiegt, könnte auch die Herrschaft über ein Fürstentum an eine Tochter gehen«, überlegte Laurien und zuckte die Schultern. »Warum ihr Menschen nach solchen merkwürdigen Gesetzen lebt, war mir ohnehin immer ein Rätsel.«

»Ein Fürst muss seine Männer in den Krieg führen können. Und bei uns kämpfen Frauen nicht wie bei euch. Meistens …«, fügte er hinzu, denn es gab durchaus Kriegerinnen unter den Menschen, aber so wenige, dass sie kaum wahrgenommen wurden. »Meine Schwester kann nicht kämpfen. Aber viele Entscheidungen haben nichts mit Kriegsführung zu tun. Wenn es in Odia statt eines Fürsten, der wie ein König regiert, einen gewählten Rat gäbe, so wie bei den Rebellen …«

»Euer Vater wäre sicher entsetzt, wenn er wüsste, wie Ihr denkt.«

»Er weiß, wie ich denke«, sagte er und runzelte die Stirn, als sei es selbstverständlich, ehrlich zu sein, auch wenn es unangenehme Folgen hatte.

Ihr fiel auf, wie hübsch seine Augen waren, wenn er die Brauen so anhob. Der matte Schein der Fackeln umriss sein Profil und seinen regennassen Lockenkopf. Für einen Moment erkannte sie deutlich, wie er als Kind ausgesehen haben musste und wie er als erwachsener Mann aussehen würde, beides gleichzeitig – und es rührte sie auf eine Weise, die neu für sie war.

»Also wollt Ihr Aritamé retten, weil Ihr Eure eigene Rebellion führt«, sagte sie leise.

»Nein. Aritamé werde ich retten, weil sie meine Schwester ist.«

Er erhob sich. Sie fühlte, wie sein Blick sie bis auf den Grund durchdrang. Und dann sagte er: »Du bist besonders. Aber das weißt du. Ich hoffe, eines Tages sehen wir uns wieder. Vielleicht erlebe ich dann, wie du lächelst.«

Das Blut pochte ihr in den Wangen, aber sie blieb todernst. »Auf Wiedersehen, Herr. Alles Gute.«

Alles Gute! Gar nichts zu sagen, wäre besser gewesen. Sie sah ihm nach, wie er durch den Schlamm davonstapfte, die Schultern hochgezogen und den Umhang fest um sich geschlungen. Ein Gefühl durchdrang sie wie ein nach innen hallender Schrei.

Du bist besonders. Aber das weißt du.

Sie wusste es nicht. Sie wusste überhaupt nicht, auf welche Weise sie besonders sein sollte – abgesehen von der zweifelhaften Auszeichnung, eine Nachtelfe unter Hohen Elfen zu sein. Doch sie fühlte mit der ganzen Gewissheit ihres Herzens, dass sie für ihn besonders sein wollte. So wie seine Schwester, für die er alles stehen und liegen ließ und sogar den Bruch mit seinem Vater in Kauf nahm.

Eines Tages, hörte sie ihn sagen. Das wurde der Funke, der ihre Hoffnung immer wieder entfachte. *Eines Tages.*

Aber heute, zwei Jahre später, war ein anderer Tag gekommen. Laurien hatte gehört, dass Aritamé tot war, und auch Faisah war tot so wie Tausende andere, und sie selbst hatte anstelle ihres Gesichts eine von der Kriechglut entstellte Fratze.

2

Laurien eilte durch die Flure des Palasts, vorbei an eingeworfenen Fenstern und zerborstenen Bodenfliesen. Immerhin waren die Blutlachen aufgewischt worden. Aber sie glaubte den Tod noch riechen zu können, den so viele hier gefunden hatten.

Sie hatte nicht nur ein Lager für die drei Weisen vom Brunnen herrichten lassen, sondern auch für den gerade angekommenen Fürst Githeon mit seinen beiden Söhnen und ihren Truppen. Dann hatte sie Himmel und Erde in Bewegung gesetzt, damit sie heute Abend ein anständiges Mahl bekamen und nicht den üblichen Eintopf des Heeres. Bei all den Vorbereitungen hatte sie die Zeit aus den Augen verloren und nun war sie spät dran für die Versammlung. Vielleicht hatte sie sich auch absichtlich verspätet … Ein Teil von ihr fürchtete das Wiedersehen mit Perakín.

Sie erreichte eine lange Halle, von der Dutzende Bogengänge abgingen und eine breite Treppe hinab in den Hof führte. Auf dieser Treppe war König Sagamenon von Heganen, dem Anführer der Rebellion, erschlagen worden. Über die Stufen zogen sich noch die schwarzen Blutspuren.

Heganen hielt alle Sitzungen mit seinen Generälen und Verbündeten nun hier ab. Bevor Laurien näher kam, strich sie ihr Haar vor ihre vernarbte rechte Gesichtshälfte. Dann umschloss sie den Griff ihres Schwertes am Gürtel und versuchte so zu gehen, als wären ihre Beine nicht weich wie Wachs.

Die Treppe war voller Menschen und Hoher Elfen aus Madgar Yhs. Auch unten im Hof hatte sich eine Menge versammelt. Auf dem oberen Treppenabsatz saßen Heganen, dessen engste Generäle und Verbündete, die drei Weisen vom Brunnen und Fürst Githeon mit seinen Söhnen.

Laurien nickte ihnen zu, als sie sie bemerkten, und deutete eine Verneigung vor Heganen an, ehe sie sich gegen eine Säule lehnte und den Blick über die Menge schweifen ließ. Das Herz schlug ihr bis zum Hals. Sie hatte Perakín nur für einen Sekundenbruchteil gesehen. Sie war nicht in der Lage gewesen, seinen Blick zu erwidern. Auf keinen Fall konnte sie sich zu ihnen setzen, obwohl ihr Rang als Befehlshaberin des Elfenheeres es eigentlich erforderte, dass sie sich in Heganens engstem Kreis zeigte. Innerlich schalt sie sich für ihre Feigheit.

Fürst Githeon fuhr fort, von ihrem Sieg zu berichten. Sie hatten Fürst Otana angegriffen, aber der Fürst und ein Teil seiner Männer hatten sich auf seine Burg zurückziehen können. Nach erbitterten Schlachten hatten die Rebellen sie jedoch schließlich eingenommen. Die dramatische Schilderung der Kämpfe wurde immer wieder von Jubel und Klatschen unterbrochen.

Endlich wagte Laurien einen weiteren Blick. Heganen saß in der Mitte, den Kopf abgewandt, um Fürst Githeon zuzuhören. Der Fürst war ein graubärtiger Mann mit der Statur eines Stiers, aber seine Augen, hell und wach, hatten etwas Kindliches an sich, so wie Perakíns. Neben ihm saß Gerothen, der wie eine jüngere Version seines Vaters aussah. Allerdings hatte er dunklere Haut und ein schmaleres Gesicht mit hervortretenden Augen. Wie alle Männer, die sich der Rebellion angeschlossen hatten, rasierten sich auch der Fürst und seine Söhne mittlerweile den Schädel. Nur eine Strähne entlang der linken Schläfe hatten sie zu einem dünnen Zopf geflochten, um zu zeigen, wie lange sie schon gegen Ivenhall kämpften.

Perakín saß mit dem Rücken zu ihr. Fast hätte sie ihn nicht

wiedererkannt. Er war größer und viel kräftiger geworden. Ihr Blick wanderte an seinen Armen und Schultern entlang, über den braunen Nacken und die anmutige Wölbung seines Hinterkopfes. Der kahl geschorene – oder eher stoppelige – Schädel stand ihm gut, auch wenn sie mit Wehmut an sein zerzaustes Haar dachte. Jetzt würde ihn niemand mehr als Halbwüchsigen bezeichnen.

Er blickte in die Menge im Hof und Laurien betrachtete sein Profil. Das Gefühl, das sie dabei überkam, war beinahe Schmerz. Er hatte die Augenbrauen leicht hochgezogen, als dächte er über etwas Trauriges nach. Ein verwilderter, noch in den Anfängen steckender Bart verbarg die schöne Form seiner Lippen und seines Kinns. Aber selbst das stand ihm gut.

Laurien merkte, dass sie zu atmen aufgehört hatte. Sie seufzte flach und hätte sich am liebsten geohrfeigt. Eine Unterhaltung vor zwei Jahren, mehr war es nicht gewesen. Wie oft sie seitdem an ihn gedacht hatte, war überhaupt nicht zu rechtfertigen. Niemand durfte es je erfahren.

»Aber Fürst Korigan ist noch nicht besiegt. Er hat sich auf seiner Festung verschanzt und all unseren Versuchen, Ofeha einzunehmen, getrotzt«, sagte Perakín in die Menge.

Laurien war dem Gespräch nicht gefolgt, doch seine Stimme bereitete ihr eine Gänsehaut.

Du bist besonders. Aber das weißt du.

»Ofeha wurde noch nie eingenommen«, fuhr er fort. »Dank der Wasserfälle und der Fischteiche innerhalb der Burg können sie sich jahrelang versorgen, selbst wenn ihre Vorräte aufgebraucht sind. Und vermutlich gibt es geheime Wege hinein und hinaus durch die Berge, die der Fürst benutzt, um Botschaften zu schicken und Nahrung und Waffen zu beschaffen.«

Heganen wiederholte nachdenklich: »Ofeha wurde noch nie

von Kriegern zu Fuß und zu Pferd eingenommen. Aber mit den Bestien, die der Eisenturm noch beherbergt, könnte es gehen. Mit Drachen wäre es sogar einfach.«

Nun wurde es sehr still auf der Treppe und im Hof.

»Was deutest du damit an, Heganen?«, fragte Alarion, die Weise vom Brunnen.

»Ich denke nur laut nach«, entgegnete der Anführer der Rebellion. »Der Eisenturm ist noch voller Werkatzen, Einhörner, Nardenbären und Greife.«

»Bestien, die nur dem königlichen Blut Ivenhalls gehorchen«, erinnerte Alarion. Ihre Stimme war schärfer geworden. »Und haben wir nicht dafür gekämpft, dass nie wieder ein Menschenkönig seine Bestien auf uns loslässt? Da wir nun davon sprechen: Als wir uns gegen das Großreich Ivenhall verbündeten, schlossen wir ein Abkommen. Nun ist es an der Zeit, den Pakt zu erfüllen. Gajadis, Niran und ich sind gekommen, um den Zauberkessel zu zerstören. Auch die Bestien, die noch im Eisenturm eingesperrt sind, sollen einen raschen Tod finden.«

»Ich erinnere mich an das Abkommen«, sagte Heganen. »Und ich bin froh, dass Ihr so schnell gekommen seid, um den Zauberkessel zu vernichten. Wir alle wollen, dass es keine Bestien mehr gibt. Aber noch gibt es welche … und noch gibt es Fürsten, die uns bekriegen.«

»Die Hohen Elfen von Madgar Yhs werden nicht unterstützen, dass du oder sonst jemand Bestien im Krieg einsetzt«, sagte Alarion hart.

»Das habe ich auch nicht vor«, erwiderte Heganen ruhig. »Schließlich würden die Bestien mir auch nicht gehorchen, da in mir kein königliches Blut fließt. Aber noch gibt es jemanden, dem die Bestien gehorchen würden: die Tochter König Sagamenons.«

»Darum müssen wir die Bestien töten«, erklärte Alarion.

»Die Königstochter stellt auch unabhängig davon eine Gefahr für uns dar«, fuhr Heganen fort, ohne darauf einzugehen. »Es ist denkbar, dass Fürst Korigan die Königstochter zu sich holt, mit einem seiner Söhne vermählt und diesen so zum rechtmäßigen Thronfolger von Ivenhall macht.«

»Die unentschlossenen Fürsten des Ostens würden ihn anerkennen!«, knurrte Gerothen.

»Wir müssen die Prinzessin finden, bevor sie Fürst Korigan in die Hände fällt – oder sonst jemandem, der aus dem alten Gesetz Nutzen ziehen will«, erklärte Fürst Githeon. Er legte den Kopf schief. »Außerdem sollten wir die Möglichkeit in Betracht ziehen, dass du, Heganen, die Königstochter ehelichst. Lasst mich ausreden! Warum die Chance nicht ergreifen, um von den Fürsten des Ostens anerkannt zu werden – ganz ohne Blutvergießen? Sieben Jahre haben wir gekämpft. Mir scheint, wir sollten nicht aus falschem Stolz weiter Krieg führen.«

Jubel brach aus, durchsetzt von nur wenigen Buhrufen. Laurien konnte es nicht fassen. Sie wusste, dass viele Heganen auf dem Thron sehen wollten, obwohl die Abschaffung des Königtums zugunsten der Unabhängigkeit der Territorien gerade der Sinn der Rebellion gewesen war, zumindest ursprünglich. Aber dass Heganen dafür die Prinzessin heiraten sollte – die Tochter des Mannes, den er wenige Tage zuvor auf diesen Stufen erschlagen hatte, direkte Nachkommin der Tyrannen von Ivenhall –, war für Laurien so wahnwitzig, dass sie nie darauf gekommen wäre. Doch der Großteil der Menge applaudierte!

Die drei Weisen vom Brunnen saßen reglos neben den Menschen, als wären sie erstarrt.

Heganen stand auf und hob die Arme. Seine Anhänger verstummten. Er wandte sich an Fürst Githeon: »Ich bin dankbar für deinen klugen Rat, der uns schon oft zum Ziel geführt hat. Es stimmt: Solange die Fürsten des Ostens und Fürst Korigan nicht auf unserer Seite stehen oder besiegt sind, geht die Rebellion weiter. Wir haben sieben Jahre gekämpft. Wir haben unsere Familien, unsere Freunde und Kameraden sterben sehen. Keiner von uns will, dass der Krieg weitergeht. Wenn es einen friedlichen Weg gibt, unser Ziel zu erreichen, dann werde ich ihn gehen! Aber eins sollte jeder wissen: Das Königreich Ivenhall ist vernichtet. Nie wieder wird uns ein König mit seinen Bestien tyrannisieren!«

Der Jubel war ohrenbetäubend. Abermals hob Heganen die Arme, um die Menge zu beruhigen.

»Ihr habt recht, ehrenwerte Weise vom Brunnen, dass es keine Bestien mehr geben sollte. Steigt auf den Eisenturm und zerstört den Zauberkessel, sobald ihr euch ausgeruht habt. Dann überlegen wir uns, wie wir die Bestien loswerden, die noch im Eisenturm sind.« Er wandte sich an Fürst Githeon: »Du hast recht, mein Freund, dass wir die Prinzessin finden müssen, bevor ein anderer es tut. Wir werden die königlichen Archive durchsuchen, bis wir ihr Versteck kennen. Da du auf die Idee gekommen bist, willst du es übernehmen, die Prinzessin herzubringen?«

Es war Alarion anzusehen, dass sie am liebsten darauf bestanden hätte, dass die Königstochter ebenfalls getötet wurde, anstatt sie herzuschaffen – hierher, wo es noch Bestien gab, die ihr aufgrund ihres königlichen Blutes gehorchen würden. Aber die Weise vom Brunnen wagte es offenbar nicht, so viel Kälte zuzugeben.

Fürst Githeon stand auf und reichte Heganen die Hand. »Ich danke dir für dein Vertrauen, Heganen. Sobald wir wissen, wo das Versteck der Prinzessin ist, wird mein Sohn Perakín sie holen.«

3

Laurien hatte den großen Festsaal des Palasts räumen lassen, damit dort alle Männer Fürst Githeons mit den Anführern des Heeres der Rebellen und den drei Weisen vom Brunnen gemeinsam das Abendmahl einnehmen konnten. Zwar hatte ein Feuer eine Wand des Saales rußgeschwärzt und die meisten Fenster waren zerborsten, aber niemand störte sich daran, im Gegenteil – sie waren stolz auf die Verwüstung, weil es ihr Werk war.

Bei der Eroberung Ivenhalls hatten die Rebellen nur halb volle Vorratskammern vorgefunden, denn die Belagerung hatte lange gedauert. Für den heutigen Anlass hatte Laurien die Aufseher der Vorräte dazu bringen können, gesiebtes Mehl und ein paar andere Delikatessen, sogar Kristallzucker, zu entbehren. Auf den Tischen türmten sich herzhaft und süß gefüllte Kuchen mit Safranpudding und geschlagener Sahne, frische Fladenbrote und Kräuterbutter, gegrillte Schwäne und Spanferkel, in Teig frittierte Kastanien und frische Äpfel und Birnen mit Rahmkäse. Man teilte sich große Pokale voll süßen Weins und dunkles, schäumendes Bier aus Fässern.

Laurien wanderte zwischen den Bänken umher, um mit ihren eigenen Leuten und den Menschen zu plaudern. Nach einer kurzen Begrüßung des Fürsten und seiner Söhne nach der Versammlung auf der Treppe hatte sie es vermieden, in Perakíns Nähe zu sein. Hauptsächlich, weil sie das Gefühl hatte zu sterben, wenn er sie ansah. Dennoch, sie spürte seine Gegenwart, wie die Kompassnadel den Norden spürte.

Bald begannen ein paar Elfen und Menschen zu musizieren, und die Truppen stimmten in den Chor mit ein, dass die Steinmauern bebten. Die langen Abende im Heer hatten dazu geführt, dass sich elfische und menschliche Melodien vermischt hatten, und die beliebtesten Lieder beinhalteten elfische Flöten, menschliche Lauten und die ganze Bandbreite schmutziger Wörter aus beiden Sprachen. Laurien hatte selbst das eine oder andere Lied am Lagerfeuer erfunden. Unabhängig davon, wie sie aussah – ihr Gesang war schön, das wusste sie. *Die Entstellte mit der Stimme einer Nachtigall.* So lautete eine der netteren Bezeichnungen, die man für sie hatte.

Die Verbrennung durch die Kriechglut, die in Glaskugeln nach dem Feind geworfen wurde, zog sich von ihrem Hals bis hinauf zur Nase und hatte das Haar über ihrem rechten Ohr versengt. Nur wenn sie sang, konnte sie vergessen, wie sie aussah. Wer ihr zuhörte, schloss die Augen und fühlte, was sie fühlte.

Nach mehreren fröhlichen und derben Liedern schlug ein Lautenspieler ein Lied an, das Laurien erfunden hatte. Es war langsam, schwermütig und zart. Stille breitete sich auf den Bänken aus und alle lauschten andächtig. Die anderen Musiker stimmten mit ihren Instrumenten ein. Ein alter Mann sang den Refrain:

Verklungen sind die Schreie unsrer Feinde
und der Bestien Fauchen.
Wo ist der Freund, der um die Toten weinte?
Das Feuer ist jetzt leis am Rauchen.
Und alles, alles wär mir lieber
als der Vögel frohe Lieder.

Ein anderer unterbrach ihn: »Doch nicht dein Gejaule!«

Gelächter erscholl. Zwischen den beiden Männern entbrannte ein fröhliches Wortgefecht.

Perakín stand auf. »Bitte, beruhigt euch! Und singt weiter. Es ist wunderschön. Ich würde gern hören, wie es …«

»Wo ist Laurien?«, rief jemand. »Laurien soll ihr Lied singen!«

»Laurien!«, forderten nun mehrere. »Wo ist sie?«

Laurien hatte sich in den Schatten eines Gangs zurückgezogen. *Es ist wunderschön.* Sie könnte – ja, sie könnte vor ihm singen. Er hatte sie nie singen hören. Aber die Feuerschalen brannten hell und er würde ihre Entstellung sehen. Nein, keinen Ton würde sie hervorbringen!

Sie wich tiefer in den dunklen Gang zurück. Verwunderte Rufe wurden laut, weil man sie nirgends entdeckte. Der fröhliche Lärm zerfiel in Einzelgespräche. Bald setzten die Instrumente wieder ein, und andere Sänger fanden sich, um ihr Lied zum Besten zu geben.

Laurien lief durch den Gang davon.

Frische Luft schien eine gute Idee zu sein, also wanderte Laurien auf der Palastmauer entlang. Wo ein Teil der Mauer eingestürzt war, führte ein Hang aus Trümmern geradewegs in die Stadt hinab. Dutzende Häuser waren unter dem Geröll begraben worden. Sie setzte sich auf einen Steinquader, der aus der geborstenen Mauer ragte, und ließ die Füße über dem Abgrund baumeln. Nachdem sie dem Tod in unzähligen Schlachten ins Auge geblickt hatte, machte ihr nicht mehr viel Angst. Jedenfalls keine körperlichen Gefahren.

Der Wind berührte ihr Gesicht. Sie strich sich das Haar zurück und atmete tief aus, um nicht zu seufzen … oder gar zu schluchzen. Sie wollte nicht einmal darüber nachdenken, warum. Perakín flirrte wie ein blendendes Licht durch ihr Bewusstsein, und sie beschloss, sich auf etwas anderes zu konzentrieren.

Sie erinnerte sich an Faisah, ihren Ausbilder und Heerführer, der vor zwei Jahren gefallen war – ein unerwarteter, viel zu früher Tod. König Sagamenon hatte ihn in einen Hinterhalt gelockt. Er hatte den Hohen Elfen und den Rebellen ein Treffen angeboten, um zu verhandeln. Die Rebellen waren darauf nicht hereingefallen, aber Faisah war gegangen.

»Selbst wenn es eine Falle ist«, hatte der oberste Befehlshaber des elfischen Heeres an ihrem letzten gemeinsamen Abend am Feuer gesagt, »werde ich nicht bereuen, gegangen zu sein. Kämpfen wir nicht für eine Welt, in der ein Wort zählt, selbst das unserer Feinde? Um diese Welt zu verwirklichen, müssen wir sie leben. Ich will lieber vertrauen und sterben, als zu misstrauen und damit aufrechtzuerhalten, was ich besiegen will.«

Wie sehr hatte sie ihn bewundert. Es war leicht, schöne Worte zu bewundern, ehe man den Preis für sie bezahlte. Und Laurien bezahlte ihn am nächsten Tag, als sie Faisah aus den ätzenden Flammen der Kriechglut zog und die Flammen ihr das Gesicht zerfraßen.

Sie hatte Faisah nicht retten können. Ebenso wenig wie ihre Mutter damals, die den Schnaps und die gnädigen Träume des Violettenkrauts ihrer Tochter und dem Leben vorgezogen hatte. Die Tatsache, dass Faisah seinen Tod tapfer in Kauf genommen hatte, spendete ihr dabei keinen Trost.

Wie so oft, wenn sie in Erinnerungen versank, begann sie das Findelicht zu befühlen, das sie unter ihrem Ärmel um ihren Arm gebunden trug. Jedes Neugeborene in Madgar Yhs erhielt einen Splitter, geschlagen aus den Höhlen des heiligen Brunnens, und die Weisen vom Brunnen konnten an seiner Form ablesen, welches Schicksal das Neugeborene erwartete. Nur wer ein Findelicht besaß, fand außerdem den Weg nach Madgar Yhs, darum trugen Hohe Elfen ihren Geburtsstein an einer Kette, einem Ohrring, einem Armband, Fußreif oder Haarzopf zu allen Zeiten bei sich. Faisah hatte ihr sein Findelicht geschenkt, als der Krieg ausbrach.

»Egal, wo du geboren wurdest«, hatte er gesagt, »du bist eine Hohe Elfe von Madgar Yhs. Vergiss das nicht.«

Spätestens da war sie sich sicher gewesen, dass er in Wahrheit ihr Vater war … Aber sie hatte sich nicht getraut, ihn zu fragen, und nun war es zu spät.

Unter ihr in der Dunkelheit erscholl das helle Lachen einer Frau. Gestalten kamen über die Trümmer herauf, taumelten und jauchzten und ermahnten sich mehr im Spaß als im Ernst, leise zu sein. Es waren Rebellen mit Frauen aus der Stadt. In den letzten Tagen hatte Laurien immer öfter neugierig kichernde Bürgerinnen im Palast bemerkt. Nun, das war vermutlich besser, als wenn die Krieger durch die Straßen zogen und sich gewisse Freiheiten denen gegenüber herausnahmen, die sie »befreit« hatten. Dennoch erfüllten auch die fröhlichen Eindringlinge in den Palast Laurien mit Abscheu und Bitterkeit. Und sie schämte sich noch mehr.

»Ist hübsch hier«, sagte eine Stimme neben ihr.

Fast wäre sie in die Tiefe gestürzt.

Perakín!

Er kletterte zu ihr. »Nur leider viel zu kalt. Ich beneide dich um dein elfisches Blut. Du frierst nie, oder?«

»Doch.« Im Moment glühte sie jedoch so, dass sie vermutlich einen Abdruck im Stein hinterlassen würde.

Sie wandte sich ab, vorgeblich, um die Stadt zu betrachten, die der Nacht mit unzähligen Lichtern trotzte. Innerlich verfluchte sie sich dafür, ihr Haar zurückgestrichen zu haben. Es sich jetzt nach vorn fallen zu lassen, würde nur ihre Eitelkeit offenbaren. Zum Glück saß er links von ihr, auf ihrer guten Seite.

»Sieg über Ivenhall!«, rief er aus. »Wer hätte das gedacht? Der König tot … und wir hier!«

Sie hörte jetzt seiner Stimme an, dass er betrunken war. Unter ihnen in den Trümmern quietschte jemand auf. Perakín fuhr zusammen und hatte seine Hand am Schwertknauf, bevor das Quietschen in ein sinnliches Seufzen überging – er ließ den Schwertknauf los.

»Sieg!«, spottete er.

Eine Weile schwiegen sie, Laurien glühend bis in die Ohrspitzen.

»Aber es wird niemals enden«, fuhr Perakín dann fort, offenbar in ganz andere Gedanken versunken. »Wie sollte die Gewalt jemals enden? Wir haben uns für Krieg entschieden und jetzt steckt Krieg in uns drin. Entschuldige, ich habe Wein getrunken.«

»Wir alle wollen, dass der Krieg aufhört. Aber dafür die Prinzessin zu entführen und Heganen zur Braut zu geben, geht zu weit«, sagte sie, ohne Kontrolle über ihren harten Tonfall zu haben. »Dafür haben wir nicht gekämpft – damit es am Ende einen neuen König von Ivenhall gibt!«

»Nein. Das haben wir nicht«, gab er zu.

Wut regte sich in ihr. Nicht einmal Perakín konnte sie diesen Verrat an den Idealen der Rebellion verzeihen.

»Ich werde die Prinzessin nicht entführen«, sagte er leise. »Es ist nicht das erste Mal, dass ich mich dem Befehl meines Vaters verweigere. Ich habe es ihm schon gesagt. Mein Bruder Gerothen hat sich bereit erklärt, es an meiner Stelle zu tun. Und so können wir alle meinen Ungehorsam verheimlichen, wie immer, und ich muss keine Konsequenzen für mein Handeln fürchten.«

Sie sah, wie er mit den Zähnen mahlte. »Warum machst du's nicht?«

»Ich bin gar nicht sicher, ob Krieg besser ist, als die Fürsten auf diese gesetzmäßige, feige Weise zu befrieden. Ich … sehe keine Lösung. Und ich bin es leid, Lösungen zu suchen. Ich will, dass es endet.«

Sie sah ihn an. In diesem Augenblick wusste sie, dass sie sich in den letzten zwei Jahren nicht getäuscht hatte. Er war wirklich das unwahrscheinliche Geschöpf, das sie durch so viele Tagträume begleitet hatte. Wenn sie ihn berühren könnte … um dann glücklich in den Abgrund zu stürzen!

Er erwiderte ihren Blick. Doch sie merkte, dass er sich zwingen musste, vor ihrer Entstellung nicht zurückzuweichen. Ein vages Lächeln stand in seinen Augen. Sie kannte dieses Lächeln. Sie wusste, was es ausdrückte: Mitleid.

»Ich bin froh, dass wir uns wiedersehen«, sagte er.

Bevor er ihr kameradschaftlich auf die Schulter klopfen konnte, erhob sie sich und ließ ihr Haar vor ihr Gesicht gleiten. Mit einem großen Schritt war sie an ihm vorbeigestiegen. »Es ist kalt. Wenn du mich entschuldigst … Willkommen in Ivenhall, Bruder.«

4

Am nächsten Morgen versammelten sich Laurien und etliche ihrer Krieger, Heganen und viele Rebellen im Hof rund um den Eisenturm. Andere schauten aus den Fenstern des Palasts oder sogar von den Dächern aus zu, wie die drei Weisen vom Brunnen sich dem Eisenturm näherten. Da das Palasttor offen stand und die Mauer zudem an etlichen Stellen eingestürzt war, kamen auch noch Schaulustige aus dem Volk dazu, die sich freuten, dass der Zauberkessel von den Gelehrten des Elfenvolks vernichtet werden sollte.

Laurien meinte jedoch in der Menge, die auf die Palastmauern kletterte, auch feindseligen Blicken zu begegnen. König Sagamenon mochte seine Untertanen tyrannisiert haben, aber die Zauberkunst, mit der die Könige Ivenhalls Drachen und Werkatzen, Einhörner und Greife aller Art erschaffen hatten, war dennoch die Zauberkunst der *Menschen* gewesen; und sobald der Zauberkessel vernichtet war, würden nur noch die Hohen Elfen im geheimen Madgar Yhs wissen, wie man aus dem Nebel schöpfte. Laurien konnte verstehen, warum so viele Menschen ihrem Volk misstrauten. Viele behaupteten, die Hohen Elfen hätten nur gegen Ivenhall gekämpft, um selbst als die Mächtigsten aus dem Krieg hervorzugehen. Wahrscheinlich war das tatsächlich der Grund, warum die Zwölf Weisen vom Brunnen die Rebellion unterstützt hatten. Aber Laurien wusste, dass sie selbst aus anderen Gründen gekämpft hatte. Und nicht nur sie.

Bevor die drei Weisen den Eisenturm emporstiegen, wechselte Alarion noch ein paar höfliche Worte mit Heganen. Er wünschte ihnen Erfolg und sie bedankte sich, lauter Floskeln, die keiner der beiden wirklich ernst meinte. Laurien kannte Heganen gut genug, um zu bemerken, wie zögerlich sein Umgang mit den Weisen vom Brunnen war. Hatte er die jahrhundertealte Zauberkunst der Menschen beenden wollen, als er die Rebellion begonnen hatte? Oder hatte er sich lediglich dazu bereit erklärt, weil er damit die Unterstützung der Elfen gewann? Kamen ihm erst jetzt Zweifel, da er gesiegt hatte und begriff, dass er den Zauberkessel zu seinen Gunsten nutzen könnte, wenn er die Königstochter fand? Dass Laurien Letzteres mittlerweile überhaupt für möglich hielt, beunruhigte sie.

Schließlich stiegen Alarion, Gajadis und Niran den unheimlichen Eisenturm hinauf, der sich scheinbar endlos in den Himmel bohrte. Die anderen sahen ihnen nach, wie sie im Innern des Pfeilers verschwanden und weiter oben wieder auftauchten, wann immer die Treppe ein Stück außen entlangführte. Laurien hätte viel dafür gegeben, in diesem Moment in Heganens Herz lesen zu können.

Sie standen noch alle um den Eisenturm, als Fürst Githeons Sohn Gerothen in Begleitung einiger Ritter seines Vaters aus dem Palast gelaufen kam.

»Wir haben sie gefunden!«, rief Gerothen und schwenkte ein Papier. Er schob sich durch die Menge und fasste Heganen stürmisch an den Armen. »Die Königstochter. In diesem Brief aus den geheimen Archiven Sagamenons steht, dass sie in einem Mondtempel am Nordmeer ist.«

Heganen nahm den Brief und überflog ihn. *»Euer Blut ist rein und unschuldig«*, las er leise vor. *»Unser tiefster Dank für Euer großzügiges Entgelt. Damit ist für mehr als den Schutz und den Komfort Eures Blutes gesorgt.«* Er blickte auf. »Wenn hier nicht von der Prinzessin die Rede ist, dann von einem Bastard des Königs.«

»Einem weiblichen Bastard, weil die Absenderin eine Hohepriesterin des Mondes ist. So oder so, eine Tochter vom Blut der Könige von Ivenhall!«, rief Gerothen mit funkelnden Augen. »Ich bin bereit, sofort aufzubrechen.«

Heganen nickte, dann umarmten die beiden sich.

»Viel Glück!«, wünschte Heganen. Und es klang nicht so, wie er es kurz zuvor zu Alarion gesagt hatte.

»Erwarte mich in einem halben Mond wieder!«, rief Gerothen, dann verlangte er lautstark nach einem Pferd und rannte zu den Ställen, gefolgt von seinen Rittern. Die Rebellen grölten und klatschten.

Laurien schloss die Augen. Sie dachte an Perakín, der ebenfalls irgendwo in der Menge sein musste. Er empfand wahrscheinlich dasselbe wie sie, und das war immerhin ein Trost.

Eine Art Fest begann auf dem Hof. Der Anlass war weniger der Auftrag der Weisen vom Brunnen als vielmehr Gerothens Aufbruch, um die Prinzessin zu entführen. Die Rebellen entfachten ein Lagerfeuer und brachten Fleisch und Maronen zum Rösten und zwei Fässer Bier. Im Lauf des Tages kamen immer mehr Menschen und Elfen dazu, angelockt vom Duft des Essens und der Musik.

Die Tatsache, dass eigentlich Perakín mit der Entführung der Prinzessin beauftragt worden war und sich geweigert hatte, lieferte Zündstoff für heftige Debatten. Es gab einige, die Perakín für seine Standhaftigkeit lobten und auf das Gesetz pfiffen, nach welchem König wurde, wer die Königstochter ehelichte. Die Mehrheit schien jedoch tatsächlich dafür zu sein, die Prinzessin zu entführen, damit kein anderer Anspruch auf den Thorn erheben konnte. Laurien hörte sogar den einen oder anderen beklagen, dass die Weisen vom Brunnen den Zauberkessel zerstörten – jetzt, wo bald königliches Blut in Gewalt der Rebellen sein würde und man die Schöpfung von Bestien für ihre Zwecke einsetzen könnte. Sie war schockiert, dass Heganen als neuer König für die meisten Rebellen offenbar keinen Bruch mit ihren Idealen darstellte. So sehr liebten sie Heganen, dass sie ihn auf dem Thron des Großreiches sehen wollten, das doch eigentlich zerschlagen werden sollte! Am schlimmsten war, dass Heganen nicht widersprach. Auch wenn er bisher behauptete, es sei nur eine Sicherheitsmaßnahme, die Prinzessin zu entführen.

Drei Jahre war Laurien ihm durch dick und dünn gefolgt und hatte nie an ihm gezweifelt. Aber ein Sieg veränderte die Menschen offenbar. Auch ihren Anführer.

Nebel begann vom Turm herabzuwallen. Die Weisen vom Brunnen waren also am Werk. Mehr als einmal hatte Laurien sich gefragt, wie das Nebelreich wohl aussah, das sich im Kessel öffnete. Und wie genau man mit ihm Zauber wirkte.

Die Sonne verschwand hinter den dicken Schwaden und mit der Dämmerung verdunkelte sich auch die Stimmung im Palast. Als immer mehr betrunkene Menschen feindselig über die Machenschaften der Hohen Elfen sprachen, hielt Laurien es nicht mehr aus. Sie entschuldigte sich damit, die Nachtwache am Stadttor auf der Südseite übernehmen zu wollen, und verließ die Menge.

Reif überzog die gepflasterten Straßen und Treppen unter ihren Füßen und knirschte bei jedem Schritt. Bald würde es Schnee geben. Ihr gefiel die Vorstellung, dass das vom Krieg zerstörte Land unter einer weißen Decke verschwinden würde. An den Frühling wollte sie nicht denken.

Es wurde dunkel, während Laurien durch die Stadt zum Südtor wanderte. Dort war die Brücke während der Belagerung stark beschädigt worden, aber inzwischen wieder repariert. Im Schein zweier einsamer Fackeln lehnte Erinian, der oberste Befehlshaber der elfischen Bogenschützen.

»Du wirkst traurig«, sagte er. Dabei war seine eigene Miene praktisch immer von einem unbestimmten Kummer überschattet. Er war ein stiller, ernster Mann mit langem Gesicht und zierlichem Körper, zehn Jahre älter als Laurien und in ihren Augen weiser, als sie am Ende ihres Lebens zu sein hoffte.

»Was soll ich sagen – ich vermisse das Großreich und einen starken König«, erwiderte sie sarkastisch.

Erinian lächelte sein dezentes Lächeln, das beinahe nur an seinen Augen abzulesen war. »Das scheint gerade vielen so zu gehen.«

»Was für ein riesiger Schwachsinn«, knurrte sie.

Erinian zuckte mit den Schultern.

»Wie du je Krieg führen konntest mit deinem Gleichmut, ist mir ein Rätsel«, sagte sie.

»Meine Rage liegt tief in mir.«

Sie lächelten beide, um nicht zu seufzen. Obwohl sie selten Vertraulichkeiten austauschten, zählte sie ihn und Savionne zu ihren beiden besten Freunden. Er, ebenso wie Savionne, hatte sie von Anfang an als Anführerin des Heeres respektiert, während der Rest der Welt in ihr nichts anderes gesehen hatte als eine Art Symbol: die junge, tragisch entstellte Schwertkämpferin, die an der Spitze der elfischen Truppen für ihre Rache kämpfte. Sie wusste selbst, dass die zwölf Weisen vom Brunnen sie wegen ihres Effekts und nicht wegen ihrer Fähigkeiten zur Befehlshaberin ernannt hatten – auch weil sie eine Nachtelfe war und die Weisen vom Brunnen damals versuchten, möglichst viele Nachtelfen für den Krieg zu gewinnen. Aber das bedeutete nicht, dass sie nicht tatsächlich eine gute Befehlshaberin war, und Erinian hatte es ihr zugetraut, noch bevor sie es bewiesen hatte.

»Geh dich ausruhen«, riet sie ihm. »Oder feiere mit den Menschen, dass die Königstochter entführt wird.«

»In meinen Träumen.« Er deutete eine Verneigung an, dann drückte er ihr die Schulter zum Abschied und ging.

Laurien konnte nicht widerstehen, in den Katzenrachen hinabzuspähen. An manchen schmalen Stellen, wo die Schlucht besonders steil abfiel, genügte ein Fehltritt, um in die Tiefe zu stürzen. Sie machte die Schemen von Tannen und Klippen aus, mehr nicht.

Dann warf sie einen Blick auf den Eisenturm zurück, der als unheimlicher Pfeiler über der Stadt aufragte, die obersten Säulen wie Klauen in den Himmel gekrallt. Noch immer quoll Nebel aus ihm hervor und breitete in der Dunkelheit eine schimmernde Decke über Ivenhall. Laurien hoffte, dass es den Weisen vom Brunnen gelang, den Zauberkessel zu zerstören – wie auch immer sie es bewerkstelligen wollten.

Schließlich wandte sie sich der Brücke zu, die sie bewachen sollte. Es war eine langweilige Aufgabe. Anfangs schaffte sie es, nicht an Perakín zu denken, weil ihre Enttäuschung über Heganen und seine Anhänger sie beschäftigte. Aber die Einsamkeit, die Stille und die Dunkelheit lockten ihre Tagträume hervor … und nach und nach wehrte sie sich nicht mehr dagegen.

Als er sich auf der Palastmauer neben sie gesetzt hatte. Wie wahrscheinlich war es, dass er sie zufällig entdeckt hatte? Die Vorstellung, er könnte sie gesucht haben, schloss sich wie eine warme Hand um ihr Herz … Aber er war betrunken gewesen. Bestimmt hatte er nur frische Luft schnappen wollen und war ihr unabsichtlich über den Weg gelaufen. Und doch versenkte sie sich in die Vorstellung, es sei anders gewesen.

Du bist besonders. Aber das weißt du.

Bitterkeit stieg in ihr auf. Ja, mittlerweile war sie besonders. Aber nicht für ihn. Nicht auf die Weise, auf die sie besonders sein wollte.

Der Nebel zog über den Himmel, verbarg den Mond. Laurien schloss die Augen und erlaubte sich, für einen Moment nicht beschämt zu sein. Unabhängig davon, wie unangemessen ihre Gefühle waren – wenn jemand es verdiente, heimlich verehrt zu werden, dann Perakín.

Als sie die Augen wieder öffnete, glaubte sie einen Moment, noch zu fantasieren. Sie blinzelte, aber es war keine Einbildung: Eine Frau kam über die Brücke des Katzenrachens geschritten.

Laurien umfasste ihren Schwertknauf und trat vor. »Stehen bleiben. Gib dich zu erkennen!«

Die Frau blieb stehen. Sie trug einen merkwürdigen hohen Hut mit breiter Krempe. Dann raunte sie etwas, das Laurien unmöglich verstehen konnte.

»Sprich lauter.«

Wieder das Raunen. Die Frau schien nicht lauter sprechen zu können.

Nach kurzem Zögern winkte Laurien sie heran: »Komm in den Feuerschein.«

Als die Frau in den Lichtkreis der Fackeln trat, erkannte Laurien, dass elfisches Blut in ihr floss, wenn auch verdünnt. Die Ohren liefen nur leicht spitz zu, aber der goldgrünliche Schimmer ihrer Haut und der Grünstich in den blonden Haarsträhnen, die unter dem Hut vorlugten, waren eindeutig. Ihr Gesicht wirkte merkwürdig. Einerseits ließ sich kaum bestreiten, wie hübsch sie war – von geradezu puppenhafter Niedlichkeit. Andererseits passte irgendetwas nicht. Als wäre der Schädel unter der Haut verzerrt.

Laurien vermutete, dass sie aus den Sümpfen stammte und auch zwergische Vorfahren hatte. Es kam nicht selten vor, dass Nachtelfen, die in den Menschenreichen oder Sümpfen lebten, Kinder mit Menschen oder mit Zwergen bekamen. Falls sie elfische Traditionen wahrten, verdingten sie sich oft als Zauberer, Wahrsager oder Heiler, so wie Lauriens Mutter es getan hatte.

»Seid gegrüßt«, raunte das Mädchen mit einer merkwürdig erloschenen Stimme im Dialekt der Leute vom Sumpfland. »Ich weiß, ich komme spät. Hoffentlich nicht zu spät, um eingelassen zu werden. Es ist kalt ... ich bin viele Tage gewandert. Ich sehne mich nach einem warmen Lager. Ich komme den weiten Weg vom Sumpfland, weil ich von der Rebellion gehört habe. Ist es wahr, dass König Sagamenon erschlagen wurde und seine Leiche vor dem Palast gezeigt wird? Komme ich zu spät, um seine Leiche zu sehen?«

»Bist du nur deswegen gekommen?«

»Ich will es mit eigenen Augen sehen«, flüsterte das Mädchen. »Ich habe meine Gründe, mich über den Tod des Königs zu freuen.«

Laurien fragte nicht nach. Es reisten immer wieder Leute an, um sich vom Sieg der Rebellion zu überzeugen. Viele hatten einen Angehörigen oder Geliebten verloren und machten den König dafür verantwortlich, sodass sie nun zur Leiche des Herrschers pilgerten.

»Ich weiß, es ist spät, und nachts wird niemand in die Stadt gelassen«, sprach die junge Elfe weiter. »Aber ich bin müde und ich sehne mich nach einem Feuer und einem Bett.«

»Öffne den Mantel und dein Bündel«, sagte Laurien.

Das Mädchen tat wie geheißen. In ihrem Bündel waren nur Reste einer Wegzehrung und Kleider zum Wechseln. Unter dem

Mantel trug sie ein knielanges, mit Bienen besticktes Gewand nach Zwergenart, wie man es heute nur noch selten erblickte. Aber sie hatte keine Kugeln voll Kriechglut bei sich und auch sonst keine Waffen. Nicht einmal einen Dolch.

»Und den Hut«, forderte Laurien.

Das Mädchen nahm den Hut ab und eine Flut herrlich gewellter Haare ergoss sich über ihre Schultern. Auch unter dem Hut versteckte sie keine Kriechglutkugeln oder andere Mittel, um Unruhe zu stiften.

Laurien winkte sie hinein.

»Vielen Dank«, flüsterte das Mädchen. »Ihr seid zu gütig! Ich danke Euch.«

Sie schlich an Laurien vorbei. Ein eisiger Luftzug schien ihr nachzuwehen. Laurien hörte, wie das Mädchen zusammenzuckte und erneut stehen blieb, um Laurien einen Blick zuzuwerfen.

»Ein Schatten frisst an deinem Herzen.«

»Was?«

Die Flüsterstimme des Mädchens wurde nicht lauter, aber sie schien tiefer zu werden: »Ein Schatten frisst an deinem Herzen. Du wirkst stark … aber innerlich bist du gebrechlich wie eine Sterbende. Du stirbst an einem süßen Gift, das du nicht aufhören kannst zu trinken.«

Laurien fröstelte. »Wer bist du?«, fragte sie.

»Nur eine Zauberkundige vom Volk der Elfen, die dies und jenes tauscht.«

Laurien spürte, wie die Fremde sie musterte. Wie sie ihre Verbrennung betrachtete.

»Hinter deinen Wunden verbirgt sich eine liebenswerte Frau. Wenn du sie zum Vorschein bringen willst – für eine Nacht kann ich es dir ermöglichen. Eine Nacht.« Die Fremde nestelte an ihrem Hut herum und riss eine Kette quadratischer Kupferplättchen von der Krempe, die scheinbar zur Zierde gedient hatte. Sie faltete die Kupferplättchen übereinander, sodass sie wie ein winziges Buch aussahen, zwei Finger dick und einen Daumen lang. Sie reichte sie Laurien. »Öffne das Spiegelkabinett und begegne deinem eigenen Blick in jeder Reflexion. Und der, den du liebst, wird für eine Nacht die Frau in dir sehen, die er lieben kann.«

»Was?«, wiederholte Laurien.

Die Fremde lächelte und schloss Lauriens Finger um das Kupferbüchlein. Dann drehte sie sich um und eilte in die Stadt davon.

Laurien sah ihr nach, unfähig, sich zu regen. Das seltsame Geschenk lag schwer in ihrer Hand.

Eine Zauberkundige vom Volk der Elfen … als ob! Eine Zauberkundige hatte auch Lauriens Mutter sich genannt, wenn sie so zugedröhnt mit Violettenkraut gewesen war, dass sie sich nicht an ihren eigenen Namen erinnerte. Und dennoch schauderte Laurien bei der Erinnerung an die Worte des Mädchens.

Immer wieder nahm sie die gefalteten Kupferscheiben aus ihrer Gürteltasche, befühlte sie und wusste nicht, ob sie sie auseinanderklappen oder lieber in den Katzenrachen werfen sollte. Nein, natürlich wusste sie, was sie tun *sollte*. Sie konnte sich nur nicht überwinden, das Artefakt in den Abgrund zu schleudern. Falls es wirklich Zauberkraft besaß … aber warum hätte die Halbelfe lügen sollen?

Menschen, Elfen und Zwerge besaßen jeweils ihre ganz eigene Zauberkunst. Die Menschen deuteten die Mysterien des Mondes und der Sonne, um der Erde Pflanzen zu entlocken und Tiere zu züchten. Darum hatten die Könige von Ivenhall wohl auch Bestien aus dem Zauberkessel geschöpft.

Die Zauberlehre der Elfen drehte sich um den Strom der Zeit und das Fließende des Raumes, was beides eine Frage des Blickwinkels war, und darum erlaubte der Brunnen in Madgar Yhs den Weisen angeblich auch, in ferne Zeiten zu blicken und gelegentlich weite Distanzen mit einem einzigen Schritt zurückzulegen.

Die Zwerge beherrschten eine verwandte Kunst – die Kunst, Traum und Wirklichkeit zu entzweien und aufs Neue zu verweben. Laurien erinnerte sich an Sagen über Zwergenzauber, die mit Illusionen und Betrügereien zu tun hatten. Zumindest erzählten sich die Elfen solche Geschichten über das Kleine Volk, das in der Vergangenheit viel mächtiger gewesen war als heute und nicht selten Krieg gegen die Elfen geführt hatte.

Es war denkbar, dass die Halbelfe Laurien einen Täuschungszauber des Kleinen Volkes geschenkt hatte. Aber warum? Aus Dankbarkeit? Aus Mitleid? Ja, Laurien wusste, dass sie großes Mitleid in anderen auslösen konnte.

Sie behielt das Artefakt.

5

Die drei Weisen vom Brunnen blieben länger auf dem Eisenturm, als Laurien oder sonst jemand vermutet hätte. Die Nacht verstrich, dann der ganze nächste Tag. Unaufhörlich wallte Nebel vom Turm herab und tauchte die Stadt in frostigen Dunst. Abends begann man schon zu fürchten – oder zu hoffen –, dass es den Elfen nicht gelang, den Zauberkessel zu vernichten.

Laurien saß gerade mit ihren Kriegern beim Nachtmahl, als Schnee zu fallen begann, zart und flauschig wie Daunenfedern. Es war der erste Schnee des Jahres. Die Welt schien den Atem anzuhalten, um dem feinen Glockenhall der Flocken zu lauschen, die weit oben durch den Zauberkessel glitten.

Plötzlich dröhnte ein ohrenbetäubendes Fauchen durch den Himmel. Die Mauern des Palasts bebten. Laurien und die Krieger liefen in den Hof. Nur der Fuß des Turms war im Nebel auszumachen. Doch ein Gestank lag in der Luft, der sich Laurien ins Gedächtnis gebrannt hatte: Kriechglut.

Es roch nach dem brennenden Atem eines Drachen.

Panik brach aus. Was geschah dort oben? Windstöße trieben den Nebel auseinander, aber die Nacht war tief und schwarz. Sie sahen nichts. Aus der Stadt weiter unten erhoben sich Schreie.

»Feuer!«, kreischte jemand.

Laurien fuhr herum und sah in den Himmel, in den manche deuteten, aber sie konnte nichts erkennen. Mehrere Herzschläge lang starrten alle in die Dunkelheit.

»Ein Licht ist am Himmel aufgeglommen«, beharrten diejenigen, die in die richtige Richtung geschaut hatten.

Laurien war zu jung, um die Tage miterlebt zu haben, in denen

König Sagamenons Herrschaft von Drachen gesichert worden war. Aber es gab ältere unter den Kriegern, die es wagten, das Wort in den Mund zu nehmen: *Drache*. Es hatte tatsächlich gerade nach Kriechglut gerochen, das konnte auch Laurien bestätigen. Aber sie zögerte, eins und eins zusammenzuzählen. Nicht nur hatten die Weisen vom Brunnen keinerlei Grund, einen Drachen zu erschaffen – sie waren dazu auch gar nicht in der Lage, da in ihnen kein Königsblut floss, oder?

Sie warteten bange Stunden im Hof und behielten die Stadt und den Himmel im Auge. Spät nachts lichtete sich der Nebel und die Sterne wurden sichtbar. Zwei wankende Gestalten stiegen den Eisenturm herab. Es waren Alarion und Niran. Alarions Sohn Gajadis fehlte.

»Wir haben ihn verloren«, sagte Alarion mit kaum hörbarer Stimme und scheinbar an niemanden direkt gerichtet. Ihr Blick glitt über Laurien, die Elfenkrieger, Heganen und seine Rebellen, als würde sie sie nicht erkennen.

Niran zog die Brauen zusammen, als sei er verärgert. Doch es war sein Versuch, damit das Entsetzen zu verbergen, das in seinen dunklen Augen glomm. Der junge Zaubergelehrte bemühte sich sichtlich darum, gefasst zu wirken. Er und Alarion ließen sich in die Speisehalle des Palasts führen und setzten sich ans Feuer. Laurien bemerkte, dass Nirans Hände zitterten. Obwohl beide seit mehr als einem Tag nichts zu sich genommen hatten, brachten sie kaum einen Bissen hinunter.

»Was ist passiert?«, fragte Heganen.

Niran senkte den Kopf. Fast fiel ihm das Brotstück aus der Hand.

»Der Zauberkessel ist zerbrochen«, sagte Alarion. »Es ist vorbei. Für immer.«

Ein paar verhaltene Dankesrufe und Seufzer der Erleichterung wehten durch die Menge, aber die Mehrheit schwieg. Alarion, die selbst dann kühl wirkte, wenn sie lächelte, betrachtete die Menschen mit unverhohlener Verachtung.

»Dein Sohn ist für uns gestorben«, sagte Heganen, als lese er den Gedanken von ihren Augen ab. »Wie tief wir in der Schuld der Hohen Elfen stehen, ist nicht in Worte zu fassen.«

Dann schwiegen sie.

Der Zauberkessel war zerbrochen, wie Alarion gesagt hatte. Ein endloser Zug von Schaulustigen erklomm am nächsten Morgen den Turm, um es mit eigenen Augen zu sehen. Laurien schloss sich ihnen nicht an; es reichte ihr, die merkwürdigen Splitter, Tropfen und Scherben aus Eisen zu sehen, die sie mitbrachten. Das Gerücht, die Weisen vom Brunnen hätten einen Drachen erschaffen, bevor sie den Kessel zerstörten, verbreitete sich in ganz Ivenhall. Aber es gab keine Beweise und Lauriens Meinung nach auch keinerlei Grund zu der Annahme. Sie war überdies mit anderen Gedanken beschäftigt.

Bei ihren Patrouillen durch die Stadt hielt sie Ausschau nach der Nachtelfe, aber sie sah sie nicht wieder. Dafür hatte sie das Gefühl, Perakín ständig über den Weg zu laufen. Sie stand morgens bei der Essensausgabe direkt hinter ihm, kam zur selben Zeit wie er in die Waffenkammer und beschloss zufällig, an derselben Stelle beim Wiederaufbau der Stadt zu helfen wie er. Als wäre es nicht genug, dass sie ihm bei den Ratssitzungen mit Heganen und den Abendmahlen begegnete! Er musste glauben, sie lauere ihm auf. Nachdem er ein paarmal versucht hatte, mit ihr ein höfliches Gespräch zu führen, und sie nur einsilbig geantwortet hatte, grüßte er schließlich nur noch knapp oder nickte ihr lediglich zu. Das war ihr einerseits lieber, andererseits zerriss es ihr das Herz.

Als sie an diesem Abend von den Scheiterhaufen vor der Stadt zurückkehrte – sie hatte die Wache als Vorwand genommen, um nicht beim Abendmahl dabei sein zu müssen –, wanderte sie ohne Eile durch die Straßen. Es war spät, und die Stadt wirkte verlassen, vor allem in den ehemaligen Vierteln der Noblen, die nun Ruinenlandschaften waren. Schneeflocken landeten auf ihrer Nasenspitze wie zarte Feenküsse, und plötzlich fühlte sie sich so einsam, dass sie fürchtete, ihre Tränen nicht zurückhalten zu können.

Sie kam an einer Villa vorbei, deren Mauer und Dach an einer Seite abgebrannt waren. Doch in einem riesigen Kamin prasselte ein Feuer und rauchte in den Nachthimmel hinauf, und drei Rebellen saßen auf umgestürzten Säulen und spielten fröhliche Lieder mit einer Laute, einer Flöte und einer Trommel. Ihre Mienen verrieten Erschöpfung. Im Hintergrund befanden sich Schlafstätten, zwischen denen Männer und Frauen umherhuschten, um Verwundete zu versorgen. Die Musik übertönte das Stöhnen und Wimmern nur vage.

Laurien blieb stehen. Sie hatte es immer vermieden, sich um Verwundete zu kümmern; nicht unbedingt, weil sie den Anblick nicht ertrug, sondern weil sie ahnte, dass viele Verwundete *ihren* Anblick nicht gerade mögen würden. Ihr Gesicht würde ihnen vielleicht die Hoffnung nehmen.

Und dann entdeckte sie Perakín, der einen Eimer mit heißem Wasser von der Feuerstelle füllte, um damit einen Verwundeten zu waschen. Fast hätte Laurien aufgelacht. Es war, als führe das Schicksal sie immer wieder zu ihm, nur um ihr zu zeigen, wie liebenswert er war. Und wie unerreichbar.

Sie drehte sich um, hastete eine Treppe hinunter – und konnte doch nicht gehen.

Du bist besonders. Aber …

Wenn sie nur erfahren könnte, wie er das damals gemeint hatte. Sie ging davon aus, dass er sich nicht viel dabei gedacht hatte – oder jedenfalls nicht das, was Laurien in Anbetracht *seiner* Besonderheit empfand. Aber sie wusste es nicht mit Sicherheit und das brachte sie schier um den Verstand.

Sie dachte an das aufklappbare Kupferartefakt in ihrer Gürteltasche. Mehrere Atemzüge lang konnte sie sich davon abhalten, es hervorzuholen. Schließlich tat sie es doch. Sie hielt es in der Hand, fühlte seine erstaunliche Schwere. Wenn sie tatsächlich für eine Nacht ein anderes Gesicht haben könnte – nur damit sie noch einmal erlebte, wie es sich anfühlte, ohne Mitleid von ihm angesehen zu werden. Was hatte sie zu verlieren? Sie hatte ihr Leben so oft für die Rebellion riskiert. Und ihr Ziel war erreicht. Es gab nichts mehr, wofür sie kämpfen wollte. Nichts mehr, was dem, was ihr widerfahren war, irgendeinen Sinn verlieh. Alles, was sie jetzt noch wollte, war zu vergessen, und sei es auch nur für eine Nacht …

Sie hielt das Kupferartefakt in der Faust. Aber wie falsch wäre es, Perakín zu belügen? Wenn sie es tat, konnte sie ihm danach wirklich nie wieder unter die Augen treten. Das war es nicht wert. Sie holte aus, um das Kupferartefakt in die Dunkelheit zu schleudern.

In diesem Moment wurde am Lagerfeuer ein neues Lied angestimmt. Ihr Lied.

… Und alles, alles wär mir lieber
als der Vögel frohe Lieder …

Sie senkte den Arm, mit einem Mal jeder Kraft beraubt, und

musste sich gegen die Mauer lehnen. Als sie über den Treppenabsatz spähte, saß Perakín bei den Musikanten und wartete wohl darauf, dass neues Wasser über dem Feuer zu kochen begann. Er hatte sich das Lied gewünscht.

Laurien öffnete die Faust. Blickte auf das zauberische Artefakt. Sah ihren Fingern dabei zu, wie sie die Kupferplättchen auseinanderfalteten, als hätte sie keine Kontrolle darüber. Das Licht des Kaminfeuers verfing sich auf dem Metall und schien die Plättchen zu verflüssigen. Laurien sah ihr Spiegelbild auf dem ersten Plättchen – ein Schemen mit tränenvollen Augen –, dann auf dem zweiten Plättchen, dem dritten, dem vierten … In jeder Spiegelung schien ihr Spiegelbild deutlicher und zugleich fremder zu werden. Als sie ihrem Blick im siebten und letzten Spiegelbild begegnete, war alle Vertrautheit fort. Ihr Gesicht schien zu leuchten. Laurien schnappte nach Luft. Ihr Atem schien sie von innen heraus umzuformen. Das Gefühl dauerte nur einen Herzschlag an. Was war passiert?

Sie starrte auf die Kupferplättchen. Ihre Spiegelung war wieder schwach und verschwommen, aber es bestand kein Zweifel, dass ihr Aussehen nicht mehr dasselbe war. Nein, kein bisschen.

Sie war … unversehrt. Sie befühlte ihre Wange, ihren Mund – tatsächlich, ihre Haut war weich und glatt, keine Spur einer Verbrennung! Mehr noch, sie war schön.

Schön wie die Halbelfe, die ihr den Zauber gegeben hatte.

Das üppige, gewellte Haar der Halbelfe fiel ihr über den Rücken, eher blond als moosfarben. Die Schatten in ihrem Gesicht hatten etwas Silbergraues, da sich in ihrem Hautton die grünlichen Nuancen einer Elfe mit den rosigen eines Menschen mischten. Ihre Nase war niedlich und flach, die Lippen wie eine helle Blüte und ihre Augen … Es waren Augen voll schwerem Blau wie salziges, stilles Wasser. Ungläubig tastete sie über dieses puppenhafte Gesicht. Es war falsch – das war nicht sie! Sie wollte sich zurück!

Sie versuchte sich zu beruhigen. Die Halbelfe hatte gesagt, der Zauber würde nur für eine Nacht anhalten. Nervös spähte sie um die Ecke. Perakín saß immer noch vor dem Kamin. Sie sollte verschwinden. Sich verstecken und abwarten, bis der Zauber verflogen war. Aber ihre Füße gehorchten ihr nicht ... Sie stieg die Treppe wieder empor und über die eingestürzte Hausmauer, beide Hände an ihrem fremden Gesicht. Erst kurz bevor sie in den Lichtkreis des Kaminfeuers trat, fiel ihr ein, dass sie noch das Abzeichen der Befehlshaberin des Elfenheeres am Umhang trug, und steckte die Brosche eilig in ihre Gürteltasche zu dem Kupferartefakt.

Perakín sah auf und ihre Blicke trafen sich. Sie blieb wie angewurzelt stehen. Er schien sie nicht wiederzuerkennen.

»Hast du dich verlaufen oder willst du helfen?«, fragte eine beleibte Frau mit dem rasierten Schädel einer Rebellin, die Bandagen in einem Kessel über dem Feuer auskochte.

»... helfen.« Laurien schluckte. Die Stimme, die aus ihrem Mund kam, war viel dünner und heller als ihre echte. Sie fröstelte. Sie gefiel ihr nicht.

»Willst du heißes Wasser?« Perakín ließ es mehr wie eine Feststellung als eine Frage klingen und füllte ihr bereits einen Becher. Er musste glauben, sie zittere vor Kälte. Sie ließ ihr Haar vor ihre rechte Gesichtshälfte fallen und strich unauffällig über die Haut – sie war immer noch glatt und ebenmäßig. Dann nahm sie den Becher und setzte sich neben Perakín.

»Danke.« Was für ein Fiepsen!

Die Musiker hatten inzwischen ein fröhlicheres Lied angestimmt, und zwei weitere Krankenpflegerinnen, offenbar Frauen aus dem Volk, setzten sich zu ihnen, tranken heißes Wasser und wippten mit den Füßen.

»Bist du eine Elfenkriegerin?«, fragte eine der Frauen neugierig.

Laurien nickte. Ihre Kleidung war nicht zu verleugnen.

»Du siehst aus, als würde verschiedenes Blut in dir fließen«, bemerkte die dicke Frau mit dem abgeschorenen Haar.

Wieder nickte Laurien zögerlich. »Meine Vorfahren sind auch vom Kleinen Volk.«

Die Frauen stießen Pfiffe aus. Dann sprachen sie durcheinander: »Was für eine Seltenheit! Du bist wohl das Ergebnis einer verbotenen Liebe! Wo bist du aufgewachsen? War deine Mutter eine reinblütige Zwergin oder auch gemischt? Reinblütige Zwerge sieht man hierzulande nicht mehr oft …«

Die Frauen hatten so viel zu fragen, dass Laurien zum Glück kaum Zeit blieb, Antworten zu geben. Doch eine Gegenfrage konnte sie sich nicht verkneifen: »Wieso geht ihr davon aus, dass meine Mutter zwergischer Abstammung ist und nicht mein Vatcr?«

Die Frauen lachten; auch Perakín grinste.

»Nichts für ungut, aber«, sagte eine der Frauen, »die Elfen sind doch so groß und markant. Und ein Zwerg …« Sie zeigte mit der Hand, bis wohin ein Zwerg einer Elfe reichte, und kicherte wieder. »Entschuldigung.«

»Ihr Menschen habt komische Vorstellungen davon, wie Männer und Frauen sich zu unterscheiden haben«, sagte Laurien lächelnd.

Darauf stießen sie alle an.

»Ich habe dich noch nie im Elfenheer gesehen«, mischte Perakín sich dann in die Unterhaltung ein. »In welcher Legion bist du?«

»In der Legion der Silberschwerter«, sagte sie kleinlaut. »Rang eins. Ich bin noch nicht lange dabei.«

»Es ist besser, nur das Ende mitzuerleben als nur den Anfang«, sagte er. »Es ist nobel von dir, hier aushelfen zu wollen. Oder schickt dich Laurien?«

»Laurien«, wiederholte sie. »Ich meine, sie hat uns ermutigt, die Augen offen zu halten, wo Hilfe benötigt wird, also … Sie hat mich nicht direkt geschickt.« Sie biss sich auf die Lippe. Das war die Gelegenheit, ihn darüber auszufragen, was er über sie dachte.

Eine der Frauen fragte: »Kannst du uns vom Kleinen Volk erzählen? Wie leben die Zwerge heute? Und stimmt es, dass sie mit Zauberei bestimmen, wo die Wandernden Städte in den Sümpfen auftauchen und verschwinden?«

»Das Kleine Volk verfügt über einige Zauberei«, stammelte sie.

»Zum Beispiel?«, hakte eine andere Frau nach. »Welche Zauber hast du erlebt?«

»Um ehrlich zu sein, ich kenne mich mit elfischer Zauberei besser aus«, sagte Laurien.

»Ach? Kannst du in die Zukunft sehen?«

Sie nickte, beugte sich vor und bedeutete den anderen, ebenfalls näher zu rücken. Gespannt steckten sie die Köpfe zusammen. Laurien sah jedem von ihnen in die Augen, auch Perakín, der sie aus nächster Nähe anlächelte.

»Wenn ich euch so nah spüre«, raunte sie, »sagt mir mein elfisches Blut, dass einem von euch Gefahr droht. Etwas Unerwartetes wird passieren …«

»Was?«, fragte eine der Frauen. Sie machte ein so erschrockenes Gesicht, dass Laurien nicht widerstehen konnte: Sie schnipste ihr von unten gegen die Nasenspitze.

»Tataaa!«, sagte Laurien und zuckte die Schultern. »Tut mir

leid. Weil ich keine Weise vom Brunnen bin, kann ich immer nur ein paar Augenblicke in die Zukunft sehen.«

Die Frauen lachten, wirkten aber nichtsdestotrotz ein wenig enttäuscht. Nur Perakín grinste ganz aufrichtig in sich hinein.

Die Musiker stimmten ein Tanzlied an und eine der Frauen sprang auf.

»So tanzt man in Ivenhall! Ich will tot umfallen, wenn nach diesem Krieg nicht mehr so getanzt wird! Komm, du wirst gebraucht, Junge.« Sie zog Perakín auf die Beine. Im nächsten Moment hüpften sie über die Trümmer, die Frau plötzlich wieder ein junges Mädchen, Perakín ein tollpatschiger Bär. Alle lachten, auch Laurien. Diese Art von Freude, die plötzlich inmitten des Elends entstand, war ihr sehr vertraut. Nach großen Schlachten feierten die Unversehrten unerschöpflich, und wer genug entstellte Leichen gesehen hatte, war nicht appetitlos, sondern hungrig. Schlimmes zu sehen, machte die Leute nicht traurig, sondern stumpfte sie ab, und Schlimmes selbst tun zu müssen, machte sie nicht selten beängstigend ausgelassen, als müssten sie gegen eine Wirklichkeit rebellieren, in der zu leben unmöglich war.

Das Lied war ihr unbekannt, aber nach der ersten Strophe konnte sie den Refrain mitsingen. Ihre Stimme kam ihr zu flach und zu eng für das vor, was sie ausdrücken wollte. Was für ein seltsames Gefühl! Doch Perakín warf ihr Blicke zu, die alles Unbehagen vergessen ließen.

»Jetzt du«, sagte er, wies auf Laurien und reichte ihr eine Hand. »Zum Warmwerden.«

Die Frau hatte sich bereits atemlos wieder auf einen Schemel sinken lassen. »Na los! Ich pass auf, dass eure Schritte stimmen.« Dann stimmte sie laut schmetternd ins Lied ein – und nahm sich, wie angekündigt, Freiheiten im Text, um sie singend auf all die Fehler hinzuweisen, die sie machten. Und sie machten viele.

Als würden sie über heiße Kohlen stolpern, versuchten sie den Anweisungen ihrer Lehrerin zu folgen. Perakín wirbelte sie im Kreis, hob sie hoch, wirbelte weiter mit ihr in der Luft – nun nicht mehr im Kreis, sondern eher eiförmig –, ließ sich von ihrem imaginären Rock, den sie schütteln sollte, rückwärts scheuchen, und beugte ein Knie, damit sie darauf steigen und wegspringen konnte. Laurien war in ihrem fremden Körper so tollpatschig, dass niemand, der bei Trost war, ihr abnehmen würde, dass sie eine Kriegerin war. Sie hatte kaum Muskelkraft und sie schätzte die Reichweite ihrer Gliedmaßen falsch ein. Dafür improvisierten sie und Perakín, fest entschlossen, sich von Unvermögen nicht aufhalten zu lassen. Und während der ganzen Zeit lachten sie und spürten den Atem des anderen am Hals und umschlangen sich auf immer neue Weise.

Abrupt endete das Lied. Laurien hätte schwören können, dass sie gerade erst angefangen hatten zu tanzen, aber sie keuchten beide und Perakíns Gesicht schimmerte vor Schweiß. Von den Krankenlagern erklang ein grauenvolles Röcheln. Die Frau, die ihnen den Tanz beigebracht hatte, eilte hin. Perakín folgte ihr.

Laurien sah zu, wie sie den Kranken aufsetzten. Er hatte eine Wunde in der Brust und hustete Blut. Nach einem Moment schnappte sich Laurien den Wasserkessel und kam ihnen zu Hilfe.

»Löst die Bandagen«, sagte sie.

Die Frau blickte verwundert über ihren Befehlston auf, tat aber wie geheißen. Eine vernähte Stichwunde kam zum Vorschein, um die herum die Haut beinah schwarz angelaufen war.

»Aufschneiden«, sagte Laurien.

»Wir haben die Wunde erst vor einer Stunde vernäht«, protestierte die Frau, war jedoch verunsichert.

Perakín fuhr mit einem zierlichen Dolch durch die Kerzenflamme neben dem Lager, dann schnitt er die Fäden auf. Ein Schwall dunkles, sirupdickes Blut quoll hervor. Der Verwundete hörte auf zu Röcheln.

»Alassia«, hauchte er. Nur diesen Namen.

Angespannt lauschten sie seinem schwachen Atem, und die Frau hielt seinen Kopf, damit das restliche Blut aus seinem Mund laufen konnte. Dann verstummte sein Atem. Sie warteten. Schließlich fühlte die Frau nach seinem Puls. Vorsichtig ließ sie ihn zurücksinken und schloss seine Augen. Er war tot.

Eine Weile umringten sie ihn, stumm vor Beklommenheit. Hinter ihnen stimmte ein Lautenspieler eine langsame Melodie an.

»Ich trage ihn nach draußen«, murmelte Perakín.

Laurien wollte mit anpacken, als er den Toten in die Arme nahm, und griff nach seinen Beinen.

Alassia. Am Ende zählte nur, wen man geliebt hatte.

Mehr noch als beim Tanzen ärgerte sie sich darüber, wie viel schwächer sie war als sonst. Wahrscheinlich wäre es für Perakín leichter gewesen, wenn er den Toten allein hinausgetragen hätte, anstatt zusehen zu müssen, wie sich Laurien abmühte. Aber er war zu höflich, um etwas zu sagen.

Ein Karren stand in der Dunkelheit, auf dem bereits mehrere Tote lagen, bedeckt von einer dünnen Schicht Schnee. Einer von ihnen schien noch ein Kind gewesen zu sein. Vorsichtig platzierte Perakín den Toten so, dass er nicht auf den anderen lag; eine Sentimentalität, die Laurien in diesem Krieg schon für verloren gehalten hatte.

Schweren Schrittes, als würden sie den Toten immer noch schleppen, kehrten sie nach drinnen zurück.

Die Frauen hatten das Lager bereits abgezogen und die blutigen Decken in Eiswasser geworfen.

»Geh schlafen«, riet die Dicke Perakín. »Es reicht für heute. Zu viel Heiterkeit ist ungesund.«

Er nickte, doch dann sagte er: »Ich bringe die Toten noch vor die Stadtmauer.«

»Jetzt?« Eine der Helferinnen runzelte die Stirn.

»Ich komme mit«, hörte Laurien sich sagen.

Und bevor Perakín ihr einen Blick zuwerfen konnte, sprang sie über die eingestürzte Mauer nach draußen und begann den Karren zu ziehen.

6

Es war in manchen Straßen so finster, dass Laurien sich wie blind fühlte. Nur das Knirschen der Wagenräder im Schnee war zu hören und Perakíns Atem dicht neben ihr. In der Dunkelheit stellte sie sich vor, es gebe keine Körper mehr. Keine Körper, die entstellt werden konnten, keine Körper, die starben. Nur noch Empfindungen und Geräusche – eine endlose Nähe, in der alles eins war.

»Wie ist dein Name?«, fragte er.

Sie wollte nicht lügen. Schlimm genug, dass ihre Erscheinung bereits eine Lüge war.

»Ich … ich habe das Gefühl, ich weiß nicht mehr, wer ich bin«, murmelte sie.

Er schwieg. Sie glaubte, es sei ein friedliches Schweigen. Doch sie hörte ihn die Nase hochziehen.

Dann erreichten sie das Stadttor, das von Fackeln erhellt war, doch mit ihrer Fracht wurden sie selbst in tiefster Nacht hinausgelassen. Alle fürchteten die Krankheiten, die sich ausbreiteten, wenn man Tote nicht schnell genug fortschaffte.

Laurien und Perakín überquerten den Katzenrachen. Noch immer schwelten hier und da in der Tiefe Pechfeuer von der Schlacht und warfen einen unheimlichen roten Widerschein nach oben. Der Schmorgeruch wurde nicht weniger, als sie die Brücke hinter sich ließen. Vor den Mauern verstreut gab es mehrere Scheiterhaufen, die meisten heruntergebrannt, und Qualm hing in der Luft wie schwarze Nebelschwaden. Schatten nahmen Reißaus, als Laurien und Perakín einen der Scheiterhaufen ansteuerten.

»Für die wilden Hunde und die Raben hat sich die Rebellion gelohnt«, murmelte Laurien.

»Sieh an – noch jemand, der an der glorreichen Rebellion zweifelt. Ich wusste nicht, dass wir so viele sind, bis …« Er warf ihr einen Blick zu. »Weißt du, wer ich bin?«

Sie zögerte.

Er schien ihr Schweigen für ein Nein zu halten und erklärte: »Ich bin Perakín, Sohn von Fürst Githeon. Der Sohn, der sich geweigert hat, die Prinzessin für Heganen zu entführen. Vielleicht hast du davon gehört. Nein?« Er zuckte die Schultern. »Seitdem scheint mir jeder Dritte anvertrauen zu wollen, dass er ebenfalls unzufrieden damit ist, wie die Dinge laufen. Es gibt nicht wenige von uns.« Er zog wieder die Nase hoch. »Du musst vorsichtiger sein, wem du deinen Unmut zeigst. Denn auch wenn viele gegen Heganens Thronbesteigung sind, sind noch mehr dafür. Und ich weiß nicht, was aus den Zweiflern wird, wenn er erst die Krone trägt.«

»Er wird sich nicht krönen lassen«, sagte sie entschlossen.

»Du scheinst dir da sehr sicher zu sein.«

Sie öffnete den Mund und schloss ihn wieder. Schließlich fand sie etwas, das sie sagen konnte, ohne zu lügen: »Ich habe meinen Glauben an ihn noch nicht verloren.«

Als sie den rauchenden, fast zur Glut heruntergebrannten Scheiterhaufen erreichten, lehnten sie sich gegen den Karren, um zu verschnaufen. Gedankenverloren betrachtete Laurien die verkohlten Überreste im Feuer, die einmal Menschen und Elfen gewesen waren. Ihr fiel auf, dass die Umstände sogar noch unromantischer waren als in der ersten Nacht, die sie mit Perakín allein gewesen war, damals vor zwei Jahren. Sie konnte sich nicht helfen – sie musste auflachen.

»Hm?«, machte er.

»Es ist verrückt, aber … ich bin glücklich. In diesem Moment bin ich glücklich. Wir kennen uns nicht. Trotzdem habe ich das Gefühl, dass wir uns nahestehen. Und dass das mehr bedeutet als alles andere, mehr als diese verfluchte Rebellion.« Sie hatte schnell und leise gesprochen, aber er hatte sie verstanden. Er schien rot anzulaufen. Vielleicht war es auch nur der Widerschein der Glut. Instinktiv wollte Laurien sich die Haare vor das Gesicht streichen, aber mitten in der Bewegung hielt sie inne, erinnerte sich an die Freiheit, die sie hinter der Maske der Verwandlung besaß, und streckte stattdessen die Hand nach Perakín aus. Sie berührte seine Wange. Er regte sich nicht und für eine kleine Endlosigkeit stürzte sie in den Abgrund seiner Augen.

»Dein Gesicht ist warm«, murmelte sie. Die Worte kamen ihr hohl vor. Was sie eigentlich meinte, war, dass sie seine Lebendigkeit spürte. Sie spürte das rauschende Blut unter seiner Haut, spürte seinen Herzschlag und die knisternde Kraft in seinem Körper, bereit, sich in Bewegung zu entladen. Der Tod um sie herum bedrückte sie nicht mehr. Im Gegenteil, er machte ihr bewusst, dass sie noch da war.

Sie beugte sich vor und küsste Perakín auf die Wange. Da er nicht zurückwich, glitten ihre Lippen zu seinem Mundwinkel. Sie war so froh, dass er nicht gestorben war … Bei der Vorstellung, wie kostbar er war und wie leicht er verletzt werden konnte, erschauderte sie.

»Wer …« Er räusperte sich. »Wer bist du?«

Seine Verwirrung war so süß, dass ihr Tränen in die Augen stiegen. »Stell keine Fragen. Bitte. Denk nicht nach.«

Sie küsste ihn auf den Mund, erst zart, dann sehnsüchtiger. Fuhr mit den Fingern über seinen stoppeligen Kopf zu seinem glatten, muskulösen Nacken. Er war alles, was sie wollte. Alles, was sie wirklich je gewollt hatte. Der Sieg über Ivenhall hatte sich wie nichts angefühlt. Ihn zu berühren, fühlte sich wie der wahre Grund für ihr Dasein an.

Er schob sie sanft zurück. Betrachtete sie im Glutschimmer, umwölkt vom weißen Dunst ihres Atems. Er schien etwas fragen zu wollen. Doch stattdessen glitt seine Hand unter ihre Haare, in ihren Nacken, und zog sie wieder zu sich heran. Ihre Lippen verschmolzen. Wieder und wieder, als müssten sie sich die Hitze ihres Atems teilen. Er strich über ihre Schultern und ihre Taille und verlor langsam seine Zurückhaltung. Als er ihren Hals küsste, ließ sie den Kopf zurücksinken, ließ zu, dass er sie an sich presste, seine starken Hände unter ihrem Umhang. Sie wollte nicht nachdenken, keine Zweifel mehr haben. Nur fühlen.

Ihre Knie gaben nach, sie sank zu Boden und zog ihn mit sich, über sich, in ihre Arme. Für einen Moment wich er zurück und sah sie sehr ernst an.

»Ich will wissen, wie du heißt.«

Sie legte die Lippen an sein Ohr, konnte sich aber immer noch nicht überwinden zu lügen, und gab ihm stattdessen Küsse. Das ließ ihn seine Frage vergessen. Etwas Ungeduldiges lag jetzt in seinen Zärtlichkeiten. Auch sie wollte mehr von ihm, öffnete seinen Gürtel und die Haken an seinem Wams. Irgendwo zwischen den Kleiderschichten fanden ihre Finger seine Brust und seinen Bauch, überraschend zart und haarlos und solche Hitze ausstrahlend, dass sie fast verwundert war, dass er nicht leuchtete. Auch er hatte sich einen Weg unter ihre Gewänder gesucht und berührte sie … berührte den Körper, der für eine Nacht ihr gehörte. Es war seltsam, ungewohnte Formen an sich zu spüren. Aber die Wirkung, die sie auf ihn hatten, waren dieses Unbehagen wert. Sie sahen sich in die Augen und für einen Moment schien die Zeit stillzustehen. Fast ohne zu wissen, was sie tat, schloss sie die Beine um seine Hüften und er sank über sie und drang in sie ein.

Es tat weh. Ein unerwarteter Schmerz, der ihre Verwandlung zu durchbrechen schien und sie in ihrem wahren Wesen traf. Sie hatte noch nie ... Als sie zu ihm aufblickte, sein Gesicht direkt über ihrem, den Himmel wie einen Reif um sich, begriff sie, dass es für ihn nicht das erste Mal war, und dieser Gedanke erfüllte sie mit flackernden Schatten.

Er hielt inne, seine Lippen an ihrem Ohr. Ob er ahnte, was in ihr vorging? Sie wollte nicht, dass er aufhörte ... Sie begann sich zu regen, aber er hielt sie fest und lächelte entschuldigend.

»Warte«, flüsterte er.

»Bitte ...«

Er seufzte, dann zog er sich aus ihr zurück – gerade rechtzeitig.

»Tut mir leid«, sagte er. »Tut mir leid, ich ... hab dich gewarnt.«

Sie zog ihn wieder an sich und küsste ihn. Sie war so überwältigt von widersprüchlichen Gefühlen, dass sie nicht verhindern konnte, dass ihr Tränen aus den Augen rannen. Er fühlte die Feuchtigkeit und sah sie erstaunt an.

»War das dein ...? Warum hast du nichts gesagt?«

»Ist doch egal.«

»Du bist ja verrückt. Wieso ...? Du Verrückte!«

Er setzte sich auf und schloss unsicher ihre Kleider. Das amüsierte sie.

»Du musst kein schlechtes Gewissen haben.«

Er schien nicht recht überzeugt. Schließlich schüttelte er den Kopf. »Warum ich?«

»Und warum *ich?*«

Er suchte nach Worten. Gab auf und starrte ins Feuer.

»Es war mir nicht wichtig«, erklärte sie.

Leise erwiderte er: »Das verstehe ich.«

Sie rückte näher. Er legte einen Arm um sie, ihr Gesicht beobachtend, ob es ihr recht war. Sie lehnte den Kopf an seine Schulter, und für eine Weile versuchte sie nur, das zu genießen und sich alles einzuprägen, um sich später daran erinnern zu können.

»Mit wie vielen warst du schon zusammen?«, fragte sie.

Er wand sich ein wenig. »Ein paar.«

»Warst du jedes Mal verliebt?«

»In keine. Es waren Begegnungen für eine Nacht.«

»So wie ich.«

»So wie du«, gab er zu. »Ich glaube nicht, dass ich mich innerhalb eines Abends verlieben kann. Das liegt nicht an dir.«

Sie lächelte. »Das habe ich auch nicht erwartet. Dinge, die man für bedeutungsvoll hält, können ihre Bedeutung verlieren. Und vielleicht ist das gut so.«

Er schien nachzudenken und schüttelte wieder den Kopf. »Es ist nicht bedeutungslos. Wir kennen uns vielleicht nicht, doch wir sind uns nah. Wir sind uns gegenüber aufrichtig. Ich habe … Ich glaube, wir beide haben getötet. Und haben Kameraden sterben sehen. Alles ist vergänglich. Flüchtig. Aber das macht es nicht bedeutungslos. Ich weigere mich zu glauben, dass nur Dinge von Dauer von Bedeutung sind.«

Sie dachte darüber nach. Diffuse Erinnerungen flackerten in ihr auf. »Ich mag die Vorstellung nicht, dass du getötet hast.«

»Es ist die Wahrheit.«

Faisah in den Flammen. Ihre Mutter, deren Leben und Tod so unnütz gewesen waren. All die Unbekannten, die Laurien im Kampf besiegt hatte. Sie schauderte, weil die Erinnerungen wie etwas Kaltes, Abscheuliches in ihr hausten.

Dann sagte sie: »Ich weiß, dass es in dieser Welt nichts gibt, wofür es sich zu kämpfen lohnt. Weil alles eine Lüge wird, sobald man darum kämpft. Ich glaube, die Liebe ist das Gegenteil von Kämpfen. Man sehnt sich nach etwas, ohne zu versuchen, es zu bekommen. Und trotzdem … ist es so schwer, das Kämpfen aufzugeben und die Sehnsucht auszuhalten.«

Lange schwieg er, bis er fragte: »Sehnsucht wonach?«

»Eine bessere Welt wahrscheinlich. Aber wenn ich ehrlich bin: Ich will über die Welt nicht mehr nachdenken. Ich werde mich nach dieser Nacht sehnen. Nach diesem Moment mit dir.«

Sie wollte mehr sagen, aber Tränen erstickten ihre Stimme.

Er legte die Hände um ihre Wangen und sah sie an. »Es ist nicht bedeutungslos«, flüsterte er. »Nicht für mich.«

Wenn er nur wüsste, wie viel es ihr bedeutete! Aber sie war nicht so aufrichtig ihm gegenüber, wie er dachte, jedenfalls nicht, wenn sie redeten. Erneut zog sie ihn auf sich herab, diesmal gefasster und weniger ungeduldig.

»Willst du mir immer noch nicht verraten, wie du heißt?«, fragte er zwischen ihren Küssen.

»Nein.«

Er lächelte resigniert.

Beim zweiten Mal ließen sie sich mehr Zeit. Er öffnete ihren Waffenrock und das Hemd, das sie darunter trug, und sie bewunderten beide ihre makellosen Brüste mit den blassen Höfen. So, wie er sie berührte, ließ sich leicht vergessen, dass es nicht ihr Körper war. Als er in sie eindrang, glaubte sie zu schmelzen, und auch der Schmerz schmolz fort. Wie eine Welle, die an einer Klippe bricht, stürzte sie in sich selbst zurück, wirbelnd und wirbelnd in einem Glück, das vollkommen und tief war wie die Winternacht.

»Du bist so schön«, flüsterte er, als er sie danach in den Armen hielt.

Es brach ihr das Herz. Sie schloss die Augen.

»Ich will dich wiedersehen«, sagte er.

»Weil ich schön bin?« Sie schaffte es gerade so, es wie eine Frage und nicht wie einen Vorwurf klingen zu lassen.

»Ich habe gesagt, dass ich mich nicht innerhalb einer Nacht verlieben kann. Aber es fühlt sich an, als würde ich dich kennen. Das hier ist besonders. Du bist besonders.«

Sie löste sich aus seinen Armen, stand auf und schloss ihre Kleider. Sie fühlte sich immer noch, als bestünde sie mehr aus Sternen und Wolken denn aus Fleisch und Blut, aber Traurigkeit überschwemmte sie. Sie war eine Lügnerin und er sagte dieselben leeren Floskeln offenbar zu jeder.

»Kümmern wir uns endlich um die Toten.« Sie packte eine der Leichen und zog sie vom Karren. Abermals vergaß sie, wie schwach ihr fremder Körper war, und Perakín musste sie stützen, als sie unter dem Gewicht strauchelte. Gemeinsam warfen sie die Leiche auf den Scheiterhaufen. Funken wirbelten auf. Laurien hätte weinen können. Nichts hatte Bedeutung.

Aber sie weinte nicht.

»Wir sollten das Feuer mit etwas Holz schüren«, sagte sie.

Er strich ihr Haar zur Seite und küsste sie auf ein Ohr. Es fühlte sich nur noch kameradschaftlich an. »Du solltest Befehlshaberin werden.«

Sie brachen zwei Bretter aus dem Karren und schoben sie in die Glut. Als die Flammen daran emporleckten, übergaben sie auch die restlichen Toten dem Feuer. Ein beißender Gestank breitete sich aus, an den sie allerdings beide gewöhnt waren. Nach getaner Arbeit sahen sie ins Feuer, und Laurien kniete nieder, um ein wenig Schnee aufzuheben und wieder herabrieseln zu lassen – eine elfische Geste, um von den Toten Abschied zu nehmen.

»Hast du von deinen Eltern auch zwergische Bräuche gelernt?«, fragte er.

Sie schüttelte den Kopf, immer noch unfähig, eine Lüge auszusprechen.

Dann zogen sie den Karren zurück Richtung Stadt. Davon, wie sie nebeneinander im Gleichschritt gingen und ihre Hände sich am Holz berührten, wurde Lauriens Traurigkeit ein wenig aufgeschoben. Wenn sie nachdachte, wusste sie, dass sie etwas Falsches getan hatte und dass sie Perakín vielleicht nie mehr so mögen würde wie zuvor. Aber im Moment wollte sie noch nicht nachdenken. Und fast war ihr, als liege in ihrem Fühlen eine größere Wahrheit – die Wahrheit, dass vielleicht doch alles gut war.

Hinter den Felsplateaus, auf denen Ivenhall thronte, erbleichte der Himmel, sodass der Eisenturm sich abzuheben begann. Viel Zeit blieb nicht, bis der Zauber verfliegen würde. Aber die Endlichkeit dieser Nacht machte die letzten Momente intensiver.

»Es wirkt wie eine Wunde«, sagte sie und wies auf den Katzenrachen, der die Stadt umgab. »Als hätte jemand das Herz des Reiches herausgeschnitten.«

Sie merkte, dass er etwas sagen wollte, aber es zurückhielt.

Endlich fasste er den Mut: »Ich muss dich wiedersehen. Warum machst du so ein Geheimnis um deinen Namen?«

»Wir werden uns noch begegnen.«

Den Rest des Weges sagte niemand mehr etwas, aber ihr Schweigen war von vielen Blicken erfüllt und sie lächelten. Laurien ließ ihre Hand über seine gleiten und ihre Finger verschränkten sich. Eine Ahnung von Helligkeit verlieh den Dingen nun Umrisse, doch es blieb bei dieser Ahnung – als würde der Morgen die Nacht im Nacken küssen und nicht gehen lassen wollen.

Sie erreichten das Krankenlager in der verfallenen Villa und das jüngste Tageslicht saugte an den Schatten in den Straßen. Perakíns Gesicht schimmerte so grau und unwirklich vor Laurien, als würde sie sich schon nur noch an ihn erinnern.

»Gehst du zurück zum Elfenlager? Ich begleite dich«, bot er an.

»Nein. Ich will nicht, dass uns jemand zusammen sieht.«

»Dann werde ich bei der Frühstücksausgabe die Augen nach dir offen halten. Und dich nicht grüßen.« Er lächelte, Unsicherheit im Blick.

»Bis dann, Perakín.«

Er zog sie noch einmal an sich, als sie sich schon zum Gehen wandte, und küsste sie. Sie hatte gehofft, dass er es tun würde, doch nun gelang es ihr nicht mehr, etwas anderes zu empfinden als Traurigkeit.

Sie löste sich und lief die nächste Treppe hinauf. Begann zu rennen. Im Rennen merkte sie, wie ihr Körper sich veränderte, stärker und schneller wurde, und als sie sich die Tränen von den Wangen wischte, spürte sie ihre vernarbte Haut.

Er würde es nie erfahren. Ihr Herz würde von jetzt an und für immer in ihr begraben sein wie in einem Sarg.

Als sie den Palast erreichte und aufblickte, wirkte der Winterhimmel über ihr riesig und dabei so verletzlich – ein Blütenblättergewebe über dem Abgrund der Welt.

7

Als Laurien am Morgen zu Heganens Versammlung kam, die diesmal im engsten Kreis der Generäle und Verbündeten stattfand, saß Perakín neben seinem Vater Fürst Githeon. Die Schatten unter seinen Augen waren etwas dunkler, ansonsten verriet nichts an ihm, was letzte Nacht passiert war. Er schenkte Laurien keine Beachtung, nicht einmal einen Blick wie sonst. Sie zwang sich, jetzt nicht darüber nachzudenken, sondern sich auf das Gespräch zu konzentrieren.

»... werden die Fürsten von Dotha, Karuten und Morigatha Euch als König von Ivenhall anerkennen, wenn Ihr Prinzessin Kanemô ehelicht und den Thronfolger, der aus der Ehe hervorgeht, zu gegebener Zeit mit einer Tochter jener Familien vermählt«, berichtete General Fangren, der von seiner Reise durch den Osten zurückgekehrt war, um mit den Fürsten zu verhandeln.

Heganen stand mit ausgebreiteten Armen neben seinem Stuhl, denn zwei Schneider nahmen soeben die letzten Änderungen an seiner neuen Garderobe vor. Es tat Laurien weh, den Rebellenführer in Prunkgewändern zu sehen. Bevor er die Rebellion gegen Ivenhall begonnen hatte, war Heganen ein Bauer gewesen, tief in den wilden Ostterritorien des Reiches. Mit seiner kräftigen Statur und seinem energischen, markanten Gesicht strahlte er den Stolz eines Wilden aus. In Lumpen hatte er die Massen bewegen können und war zum Hoffnungsträger der unterworfenen Länder geworden. Aber nun, da der Schmutz von seiner Stirn gewaschen war, sein Bart gestutzt und gewachst, und Goldbrokat seinen Hals einschnürte, wirkte er wie ein dressiertes Tier.

»Eine Osttochter soll Frau meines künftigen Sohnes werden. Den Wunsch kann ich den Fürsten erfüllen«, sagte Heganen und schmunzelte. »Doch erinnere die Rebellionsgegner auf deiner nächsten Reise, Fangren, dass mein Sohn nicht zwingend König wird – und seine Frau nicht zwingend Königin. Wir haben schließlich dafür gekämpft, dass nicht mehr das Blut entscheidet, wer herrscht, sondern das Volk. Nach mir wird König, wer am besten dafür geeignet ist, und sei es das Kind eines Abfallsammlers!«

Die Generäle und Verbündeten trommelten mit den Fäusten auf die steinerne Tischplatte. Laurien tauschte einen besorgten Blick mit ihren Freunden Erinian und Savionne. Inzwischen sprach Heganen offen darüber, dass er den Thron besteigen wollte.

»Die Ostfürsten werden das nicht gern hören«, sagte Fangren grimmig. Obwohl er der Überbringer der schlechten Nachricht sein würde, funkelte in seinen Augen Genugtuung. Er selbst war Abkömmling eines kleinen Fürstentums, das sich der Rebellion angeschlossen hatte, und obwohl es die Erbfolge von Vater zu Sohn beibehielt, hatte es Krieg geführt, damit der König künftig gewählt würde.

»Die Ostfürsten werden sich damit zufriedengeben müssen. Ich glaube, sie fürchten einen offenen Krieg gegen uns«, warf Mamres Bärenklaue ein, eine kleine, runde Kauffrau aus Andigora, die die Rebellion mit Gold und keiner geringen Anzahl frei gelassener Sklaven aus ihren Minen unterstützt hatte.

Gelächter erscholl.

»Ich bin zuversichtlich, dass wir mit den Ostfürsten einig werden. Oder dass sie zumindest davon absehen, unsere Feinde zu unterstützen«, sagte Heganen und wandte sich Laurien zu. »Was sagen die Weisen vom Brunnen zu meiner Hochzeit mit der Prinzessin? Die Herrin Alarion und der Herr Niran erscheinen nicht mehr zu meinen Versammlungen, obwohl ich sie ausdrücklich eingeladen habe. Ich weiß, es gefällt ihnen nicht, dass ich den Königstitel annehmen werde. Aber es wird Tausenden das Leben retten. Hast du ihnen das verständlich gemacht?«

Laurien erwiderte den Blick des Rebellenführers eindringlich. »Mein Volk hat immer noch Bedenken.«

»Aber in Heganens Braut fließt elfisches Blut«, rief einer der Generäle, Sethan, mit einer Entrüstung aus, die Laurien gekünstelt vorkam. »Was könnten die Hohen Elfen dagegen haben, dass eine ihrer Töchter Königin von Ivenhall wird?«

Heganen runzelte erwartungsvoll die Stirn.

Laurien wählte ihre Worte mit Bedacht. »Als die Weisen vom Brunnen euch Unterstützung in der Rebellion gegen König Sagamenon zusagten, hatten wir dasselbe Ziel: Freiheit und Unabhängigkeit für die Territorien. Die Hohen Elfen wollen nach wie vor, dass das Königreich Ivenhall zerschlagen wird. Ihr werdet verstehen, dass mein Volk daher nicht begeistert ist, dass Ivenhall mit dir als König fortbestehen soll.«

Mehrere Getreue Heganens wollten protestieren, doch Heganen hob die Hand, um ihnen Einhalt zu gebieten. »Ich verstehe.«

Für einen Moment erkannte Laurien wieder den Mann in ihm, dem sie in so viele Schlachten gefolgt war – den ernsten, gerechten Mann, der auf seine Vernunft hörte und nicht auf seine Leidenschaften.

Dann fuhr Heganen fort: »Aber die Hohen Elfen müssen einsehen, dass wir das Reich nicht dem Chaos überlassen können. Die uneinigen Territorien müssen befriedet werden, und im Norden und Osten rotten sich Räuberbanden unter der Flagge der Rebellion zusammen, um ganze Landstriche zu überfallen. Jemand muss die Menschen dort beschützen, bis sich stabile Regierungen gebildet haben. In alten Zeiten war das die Aufgabe des Königs – Streit zu schlichten, wo er entsteht. So soll es wieder sein. Ivenhall wird kein Großreich mehr sein, sondern eine Idee der Einheit.«

Laurien erwiderte seinen forschenden Blick, ohne zu antworten. Sie wusste, ihr Schweigen beunruhigte manche Generäle am Tisch. Viele Menschen misstrauten den Elfen und wären sie am liebsten losgeworden, nun, da sie König Sagamenon gemeinsam gestürzt hatten.

Heganen bedeutete den Schneidern innezuhalten und trat vor Laurien. Er legte ihr eine Hand auf den Arm. Seine starke, von Kämpfen gezeichnete Hand, die ihr oft Vertrauen eingeflößt hatte … Sie bemerkte die kostbaren Ringe an seinen Fingern und biss die Zähne zusammen.

»Richte den Weisen aus, dass unser Kampf noch nicht vorbei ist. Ich habe den Territorien Freiheit gebracht. Nun muss ich ihnen auch Frieden bringen. Als Zeichen dafür, wie viel die Menschen den Elfen zu verdanken haben, werde ich eine Tochter ihres Blutes zur Königin machen. Diese Geste ist doch unmissverständlich, oder?«

Sie sah zu ihm auf. »Die Geste kann auf so vielerlei Weise missverstanden werden, Heganen.«

Er drückte ihren Arm, ehe er zu seinem Schneider zurückkehrte. »Ich habe vollstes Vertrauen in dich, dass du dein Volk überzeugen wirst.«

Nach der Sitzung kehrte Laurien mit Savionne und Erinian in den Hofgarten zurück, in dem die Elfen ihr Lager aufgeschlagen hatten. Inmitten eines Labyrinths aus Rosenhecken und Weiden stand eine weiße Pagode, die vage an Madgar Yhs erinnerte. Es hieß, die Gemahlin König Sagamenons habe sie bauen lassen, um die Sehnsucht nach ihrer Heimat in den Sommerwäldern zu lindern. Laurien und die Elfenkrieger zogen den Hofgarten den düsteren, raucherfüllten Schlafkammern des Palastes vor, denn die Kälte machte ihnen weniger aus als Menschen. Und es gab wohl keinen Elfen, dem es nicht am Herzen lag, nachts die Sterne zu sehen.

Auch Alarion und Niran hatten ihr Lager hier aufgeschlagen. Jedoch verbrachten die Weisen vom Brunnen die meiste Zeit in der königlichen Bibliothek. Es hieß, sie verbrannten alle magischen Schriften, damit die Menschen nie wieder Zugang dazu bekamen. So blass und erschöpft, wie sie aussahen, musste es wohl stimmen.

Sie saßen in der Pagode und tranken warme Butternussmilch mit Orchideennektar. Der Duft versetzte Laurien in die Vergangenheit zurück. Drei Jahre war sie nun schon nicht mehr in Madgar Yhs gewesen, und für einen Moment tauchte ihre Wabenkammer im hohlen Baum vor ihrem inneren Auge auf, in der sie während ihrer Ausbildungsjahre geschlafen hatte, das Rascheln des Schilfs in der Nacht und das Vogelzwitschern am Morgen und vor allem die Gerüche – das Trockenmoos und die Lavendelsträuße in ihrer Matratze, die dampfende Butternussmilch zum Frühstück, der staubige Duft der Wollgräser, die in langen, glänzenden Fäden zum Trocknen von den Zweigen hingen und aus denen die Alten und die Gelehrten in andächtiger Konzentration Marué-Stoff webten.

»Seid gesegnet!«, grüßte Alarion, kühl wie immer, und bedeutete ihnen, an ihrem kleinen Feuer Platz zu nehmen. Laurien, Savionne und Erinian ließen sich nieder. Niran schien mit einiger Mühe seine Reglosigkeit zu überwinden, um vor jeden von ihnen einen Steinbecher zu stellen und mit Butternussmilch zu füllen.

Da die Sonne im Zenit stand, befanden sich alle anderen beim Mittagsmahl. Nichts rührte sich um sie herum. Nur ein wenig frostglitzerndes Herbstlaub taumelte, von einem Luftzug getragen, am Geländer der Pagode entlang. Eine Weile genoss Laurien den heißen Becher in ihren Händen und die kalte Luft in ihren Lungen.

»Ist Heganen bereit, von seinen Heiratsplänen abzusehen?«, fragte Alarion.

»Nein.« Laurien verkniff sich ein Seufzen.

Alarion trank einen Schluck. »Hast du ihm ausgerichtet, dass wir ihn nicht als König von Ivenhall anerkennen werden? Dass jeder, der sich zum Herrscher des Großreiches erklärt, unser Feind ist?«

»Gebt ihm Zeit. Die Situation ist …«

»Du hast es ihm nicht gesagt«, stellte Alarion fest. »Du widersetzt dich dem Befehl der Weisen.«

»Die Abschaffung von Ivenhall braucht Zeit«, beharrte Laurien. »Heganen hat nicht Unrecht damit, dass Ordnung in das Chaos gebracht werden muss, das der Krieg verursacht hat. Die Territorien brauchen Hilfe, um ihre eigenen Regierungen zu bilden.«

»Ich stimme zu«, sagte Savionne.

»Ich ebenfalls«, bekräftigte Erinian, aber erst nach einigem Zögern.

»Heganen will die Prinzessin heiraten«, sagte Niran in scharfem Ton. »Die Hochzeit darf nicht stattfinden. Das Blut der Könige von Ivenhall muss ausgerottet werden.«

Es war das erste Mal, dass Laurien so harte Worte aus dem Mund eines Weisen vom Brunnen hörte. Einen Moment lang schwiegen alle erschrocken.

Schließlich reckte sich Alarion. »Es darf keinen Menschen

geben, der über Bestien herrscht. Das war unser Grund, gegen König Sagamenon Krieg zu führen – und wir werden auch gegen jeden seiner Nachkommen Krieg führen.«

Laurien verkniff sich einzuwerfen, dass das nicht stimmen könne, da die Weisen vom Brunnen in der Vergangenheit mit etlichen Königen von Ivenhall paktiert hatten. Und außerdem hatten sie doch den Zauberkessel zerstört.

Savionne allerdings war nicht so zurückhaltend. Die Befehlshaberin der Wasserklingen warf ein: »Wir haben an der Seite der Menschen gekämpft und waren in den Territorien. Die Dinge können nicht so schnell abgeschlossen werden, wie Ihr es gern hättet.«

Alarion wandte sich demonstrativ an Laurien: »Wir wollen mit dir allein sprechen.«

Laurien nickte Erinian und Savionne zu, die die Augen verdrehte.

»Es war mir wie immer eine Ehre«, sagte Savionne zum Abschied und verneigte sich tief vor den beiden Weisen vom Brunnen.

Erinian entschied sich dafür, ohne Abschiedsgruß zu gehen.

Laurien sah ihnen nach. Dass die beiden fortgeschickt wurden, war ein schlechtes Zeichen.

»Du verehrst Heganen zu sehr«, sprach Alarion leise. »Das beunruhigt uns. Du müsstest doch erkennen, welcher Wandel sich an ihm vollzieht. Laurien … Er will die Königstochter heiraten! Und die Bestien in den Drachentürmen hat er auch noch nicht töten lassen. Weil er sie nutzen will. Er wird ein Kind mit der Prinzessin zeugen. Ein Kind, das ihn liebt und alles für ihn tun wird. Zum Beispiel Bestien gegen seine Feinde hetzen.«

Laurien atmete tief durch. »Was gedenkt ihr zu tun?«

Nun ergriff Niran das Wort: »Um die Prinzessin werden wir uns kümmern. Du stehst Heganen nah. Wenn er sie heiratet und sich krönen lässt, musst du einen Weg finden … ihn zu beseitigen.«

Laurien erzählte Savionne und Erinian nichts von dem Auftrag der Weisen vom Brunnen. Weniger, weil es Verrat gewesen wäre, sondern weil sie es nicht wahrhaben wollte.

»Ich werde noch einmal mit Heganen sprechen«, sagte sie den beiden ausweichend.

Sie suchte ihn in einem der königlichen Prunkgemächer auf, wo er sich von einem Diener rasieren ließ, und beschwor ihn, keine voreilige Entscheidung zu treffen.

Doch seine Antwort war niederschmetternd: »Ich werde die Hochzeit nicht um einen einzigen Tag hinausschieben.«

Laurien konnte ihn kaum ansehen, wie er so seelenruhig unter dem Rasiermesser lag. Sie wandte sich ab und trat vor eins der hohen Fenster. »Die Weisen vom Brunnen werden dich nicht als König von Ivenhall anerkennen.«

»Und das Elfenheer?«, erwiderte er.

Laurien starrte ins Land hinaus, das im Schneetreiben flimmerte. »Zwing mich nicht, eine Spaltung meines Volkes zu provozieren.«

Heganen ließ ein brummendes Lachen vernehmen. »Vielleicht ist eine Spaltung an der Zeit. Du kannst nicht für die Herrscher deines Volkes kämpfen *und* für die Gerechtigkeit. Eins muss dir wichtiger sein. Wähle.«

»Wie anmaßend, dich selbst als Gerechtigkeit zu bezeichnen!« Sie drehte sich zu ihm um. Mittlerweile hatte er sich aufgerichtet und wischte sich das Gesicht an einem Tuch ab. Laurien fuhr fort: »Ich habe nicht für die Weisen vom Brunnen gekämpft. Und ich werde auch nicht für dich kämpfen.«

»Sondern für Perakín?«

Sie zuckte zusammen. »Was?«

Er beobachtete sie genau. »Tu nicht so, als wüsstest du nicht, dass Fürst Githeons jüngerer Sohn Gegner meiner Krönung um sich schart. Und das ist es doch, was du mir androhst – dass die Hohen Elfen Perakín unterstützen werden, wenn ich den Weisen vom Brunnen nicht gehorche. Du solltest von allen am besten wissen, dass ich mich nicht von Drohungen einschüchtern lasse, Laurien. Ich werde weiterhin das tun, was richtig ist.«

Sie bebte vor Zorn. War ihr früher nie aufgefallen, wie herablassend er mit ihr sprach? Vielleicht hatte Alarion recht: Sie verehrte ihn zu sehr.

Doch selbst wenn das nun vorbei war, konnte sie ihn nicht … Nein, unmöglich. Sie sah ihn verzweifelt an. Wenn sie ihm nur klarmachen könnte, in welche Lage er sie und sich selbst brachte!

»Was ist nur aus dir geworden?«, fragte sie bitter.

Er warf das Tuch zu Boden. »Ein Aufständischer, der an der Macht ist. Mit all der Verantwortung, die damit einhergeht.«

Sie wollte ihm glauben. So wie früher. Und hatte er nicht recht? Alles war im Wandel. Bedeutungen veränderten sich. Sie wollte es glauben … doch sie schaffte es nicht.

Sie trat vor Heganen und diesmal war sie es, die eine Hand auf seine Schulter legte. Es machte ihr nichts aus, dass er merkte, wie sie zitterte. »Wenn du die Prinzessin heiratest und dich krönen lässt, stehen wir nicht mehr auf derselben Seite.«

Teil drei:

Die Klauen der Katze

1

Der Wind fegte über den Hof des Palasts und wirbelte Schneeflocken durch die trübe Dämmerung. Für einen Moment regte sich sonst nichts.

Die Elfenkrieger in ihren Gewändern aus Marué, angepasst an den dunkelgrünen Marmor der Gebäude und den grauen Himmel, bewachten den Eisenturm wie Statuen. Kanemô ließ den Blick über die Elfen gleiten, deren verschlossene Mienen keinen Zweifel ließen, dass sie in ihr eine Feindin und nicht ihresgleichen erkannten. Kanemô war nicht sonderlich betrübt darüber – nicht einmal verwundert. Sie löste sich vom Anblick der Elfen und ging auf die Menge zu, die sie erwartete.

Auf der Treppe zur offenen Eingangshalle hatte sich der Hofstaat versammelt – oder das, was ihn heute ersetzte. Die Damen schienen junge Frauen aus dem Volk zu sein, die ihre Wollkleider mit Goldbroschen geschmückt hatten oder so schlecht sitzende Edelgewänder trugen, dass sie offensichtlich für eine andere geschneidert worden waren. In ihren Gesichtern mischte sich Sensationslust mit einem Hochmut, der von Unsicherheit herrührte. Wahrscheinlich waren die meisten Huren. Kanemô zweifelte nicht daran, dass jede von ihnen einen Rebellen zum Geliebten genommen hatte, um im Palast leben zu dürfen.

Unter den Männern gab es keinen, der nicht die roten Flicken der Rebellion am Umhang trug und sich das Haar – bis auf den Zopf entlang der Schläfe – abrasiert hatte. Einer von ihnen fiel ihr auf. Er war weder anders gekleidet noch war er besser frisiert. Tatsächlich erweckte er durch seinen Bart, der nur über der Lippe und am Kinn verlässlich zu wachsen schien, eher einen noch verlotterteren Eindruck als so manch anderer. Aber sein Gesicht besaß eine Schönheit, die davon nicht verunstaltet werden konnte, und an seinen Schultern und Hüften wirkten der schäbige Umhang und der zerkratzte Waffengürtel wie Zierde. Vor allem starrte er sie so intensiv an, als würde er sie wiedererkennen. Und für einen schwindelerregenden Moment wusste auch sie, wie es sich anfühlte, von ihm in die Arme genommen zu werden. Seine Nähe. Seine Hände auf ihrer Haut. Woher …?

Er trat vor. War er der Königsmörder? Kanemô wurde bewusst, dass sie einen Barbaren oder zumindest einen Mann erwartet hatte, der abstoßend auf sie wirken würde. Dass er jung und anmutig war, schockierte sie beinah.

Ein anderer Mann aus der Menge lachte auf und rief: »Bruderliebe hat Vorrang. Nur zu, begrüßt euch!«

Der junge Mann fuhr zusammen, als erinnere er sich erst jetzt daran, dass er nicht allein mit Kanemô war. Ohne ein Wort machte er kehrt und eilte die Treppe in den Palast hinauf.

Es wurde getuschelt.

Gerothen deutete eine Verneigung vor dem Mann an, der gesprochen hatte. »Im Namen Odias entschuldige ich mich für das ungebührliche Verhalten meines Bruders.«

Was auch immer gerade geschehen war, Kanemô schien nicht die Einzige zu sein, die es verwirrt hatte. Jedenfalls war der junge Mann mit dem intensiven Blick wohl Gerothens Bruder.

Sie wandte sich dem ersten Sprecher zu, der nun näher trat. Er musste älter als dreißig sein, vielleicht älter als vierzig – sie konnte sein Alter nur schwer schätzen. Sein Wams bestand aus Goldbrokat und sein Umhang aus rotem Samt. Der fein gestutzte Bart, seine aufrechte Haltung und sein funkelnder, nicht unzärtlicher Blick verliehen seiner kräftigen, gedrungenen Gestalt eine gewisse

Erhabenheit. Nase, Kinn und Brauenknochen ragten hervor, als wohne in ihm eine übermäßige Kraft, die nach außen drängte.

Diesmal wusste sie, dass er es war. Heganen.

Die Edelfrauen aus Kanemôs Gefolge machten einen Knicks vor ihm. Kanemô beließ es dabei, die Augen niederzuschlagen. Ihr entging nicht, dass Heganen sich ebenfalls verneigte.

»Prinzessin Kanemô«, sagte er. Seine Stimme war volltönend und klar, aber nicht besonders laut – die Stimme eines Mannes, der es gewohnt war, sich Gehör zu verschaffen. »Es ist mir eine Ehre. Ich hoffe, Ihr verzeiht mir, dass ich Euch ungebeten herbringen ließ. Ich hoffe, Ihr verzeiht mir vieles, was ich getan habe, sobald Ihr meine Beweggründe kennt.«

Sie sah ihm in die Augen. Ernste, aufrichtige Augen, die verstehen wollten.

Heganen streckte die Hand aus, um sie nach drinnen zu führen, doch was sie sagte, ließ ihn innehalten: »Ich glaube, ich kenne Eure Beweggründe, meinen Vater und meine Brüder ermordet zu haben und die tausendjährige Tradition unseres Volkes mit Füßen zu treten.«

Erschrockene Stille breitete sich über der Menge aus, doch Heganen schien gefasst, als hätte er etwas Derartiges erwartet.

»Es stimmt, ich habe Euren Vater ermordet – jenen Mann, der Eure Mutter tötete«, sagte er. »Ihr seid gewiss gebildet und kennt die Geschichte der Könige von Ivenhall besser als ich. Ihr wisst, viele Eurer Vorväter wurden ermordet und so mancher Bruderkrieg hat die Straßen Ivenhalls mit Blut getränkt. Aber unsere Rebellion ist kein Kampf um den Thron. Diesmal wurde der Tyrann nicht von seinen Brüdern, seinen Günstlingen oder den Adeligen gestürzt, die seinen Platz einnehmen wollen, sondern von seinen Opfern – dem Volk! Ich kenne keinen vergleichbaren Fall aus der

Vergangenheit, nicht einmal eine Legende. Was wir erreicht haben, ist selten; beinahe ein Wunder. Ihr werdet sehen, wie groß der Unterschied ist.«

Er machte eine Pause. Seine Rede war ergreifend gewesen und er wusste es. Kanemô erkannte aber, dass er zu seinen Anhängern sprach, nicht zu ihr.

»Was mein Verhältnis zur Tradition angeht, kann ich Euch beruhigen: Ich habe vor, eine Tochter Ivenhalls zur Königin zu machen.« Er nahm ihre Hand und drückte einen Kuss darauf, nachdrücklich wie ein Geldstück. Dann wies er nach drinnen. »Willkommen zu Hause, Prinzessin Kanemô. Ruht Euch aus, erfrischt Euch und erfreut Euch an den Spielen, die zu Euren Ehren stattfinden. Heute Abend werdet Ihr Königin von Ivenhall sein.«

Laurien erfuhr von Savionne, was beim Empfang der Prinzessin vorgefallen war.

»Perakín hätte dem Empfang fernbleiben können, so wie wir, um seinen Protest zu zeigen«, meinte die Befehlshaberin der Wasserklingen. »Stattdessen hat er sich für eine noch deutlichere Geste entschieden.«

Laurien versuchte sich die Szene vorzustellen. Aber irgendwie passte es nicht zu ihrem Bild von Perakín, dass er absichtlich Unruhe stiftete. Oder? Bis gestern hätte sie auch nicht gedacht, dass er schon mit mehreren Frauen das Lager geteilt hatte.

»Wenn sowohl wir als auch Perakín und seine Anhänger der Hochzeit fernbleiben, wird es aussehen, als hätten wir uns gegen Heganen verbündet.« Erinian strich sich über das schmale, bartlose Gesicht. »Haben die Weisen vom Brunnen Anweisungen gegeben, wie wir uns verhalten sollen?«

Laurien schwieg einen Moment, zu lange, um noch behaupten zu können, die Entscheidung sei ihr überlassen worden.

Ihn beseitigen.

Sie biss die Zähne zusammen. Es stimmte, sie verehrte Heganen. Wie oft hatte er die Stimmung im Heer mit seinen leidenschaftlichen Worten gewendet und auch ihr Mut gegeben! Er hatte an Wunder geglaubt und Wunder gewirkt, weil er sich mit keiner Ungerechtigkeit abfinden wollte. Natürlich hatte er sich in den sieben Jahren verändert, die sein Kampf gedauert hatte. Er war von einem Bauern zum Anführer Tausender Krieger gereift und pragmatischer geworden – so wie sie alle. Aber Laurien wollte glauben, dass er tief drinnen noch derselbe unerbittliche Träumer war wie zu Beginn. Dass die Macht ihn nicht korrumpierte. Sich zum König zu machen, war nur ein Mittel zum Zweck, um den Frieden bei den sturköpfigen Fürsten durchzusetzen. Die Weisen vom Brunnen konnten das nicht ahnen; sie hatten nicht Seite an Seite mit Heganen gekämpft, geblutet, gehungert und gefroren. Wie konnten sie von Laurien verlangen, ihn jetzt ... Wie konnten sie!

Wut schäumte in ihr auf, als sie an die Überheblichkeit der Weisen vom Brunnen dachte, die von der Welt, die sie beherrschen wollten, nichts verstanden!

Endlich sagte sie: »Die Situation wird eskalieren, wenn wir Heganen mit Feindseligkeit begegnen. Ich habe heute Mittag harsche Worte ihm gegenüber geäußert. Das war ein Fehler. Die Rebellen dürfen nicht in zwei Lager zerfallen. Ich will ihm weiterhin vertrauen – in der Hoffnung, dass unser Vertrauen Einfluss auf ihn nimmt. Vielleicht ist es nicht so wichtig, ob er die Krone trägt oder nicht. Es ist nur ein Symbol.«

»Symbole sind mächtig«, gab Savionne zu bedenken.

Laurien nickte. Was sie dann sagte, fiel ihr schwer, denn sie war sich keineswegs sicher, ob es die richtige Entscheidung war: »Darum werden wir uns heute bei der Hochzeit zeigen. Als Symbol unseres Vertrauens.«

Am Abend wurden alle Höflinge und Anhänger Heganens in den Dom gerufen – eine Prunkhalle mit einem Kuppeldach aus buntem Glas, in der die Trauung und anschließende Krönung stattfinden sollten. Mehr als zweitausend Krieger drängten sich auf den Bänken, die rings um den Altar standen, auf den Balkonvorsprüngen und an den Eingängen. Die herausgeputzten Frauen aus dem Volk wurden in die ersten Reihen gelassen, dennoch wirkte die Versammlung eher wie ein Kriegsrat als wie eine Hochzeitsgesellschaft.

Laurien und rund dreihundert hochrangige Krieger des Elfenvolks füllten die hinteren Bänke. Die meisten von ihnen wirkten nicht sehr glücklich über die Hochzeit, sie selbst eingeschlossen. Aber sie durfte sich nicht offen gegen Heganen stellen, wenn sie keinen kriegerischen Konflikt herbeiführen wollte.

Du musst einen Weg finden, ihn zu beseitigen.

Ihre Brust zog sich bei der Vorstellung zusammen.

Die Trompeten wurden geblasen. Durch den Haupteingang schritt Heganen, begleitet von weiß gekleideten Priestern der Sonnenmysterien, die Laternen und Rauchfässchen schwangen und den Altar in dunstiges Licht tauchten. Die Priester nahmen Heganen Umhang, Waffengürtel und Waffenrock ab, um sie zu weihen und ihm wieder anzulegen. Auch Heganen selbst wurde mit Rußzeichen auf Brust und Stirn geweiht. Wie verletzlich er im flackernden Licht der Laternen wirkte!

Dann verstummten die Trompeten. Vom Korridor draußen erschollen Trommeln und Rasseln. Der Gesang eines Kinderchors setzte ein. Musizierende Mädchen, nicht älter als zehn, schritten in den Dom, gefolgt von schwarz verschleierten Priesterinnen des Mondes, wie es bei einer königlichen Vermählung Sitte war. In ihrer Mitte ging Prinzessin Kanemô und hielt Tannenzweige gekreuzt vor der Brust.

Ihr Gesicht war verschleiert, doch ein eng anliegendes Kleid entblößte mehr von ihrem Körper als es verhüllte. Sie war kleiner und rundlicher als eine Elfe, aber größer als eine gewöhnliche Menschenfrau. Ihre Haut war weder blass noch dunkel und besaß einen silbrigen Schimmer im Licht.

Die Priester empfingen die Prinzessin am Altar und nahmen ihr den Schleier, die Tannenzweige und den Gürtel ab. Im ersten Moment war Laurien verwirrt, weil sie nicht wusste, wo sie die Prinzessin schon einmal gesehen hatte. Und dann wusste sie es.

Das Gesicht unter dem hohen Spitzhut.

Das Spiegelbild auf den Kupferplättchen, schön auf jene überraschende, etwas befremdliche Weise, die vielen Mischlingskindern zu eigen war.

Laurien wusste, dass ihre Augen dunkelblau waren, schwer von einem rätselhaften, gedankenvollen Missmut.

Sie wankte auf der Stelle.

Der Zwergenzauber.

Darum war Perakín beim Empfang der Prinzessin davongestürmt. Auch er hatte sie wiedererkannt!

Lauriens Gedanken überschlugen sich. War diese Frau überhaupt die Prinzessin? Hatte die Prinzessin selbst ihr den Zauber gegeben? Aber wie? Warum …?

Wie in einem Albtraum gefangen, beobachtete Laurien, wie die Priester der Braut alles wieder anlegten, sobald es geweiht war. Erst kniete Heganen vor seiner Braut nieder, um seinen Schwur zu leisten, dann kniete die Braut vor ihm nieder und wiederholte die ihr von dem Priester vorgesprochenen Worte. Es wäre zu erwarten gewesen, dass die Prinzessin weinen oder sich irgendwie zieren würde, den Mörder ihres Vaters zu heiraten, doch sie fügte sich widerstandslos ihrem Schicksal. Sie wirkte nicht einmal ängstlich. Nein, eher … konzentriert.

Laurien wollte einschreiten. Die Prozedur aufhalten. Aber sie war wie gelähmt.

Die Priester legten Kanemôs Hände auf Heganens Schultern und seine Hände an ihre Taille, dann hob er sie von seiner linken Seite auf die rechte und die Priesterinnen stießen gellende Freudenschreie unter ihren Schleiern aus, die Hochzeit war vollzogen.

Nun holten die Priester die Königskrone auf einem Samtkissen, sprachen die Segnungen und krönten Heganen. Die Menge applaudierte, Musik setzte ein, und von den Balkonen wurden getrocknete Blütenblätter geworfen, rot wie Blutschorf.

Einschreiten. Allen von dem Zauber erzählen, den sie angewendet hatte, um eine Nacht mit Perakín zu verbringen.

Laurien konnte kaum atmen, geschweige denn sich bewegen.

Die letzten Blütenblätter rieselten von den Balkonen. Diener schoben die Türflügel zum angrenzenden Speisesaal auf, in dem das Festbankett stattfinden sollte.

Die Menge drängte Laurien nach draußen.

2

Die ganze Zeit war Kanemô schlecht. Vielleicht war ihr Kleid zu eng geschnürt. Nein, das war es nicht. So abgebrüht konnte sie nicht sein, nicht einmal ohne Herz … Immerhin wurde sie mit dem Mörder ihres Vaters vermählt.

Sie ließ den Blick über die Menge an den Tafeln schweifen, die aus heruntergekommenen Freiheitskämpfern und Frauen aus dem Volk bestand. Doch ihre Aufmerksamkeit gehörte dem Mann, der neben ihr saß.

Heganens Hände, die neben dem Teller auf dem Tisch ruhten und gelegentlich ein Stück Brot abrissen, den Bierkrug hoben oder nach der Gänsekeule auf seinem Teller griffen. Sein Lachen, wenn er mit seinen Männern scherzte. Ihr fiel auf, dass er schlagfertig und wortgewandt war, was sie einem Bauern nicht unbedingt zugetraut hätte. Er sprach sogar Elfisch mit den Kriegern und Kriegerinnen von Madgar Yhs. Kanemô versuchte sich seine Sprechweise genau einzuprägen … Doch wenn sie daran dachte, was ihr bevorstand, wurde sie so nervös, dass sie kaum atmen konnte und sich verschluckte. Sie hustete in ihre Serviette und versteckte ihr Gesicht hinter dem Bierkrug, ohne tatsächlich zu trinken. Sie würde nichts hinunterbekommen.

Die Edelfrauen, die man ihr zur Seite gesetzt hatte – Töchter unbedeutender Fürstentümer, die sich der Rebellion angeschlossen hatten und in denen wahrscheinlich kein Tropfen königlichen Bluts floss –, versuchten sie in heitere Konversation zu verwickeln, empfahlen ihr Schneider und Handwerker, um ihre neuen Gemächer im Palast einzurichten, und Händler mit den besten Duftölen aus fernen Regionen des Großreiches. Kanemô hörte kaum hin und antwortete nur einsilbig. Einmal wagte eine der Edelfrauen, nach Kanemôs Ausbildung im Mondtempel zu fragen. Da konnte Kanemô nicht mehr an sich halten – sie begann zu lachen, bis ihr Tränen in die Augen stiegen.

»Ausbildung?«, wiederholte sie atemlos. »Ich wurde nicht ausgebildet. Ich wurde aufbewahrt.«

Manche der Frauen waren unverfroren genug mitzulachen. Endlich hob eine von ihnen den Bierkrug und prostete ihr zu: »Auf Eure Rückkehr!«

Eine kleinwüchsige Hofnärrin forderte den König und die Königin auf, den ersten Tanz zu tanzen – eine Idee, auf die tatsächlich nur eine Hofnärrin kommen konnte, da Heganen vermutlich von höfischem Tanz noch weniger verstand als Kanemô. Doch der König willigte unter dem fröhlichen Jubel der Menge ein und führte Kanemô auf die mit Mosaiken ausgelegte Tanzfläche. Dann bat er die Hofnärrin, ihm jeden Schritt vorzumachen, einen Kürbis anstelle der Königin im Arm. Das sorgte für viel Gelächter.

Kanemô glühte vor Scham, als langsame Trommel- und Flötenmusik einsetzte und der König sich mit ihr zu bewegen begann. Das konnte sie also noch empfinden – Scham. Eine unerträgliche Zeit lang umrundete Heganen sie, drehte sie im Kreis, ließ sie Schritte in die eine oder andere Richtung machen und hob sie in die Luft. Kanemô sah nicht hin, was die gehässige Närrin vormachte, und am liebsten hätte sie auch ihre Ohren vor dem brüllenden Lachen der Leute verschlossen.

Endlich rief Heganen seine Untertanen auf, sich zu ihnen zu gesellen, und es begann ein Gemeinschaftstanz, bei dem Kanemô mehr Hände berührte und unter mehr Armen hindurchschlüpfte als in den letzten zehn Jahren zusammen. Danach führte Heganen sie wieder an die königliche Tafel zurück. Während er sich mit großen Schlucken Bier erfrischte, legte er seine Hand auf ihre.

Die Hofdamen entschieden, wann es Zeit war, Kanemô in ihr Schlafgemach zu bringen. Alles ging schweigend vonstatten – das Entkleiden, Kämmen und Waschen. Doch ihre anzüglichen Blicke waren schlimmer, als Worte je hätte sein können. Kanemô wurde ins Bett gelegt und die Decke über sie gebreitet, als wäre sie ein Gegenstand, ein Talisman vielleicht, um den Schlaf des Königs zu verbessern. Die Frauen gingen.

Kanemô lag da. Das Feuer im Kamin ließ Schatten durch den Raum springen und hinter den Fensterläden heulte der Winterwind.

Nach unbestimmter Zeit öffnete sich die Flügeltür und Heganen trat ein, eine kleine Truhe im Arm. Er stellte die Truhe vor dem Bett ab, löste seinen Waffengürtel, schlüpfte aus seinen Schuhen und öffnete sein Wams. In diesem verletzlichen, etwas lächerlichen Aufzug setzte er sich auf die Bettkante und sah ihr mit jenem forschenden Blick in die Augen, der sie heute schon mehrmals durchdrungen hatte.

Ruhig begann er zu sprechen: »Euer Vater gab den Befehl, meine Eltern, meine Schwestern und deren Kinder zu töten. Und viele weitere Männer und Frauen, die meine Kameraden waren. Aber Rache ist nicht der Grund, warum ich ihn gestürzt habe. Ich will, dass niemand mehr um seine Familie und seine Freunde bangen muss, wenn er sich gegen Unrecht und Leid auflehnt. Ihr seid die Tochter eines Tyrannen. Aber Ihr seid nicht die Frau eines Tyrannen.«

Er ließ die Worte wirken, ehe er fortfuhr: »Meine Männer haben berichtet, dass Ihr aus dem Tempel geflohen und dann zurückgekehrt seid. Warum?«

»Um die Priesterinnen vor Euren Männern zu beschützen. Sie hätten ihnen sicher nicht geglaubt, dass sie nicht wissen, wo ich mich aufhalte.«

»Das ist rührend.«

»Wäre ich ein Mann, würdet Ihr mich ehrenhaft nennen.«

Er lächelte. »Ich halte von rührenden Frauen mindestens so viel wie von ehrenhaften Männern.«

Sie fühlte, wie ihr das Blut in die Wangen stieg.

Still betrachtete er sie.

»Ihr seid sehr schön. Verzeiht die Plumpheit meiner Komplimente. Ich bin es nicht gewohnt, mit Edelfrauen zu sprechen. Ich fürchte, Ihr müsst mir noch sehr viel verzeihen.«

Er riss sich von ihrem Anblick los, als ein gedämpftes, hohes Geräusch erklang, und hob die Truhe vom Boden auf. Ein weißgoldenes Fellknäuel kam zum Vorschein. Kanemô richtete sich auf, um besser zu sehen. Tatsächlich, in der Truhe befand sich ein Werkätzchen, kaum größer als ein Kaninchen! Maunzend blickte es über den Truhenrand. Kanemô vergaß, sich die Decke vor die Brust zu halten, und nahm das Kätzchen auf den Schoß. Sofort spürte sie die *Verbundenheit.*

Es war kein gewöhnliches Tier. Es war ein Geschöpf, das durch Zauberei in diese Welt gekommen war – durch die Zauberei ihres Vaters. Das Kätzchen schmiegte sich in ihre Handfläche. Es musste bemerken, dass in Kanemô das alte Blut der Könige floss. Wie weich es war … die langen Haare an seinen Ohren kitzelten sie. Es drückte seine Pfoten gegen ihren Arm, ohne dass sie Krallen spürte. Und als es das Maul zu einem neuerlichen herzzerreißenden Maunzen öffnete, konnte Kanemô sehen, dass es keine Zähne hatte. Da waren nur rosige Löcher im Kiefer.

»Wir haben es in diesem Zustand in den königlichen Gemächern gefunden«, erklärte Heganen, dem ihr Entsetzen nicht entging. »Offenbar war es ein Haustier der neuen Gemahlin Eures Vaters.«

Auch die Krallen waren gezogen worden. Kanemô wurde ein wenig schlecht. Schwach streichelte sie das Kätzchen, das auf ihrem Schoß zitterte. Hätte man die kleine Werkatze für den Kampf ausgebildet, hätte sie vermutlich nicht weniger gelitten – in der Schlacht trugen sie dieselben schrecklichen Verletzungen davon wie Pferde und Männer –, und doch empfand Kanemô beim Anblick des zahnlosen, krallenlosen Geschöpfes ein solches Ziehen in ihrem Herzraum, dass sie schon fast glaubte, doch noch zu Gefühlen fähig zu sein.

»Wollt Ihr es adoptieren?«, fragte Heganen.

»Ich dachte, Bestien zeugen keinen Nachwuchs«, sagte Kanemô erstaunt.

»Dann wurde es wohl in diesem kindlichen Zustand von Eurem Vater aus dem Zauberkessel geschöpft. Ihr kennt Euch mit der Zauberei Eurer Vorväter gewiss besser aus als ich.«

Sie schüttelte den Kopf. Als Tochter hatte sie nie den Umgang mit Bestien gelernt, obwohl ihr königliches Blut ihr im Grunde dieselbe Macht über die Bestien verleihen sollte wie einem männlichen Abkömmling von Ivenhall. Es hatte in der Vergangenheit gelegentlich auch Königinnen gegeben.

»Es ist so hilflos«, murmelte sie.

»Wäre es nicht hilflos, würde ich es Euch ungern überlassen.« Er schmunzelte. »Meine Königin … nochmals, willkommen zu Hause. Ich wünsche Euch eine gute Nacht.«

Er machte Anstalten aufzustehen. Hatte er wirklich vor zu gehen? Seine Anständigkeit verwirrte Kanemô. Sie hatte mit allem gerechnet, nur damit nicht.

»Wohin geht Ihr?«

»Die Zeit wird zeigen, dass Ihr von mir nichts zu fürchten habt. Ich bin bereit, darauf zu warten.«

Panik stieg in ihr auf und versickerte sofort in Ratlosigkeit. Sie starrte auf das Kätzchen. Dieses vollkommen hilflose Wesen … Weil es kein Geschöpf dieser Welt war, würde es auch niemals wachsen. Es würde so klein bleiben, zahn- und klauenlos. Aber Kanemô war hier zu Hause. Sie war die Tochter König Sagamenons, die Letzte, in der das zauberische Blut von Ivenhall floss, bestimmt dazu, mit Bestien zu herrschen. Ganz gleich, ob man sie wegsperrte, verheiratete oder mit schönem Gerede erweichen wollte.

Vorsichtig setzte sie das verstümmelte Geschöpf zurück in die Truhe. Sie sagte hinter dem Schleier ihres Haars, das ihr über die Schulter fiel: »Ich will nicht warten.«

Heganen ließ sich wieder auf die Bettkante nieder. »Das … sind die süßesten Worte, die ich seit Langem gehört habe.«

Kanemô sank zurück in die Kissen und schloss die Augen. Sie hatte sich nicht zugedeckt und spürte den zarten Stoff ihres Nachthemdes auf den Brustspitzen. Heganen legte sich nach kurzem Zögern neben sie, bettete seinen Kopf an ihren Nacken und atmete tief ein. So lagen sie da, Kanemô steif wie ein Brett, der Königsmörder an ihr riechend, mit den Händen ihren Körper nachfahrend. Sie fühlte seine Lippen an ihrem Hals. Nach und nach schob er ihr Nachthemd hoch und berührte sie an Stellen, die nie jemand berührt hatte. Schauder durchrieselten sie, scharfkantige Kristalle, schmelzend zu Schlamm.

Und das Werkätzchen maunzte immer leiser, bis das Knacken des Kaminfeuers die kläglichen Laute übertönte.

»Ihr könnt jederzeit sagen, wenn Ihr noch nicht bereit dafür seid«, flüsterte er.

Aber sie sagte nichts.

Heganen beugte sich über sie, sein großer, schmallippiger, feuchter Mund auf ihrem, sein Gewicht auf ihren Rippen. Dann versenkte er sich in ihr und ein spitzer, greller Schmerz durchbohrte sie. Falls er ahnte, was sie empfand, hielt es ihn nicht davon ab weiterzumachen. Er bedeckte sie mit Küssen und bewegte sich heftiger, seine Grobheit bemäntelt mit zärtlichen Liebkosungen, bis er aufstöhnte und zuckend über ihr zusammensackte.

Der Königsmörder murmelte etwas, rollte neben sie und atmete bald tief und gleichmäßig. Kanemô spürte Hitze über die Innenseite ihrer Schenkel rinnen. Hitze entlang ihrer Schläfen. Mit fahrigen Fingern wischte sie sich die Tränen weg, dann die Feuchtigkeit zwischen ihren Beinen. Sie sah den Mann an, der neben ihr schlief. Der Schatten eines Gefühls flackerte in ihr – der kühle, fast sachliche Schatten von etwas, das wohl Hass war.

Wie klein Heganen plötzlich wirkte. Wie hilflos.

Wenn es wirklich Hass war, unterschied sich sein Schatten nicht von Mitgefühl, Abscheu oder Scham.

Sie überwand sich und setzte sich auf ihn. Er schnaubte gutmütig. Sie öffnete seinen Mund mit bebenden Fingern und ließ ihren Speichel hineintropfen. Er bewegte überrascht den Kopf und öffnete die Augen.

Eine Weile regte sich keiner von beiden. Heganens Atem war nicht mehr zu hören. Dann brach ein Röcheln aus seiner Kehle. Seine Augen weiteten sich, aber den Rest seines Körpers schien er nicht bewegen zu können. Kanemô glitt von ihm herunter, damit sein Blick nicht mehr auf sie gerichtet war. Krämpfe schüttelten ihn. Der innere Rand seiner Lippen rötete sich von Blut.

Sein Todeskampf vollzog sich im Stillen, ganz im Inneren, nur ablesbar an dem Entsetzen, das seine Augen durchloderte. Ein unangenehmer Sog wirbelte in Kanemôs Brust, wo ihr Herz sein sollte, und fast glaubte sie, Heganens Tod am eigenen Leib zu erfahren.

Aber es war nur wieder der tanzende Schatten eines Gefühls.

Schließlich endeten seine Krämpfe. Heganen lag reglos, sein Blick weit und starr, und ein Tropfen Blut kroch aus seinem Mundwinkel.

Kanemô nahm ihren Mut zusammen. »Heganen.«

Obwohl sie nur geflüstert hatte, erschütterte der Klang ihrer Stimme seinen starren Blick, und sie *spürte,* wie ihre Stimme in ihn hineinkroch, diesen leeren, schweren Leib erfüllte. Langsam rollten seine Augen in den Höhlen. Seine Zunge schlüpfte wie ein Egel aus dem Mund und leckte das Blut von seinen Lippen.

»Schlafe«, wisperte Kanemô, und seine Lider senkten sich über die Augäpfel.

Sie nahm das Werkätzchen in die Arme und legte sich an den äußersten Rand des Bettes. Sie zitterte so sehr, dass das Werkätzchen sich bestimmt an ihr festgekrallt hätte, wenn es gekonnt hätte.

Schlafe, befahl sie sich selbst. *Schlafe.*

Aber nur Heganens Leib gehorchte ihr.

3

Als ihre Krieger sich zur Nachtruhe in den Hofgarten begaben, blieb Laurien noch auf dem Fest bei den Menschen. Sie war entschlossen, sich zu betrinken.

»Laurien! Laurien, sing ein Lied!«, baten die Männer, die musizierten. »Aber eins von uns, keins von denen, die man bei euch Elfen jault.«

Gelächter erscholl, dann immer mehr Zustimmung. Laurien winkte erst ab, merkte dann aber, dass sie eigentlich Lust hatte zu singen, und ließ sich zu den Musikanten schieben. Sie war bereits etwas wackelig auf den Beinen.

»Tu nicht so widerwillig«, rief einer der Musikanten lachend. »Du hast doch nur drauf gewartet, endlich im Mittelpunkt zu stehen!«

»Ja, um eine Pause von euren Brunftschreien zu bekommen«, gab sie lachend zurück.

»Davon träumst du …«

Die Musikanten machten ihr in ihrer Runde Platz. Laurien setzte sich so, dass das Feuer des Kamins in ihrem Rücken war und man ihr Gesicht weniger deutlich sah. Daran dachte sie selbst jetzt noch. Und wenn die Welt unterging, würde sie auch noch daran denken. Diese völlig sinnlose Eitelkeit.

»Welches Lied wollt ihr hören?«, fragte sie.

»Das Lied vom Vogelgesang«, rief der Lautenspieler sofort und schlug die Klänge auf seinem Instrument an.

Sie lachte auf. Natürlich. Aber Perakín war nicht da, also traute sie sich. Eine Weile ließ sie der Laute den Vortritt und genoss die einfache Melodie – helle Töne, die über einer tieferen Traurigkeit balancierten. Schließlich begann sie zu singen und ihr Lied erfüllte die Halle. Und sie dachte an nichts mehr … Wenn sie nur für immer so singen könnte! Aber dann erreichte sie das Ende der letzten Strophe und musste innehalten, wie man an einer Klippe innehält. Sie ließ wieder nur die Instrumente spielen und trieb auf den Wogen ihrer Gefühle. Als die Klänge versiegten und die Zuhörer klatschten, konnte Laurien nicht anders als lächeln. Ein ehrliches Lächeln in einem entstellten Gesicht – das sahen die Leute bestimmt nicht oft.

»Jetzt aber was Lustiges, sonst verschleimt es mir den Hals«, sagte sie und leerte einen Weinkelch.

Sie sang, bis ihre Kehle schmerzte und sie ernsthaft damit rechnete, sich zu übergeben. Dann torkelte sie aus dem Festsaal, Hände zum Abschied schüttelnd, um sich an ihnen festzuhalten. Die Musik hatte ihr gutgetan; für eine Weile hatte sie alles vergessen. Aber trotz des Weins kam jetzt eine sprachlose, verschwommene Angst zurück. Anstatt in den Hofgarten zum Elfenlager zu gehen, stieg sie kurz entschlossen die Wendeltreppe zu den Königsgemächern empor. Ihre Schritte waren lautlos, obwohl sie ein wenig schwankte. Als sie Wachen sah, bog sie in einen anderen Gang ab. Dabei war es ja nicht verboten, dass sie eine Runde drehte. Nicht einmal ungewöhnlich. Sie hätte die Wachen grüßen, ein paar Worte mit ihnen wechseln können …

Übelkeit walzte durch ihren Magen. Sie trat auf einen Balkon hinaus und stützte sich auf das Geländer. Wartete. Aber sie erbrach sich nicht. Fast bedauerte sie es.

Als sie aufblickte, entdeckte sie eine Reihe schmaler, hoher Fenster, durch die Feuerschein drang. Heganen war dort oben. Mit seiner Braut. Wenn sie wirklich die Prinzessin war, wer war dann die Zauberin gewesen? Wer wollte, dass Laurien für eine Nacht wie die Prinzessin aussah? Es ergab keinen Sinn.

Während ihr diese Gedanken durch den Kopf kreisten, betrachtete sie die Mauer. Sie war rau, die Steinquader würden Händen und Füßen genug Platz bieten, um daran emporzuklettern. *Ihn beseitigen.* Sie kniff die Augen zusammen, und als sie sie wieder öffnete, blickte sie an den Fenstern vorbei hinauf in das Viereck des dämmernden Himmels zwischen den Mauern. Es schien wie eine Metallplatte auf sie zuzurasen.

Sie stellte sich vor, wie sie Heganen tötete und ihr Verbrechen aufflog – wie alles aufflog, auch der Zauber, den sie benutzt hatte, um wie die Prinzessin auszusehen. Was für ein Monster würden die Menschen in ihr erblicken: eine Verbündete, eine Freundin des Rebellenführers, die ihn hinterrücks meuchelte. Und man würde sagen, sie habe es für Perakín getan – aus tragischer, lächerlicher Liebe für Heganens lautesten Kritiker.

Sie atmete lange aus, dann ging sie wieder hinein und eilte den Wächtern entgegen. »Seid gegrüßt!« Sie schrie beinahe. Es gab keinen Grund herumzuschleichen. Jeder durfte sie sehen, sie führte nichts im Schilde. Lallend fügte sie hinzu: »Der Morgen graut. Bald könnt ihr euch ausruhen.«

Die Männer nickten freundlich.

Laurien kehrte zu ihrem Lager zurück und sackte zu Boden. Die ersten Vögel begannen zu singen. *Und alles wär mir lieber,* sang sie in Gedanken.

Dann schlief sie ein.

Am nächsten Morgen bei der Ratssitzung wirkte Heganen so bleich, als hätte er kein Auge zugetan. Die Generäle schmunzelten darüber und dachten sich sicherlich ihren Teil.

Die Prinzessin – die *Königin* – saß neben ihm am Steintisch. Laurien versuchte sich ihre Verwirrung nicht anmerken zu lassen, verneigte sich knapp und nahm Platz. Offenbar hatte Heganen wirklich vor, das Herz seiner Braut zu erobern. Weshalb, wenn nicht, damit die Königin eines Tages die Bestien, die noch im Eisenturm gefangen waren, für ihn nutzbar machte?

Laurien musterte sie. In dem hochgeschlossenen dunkelgrünen Samtkleid wirkte sie nicht strenger – wie wohl beabsichtigt –, sondern im Gegenteil kindlicher und schmächtiger als in den zarten Brautgewändern, und der Gedanke durchschoss sie, dass Schönheit in manchen Situationen ein Nachteil sein konnte.

Ihre Blicke kreuzten sich und Laurien erstarrte innerlich. Wusste Kanemô, dass Laurien für eine Nacht ihr Aussehen angenommen hatte, um …? Die Königin bemerkte ihre Narben und wandte sich rasch mit einem Ausdruck von Irritation ab – vielleicht sogar von Abscheu.

Die Ratssitzung begann. Man hatte Boten zu den Fürsten des Ostens geschickt, um sie über Heganens Hochzeit zu unterrichten und sie zu einem Fest zu Ehren der Königin einzuladen. Man hoffte darauf, dass die Fürsten zu einem Friedensschluss mit den Rebellen Hochzeitsgeschenke in Form von Nahrung mitbringen würden. Die Fürstentümer des Ostens waren die wichtigsten Lieferanten von Wolle, Getreide und Winterwurzeln. Ohne ihre Unterstützung würde sich die momentane Hungersnot in Ivenhall rasch verschlimmern.

»Da alle Territorien unabhängig werden sollen«, sagte Mamres Bärenklaue, die Großhändlerin aus Andigora, »sind sie dem König keine Steuern mehr schuldig und können ihre Erträge frei verkaufen. Lasst uns also überlegen, was wir brauchen und was wir ihnen im Gegenzug bieten können!«

»Haben wir überhaupt etwas zu bieten außer Frieden?«, fragte ein General. »Ich sage, die Fürstentümer, die gegen die Rebellion waren, sollen weiterhin Abgaben leisten. Dafür hat sich Heganen schließlich krönen lassen – damit diejenigen, die unter einem König leben wollen, auch einen König bekommen!«

Mehrere Männer ergriffen das Wort, um zu widersprechen. Es war die alte Debatte, die Laurien sich schon viele Stunden lang angehört hatte. Kämpfen oder verhandeln, rauben oder abkaufen … Sie beobachtete Heganen. Er wirkte steif und ausdruckslos. Wahrscheinlich war er des Diskutierens so überdrüssig wie sie.

»Heganen, König – behandeln wir die Feinde so, wie sie behandelt werden wollen«, schlug Fürst Githeon vor, der nur in Begleitung seines ältesten Sohns Gerothen gekommen war. Perakín fehlte. »Wer seine Freiheit nicht will und nicht für sie gekämpft hat, ist ihrer auch nicht würdig. Die widerständigen Fürsten schulden dir Abgaben!«

Heganen wendete ruckartig den Kopf, als hätte er mit offenen Augen geschlafen. Jetzt wanderte sein Blick durch die Runde. Als er Laurien streifte, zog sich alles in ihr zusammen. Was war das? Irgendetwas an Heganen war verändert. Er sah sie an, als sei sie eine Fremde. *Als wüsste er es.*

»Du hast recht, Githeon«, sagte er langsam. »Die feindlichen Fürsten wollten nie unabhängig von Ivenhall werden. Wir bieten ihnen Gnade, aber keine Unabhängigkeit.«

Erstauntes Schweigen herrschte. Bisher hatte Heganen immer Unabhängigkeit für alle gepredigt. Nur Githeon und die Fürsten freuten sich, dass sie ihn überredet hatten. Die Feindschaft unter den Fürstentümern reichte viel weiter zurück als die Rebellion.

»Wann beseitigen wir die Bestien?«, wechselte Laurien das Thema. »Wie du weißt, warten die Weisen vom Brunnen ungeduldig darauf.«

»Die Bestien im Eisenturm sind die letzten, die es je in unserer Welt geben wird«, sagte Heganen. »Überstürzen wir also nichts. Und nun entschuldigt mich, ich muss der Königin den Palast zeigen. Die Sitzung ist aufgelöst. Ab morgen werden unsere Sitzungen in der Königshalle stattfinden.«

4

Allmählich füllte sich das königliche Schlafgemach mit Morgenlicht. Kanemô war schon lange wach – die Kerze auf dem Schreibtisch ein Drittel heruntergebrannt – und kraulte das Werkätzchen auf ihrem Schoß. Es war so anhänglich. Es begann schrill zu maunzen, sobald Kanemô es verließ, und schnurrte selbst im Schlaf, wenn es ihr nah sein durfte. Weil es einen hellen, beinah weißen Fleck im Fell oberhalb der Nase hatte, war Kanemô der Name *Schneestups* eingefallen. Aber sie hätte ihn nie laut ausgesprochen – viel zu albern und unpassend für eine Werkatze. Selbst für eine kleine ohne Zähne und Klauen.

Noch einmal las Kanemô den Brief, den sie geschrieben hatte. *Verehrte Dame Iriobal – Mutter. Ich hoffe, diese Zeilen erreichen Euch wohlauf …*

Obwohl es kein langer Brief war, hatte er einige Zeit in Anspruch genommen. Sie hatte so viel zu sagen, und gleichzeitig kam ihr alles belanglos vor, sobald sie es in Worte fasste.

In den letzten zehn Jahren hatte Kanemô Dutzende, wenn nicht Hunderte Briefe an ihre Mutter verfasst. Knappe, die nur ein Lebenszeichen waren und ein Lebenszeichen zurückforderten, und viele Seiten umfassende, mit Tränen gesalzene, die mehr Tagebuch waren als Brief. Sie hatte sie im Stroh ihrer Matratze aufbewahrt und immer auf eine Gelegenheit gewartet, sie irgendeinem geeigneten Boten, der den Mondtempel besuchte, mitzugeben. Einmal hatte Madurahan, die Hohepriesterin, sie beim Schreiben eines Briefes erwischt. Sie hatte Kanemô geohrfeigt und drei Nächte lang das heilige Feuer hüten lassen. Das sollte Kanemô daran erinnern, wo ihr Platz in der Welt war.

»Das Blut, das in deinen Adern fließt, ist namenlos«, hatte die Hohepriesterin ihr gesagt, während sie ihr Kinn hochhielt und sie mit ihrem unerschrockenen Blick, der das Antlitz von Gottheiten und Geistern gewohnt war, durchdrang. »Du hast keine Vergangenheit. Keinen Vater. Keine Mutter. Du bist eine Tochter des Mondtempels, das bewegte Wasser zwischen Himmel und Erde.«

Madurahan hatte den Brief jedoch nicht verbrannt oder ins Meer geworfen. Sie hatte ihn in den Ärmel ihres Gewandes geschoben, Kanemô erinnerte sich genau. Ein Teil von ihr hatte nie die Hoffnung aufgegeben, dass Madurahan den Brief vielleicht selbst losgeschickt hatte. Trotz aller Härte war die Hohepriesterin nicht kalt gewesen. Im Lauf der Zeit war Kanemô gelegentlich ihrem Mitgefühl auf die Schliche gekommen wie einem Geheimnis, das die Hohepriesterin um jeden Preis verbergen wollte. Wahrscheinlich musste sie das in ihrer Position.

Kanemô strich die meisten Sätze wieder. Sie wollte ihre Mutter nur wissen lassen, dass sie zurückkommen konnte und dass ihr keine Gefahr von den Rebellen drohte. Als sie zufrieden war, schrieb sie den Brief ins Reine, faltete das Papier und schmolz Wachs, um ihn zu versiegeln. Vorsichtig setzte sie die Werkatze ab, aber sie wachte natürlich trotzdem auf und begann augenblicklich zu wehklagen.

»Ich bin doch gleich zurück, du kleine Heulsuse«, flüsterte Kanemô, durchquerte das Gemach und trat an das Bett, in dem Heganen lag.

Wer ihn so gesehen hätte – bleich und mit geschlossenen Augen –, hätte sofort erkannt, dass er nicht schlief, sondern tot war. Kanemô zwang sich, ihn zu betrachten. Nach dem ersten Erschaudern war es nicht mehr so schlimm.

Es ist nur ein Körper, sagte sie sich. Wie eine Puppe.

Trotzdem fiel es ihr immer noch schwer, neben ihm zu schlafen. Sie hatte das Gefühl, sein Körper sauge alle Wärme aus der Umgebung auf.

Sie zog das grobe Siegel aus Kupfer hervor, das er um den Hals trug, und drückte es ins Wachs, um ihren Brief mit dem Zeichen der Rebellion zu versiegeln.

»Öffne den Mund«, sagte sie.

Sofort klappte der Kiefer nach unten.

Sie sammelte ihre Spucke und ließ sie in seinen Mund tropfen. Augenblicklich fühlte sie, wie unsichtbare Fäden zwischen ihr und dem Körper des Rebellenführers gesponnen wurden … spinnenhafte, klebrige Fäden, die Kanemô Kraft raubten. Doch dafür spürte sie Heganens Körper wieder deutlicher. So als befinde sie sich in ihm, jedoch nur als pollenkorngroßer Gedanke in einem riesigen leeren Gebäude. Nein, nicht ganz leer: Da waren noch Schatten von Erinnerungen. Die Echos von Dingen, die er gesagt und gehört hatte. Immer wenn sie die Verbindung zu ihm erneuerte, konnte sie in seiner Vergangenheit blättern wie in einem Bilderbuch verblassender Träume.

»Setz dich auf, du bist wach und willst dein Frühstück«, sagte sie.

Seine Augen öffneten sich, und Kanemô spürte es fast so deutlich, als wären es ihre eigenen. Die Hand griff nach der Kordel neben dem Bett, an der eine Klingel befestigt war, und Kanemô meinte beinah, selbst daran zu ziehen. Ein Läuten erklang. Kurz darauf trat eine Dienerin ein.

»Die Königin und ich wollen frühstücken«, sagte Kanemô aus Heganens Körper.

Sie hatte inzwischen wieder das Werkätzchen auf den Arm genommen und streichelte es. Ohne sich umzudrehen, ließ sie Heganen sagen: »Und lass Gerothen rufen.«

Das Frühstück war schon vorbereitet worden und wurde aufgetragen: geröstetes Brot, Kräuterbutter, dünne Scheiben Braten und eingelegte Pfirsiche mit Sahne. Zwei Hofdamen halfen Kanemô, sich anzukleiden und zu frisieren. Heganen saß im Bett und sah scheinbar gedankenverloren zu, was die Hofdamen kichern ließ. Die Kleider des Königs wurden nur auf die Truhe gelegt. Kanemô hatte gleich nach der Hochzeit die Aufgabe übernommen, Heganen beim Wechseln seiner Garderobe zu helfen, ganz die zärtliche Gemahlin. Auf diese Weise merkte niemand, wie *kalt* er war.

Gerothen kam und verneigte sich knapp vor Heganen. »Guten Morgen. Du hast mich rufen lassen?«

Für einen Moment war Kanemô versucht, ihn darauf hinzuweisen, dass er den König ehrerbietiger anzusprechen hatte als einen Rebellenführer. Aber sie durfte nicht übertreiben. Noch musste sie vorsichtig sein.

»Guten Morgen«, ließ sie Heganens Körper sagen. »Ich will dir eine große Ehre zuteilwerden lassen. Ich ernenne dich zum ersten Ritter der Königin. Von jetzt an sind ihre Sicherheit und Zufriedenheit dein höchstes Ziel.«

Gerothen warf ihr einen Blick zu. Sie streichelte das Werkätzchen.

»Einfach so? Du fragst mich nicht vorher?«, entgegnete Gerothen.

Kanemô biss sich auf die Zunge, um ihn für diese Frechheit nicht zu schelten. Aber die Rebellen gingen anders miteinander um. Heganen behandelte seine Männer wie Brüder.

»Also gut, dann frage ich: Willst du, Gerothen, der wichtigste Mann nach mir im Reich werden? Es würde mich sehr glücklich machen. Und die Königin ebenso. Nicht wahr, Kanemô? Sie hat sich wohlgefühlt mit dir auf der Reise. Sie vertraut dir.«

Gerothen warf ihr einen ungläubigen Blick zu.

Hoffentlich dachte er ebenfalls an den Moment, als er Madurahan den Kopf abgeschlagen hatte und ihr Blut Kanemô gegen das Bein gespritzt war. Kanemô lächelte.

»Wenn das so ist, nehme ich an«, knirschte Gerothen. »Danke für die Ehre.«

Kanemô befahl Heganens Körper im Stillen, ein wenig Brot zu sich zu nehmen. Zu essen war eines der schwierigsten Unterfangen. Kanemô wurde davon übel und nach einigen Bissen fiel ihm oft das Essen wieder aus dem Mund. Aber er sollte vor Gerothen zumindest ein wenig frühstücken.

»Ich habe auch gleich eine Aufgabe für dich«, sagte Kanemô und händigte Gerothen den Brief aus. »Ich habe von den Hofleuten erfahren, dass eine Edeldame von elfischer Abstammung auf einer Insel im Südmeer im Exil lebt. Ich habe die Vermutung, dass es die Herrin Iriobal sein könnte, meine Mutter. Bringe den Brief zu ihr in den Turm von Kandassos.«

Sie sahen sich in die Augen, und Gerothen begriff, dass sie ihn von nun an wie einen Diener umherscheuchen würde, um sich für den Mord an Madurahan zu rächen. Sie lächelte wieder.

»Verabschiede dich von unserem ersten Ritter«, murmelte sie dem Werkätzchen ins Ohr und schüttelte seine Pfote, als würde es Gerothen winken. »Sag Auf Wiedersehen zu ihm, meine kleine Madurahan!«

Den ganzen Tag lang musste Kanemô sich konzentrieren. Während sie scheinbar gedankenverloren mit ihrer Werkatze spielte, lauschte sie den Gesprächen der Generäle und Berater, versuchte herauszufinden, wer was aus welchem Grund wollte und wie weit sie von Heganens Entscheidungen in der Vergangenheit abweichen konnte, um Ivenhall zu schützen, anstatt es zu zerschlagen. Oft hatte sie das Gefühl, die Leute würden merken, dass mit ihm etwas nicht stimmte … aber sie entwickelte ein immer besseres Gefühl für seinen Körper. Ließ ihn hüsteln, seufzen und lachen, riskante Themen mit einer Geste beiseitefegen, sogar seinen Untergebenen auf die Schulter klopfen, wenn das Risiko gering schien, dass jemand dabei seine kalte Hand ergriff.

Das Abendmahl in der großen Halle war auch heute der schwierigste Teil. Hunderte Augenpaare waren auf ihn gerichtet und erwarteten, dass er aß. Einige seiner Gewohnheiten konnte sie inzwischen recht einfach abspulen: wie er den Krug hob, einen Trinkspruch rief, lachte, den Witz eines anderen lobte, sich die Finger ableckte. Sie schaffte es sogar, ihn lebendig wirken zu lassen, während sie selbst mit den Hofdamen plauderte, aber die meiste Zeit über blieb sie still. Sollten die Leute ruhig denken, sie sei in sich gekehrt. Sie hatte schließlich guten Grund dazu.

An der Seite des Saales musizierten einige Frauen aus dem Volk, die sich die Rebellen zum Vergnügen in den Palast geholt hatten. Eine von ihnen erhob sich und steuerte die königliche Tafel mit ihrem Instrument an, einer großen Flöte mit drei unterschiedlich langen Rohren. Die Frau machte einen Knicks vor Kanemô, dann überreichte sie ihr einen Strauß getrocknete Löwenzahnblumen.

Kanemô nahm ihn verwundert entgegen. *Löwenzahn.* Sie betrachtete die Frau, die ihr mit einer Geste zu verstehen gab, dass sie nicht sprechen konnte. Nicht nur schien sie stumm zu sein, ihr Körper war auch merkwürdig geformt. Ihre Beine und Arme wirkten zu lang für den Torso, und ihr Gesicht war breit und glupschäugig. Kanemô kannte diese Augen … Sagrik! Aber was noch viel unheimlicher war: Das Haar ähnelte Kanemôs Haar. Und der Mund in diesem Gesicht war Kanemôs Mund.

Die Flötenspielerin gab zu verstehen, dass sie spielen wollte, und Kanemô nickte. Die Finger der Frau, erstaunlich feingliederig und lang, huschten über die Öffnungen der Flöte und entlockten ihr hauchige, lustige Klänge. Die Melodie war schnell, überschlug sich geradezu, und wiederholte immer wieder drei lange, melancholische Töne, die dann in eine neue, fröhliche Raserei führten. Es war keine Musik, um dazu zu tanzen, jedenfalls nicht die höfischen Tänze; aber eine einzelne Person hätte dazu springen und hüpfen und sich schütteln können. Kanemô konnte sich vorstellen, welches Vergnügen das wäre. Als die Musikantin schließlich die Flöte absetzte, applaudierten die Anwesenden.

»Deshalb hat man den komischen Vogel also in den Palast eingeladen«, raunte ein Krieger glucksend einem anderen zu, und Kanemô hörte es.

Sie erhob sich. »Was für eine faszinierende Musik. Ich bin dir zu tiefstem Dank verpflichtet, ehrenwerte …?«

Die Musikerin verneigte sich wieder und deutete auf den Löwenzahnstrauß.

Nun bestand kein Zweifel mehr. Es war wirklich Sagrik in einer zauberischen Maskierung, die er von Liotan haben musste und die Merkmale von Kanemôs Aussehen trug.

»Mein König«, sagte Kanemô, sodass alle sie hörten, »würdet Ihr mir erlauben, diese Frau für mich musizieren zu lassen, wann immer mir danach ist?« Sie wandte sich an Sagrik: »Vorausgesetzt natürlich, du willst im Palast bleiben.«

Sagrik machte einen so tiefen Knicks, dass er fast auf die Knie fiel.

»Du brauchst keine Stimme – dein Instrument ist mehr als ausreichend«, sagte Kanemô durch Heganen und ließ ihn eine Hand auf ihre legen. »Süße Gemahlin, Euer Wunsch soll erfüllt werden. Diese Frau wird Euch mit ihrer Musik erfreuen, wann immer Ihr wollt.«

Nach dem Abendmahl nahm Kanemô die Flötenspielerin mit in ihre königlichen Gemächer. Heganens Leibwächter durchsuchten sie nach Waffen, aber sie trug nichts bei sich. Sobald sie allein waren, legte die Musikerin ihre Triaflöte kichernd in Heganens Hände und sagte mit Sagriks tiefer Stimme: »Er soll spielen. Falls jemand an der Tür lauscht.«

Sagrik als Frau verwandelt zu sehen und dabei seine Stimme zu hören, ließ sie schaudern. Sie wollte sich ihr Unbehagen aber nicht anmerken lassen.

»Gute Idee«, murmelte sie.

Sie musste jedoch eine Weile experimentieren, bis sie Heganen so weit hatte, dem Instrument einen Laut zu entlocken. Eine Melodie aus drei verschiedenen Tönen – das sollte genügen. Kanemô und Sagrik nahmen in den Sesseln am Feuer Platz. Schneestups, die kleine Werkatze, versteckte sich unter Kanemôs Sessel, was ungewöhnlich war. Die Musik schien sie zu verängstigen.

»Ihr habt es geschafft«, sagte Sagrik anerkennend.

»Ihr auch«, gab Kanemô skeptisch zurück. »Wieso seht Ihr so aus?«

»Es war die einzige Möglichkeit, in den Palast zu gelangen. Ich hoffe, es beunruhigt Euch nicht, dass ich … Eigenschaften von Euch aufweise.«

»Es beunruhigt mich.«

»Verzeiht.«

Sie versuchte sich an seinen Anblick zu gewöhnen, aber es gelang ihr nicht. Neben einem Toten zu schlafen, war schwer genug. Aber sich selbst mit Sagrik vermischt zu sehen, als hätten sie ein Kind gezeugt … Sie schauderte wieder.

»Wie hat Liotan das angestellt? Hat sie Euch … mein Herz gegeben?«

»Nein, nein. Doch ich vermute, dass sie dank Eures Herzens den Verwandlungszauber wirken konnte. Ich kann Euch leider keine genauere Auskunft geben, denn ich verstehe von Liotans Handwerk ebenso wenig wie Ihr.«

Sie glaubte ihm nicht, aber es war klar, dass er ihr nicht mehr sagen würde.

»Wie ist es Euch bisher ergangen? Gibt es Schwierigkeiten?«, fragte er.

Sie wies auf Heganen. »Abgesehen von dieser Schwierigkeit? Nein, noch scheint niemand dahintergekommen zu sein.«

»Die Weisen vom Brunnen haben den Zauberkessel zerstört«, bemerkte Sagrik. »Nur darum ging es in diesem Krieg. Darum, Eurer Familie, den Menschen, die Zauberkunst wegzunehmen. So wie damals meinem Volk.«

»Ihr habt doch gesagt, der Nebel kann sich im Grunde überall und immer öffnen. Wäre es nicht möglich, einen neuen Zauberkessel entstehen zu lassen?«

»Möglich, ja. Aber niemand weiß heute mehr, wie man den Nebel ruft – und in einem magischen Artefakt wie dem Zauberkessel bannt.« Sagrik schnalzte mit der Zunge. »Wahrscheinlich wissen es die Hohen Elfen in Madgar Yhs. Wenigstens sind noch nicht alle Bestien geschlachtet worden. Ihr müsst um jeden Preis verhindern, dass das geschieht. Die Bestien sind Eure ganze Macht.«

»Ich habe nie gelernt, sie zu beherrschen.« Sie biss sich auf die Lippe. »Ich habe das Gefühl ... ich weiß zu wenig, um überhaupt die richtigen Fragen zu stellen.«

Mitleid glomm in Sagriks verfälschten Augen auf. »Meine Königin, ich finde, Ihr schlagt Euch ausgezeichnet. Und ich werde Euch helfen, wo ich kann.«

»Ich will wissen, wie meine Vorväter Bestien aus dem Zauberkessel geschöpft haben. Ich will wissen, wie Ivendir, der erste König von Ivenhall, den Nebel im Zauberkessel bannen konnte, sodass nur Nachfahren seines Blutes ihn benutzen konnten. Und wie haben die Weisen vom Brunnen den Zauberkessel zerstört?«

Sagrik lächelte über ihren Eifer – oder ihre Verzweiflung. Er streichelte ihre Hand. Sobald er merkte, dass sie den Atem anhielt, hörte er auf damit. »In der königlichen Bibliothek gibt es geheime Schriften von König Ivendir und anderen gelehrten Königen. Alles, was ihr wissen wollt, ist auf Papier ...«

Sie schüttelte den Kopf. »Die Weisen vom Brunnen haben sich in der Bibliothek eingenistet und verbrennen alles. Man sieht tagsüber den Rauch aufsteigen. Ich habe keinen Weg gefunden, es zu verhindern. Die Hohen Elfen wenden sich bereits gegen Heganen. Es ist nur eine Frage der Zeit, bis sie versuchen werden, ihn zu stürzen. Und mich zu töten.«

»Das habe ich geahnt.« Er seufzte. Aber dann stahl sich ein Lächeln auf sein zauberverzerrtes Gesicht. »Und weil ich geahnt habe, dass die Elfen die Bibliothek ausrauben oder vernichten würden, habe ich vor meiner Flucht ein paar kostbare Werke versteckt.«

Sie sah ihn ungläubig an und sein Lachen war beinah ein Jauchzen. Er hatte sich offenbar lange auf diese Überraschung gefreut.

»Kommt, ich zeige es Euch.« Er erhob sich und spähte aus den Fenstern. »Erkennt Ihr die Mauer dort, hinter der die Sträucher hervorwuchern? Hinter dieser Mauer liegt ein kleiner Hofgarten. Es gibt nur einen Zugang dazu, und zwar über eine Treppe direkt vor den königlichen Gemächern. Im Hofgarten steht ein Pavillon, den Eure Mutter bauen ließ. Es gibt dort eine Bodenklappe, die sich öffnet, wenn man die drei Sterne im Mosaik eindrückt.« Er machte es in der Luft vor. »Unter der Bodenklappe befindet sich eine Schmucktruhe Eurer Mutter. Die habe ich dort gelassen, um Plünderer abzulenken. Aber die Schmucktruhe steht auf losen Holzbrettern. Darunter ist ein noch größeres Geheimfach, und darin befinden sich fünf Bücher und drei Schriftrollen, die ich aus der Bibliothek retten konnte. Es sind die Hauptwerke von König Ivendir an seine Söhne und zwei berühmte Erweiterungen von Varafin und Pargataion dem Sechsten.«

»Wie lange ist es her, dass Ihr sie gelesen habt?«, fragte Kanemô beiläufig, doch falls Sagrik bemerkte, dass es eine Fangfrage war, ließ er es sich nicht anmerken.

»Oh, die Schriften sind nur für die Augen der Könige bestimmt. Ich habe lediglich Texte *über* die Texte gelesen.«

»Und Ihr seid nicht neugierig gewesen, als Ihr die Bücher für mich vor den Rebellen versteckt habt?«

Er schien sich zu winden. »Ich würde lügen, wenn ich behaupten würde, ich besäße keine Neugier. Aber um ehrlich zu sein, ich vermute, die Texte sind äußerst schwierig und ergeben nur Sinn, wenn man aus dem Zauberkessel schöpfen kann oder zumindest in einer zauberischen Verbindung mit Bestien steht.«

Kanemô bezweifelte nicht, dass er alles gelesen hatte. Aber sie würde dieses nachvollziehbare Vergehen ihrem einzigen Verbündeten wohl nachsehen müssen.

Sie lehnte sich aus dem Fenster, um in der Dunkelheit die Mauer zu erspähen, hinter der Sträucher hervorwucherten. »Morgen sehe ich nach.«

»Ich hoffe, ich konnte Euch dienen.«

Sie setzten sich wieder ans Feuer, denn es war kalt. Kanemô schob die Füße dicht an den Kamin und für einen Moment nahm ihre Erschöpfung überhand. Ihre Gedanken zerrannen … Lange, lange vergangene Bilder flackerten auf: *Feiertage, Fahnen flattern im Wind und Bänder in ihrem Haar. Die Sonne blendet sie, wenn sie in den Himmel blickt, wo Drachen kreisen. Alle fürchten sich vor den Bestien, aber Kanemô empfindet bei ihrem Anblick eine tiefe, stumme Geborgenheit, denn in ihr fließt ja das Blut der Könige … Wenn ihr Vater die Arme sinken lässt, schießen die Bestien herab und speien Feuer, sodass die Luft zu kochen beginnt und die Opfertiere verbrennen. Schmelzende Schreie, nur kurz, da die Drachen sie mit einem einzigen Bissen hinunterschlingen. Und die Menge jubelt.* Waren es wirklich Opfertiere gewesen oder Verbrecher?

Neuere Bilder mischten sich mit den alten, von den Opfern des Krieges, die vor den Stadtmauern verbrannt wurden. Und das von der Kriechglut entstellte Gesicht der Elfe, die das Heer anführte … So viele Flammen, so viel Schmerz. Damit die Sieger sich die Füße am Feuer wärmen konnten, wenn sie müde waren.

Nein, damit sie nicht selbst verbrannten.

Sie schüttelte den Kopf ein wenig, um wieder wach zu werden. Aber die Beklemmung blieb. Wie lange würde es dauern, bis jemand merkte, dass etwas mit Heganen nicht stimmte? Wie lange, bis seine Gegner sich zusammenschlossen, um ihn zu stürzen? Ihr lief die Zeit davon, und sie sah nicht, wie das Unheil zu verhindern war.

»Was könnt Ihr tun, um an die Bestien zu kommen?«, fragte Sagrik sanft.

»Nichts«, antwortete sie.

Da Sagrik nicht widersprach, versuchte sie selbst auf eine Lösung zu kommen. Was könnte sie tun?

»Ich muss das Vertrauen der Rebellen gewinnen. Aber die meisten würden mich am liebsten in Ketten sehen. Oder tot.«

»Wessen Vertrauen könntet Ihr sonst gewinnen?«

Kanemô runzelte die Stirn, denn darüber hatte sie noch nicht nachgedacht. Die Frage kam ihr nun aber gar nicht so dumm vor. Sie lächelte, weil die einzige Idee, die ihr kam, ziemlich aussichtslos war: »Das des Volkes.«

»Die Leute von Ivenhall hassen nicht das Königtum, so wie die Rebellen es tun. Und sie hassen nicht die Zauberkunst Ivenhalls – so wie die Hohen Elfen. Sie haben nur Euren Vater gefürchtet, weil er wahnsinnig war. Ihr aber seid zart und liebreizend. Wer könnte besser für die Menschen einstehen?«

Zart und liebreizend. Im Stillen fügte sie hinzu: *Und buchstäblich herzlos.*

»Wenn das Volk mich liebt«, überlegte sie, »will es auch sehen, wie die Bestien mir gehorchen. Ein Spektakel an Festtagen, um der Tradition willen.«

Sagrik nickte. »Das ist das Argument, mit dem Heganen die Zweifel seiner Gegner beiseite wischen wird.«

Kanemô stellte es sich vor. Ihre Müdigkeit war wie verflogen; lauter Dinge fielen ihr ein, die sie tun musste. »Ich werde mich dem Volk zeigen. Ihnen Geschenke bringen und sie wissen lassen, dass Ivenhall nicht so schnell unterzukriegen ist, nur wegen eines schwachen Königs und ein paar aufmüpfiger Bauern. Ihr habt recht, Sagrik. Danke.«

»Ich habe nur geholfen, Eure Ideen zum Vorschein zu bringen, so wie ein Spiegel.« Er neigte den Kopf und blickte dann wieder zu ihr auf: »Einen Rat kann ich Euch allerdings noch geben. Heganen hat einen Feind, der sich offen gegen die Vermählung mit Euch ausgesprochen hat. Es ist der jüngere Sohn von Fürst Githeon. Wie ich hörte, schart er alle möglichen unzufriedenen Leute um sich. Er ist beliebt bei den Rebellen, und es wird gemunkelt, er wolle Heganen stürzen. Zum Glück habt Ihr die Macht, Euch jeden Mann zu unterwerfen … Ihr müsst nur dafür sorgen, dass Ihr mit dem jungen Fürstensohn allein seid. Zum Beispiel, indem er seinen Bruder ersetzt und Euer Leibwächter wird.«

Bei der Vorstellung, dass sie den Zauber bei einem weiteren Mann anwenden musste, spannte sich alles in ihr an. Aber sie versuchte vor Sagrik eine ausdruckslose Miene zu wahren.

»Danke für den Rat.«

5

Im Morgengrauen erwachte Laurien von einer Berührung an der Schulter. Es war Erinian, der an ihrem Lager kniete. Ein Blick in sein Gesicht genügte, um zu wissen, worum es ging. Und obwohl sie es erwartet hatte, krallte Angst sich um ihr Herz.

»Wir müssen reden«, flüsterte der Befehlshaber der Bogenschützen.

Sie folgte ihm an den Schlafenden auf dem Boden vorbei tiefer in den Hofgarten hinein, bis sie außer Hörweite waren. Im Zwielicht wirkte alles grau, als wären die kargen Sträucher und blattlosen Bäume aus Stein.

»Alarion und Niran haben mich letzte Nacht zu sich gerufen«, sagte Erinian. »Offenbar haben sie mit den anderen Weisen in Madgar Yhs kommuniziert und einen Beschluss gefasst. Ich soll deinen Platz einnehmen.«

Laurien nickte. Sie hatte es erwartet. Und dennoch fühlte es sich an, als würde sie ausgelöscht. Ihr Rang war alles, was sie hatte.

»Haben sie dich auch beauftragt, mich umzubringen?«, fragte sie leise.

»Nein«, erwiderte er entsetzt. »Du bleibst Anführerin deiner Silberschwerter. Wie kommst du darauf, dass ich –?«

Sie sah ihm in die Augen. »Ich vermute, die Weisen vom Brunnen haben dir noch einen weiteren Auftrag erteilt. Den, den ich verweigert habe auszuführen.«

Er ließ die Schultern sinken.

»Wirst du es tun?«, flüsterte sie. »Erinian …«

Er legte die Stirn in Falten, was ihn noch kummervoller wirken ließ als ohnehin. »Nein. Aber wenn er nicht bald die Bestien im Eisenturm tötet …«

Laurien befreite ihn davon, den Satz beenden zu müssen. »Ich weiß«, sagte sie. »Ich weiß.«

Erinian schien ein Seufzen zu unterdrücken. Dann tat er etwas, das sie von dem zurückhaltenden, stillen Mann nie erwartet hätte: Er umarmte sie. »Es war richtig, Laurien. Dass du es nicht getan hast. Niemand ist so geeignet, das Heer anzuführen, wie du.«

»Sei nicht so bescheiden, das tut einem ja weh.« Sie hatte versucht, einen Witz zu machen, aber sie klang, als schmerze es sie tatsächlich.

»Ich habe berechtigte Zweifel an den Entscheidungen der Weisen vom Brunnen.« Er seufzte nun doch, langsam durch die Nase ausatmend. »Willst du es den anderen beim Frühstück verkünden?«

Sie nickte. »In Ordnung. Zu Befehl, Oberbefehlshaber.«

Sie mussten beide schmunzeln. Und für einen Moment fühlte sich der Verlust ihres Ranges nur noch halb so schlimm an.

Laurien und Erinian suchten Heganen auf, um ihn vom Führungswechsel im Heer zu unterrichten, nachdem sie es am Morgen ihren Kriegern gesagt hatten. Auf dem Weg durch den Palast fühlte Laurien sich niedergeschlagen – wie eine Versagerin. Obwohl sie wusste, dass die Entscheidung der Weisen vom Brunnen diesmal ebenso wenig mit ihren Fähigkeiten zu tun gehabt hatte wie damals, als sie zur obersten Befehlshaberin ernannt worden war. Ja, eigentlich konnte sie stolz darauf sein, denn sie hatte sich geweigert, einen grausamen Befehl auszuführen. Aber das änderte nichts daran, wie sie sich fühlte. Wie es sich anfühlte, von Aberhundert Kriegern angesehen zu werden, während sie ihre Brosche abnahm und Erinian ansteckte. Sie würde nicht mehr beweisen können, dass sie mehr war als ein Symbol – das entstellte Mädchen, das Rache nahm. Ein Mythos, in dem kein Leben mehr war. Immerhin war das besser, als auch noch das entstellte Monster zu werden, das den Rebellenführer meuchelte.

Bei der Vorstellung, Erinian würde ausführen, was sie verweigert hatte, brach ihr das Herz. Nein, sie würden einen anderen Weg finden. Sie würden Heganen zur Vernunft bringen.

Als sie die königlichen Gemächer erreichten, versperrten ihnen jedoch Heganens Leibwächter den Weg.

»Heganen will nicht gestört werden«, erklärte einer der drei Männer. »Er hat Anweisung gegeben, dass sich jeder an die Königin wenden soll.«

»An die Königin«, echote Laurien ungläubig. »Und wo ist sie?«

»Zuerst müsst ihr eure Waffen ablegen.«

Erinian und Laurien tauschten einen Blick. Erinian deutete ein Nicken an. Sie gehorchten und übergaben den Menschen ihre Dolche und Wurfsterne. Mehr hatten sie nicht bei sich.

»Die Königin ist unten im Hofgarten.« Der Leibwächter wies eine Spiraltreppe hinab.

Laurien und Erinian bedankten sich und folgten der Treppe. Tatsächlich befand sich unten ein kleiner verschneiter Garten, umgeben von hohen Mauern. In der Mitte stand ein Pavillon, ähnlich der Pagode in dem weitaus größeren Hofgarten, in dem die Elfen ihr Lager aufgeschlagen hatten. Da die Königin nirgends zu sehen war, traten Laurien und Erinian in den Pavillon ein.

Er umfasste nur einen einzigen Raum, drapiert mit edlen Vorhängen und ausgelegt mit Teppichen. Die Königin saß auf einer Polsterbank, neben sich eine Schatulle voller Schmuck und Schminkutensilien. Zu ihren Füßen tollte ein Werkätzchen mit einem gefiederten Ball herum. Der Anblick einer Königstochter von Ivenhall mit einer Bestie ließ Laurien erstarren und auch Erinian hielt die Luft an. Ganz gleich, wie klein die Werkatze war – sie weckte Erinnerungen an die Bestien, dic König Sagamenon gegen sie gehetzt hatte, an die Bilder, die man nie vergessen konnte. Was sie hier sahen, war die Zaubermacht der Könige von Ivenhall, die doch für immer der Vergangenheit angehören sollte.

Zudem hatte Laurien gehört, dass Gerothen zum ersten Ritter der Königin ernannt worden war. Sie wunderte sich, dass weder er noch sonst ein Leibwächter die Königin bewachte. Es verstärkte ihr Unbehagen.

Die Königin erhob sich und lächelte unsicher. Sie trug ein lindgrünes Seidenkleid, das ihre Schultern entblößte. Ihre Lippen waren mit einem Rot bemalt, das die Kühle ihres Teints unterstrich, und in ihrem Haar steckte ein zierliches Silberdiadem. Sie wirkte beinah unwirklich, so vollkommen wie eine Rose. Laurien wurde bewusst, dass sie sie noch nie aus solcher Nähe gesehen hatte, und ein Stich durchfuhr sie.

So und noch näher hat Perakín sie gesehen. Kein Wunder, dass er gleich vernarrt war.

»Königin Kanemô«, grüßte Erinian und deutete eine Verneigung an. »Wir sind gekommen, um Heganen von einem Wechsel in der Heerführung der Hohen Elfen zu unterrichten. Könnt Ihr uns sagen, wann er wieder zu sprechen ist?«

»Leider nicht. Aber er hat mich angewiesen, alle Nachrichten für ihn entgegenzunehmen.«

»Wenn das so ist …«

Während Erinian erzählte, war Laurien zum ersten Mal froh, nicht mehr oberste Befehlshaberin zu sein und nicht mit der Königin sprechen zu müssen. Sie zu hören, war schlimm genug.

Diese zarte Stimme, die eine Nacht lang ihre gewesen war … Scham erfüllte Laurien. Scham und – schlimmer noch – Neid. Um diesen Gefühlen zu entkommen, konzentrierte sie sich auf das Misstrauen, das sie außerdem empfand: Wusste Kanemô, dass ihr Aussehen gestohlen worden war? War ein solcher Zauber ohne ihr Einverständnis möglich? Welche Verbindung bestand zwischen ihr und der Hexe? Laurien hatte die Möglichkeit ausgeschlossen, dass sie es selbst gewesen war – erstens, weil Kanemô erst viel später mit Gerothens Männern nach Ivenhall gekommen war, und zweitens, weil es ihr absolut keinen Vorteil brachte, eine Doppelgängerin zu haben, die in ihrer Gestalt Unsinn trieb.

»Herzlichen Glückwunsch, Befehlshaber. Ich werde es Heganen ausrichten«, sagte die Königin, als Erinian geendet hatte.

Erinian verneigte sich wieder und Schweigen setzte ein. Sie warteten darauf, dass die Königin sie entließ.

Doch stattdessen wies sie durch den Raum. »Sieht Madgar Yhs wirklich so aus?«

Laurien und Erinian sahen sich um. Die fein ziselierten Säulen und Türbogen wirkten wie Fälschungen – als hätte jemand den Handwerkern etwas beschrieben, das diese nie selbst gesehen hatten.

»Wie ein kleiner Ausschnitt von Madgar Yhs«, sagte Erinian höflich. »Abgesehen von den Buntglasfenstern. Wir Elfen frieren nicht so schnell wie Menschen.«

»Das Fensterglas ist neu. Als meine Mutter hier wohnte, war alles offen. Ich habe manchmal gefroren …« Die Königin schien in Erinnerungen zu verfallen, dann sammelte sie sich und wies auf ein Marmortischchen, das ebenfalls dem Stil Madgar Yhs nachempfunden war und ein wenig echter wirkte. »Bitte, setzt Euch. Ich wollte gerade etwas zu mir nehmen.«

Sie nahmen auf zierlichen Hockern Platz. Dabei bemerkte Kanemô, dass sie die kleine Bestie beäugten, die zwischen ihren Füßen kauerte.

»Keine Angst.« Kanemô nahm die Werkatze auf den Schoß. »Madurahan ist zahn- und klauenlos.«

Sie schenkte ihnen Blütentee ein und bot ihnen Küchlein aus gesiebtem Mehl mit Schlagsahne und Fruchtgelee an.

»Danke«, murmelte Laurien und nahm sich eins.

Die Königin musterte sie. Betrachtete die verbrannte Haut, die rote Falten vom Hals bis zur Nase warf. Die rechte Wange, die ausgehöhlter war als die linke, weil die Kriechglut ihr Fleisch weggesengt hatte.

»Wie lange habt Ihr für die Rebellion gekämpft?«, fragte Kanemô.

»Drei Jahre.«

»Ihr wirkt jung. Darf ich fragen, wie alt Ihr seid?«

»Dies wird mein neunzehnter Sommer.«

»Ihr wart so alt wie ich, als Ihr in den Krieg gezogen seid. Und dann seid Ihr oberste Befehlshaberin geworden, trotz Eurer Jugend. Ich frage mich, was wohl in drei Jahren aus mir geworden sein wird.«

»Eine Mutter?«, schlug Laurien vor.

Kanemô wirkte überrascht und für einen Moment schien alles Blut aus ihren Wangen zu weichen. Dann schob sich ein Lächeln davor. »Das wäre zu erwarten.«

Sie tranken Tee.

Die Königin begann mit ihrem Löffel die Sahne von einem Küchlein zu schaben und an die Werkatze zu verfüttern. »Ihr habt das Thema angesprochen, über das ich mit Euch reden wollte. Meine Mutter. Die Herrin Iriobal war eine Tochter Eures Volkes.

Ich dachte, vielleicht wissen die Hohen Elfen, ob sie ins Exil auf die Insel Kandassos geschickt wurde. Und wann sie starb.«

»Kandassos?« Erinian schüttelte den Kopf. »Iriobal ist seit vielen Jahren eine Weise vom Brunnen. Sie lebt in Madgar Yhs. Ich dachte, Ihr wüsstet das.«

Kanemô fiel der Löffel aus der Hand. Sie nahm ihn gleich wieder auf und ließ ihn von der Werkatze ablecken. »Ach so.«

Eine unangenehme Stille folgte. Das war also der Grund, warum die Königin sie eingeladen hatte zu bleiben.

»Soweit ich weiß, geht es Eurer Mutter gut«, sagte Laurien etwas unbeholfen. »Es tut mir leid, dass Ihr falsch informiert wurdet. Bestimmt hat Iriobal alles in ihrer Macht Stehende getan, um Euch zu finden.«

»Wieso ist sie nicht zur Hochzeit gekommen?«, fragte Kanemô.

Erinian legte die Stirn in Falten. »Die Weisen vom Brunnen haben Heganens Krönung nicht befürwortet – und auch nicht die Ehe mit Euch, die ihn legitimiert. Darum ist keiner der Zwölf Weisen gekommen, weder Eure Mutter noch Alarion oder Niran, obwohl die beiden in Ivenhall sind.«

Wieder verstrich einige Zeit in Stille. Als Kanemô von ihrem verstümmelten Werkätzchen aufblickte, wirkte sie jedoch gefasst, beinahe heiter. »Wie lange wird Heganen die Unterstützung der Hohen Elfen noch genießen? Genießt er sie überhaupt noch?«

»Noch sind wir in Ivenhall«, antwortete Erinian ausweichend. »Wenn ich eine Bemerkung machen darf: Heganen und Ihr scheint einander schnell ans Herz gewachsen zu sein. Man trifft ihn dieser Tage kaum noch ohne Euch an seiner Seite an. Er muss Euch sehr wertschätzen. Er scheint sogar auf Euch zu hören.«

Panik flackerte in Kanemôs Augen auf, nur einen Herzschlag lang. Doch Laurien bemerkte es.

»In unserer Hochzeitsnacht sagte mir Heganen, ich sei die Tochter eines Tyrannen, nicht aber die Gemahlin eines Tyrannen. Und damit hat er recht. Mein Vater sperrte mich zehn Jahre lang in einen Mondtempel am Ende der Welt. Ich habe unter ihm mehr gelitten als so mancher, der sich der Rebellion anschloss. Ich sehe in Heganen meinen Befreier. Ist das so verwunderlich?«

»Nein«, gab Erinian zu. »Wir alle haben Grund, Heganen zu verehren. Aber wenn er nicht das Königreich zerschlägt und allen Territorien ihre Unabhängigkeit gibt wie versprochen, werden die Elfen das Bündnis mit den Rebellen auflösen.«

Die Direktheit seiner Worte schien Kanemô nicht zu erschrecken. Irgendetwas anderes hatte sie beunruhigt. Wie merkwürdig.

»Ich gehe davon aus, dass Heganen wusste, was die Elfen wünschen«, sagte sie. »Trotzdem hat er beschlossen, sich krönen zu lassen und mich zur Gemahlin zu nehmen. Ich vertraue darauf, dass er gute Entscheidungen trifft.«

»Ihr seid eine kluge Beobachterin. Aber auch wenn ich Heganen vertraue, ich kann mich nicht über die Weisen vom Brunnen hinwegsetzen«, entgegnete Erinian.

Kanemô kratzte wieder Sahne von ihrem Törtchen. »Wieso erzählt Ihr mir das?«

»Weil Heganen bestimmt hat, alle Nachrichten an ihn Euch mitzuteilen«, sagte Erinian schlicht. »Und vielleicht könnt Ihr als Tochter unseres Volkes sogar auf ihn Einfluss nehmen, damit es nicht zum Bruch mit Madgar Yhs kommt.«

»Ich habe keinen Einfluss auf Heganen. Und ich traue mir auch nicht zu, besser als er zu wissen, was für Ivenhall gut ist.«

Da war sie wieder – die Panik in ihren Augen.

»*Was für Ivenhall gut ist* – hat er diese Worte benutzt?«, mischte sich Laurien jetzt ein.

Das Lächeln legte sich wie eine Maske auf das Gesicht der Königin. »Meine Mutter mag eine Spionin der Elfen gewesen sein. Ich bin es nicht. Danke, dass Ihr mir Gesellschaft geleistet habt.«

Sie erhob sich und wies zur Tür.

Kanemô sackte wieder auf die Polsterbank, sobald die Elfen gegangen waren. Hatte der neue Heerführer wirklich angedeutet, dass Kanemô Heganen unter Kontrolle hatte? Aber wenn Erinian es wusste – und woher sollte er? –, würde er doch nicht solche Anspielungen machen. Kanemô versuchte sich Wort für Wort an das zu erinnern, was die Elfen gesagt hatten – *auf ihn Einfluss nehmen.* Das konnte man doch von einer Gemahlin erwarten, die ihrem Gemahl nahestand. Nein, es war harmlos.

Aber Kanemô blieb unruhig. Wenn die Elfen bis jetzt nichts geahnt hatten, musste Kanemôs Verhalten sie misstrauisch gemacht haben. Wieso hatte sie nur so dumm reagiert!

Sie aß die Böden der Törtchen, dann zog sie die anderen Teller heran, auf denen zwei beinah unberührte Törtchen lagen. Sie hatte einen enormen Appetit, seit sie Heganens Leib beherrschte.

Danach war ihr schlecht, aber die rasende Leere spürte sie noch immer in sich. Ihre Gedanken kehrten zu ihrer Mutter zurück. Sie lebte also, war sogar eine Weise vom Brunnen. Es hätte Kanemô glücklich machen sollen, aber sie fühlte nur das Echo eines Schmerzes, der kaum Zeit gehabt hatte, sich in ihr festzubeißen. Iriobal hatte also wirklich im Namen der Elfen intrigiert und König Sagamenon allen Grund gegeben, den Elfen den Krieg zu erklären.

Ihre Mutter hatte die letzten Drachen von Ivenhall getötet.

Ihre Mutter hatte der Rebellion den Weg geebnet.

Sie wollte noch ein Törtchen essen. Irgendetwas in ihren Mund schieben. Sie nahm sich einen Zuckerkristall aus der Zuckerdose und lutschte ihn, zerbiss ihn. Schneestups maunzte auf ihrem Schoß. *Madurahan.* Sie versuchte sich daran zu gewöhnen, das Werkätzchen auch in Gedanken so zu nennen, aber der alberne Name *Schneestups* war schon zur Gewohnheit geworden.

»Du hattest genug Sahne«, murmelte Kanemô und zauste ihr Fell.

Ihre Mutter und ihr Vater standen sich in nichts nach. Keinen Augenblick lang glaubte Kanemô, ihre Mutter hätte als Weise vom Brunnen keinen Weg gefunden, ihre Tochter zu finden. Hieß es nicht, die Weisen könnten dank ihres Zauberbrunnens weite Distanzen mit einem Schritt zurücklegen, ferne Dinge beobachten und sogar die Vergangenheit und Zukunft sehen? Ihre Mutter hätte sich wenigstens von ihr verabschieden können – ihr sagen können, dass sie in Sicherheit sein und leben würde. Aber für sie war Kanemô wohl nichts weiter gewesen als ein Teil ihrer Fassade – ein Ding, das sie zurückließ wie alles, was zu ihrer Täuschung gehört hatte.

Wie viele Nächte Kanemô krank vor Sorge um sie gewesen war. Wie oft hatte sie sie beweint und ihren Vater verflucht. Wie dumm, wie unglaublich naiv sie gewesen war!

Sie schob sich noch drei Zuckerkristalle in den Mund, dann warf sie die Zuckerdose auf den Boden, dass Schneestups erschrocken von ihrem Schoß sprang. Sie presste sich die Handflächen auf die Augen.

Aber die Dummheiten waren vorbei. Sie war kein Kind mehr. Ihr wahnsinniger Vater hatte alles verloren, war erniedrigt und getötet worden. Und ihre falsche Schlange von einer Mutter saß in Madgar Yhs und würde zusehen, wie Ivenhall mächtiger wurde denn je, anstatt zu zerbröckeln. Ja, Heganen würde der größte

König werden, den Ivenhall je gesehen hatte! Der größte tote König aller Zeiten.

Ein Kichern kitzelte sie in der Kehle. Sie wollte nicht wie eine Verrückte herumsitzen, sich vollstopfen und über ihre eigenen Gedanken lachen. Und auf die komplizierten Bücher über die Zauberkunst, die tatsächlich im Bodenfach unter der Schmuckkiste gelegen hatten, konnte sie sich jetzt auch nicht mehr konzentrieren.

Wie auf der Flucht verließ sie den Pavillon, marschierte über den verschneiten Gartenpfad und die Treppe hinauf zu den königlichen Gemächern. Auf leisen Pfoten folgte Schneestups ihr. Während sie einen Schritt nach dem anderen machte, merkte sie, wie sehr sie sich übergessen hatte. Am liebsten hätte sie alles wieder erbrochen.

Im Studierzimmer traf sie, wie zu erwarten war, Heganen an, der über Briefen und Schriftrollen brütete und ohne aufzublicken sagte: »Ich will jetzt nicht gestört werden, wende dich an die Königin.«

»Aber ich bin es doch«, erwiderte sie für die Leibwächter, ehe die Tür hinter ihr geschlossen wurde.

Heganens Leib hörte sofort auf, so zu tun, als würde er lesen, und richtete sich auf. Kanemô kam näher. Am liebsten hätte sie ihn nie angesehen, aber gerade deshalb zwang sie sich dazu. Dieses energische Gesicht, das nur so tat, als würde ein kluger Geist in den Augen funkeln. Sie wünschte, sie könnte darüber lachen und ihm den Kopf tätscheln, wie Sagrik es zuletzt getan hatte ... Doch nein, ihre Abscheu war zu groß.

Sie setzte sich ans andere Ende des Zimmers und nahm Schneestups in die Arme. Überlegte. Dann ließ sie Heganen sagen: »Die Königin soll sich dem Volk zeigen, damit die Welt sieht, dass ...«

Nein, nicht so. Sie ließ ihn neu anfangen: »Die Bestien sind nicht nur ein Wahrzeichen der Könige, sondern auch ein Wahrzeichen der Menschen. Kein anderes Volk hat je Bestien erschaffen. Lasst uns gemeinsam stolz darauf sein, nun, da es keinen Grund mehr gibt, sie zu fürchten. Die letzten Bestien, die es noch gibt, sollen zu Paradezwecken am Leben bleiben. Die Königin soll sich dem Volk mit zahmen Werkatzen, Einhörnern und Greifen zeigen, damit wir der Vergangenheit gedenken können, die nicht nur schrecklich war, sondern auch großartig. Könnte unser Triumph, der Triumph der Rebellion, deutlicher werden als durch die Zähmung der Bestien von Ivenhall?«

Sie hielt inne. Ja, so konnte er es bei der morgendlichen Versammlung sagen.

6

Laurien konnte nicht fassen, was sie hörte. Während Heganen darlegte, warum er der Königin die Bestien ihrer Väter überlassen wollte, ließ Laurien den Blick durch die Reihe der Generäle und Verbündeten wandern, die an diesem Morgen in der Thronhalle versammelt waren. Ihre Mienen wirkten verschlossen. Laurien, Savionne und Erinian saßen ebenso förmlich auf Holzstühlen, die an den langen Seiten der Halle aufgestellt waren. An der Stirnseite führten mehrere Stufen zu der Empore hinauf, auf der Heganen thronte, gebadet in das Licht, das durch die Buntglasfenster fiel. Hinter ihm waren die Steine vom Feuer der Drachen verrußt, die hier jahrhundertelang die Herrschaft der Könige gesichert hatten. Auf einem niedrigeren Schemel neben ihm saß die Königin, angetan mit einem Gewand aus Goldbrokat, Rubinen und Perlen wie ein aufgehäufter Schatz. Auf dem Schoß hielt sie ihre verstümmelte Werkatze. Die Königin sagte nie etwas, doch sie wirkte so konzentriert, als präge sie sich jedes Wort ein, das gesprochen wurde.

Laurien konnte sie nicht ansehen, ohne innerlich zu verkrampfen. Sie wurde das Gefühl nicht los, dass Kanemô nicht so fügsam und unschuldig war, wie sie sich gab. Immerhin lief eine Hexe herum, die Kanemôs Aussehen verlieh. Inzwischen fragte sich Laurien, ob Kanemô ihr Aussehen irgendwie verkauft hatte – und wenn ja, was sie dafür bekommen hatte. Laurien wünschte, sie könnte mit jemandem darüber reden, der mehr Ahnung von Zauberei hatte. Die Weisen vom Brunnen hätten ihr weiterhelfen können. Aber Alarion und Niran konnte sie unmöglich beichten, was sie getan hatte.

Die beiden Weisen weigerten sich weiterhin, Heganens Sitzungen beizuwohnen. Wahrscheinlich warteten sie nur darauf, dass Erinian endlich Gelegenheit fand, Heganen zu töten. Laurien war froh, nicht mehr in seiner Position zu sein und sie hinhalten zu müssen.

Als Heganen seine Rede beendet hatte, klatschten die Menschen. Oder jedenfalls die meisten. Seit Gerothen im Auftrag der Königin auf irgendeine geheime Reise aufgebrochen war, begleitete Perakín seinen Vater wieder zu den Sitzungen. Er klatschte nicht, sondern starrte sorgenvoll vor sich hin.

Erinian erhob sich. Laurien und Savionne folgten seinem Beispiel, um ihre Unterstützung zu demonstrieren, ganz gleich, was ihr Heerführer sagen würde.

»Heganen. Die Elfen sind dagegen. Alle Bestien müssen sterben, so wie wir es zu Beginn der Rebellion beschlossen haben!«

»Wir haben beschlossen, den Tyrannen Sagamenon zu stürzen, und das haben wir!«, fiel ihm einer von Heganens treuen Anhängern ins Wort.

»Habt Ihr Elfen noch immer nicht genug?«, fragte Heganen müde. »Der Zauberkessel ist zerstört. Ihr seid das einzige Volk, das noch aus dem Nebel schöpfen kann. Lasst uns Menschen unserer alten Glorie gedenken mit den letzten Bestien, die es noch gibt.«

»Du hast dein Wort gebrochen«, sagte Erinian ruhig. »Du –«

Die Königin erhob sich. »Verehrte Freunde, ich kann euer Vertrauen mit Worten nicht gewinnen. Aber gebt mir Zeit, um es mir mit Taten zu verdienen. Begleitet mich, wenn ich mich dem Volk zeige. Ihr könnt dabei sein, wenn ich lerne, auf einer Werkatze zu reiten. Wenn Ihr wollt, werde ich nie mit mehr als drei Bestien auf einmal zusammen sein. Welche Gefahr kann so schon von mir ausgehen? Drachen gibt es längst nicht mehr. Bitte, lasst es nicht zum Bruch zwischen unseren Völkern kommen.«

Erinian schwieg. Laurien wusste, was ihm durch den Kopf ging: dass es besser war, Frieden zu wahren, um …

»Wer soll für Eure Sicherheit garantieren, wenn Ihr ausreitet?«, entgegnete er. »Euren ersten Ritter Gerothen habt Ihr auf geheimer Mission fortgeschickt.«

Kanemô wandte sich an Perakín. Einen Augenblick zögerte sie. Dann sagte sie: »Wärt Ihr bereit, Herr Perakín, Euren Bruder zu vertreten und mein Leibwächter zu sein, solange er fort ist?«

Perakín blieb sitzen, so blass, als wäre alles Blut aus ihm gewichen, bis die Anwesenden schließlich zu murmeln begannen und Fürst Githeon sich erhob und eine Verneigung vor Kanemô andeutete. »Meine Königin, mein Sohn wird diese ehrwürdige Aufgabe übernehmen. Und bei Eurem Ausritt werden meine Männer und ich Euch ebenfalls Geleitschutz bieten.«

Die Königin nickte. »Ich nehme Euer Angebot an, verehrter Fürst Githeon. Habt Dank.« An Erinian gewandt fuhr sie fort: »Auch Ihr könnt mich begleiten. Mit so vielen Kriegern, wie Ihr es für angemessen haltet.«

Er verneigte sich zähneknirschend. »Einverstanden, Königin.«

Als Kanemô an diesem Nachmittag auf den Hof trat, bewachten noch mehr Elfenkrieger den Eisenturm als sonst. Hunderte umstanden ihn. Doch da waren auch Menschentruppen, die sichergehen wollten, dass die Elfen nicht gegen Heganens Befehl handelten. Unweigerlich fragte sich Kanemô, wer bei einem Kampf triumphieren würde. Die Elfen vermutlich, da sie in der Überzahl waren. Die meisten Menschentruppen bewachten Ivenhall vor den Stadttoren.

Der elfische Heerführer Erinian kam ihr entgegen, dicht gefolgt von den beiden Schwertkämpferinnen Savionne und Laurien. Er nickte ihr mehr zu, als dass er sich verneigte; die beiden Frauen taten nicht einmal das.

»Seid gesegnet, Königin. Wir haben ein Einhorn für Euch vorbereitet. Seid Ihr damit einverstanden?«

Sie konnte nicht verhindern, dass ihr Mund abschätzig zuckte, und der Elf bemerkte es. Einhörner waren die am wenigsten gefährlichen Bestien, darum waren früher typischerweise die Töchter der Könige auf ihnen geritten. Sie rang sich dennoch zu einem Lächeln durch. »Wie aufmerksam von Euch, ein Einhorn zu wählen. Bitte bringt es her.«

Der Elf drehte sich um und gab seinen Leuten ein Zeichen. Aus einem der Portale des Eisenturms führte man die Bestie. Sieben Elfenkrieger hielten sie an Eisenketten, zusätzlich umringten sie genauso viele Rebellen der Menschen. Atemwolken quollen aus den Nüstern. Das war das einzige Helle an dem Geschöpf. Das Fell, die gespaltenen Hufe, die Reihe kleiner, spitzer, durchsichtig schimmernder Hörner entlang des Nackens und das mächtige Horn auf der Stirn, ja, sogar die Zähne, scharf und krumm wie Säbel und ebenso durchsichtig schimmernd wie die Hörner, waren schwarz, als hätte die Nacht dieses Geschöpf ausgehaucht. Seine Widerristhöhe überragte selbst das größte Pferd um eine Armlänge. Mit jedem Schritt konnte man sehen, wie sich die Muskeln unter dem seidigen Fell spannten.

Kanemô bemerkte, wie jedem die Knie weich wurden, dem sich das Geschöpf näherte. Aber sie überkam dieselbe tiefe Geborgenheit, die Schneestups in ihr auslöste.

Hallo, sagte sie in Gedanken.

Das Einhorn gab keine Antwort, aber Kanemô spürte, dass es

ihre Gedanken – ihren *Willen* – wahrnahm. Für einen Moment war Kanemô von dieser Gewissheit vollkommen überwältigt. Blass erinnerte sie sich daran, als Kind in Gegenwart von Bestien ähnlich empfunden zu haben, aber nie so intensiv. Vielleicht lag es daran, dass sie die letzte Überlebende mit dem Blut Ivenhalls war und sich alle Macht in ihr bündelte.

Sie streckte die Hand aus. Das Geschöpf hielt ihr die Schnauze hin, damit sie sie streicheln konnte. Die Nüstern waren weicher als Samt. Das Einhorn neigte den Kopf, damit Kanemôs Finger seinen Schädel entlangfahren und die Hörner in seinem Nacken berühren konnten, jedes wie ein faustgroßer Backenzahn. Sie gab den Elfen und Menschen ein Zeichen, die Ketten loszulassen. Misstrauisch taten sie es, nur um sofort ihre Waffen zu ziehen. Doch das Einhorn blieb ruhig.

Weil ich es ihm befehle, dachte Kanemô. Ein berauschendes Gefühl verschwand im Leerraum ihrer Brust, gerade noch wahrnehmbar. So fühlte sich also Macht an. Die Kontrolle über Heganens Leib war widerwärtig, aber ihre Herrschaft über dieses anmutige Geschöpf erfüllte sie mit einem Echo der Begeisterung.

Sie löste seine Ketten, dann ging das Einhorn auf die Knie, damit Kanemô sich auf seinen Rücken ziehen konnte. Sie fühlte die mächtigen Muskeln unter sich arbeiten, als es sich wieder aufrichtete, und die plötzliche Höhe ließ sie schwindeln; aber an den Nackenhörnern konnte sie sich gut festhalten.

Die Elfen und Menschen waren alle zurückgewichen, Dutzende Eisenspitzen auf das Einhorn gerichtet. Kanemô ließ das Einhorn auf die Hinterbeine steigen. Sein schrilles Wiehern brachte die Luft zum Zittern.

Kanemô lächelte. »Reiten wir aus!«

Ihre Leibgarde war schon auf den Pferden und mühte sich, die Tiere in die Nähe des Einhorns zu lenken, doch mehr als ein Pferd scheute. Auch die Elfen schwangen sich auf ihre Pferde – zierliche, nicht sehr große, dafür wendig wirkende Tiere, deren Fellfarben sämtliche Grautöne zwischen Schwarz und Weiß abdeckten. Erinian blieb jedoch zurück, um den Eisenturm zu bewachen.

Sie verließen den Hof, wobei die Elfen und Leibwächter sich um sie verteilten. Ihnen voraus gingen Fahnenträger und Dienerinnen mit Körben voller Brot und Nusskuchen, die ans Volk verteilt werden sollten.

»Ihr habt in den Jahren Eurer Abwesenheit sicher vermisst, Bestien zu reiten«, bemerkte Laurien, die neben ihr ritt.

»Es ist das erste Mal, dass ich auf einer sitze.«

»Man sieht es Euch nicht an.«

Kanemô warf ihr einen Blick zu. Wollte die Elfe damit sagen, dass man ihr etwas anderes ansah ...? Das Einhorn schnaubte, es klang eher wie ein Knurren, und mehrere Pferde versuchten, Reißaus zu nehmen. Kanemô besänftigte das Einhorn sogleich. Es reagierte anscheinend auf alles, was in ihr vorging. Das musste sie von jetzt an bedenken.

Sie folgten der gewundenen Königsstraße hinab durch die Stadt. Inzwischen waren noch mehr Trümmer aus dem Weg geräumt und hier und da für den Wiederaufbau der Straße benutzt worden. Trotz ausgebrannter Häuser ohne Dächer war der Alltag wieder eingekehrt. Bäckereien, Schneider und Schuhmacher hatten geöffnet und an den Straßenecken wurden Lebensmittel und Brennholz verkauft. Jedoch schien beides knapp zu sein. Kinder in Lumpen verkauften zertrümmerte, ehemals edle Holzmöbel, die sie aus den Villen der Adeligen geplündert haben mussten. Eine alte Frau bot Hundeeintopf aus einem Kessel an.

Die Fahnenträger riefen lautstark: »Grüßt eure Königin, die Gemahlin von König Heganen! Grüßt Königin Kanemô, die Tochter Ivenhalls! Sie bringt Geschenke für ihr Volk!«

Trotz des Einhorns strömten aus allen Häusern und Gassen Leute, um sich Brot und Kuchen zu holen. Keiner blieb länger als nötig. In den Fenstern reckten die weniger Mutigen oder Hungrigen die Köpfe, um sie zu sehen. Das Einhorn schien mehr Schrecken auszulösen als Bewunderung.

»Nehmt Brot!«, rief Kanemô. »Seid gesegnet im Namen Ivenhalls. Nehmt Brot und Kuchen!«

Aus einem der Fenster spuckte ein Greis, ehe er die Fensterläden zuschlug.

Sie sah sich um, ob jemand aus ihrem Gefolge einschritt, aber sowohl Menschen als auch Elfen taten, als hätten sie den Alten nicht bemerkt.

Kanemô rief noch lauter: »Nehmt Brot! Es ist genug für alle da!«

Das stimmte keineswegs. Sie hatten nicht einmal die Armenviertel erreicht und die Körbe waren bereits fast leer. Aber das war vielleicht ganz gut so – ein Grund, morgen wieder auszureiten und übermorgen wieder und jedes Mal mit einer anderen Bestie.

Kanemô streichelte das seidige Fell des Einhorns. In diesem Moment schoss etwas auf sie zu. Das Einhorn wieherte und sprang so ruckartig zur Seite, dass Kanemô beinahe von seinem Rücken geflogen wäre. Ringsum brach Panik aus, Waffenklirren, Pferdewiehern und laute Rufe. Doch ein Zischen übertönte alles. Das Zischen von Dampf.

Das Einhorn scheute und schlug aus. Kanemô konnte sich nicht mehr halten – in hohem Bogen stürzte sie über den Kopf des Einhorns hinweg, Himmel und die Hufe davonpreschender

Pferde um sich, bevor sie hart mit der Schulter, dann dem Kopf auf das Pflaster schlug. Pestgestank umgab sie. Das Zischen war ganz nah, wie ein heißer Atem.

Jemand riss sie grob zur Seite. Laurien! Die Elfe hatte ihren Dolch in der Hand und ließ ihn auf sie niedersausen. Ehe Kanemô auch nur versuchen konnte, sich zu wehren, hatte Laurien ihren Umhang und ihr Brustharnisch zerschnitten und zerrte Kanemô vom Umhang weg. Rauch stieg davon auf. Und da begriff Kanemô. Sie war auf die ätzende Substanz gefallen, die auch das Einhorn getroffen hatte.

Kriechglut.

Rasch zog sie sich das Hemd vor der Brust zusammen – und biss sich auf die Lippe, weil sie damit die verräterische Narbe nur noch verdächtiger wirken ließ. Es war ohnehin zu spät. Verwunderung trat in Lauriens Blick. Sie hatte sie gesehen. Sie hatte die Narbe gesehen!

Jemand stieß Laurien zur Seite und packte Kanemô. Ehe sie es sich versah, wurde sie auf ein Pferd gehoben. Der Mann schwang sich hinter ihr in den Sattel, gab dem Pferd die Sporen und preschte durch die Menge davon.

Alles geschah innerhalb weniger Herzschläge. Schon war Perakín mit der Königin davongaloppiert. Laurien wusste, dass sie ihn zu Fuß nicht einholen konnte, und ihr Pferd war geflüchtet. Also stürmte sie in die Richtung los, in die die Angreifer zu Fuß verschwunden waren. Sie hatte die Männer gesehen, die die Kriechglut geworfen hatten: zwei oder drei, oben auf dem Dach eines Hauses. Savionne und dreißig Silberschwerter folgten ihr. Die Menge der Schaulustigen wich in Hauseingänge und Gässchen zwischen den Häusern zurück, während die Elfen eine Treppe an einer Felswand hinabhasteten. An einer Kreuzung sah Laurien gerade noch, wie jemand um eine Ecke davonrannte. Sie hetzte hinterher, sprang über krumme Stufen, gefrorene Pfützen und von Frost überzogenen Unrat. Niemand stellte sich ihnen in den Weg; es tauchten keine Abfallwagen auf, die die Straße versperrten, keine bettelnden Kinder oder aufdringliche Huren. Solche Ablenkungsmanöver waren für die Angreifer anscheinend nicht geplant gewesen.

Laurien war nicht sicher, ob Perakín die Königin in Sicherheit gebracht oder entführt hatte. Und sie wusste auch nicht, was davon ihr lieber wäre. Sie spürte jedenfalls schmerzhaft die Stelle an ihrer Schulter, wo er sie zur Seite gestoßen hatte.

Sie erreichten einen Marktplatz, von dem etliche Gassen wegführten. Routiniert teilten ihre Krieger sich auf, um in verschiedene Richtungen auszuschwärmen. Laurien und vier ihrer Schwertkämpfer rannten eine schmale, von Treppen durchsetzte Gasse abwärts, spähten in eine Metzgerei und einen Gasthof und in die Ruine eines zerfallenen Hauses, doch sie entdeckten niemanden, der verdächtig wirkte. Der Weg endete an einem Abgrund, wo mehrere Häuser niedergebrannt und in die Tiefe gestürzt waren. Vor ihr öffnete sich der Blick aufs weite Land mit seinen verschneiten Hügeln. Flocken rieselten aus dem trüber werdenden Himmel.

»Wir müssen sie finden«, stieß sie schwer atmend hervor. »Weiter!«

Reiter verfolgten sie. Kanemô wusste nicht, ob es ihre Feinde oder ihre Leibwächter waren oder ob ihre Leibwächter selbst sich gegen sie gewendet hatten. Sie konnte sich nicht einmal zu dem Mann umdrehen, der sie festhielt. Jemand warf Steine nach ihnen und verfehlte sie nur knapp. In wildem Zickzack preschte das Pferd durch die Gassen, sprang über Treppenabsätze und Trümmer, galoppierte unter einer Brücke hindurch und immer weiter bergab, bis die Rufe und das Hufgetrappel sich entfernten. Auch Straßen und Häuser schienen zu verschwinden. Ungepflasterte Wege aus gefrorenem Matsch führten durch Ruinen und verloren sich darin. Hinter einem Geröllberg kam das Pferd endlich zum Stillstand.

Kanemô dröhnte ihr Puls wie Paukenschläge in den Ohren. Endlich schwang sich der Mann hinter ihr vom Pferd und hob auch sie herunter. In der Dämmerung musterte sie ihn. Es war Gerothens Bruder – Perakín.

Sie wich vor ihm zurück, die Arme vor das Hemd haltend. Ihr Dolch hatte in einer Halterung ihres Brustharnisches gesteckt, der jetzt mit dem Umhang in der Gosse liegen musste. Doch selbst wenn sie ihn noch gehabt hätte – der Fürstensohn trug ein Kurzschwert am Gürtel.

»Du blutest«, sagte er mit Blick auf ihre Stirn. Er musste glauben, sie hätte das Gleichgewicht verloren, als sie vor ihm zurückwich, denn er streckte die Arme aus, um sie festzuhalten. Erst als sie zusammenzuckte, begriff er, dass sie ihm nicht traute.

»Ich will dir nichts tun.«

»Warum habt Ihr mich dann entführt?« Sie machte sich von ihm los, ging rückwärts und stieß gegen eine halb eingefallene Mauer. Tatsächlich fühlte sie sich schwach auf den Beinen. Sie befühlte ihre Stirn. Ja, sie blutete. Irgendwo unter ihrem Haar hatte sie wohl eine Platzwunde. Aber sie empfand keinen Schmerz, nur ein Ziehen im Kopf, als würde ihr alle Kraft abgesaugt.

Der Fürstensohn öffnete seinen Umhang und reichte ihn ihr. Nach kurzem Zögern nahm sie ihn und wickelte sich in den Stoff.

Das Letzte, was sie gebrauchen konnte, war, dass auch er noch die Narbe auf ihrer Brust bemerkte. Doch er schien sie nicht besonders zu beachten, spähte nur umher, ob Verfolger kämen, und beruhigte das Pferd.

»Habt Ihr Euch mit den Elfen zusammengetan?«, fragte sie.

Seine Miene drückte Unverständnis aus. »Ich habe dich gerade vor den Elfen gerettet.«

»Laurien hat verhindert, dass die Kriechglut mich verbrennt.« Sie musste an Lauriens Entstellung denken. Und dass sie selbst um ein Haar solche Verbrennungen davongetragen hätte …! Aber zu welchem Preis? Die Elfe hatte das sternförmige Mal gesehen. Hätte Laurien nur ein paar Augenblicke später eingegriffen, hätte die Kriechglut die verräterische Narbe vielleicht unkenntlich gemacht. Dann wäre nie mehr jemand darauf gekommen, dass sie ihr Herz geopfert hatte.

Sie merkte, dass ihre Gedanken durcheinandergerieten. Plötzlich fror sie trotz des Umhangs. Die Elfe wusste es. Sie mochte mit dem Angriff nichts zu tun gehabt haben, aber mit diesem Wissen war sie gefährlich.

Perakín ging auf und ab. Offenbar beschäftigte auch ihn etwas.

»War das eine Falle?«, fragte er schließlich, bemüht, seinen Zorn zu unterdrücken.

»Es war gewiss kein Zufall, dass Kriechglut geflogen kam.«

»Ich meine, eine Falle für mich? Damit es so aussieht, als hätte ich dich entführt – als hätte ich das Attentat geplant?«

Es irritierte sie, dass er sie so unförmlich anredete. Auch deshalb begriff sie nicht gleich, was er sagte. Verwirrt schüttelte sie den Kopf. »Wenn Ihr mich nur beschützen wolltet und Laurien auch, dann hat Erinian das Attentat geplant, der neue Heerführer der Elfen. Darum musste Laurien zurücktreten – sie hat sich geweigert, gegen Heganen zu intrigieren, also haben die Weisen vom Brunnen jemanden zum Heerführer ernannt, der nicht so zimperlich ist.«

Der Fürstensohn atmete tief durch. »Vielleicht. Heganen hat viele Gegner. *Du* hast viele Gegner.«

Sie musterte ihn, wie er vor ihr stand, merkwürdig gelassen trotz der Hand am Schwertgriff. Wieso duzte er sie?

»Seid Ihr nicht einer von ihnen?«, fragte sie leise.

»Zu dem Schluss bist du wohl gekommen.« Er schien noch mehr sagen zu wollen, schüttelte aber nur den Kopf.

Schnee begann aus dem Himmel zu schweben.

»Wieso habt Ihr mich dann beschützt?« Sie war immer noch nicht sicher, ob er sie nicht doch entführt hatte.

Lange schwieg er. Als er endlich zu sprechen begann, war seine Stimme wie erloschen: »Du hast damit gerechnet, dass Heganen dich heiraten würde. Vielleicht standest du längst im Briefwechsel mit ihm. Hat er dich gebeten, seine Gegner für ihn auszuspionieren? Aber warum ... warum bist du so weit gegangen?«

Ihre Finger krallten sich in den Stoff ihres Hemdes. Wusste er ...? Sie schluckte mehrmals, ehe sie endlich sprechen konnte: »Wieso nutzt Ihr Euer Wissen nicht gegen mich?«

Er schnaubte ein freudloses Lachen und blickte in den Himmel, dem der Schnee alle Helligkeit zu entziehen schien. »Dafür hast du doch gesorgt. Dass ich nicht gegen dich sein kann.«

Sie versuchte zu verstehen. Zweifel beschlichen sie, ob er tatsächlich von ihrem Geheimnis sprach. Aber wovon sonst?

»Ich weiß nicht, was Ihr meint.«

Sie sah seine Kieferknochen vortreten, als er die Zähne zusammenbiss. »Natürlich nicht. Es ist nichts geschehen. Ich habe mich aus der Ferne in Euch verliebt, *Königin,* ganz ohne Euer Zutun.«

Er tat, als müsste er sich um das Pferd kümmern, und verschwand hinter dem Tier.

Verliebt … Vor ihrem inneren Auge tauchte Sagrik in seiner grotesken weiblichen Maskerade auf. *Ihre* Lippen als Teil seines Gesichts. Eine schreckliche Ahnung beschlich sie.

»Wann?«, stammelte sie.

Er hatte sie nicht gehört und beugte sich hinter dem Pferdehals vor, um sie anzusehen. Sie öffnete den Mund, doch ehe sie einen Laut von sich geben konnte, meldete sich eine volltönende Frauenstimme: »Keine Bewegung.«

Ringsum tauchten Elfenkrieger hinter den Trümmern auf, Speere und Pfeile auf sie gerichtet – nein, auf Perakín. Laurien stieg auf die eingestürzte Mauer. Der Wind strich ihr das Haar zurück und entblößte ihre vernarbte Gesichtshälfte.

»Erkläre dich, Perakín!« Sie klang, als wolle sie die Antwort nicht wirklich hören.

»Ich habe die Königin beschützt, wie befohlen. Es sah so aus, als würdest du sie angreifen. Für meinen Irrtum entschuldige ich mich.«

»Ich glaube dir nicht«, entgegnete die Elfenkriegerin nach einem Moment.

Kanemô erhob sich, um einzuschreiten. Lauriens Schwertklinge richtete sich sofort auf ihre Brust. »Ich sagte, keine Bewegung.«

Kanemô erstarrte. Wie konnte die Elfe es wagen! Laurien selbst schien zu zweifeln, ob sie richtig handelte. Ihr Blick irrte zwischen ihr und Perakín hin und her.

»Ihr verdächtigt einander fälschlich«, sagte Kanemô. »Hat denn niemand die wahren Täter gesehen?«

»Doch«, sagte Laurien. Sie beobachtete Perakín, ohne weiterzusprechen.

»Und wer war es?«, fragte Kanemô ungeduldig.

»Männer aus dem Rebellenheer.«

Es war klar, dass sie damit Anhänger von Perakín meinte. Sie wollte ihn nur nicht offen beschuldigen – oder zumindest tat sie so als ob. Natürlich deutete sie an, dass er hinter dem Attentat steckte, um ihren Befehlshaber Erinian zu schützen. Wahrscheinlich hatte Laurien Kanemô nur vor der Kriechglut bewahrt, nachdem sie erkannt hatte, dass das Attentat gescheitert war – um den Verdacht von den Elfen abzulenken.

»Sucht die tatsächlichen Täter!«, befahl Kanemô. Sie warf einen Blick in die Runde. »Ihr verschwendet hier nur Eure Zeit!«

»Wir bringen Euch zuerst in den Palast zurück«, erklärte Laurien entschlossen.

Kanemô ballte die Fäuste. »Ich habe Euch einen Befehl erteilt.«

In die kühlen Augen der Elfe trat Verwunderung, als wäre Kanemô ein Gegenstand, der plötzlich gesprochen hatte. »Ihr wollt mit einem einzigen Mann als Geleitschutz zurückreiten?«

Kanemô spürte, wie ihr das Blut in die Wangen stieg. Es war tatsächlich eine dumme Idee. Sie richtete sich auf: »Ich habe nichts von Zurückreiten gesagt. Ich werde meine Angreifer mit Euch jagen. Wo ist das Einhorn?«

Laurien steckte ihr Schwert unbeeindruckt wieder ein. »Die Kriechglut hat ihm übel zugesetzt. Wir mussten es töten.«

7

Auf dem Marktplatz trafen Laurien und ihre Schwertkämpfer mit Perakín und der Königin auf Savionne und die übrigen Elfen. Der Anblick von Perakín, der das Pferd führte, auf dem die Königin ritt, erstaunte sie. Einige Elfen zogen sogar halb ihre Schwerter heraus.

»Hat einer von euch gesehen, wer die Kriechglut geworfen hat?«, fragte Kanemô.

»Es waren zwei Männer. Menschen«, meldete sich Savionne. Die Schwertkämpferin beugte sich über den Brunnen, der in der Mitte des Platzes aus einem Felsen sprudelte, und trank. »Und ich hätte schwören können, dass ich sie kenne.«

»Ich würde sie auch wiedererkennen«, warf ein Krieger namens Lysas ein.

Sowohl Savionne als auch Lysas schienen es zu vermeiden, Perakín anzusehen.

»Lysas, du suchst die Rebellenlager entlang der Stadtmauern ab, ob du die Männer wiederfindest«, ordnete Laurien an. »Savionne, wollen wir uns vor den Toren des Palasts postieren, falls die Männer von dort stammen und zurückkehren?«

Savionne nickte und wandte sich an die Königin: »So können wir Euch auch zurückbringen.«

Kanemô schien widersprechen zu wollen, schwieg dann aber gekränkt. Laurien hatte nichts anderes erwartet. Als würde die zarte Königstochter ernsthaft auf Verbrecherjagd gehen!

Sie teilten sich in zwei Gruppen auf, und Lysas' Gruppe nahm alle Pferde, da sie eine weitere Strecke zu den Rebellenlagern vor den Stadtmauern zurückzulegen hatten. Laurien schloss sich

Savionne an. Sie wanderten zurück zum Palast, die Königin in ihrer Mitte. Inzwischen setzte die Dämmerung ein und ließ die Konturen von Häusern und Gestalten verwischen.

»Warum hat Perakín nicht …?«, raunte Savionne neben Laurien.

Laurien war froh, dass Savionne in der Dunkelheit nicht sehen konnte, wie sie errötete. »Ich weiß es nicht. Wenn er nicht hinter dem Angriff steckt, wer dann?«

Eine Weile dachten sie schweigend darüber nach. Jedenfalls tat Laurien so. In Wahrheit beschäftigte sie die Tatsache, dass Perakín die Königstochter unter Einsatz seines Lebens gerettet hatte, anstatt sie zu entführen oder ihr noch Schlimmeres anzutun. Anders als Savionne wusste sie, was ihm an ihr lag und warum.

Savionne schnaubte. »Ich traue unseren verehrten Weisen zu, dass sie dahinterstecken. Vielleicht haben sie sich mit ein paar unzufriedenen Rebellen zusammengetan, weil in unserem Heer nicht so viel Gehorsam herrscht, wie sie es gern hätten.«

»Du weißt davon?«

Savionne zuckte die Schultern. »Ich weiß überhaupt nichts und das soll auch so bleiben. Aber jeder, der bei Trost ist, kann sich denken, warum du deinen Rang verloren hast.«

Wieder verfielen sie in nachdenkliches Schweigen. Sie behielten die Umgebung im Blick, doch weder auf den Dächern noch in den Fenstern oder Gassen bewegte sich etwas.

Schließlich murmelte Laurien: »Wer hinter dem Angriff steckt, könnte auch versuchen, Heganen zu schützen.«

Savionne warf ihr einen fragenden Blick zu.

»Findest du nicht, dass Heganen sich seltsam benimmt?«, fragte Laurien. »Ich werde das Gefühl nicht los, dass die Königin etwas damit zu tun hat.«

Kanemô hatte sich vorgenommen, mit den Elfen an den Palasttoren zu warten und nicht zu ruhen, ehe die Täter gefasst waren, doch auf dem Rückweg begannen ihre Schulter und vor allem ihr Kopf immer mehr zu schmerzen. Die Blutung irgendwo unter ihren Haaren schien nicht aufzuhören, auch wenn sie nur gering war; und als sie im Palast ankamen, fühlte sie sich zittrig. Daher widersprach sie nicht, als Perakín und Laurien sie in ihre Gemächer geleiteten. Sie spürte die Nähe von Heganens Körper, den sie während ihres Ausritts an seinem Schreibtisch gelassen hatte. Nun ließ sie ihn mit letzter Kraft herausstürmen.

»Gemahlin«, rief er aus. »Bringt einen Arzt!«

Sie schmiegte sich in seine kalte Umarmung, ihren Ekel unterdrückend, und ließ sich von ihm ins Zimmer führen und ihn die Tür vor den Nasen der anderen schließen.

Endlich allein, setzte sie Heganen auf einen Stuhl und sank selbst auf eine Polsterliege. Alles drehte sich. Da schmiegte sich etwas an ihre Beine: Schneestups. Vielleicht bildete sie sich nur ein, dass die Werkatze besorgt zu ihr aufsah, doch zumindest ihr Maunzen klang besonders zärtlich.

Zwei Zofen kamen angehuscht, die eine mit frischer Kleidung, die andere mit einer Schüssel heißem Wasser und Waschzeug.

»Meine Königin! Der Arzt ist schon gerufen«, sagte die eine.

»Bringt Sagritta zu mir, meine Flötenspielerin«, sagte Kanemô. »Ich will Musik hören, während ich zusammengeflickt werde.«

Wenig später sprang Schneestups fauchend von ihrem Schoß und floh unter das Bett. Sagrik und Heganens Leibarzt traten ein, ein alter Mann namens Ertegrad, der den Rebellenführer schon seit Jahren begleitete. Er untersuchte die Wunde an Kanemôs Kopf und nähte sie mit drei Stichen, außerdem verordnete er ihr Ruhe und sie solle viel trinken. Ihre Schulter wies mittlerweile einen großen blauen Fleck auf, aber hier gab es für den Arzt nichts zu tun. Kanemô schickte Ertegrad und auch die Zofen fort.

Sagrik legte die Flöte in Heganens Hände, sobald sie allein waren, und kniff ihm in die Wange. Kanemô kam es beinah vor, als kniff er *sie* in die Wange. Immerhin war sie es, die Heganen dazu brachte, die Flöte an die Lippen zu setzen und die stupide dreitönige Melodie zu spielen. Doch sie ließ sich ihren Missmut nicht anmerken. Perakíns Worte geisterten ihr durch den Kopf: *Ich habe mich aus der Ferne in Euch verliebt, Königin, ganz ohne Euer Zutun.*

»Ihr seht heute anders aus«, bemerkte sie. »Mehr wie ich. Ihr müsst aufpassen, dass niemand die Ähnlichkeit bemerkt.«

»Tatsächlich? Ich glaube nicht, dass meine Erscheinung sich verändern kann.« Er fasste sein Frauengesicht an, als könne er so feststellen, ob ihre Behauptung stimmte. »Liotan sagte mir, die Verwandlung würde andauern, bis … nun, bis ich sie aufgeben will.«

»Sie kann jeden so aussehen lassen wie mich?«

Er lachte unsicher. »So einfach ist es bestimmt nicht. Wieso fragt Ihr?«

»Mich schaudert, wann immer ich Euch sehe.« Eine Weile hörten sie der plumpen Flötenmelodie zu. Kanemô ärgerte sich, dass ihr Kopf wehtat und sie sich schwach fühlte, ausgerechnet jetzt, wo sie konzentriert sein musste. Sie wusste nicht, wem sie trauen konnte, wer ihre Feinde waren und wie sie sich verhalten sollte.

»Laurien, die ehemalige Heerführerin der Elfen, hat meine Narbe gesehen«, sagte sie schließlich leise. »Wird sie wissen, was sie zu bedeuten hat?«

»Das ist schlecht. Sehr schlecht. Elfen kennen sich mit Zauberdingen aus, selbst die, die nicht gelehrt sind.«

Kanemô schloss die Augen, damit er nicht sah, falls ihr Tränen kommen würden. Doch es kamen keine Tränen. »Das habe ich befürchtet.«

»Wenn Laurien nicht weiß, was die Narbe zu bedeuten hat, wird sie die Weisen vom Brunnen fragen. Und die werden bestimmt darauf kommen«, fuhr Sagrik fort.

Kanemô überlegte im Stillen, welche Konsequenzen sich daraus ergaben. Und ob es eine andere Lösung gab als ... Oh, warum hatte Laurien sie nur vor der Kriechglut beschützt! Eine Entstellung wäre ihr lieber gewesen, als jetzt diese Entscheidung treffen zu müssen. Doch die Panik wallte auf und verpuffte, und als sie die Augen öffnete, war ihr Ton sachlich: »Wir müssen Laurien loswerden.«

»Ich fürchte, wir müssen alle Elfen loswerden«, flüsterte Sagrik.

Laurien und Perakín blieben einen Moment ratlos vor der Tür stehen, die Heganen vor ihnen zugeschlagen hatte. Er hatte sie kaum eines Blickes gewürdigt, geschweige denn gefragt, was passiert war. Dieses Verhalten sah ihm gar nicht ähnlich. Auch wenn ihm dämmerte, dass Laurien und Perakín keine verlässlichen Verbündeten mehr waren – irgendetwas stimmte nicht.

»War er den ganzen Tag in seinem Gemach?«, fragte Laurien einen der drei königlichen Leibwächter.

Der Mann schüttelte den Kopf, um ihr klarzumachen, dass sie keine Information von ihm erhalten würde. Auch die Körperhaltung der anderen beiden Leibwächter verdeutlichte, dass es Zeit für Laurien und Perakín war zu gehen.

Unwillig machten sie sich auf den Weg zurück zum Palasttor. Laurien wusste nicht, wie sie sich Perakín gegenüber verhalten sollte.

»Denkst du wirklich, ich hätte das Attentat geplant?«, fragte er, ohne sie anzusehen.

Sie atmete tief aus. »Nein.«

Er blieb stehen. Seine Augen funkelten. »Also willst du mir nur die Schuld in die Schuhe schieben.«

Auch sie blieb stehen, eine Hand am Schwertgriff. Sie hatte das schreckliche Gefühl, weinen zu müssen. Doch stattdessen hörte sie sich mit harter Stimme sagen: »Na gut, vielleicht denke ich, dass du Mordpläne schmiedest. Niemand ist mehr so, wie er am Anfang der Rebellion war. Schau dir Heganen an.«

Sein Blick war unerträglich. Als wäre sie seine Feindin. Vielleicht war sie es.

»Nur ihr Elfen habt euch nicht verändert«, spottete er. »Ihr seid so verlogen und intrigant wie eh und je.«

Seine Worte trafen sie wie Schläge gegen die Brust. Sie konnte nichts erwidern.

Er ließ die Schultern hängen und endlich schmolz die Feindseligkeit in seinen Augen ein wenig. »Ich habe es nicht so gemeint, verzeih«, murmelte er.

Still setzten sie ihren Weg fort. Nie würde er sie ansehen, wie er sie in Gestalt der Königin angesehen hatte. Sie versuchte den Gedanken abzuschütteln – es ging jetzt um Wichtigeres –, aber die Bitterkeit blieb. Übermächtig.

Er hasst mich.

Er hasst mich und liebt die Königin.

Als Laurien und Perakín zurück auf den Hof kamen, hatte sich bereits herumgesprochen, was vorgefallen war, und Elfen und Rebellen standen in Grüppchen zusammen, um nicht zu verpassen, wie die Täter vorgeführt oder am Palasttor gefasst werden würden. Von den zehn Leibwächtern der Königin, die kläglich versagt hatten, waren nur sieben zurückgekehrt – zwei von ihnen von Kriechglut und dem Einhorn verletzt, einer sogar tot. Die anderen drei waren verschwunden, und es wurde wild spekuliert, ob sie an dem Attentat beteiligt gewesen waren oder ob sie nur die Flucht ergriffen hatten, weil sie fürchteten, man würde sie beschuldigen.

Fürst Githeon war einer der Verletzten – sein Arm steckte in einer Schlinge. Doch das hinderte ihn nicht daran, umherzulaufen und Befehle zu bellen. Als er Perakín sah, winkte er ihn zu sich und wollte wissen, was er mit der Königin »angestellt« habe. Ohne Abschied trennten sich Perakín und Laurien.

Auch Alarion und Niran, die beiden Weisen vom Brunnen, erschienen im Hof. Man sah sie dieser Tage kaum außerhalb der Bibliothek, und die Elfen und Menschen wichen respektvoll – oder auch misstrauisch – vor ihnen zurück. Nachdem sie sich von Savionne und Laurien die Ereignisse hatten berichten lassen, schickten sie Savionne mit einer ganzen Legion los, um die Stadt und die Lager außerhalb nach den Tätern abzusuchen. Sie selbst setzten sich vor dem Palasttor auf einen Wagen, um zu warten. In ihren übermüdeten und besorgten Gesichtern schimmerte Zufriedenheit, und Laurien konnte sich denken, was in ihnen vorging: Sie freuten sich, dass es Menschen gewesen waren, die die Königin attackiert hatten. Heganens eigene Anhänger wendeten sich offenbar gegen ihn, und das bedeutete, dass die Elfen weniger tun mussten. Laurien zweifelte nicht daran, dass die beiden Weisen vom Brunnen froh gewesen wären, wenn die Königin tatsächlich umgekommen wäre.

Sie ging unruhig am Palasttor auf und ab, wartend wie alle. Und wäre es denn kein Grund zur Freude, wenn die Königin fort wäre – wenn Heganens Anspruch auf den Thron verwirkt wäre und niemand mehr Macht über die Bestien hätte? Dennoch hatte sie Kanemô gerettet. Weil sie niemandem etwas getan hatte und nichts für die Macht konnte, die sie besaß. Doch die Wahrheit war, dass Laurien sich schuldig fühlte. Sie hatte Kanemôs Körper benutzt, vermutlich ohne dass diese davon wusste, und so bewirkt, dass Perakín etwas für die Königin empfand.

Die Nacht brach herein. Man verlegte die Essensausgabe in den Hof, da ohnehin alle dort versammelt waren, und im Schein der Fackeln löffelten sie Eintopf, fast wie früher auf ihrem Befreiungszug durch die Territorien. Doch damals hatten alle zusammengehalten und jetzt misstrauten sich selbst Freunde.

Nach dem Essen erschien Heganen mit Kanemô, herausgeputzt wie ein wahres Königspaar und begleitet von Dutzenden Leibwächtern. Stühle wurden herbeigeschafft und ans Lagerfeuer gestellt, damit sie sich setzen konnten. Rebellen kamen, sprachen der Königin ihr Mitgefühl aus und versicherten ihre Treue. Auch die Weisen vom Brunnen traten schließlich vor sie. Es wurde sehr still auf dem Hof, da alle gespannt waren, was die Elfen nach so langem, frostigem Schweigen sagen würden.

»Wir bedauern die heutigen Ereignisse«, sagte Alarion. »Und wir sind erleichtert, dass unsere Krieger dich beschützen konnten, Königstochter.«

Die informelle Anrede der Königin löste Getuschel aus. Doch Alarion wandte sich nun Heganen zu, da sie offenbar zu dem Attentat nicht mehr zu sagen hatte: »Nach reiflicher Überlegung haben wir beschlossen, dass sich unsere Wege trennen werden. Die Elfen kehren nach Madgar Yhs zurück – alle von uns, bis auf die letzte Truppe. Wir haben Vereinbarungen getroffen, an die du, Heganen, dich nicht gehalten hast. Wir wollen kein böses Blut, doch ein Bündnis ist nicht mehr möglich.«

Nichts regte sich im Hof, nur der Schnee rieselte langsam aus der Dunkelheit herab und umschwebte die Fackeln und das Lagerfeuer.

»Doch bevor wir gehen«, fuhr Alarion laut fort, »werden wir die Bestien töten, die noch im Eisenturm lauern. Denn das ist der Grund, warum wir euren Krieg mit ausgefochten haben!«

Empörte Rufe wurden laut, aber auch Klatschen und Zuspruch. Laurien bemerkte, dass Erinian die elfischen Truppen so rings um den Hof postiert hatte, dass sie sich den Weg in den Eisenturm erkämpfen konnten, wenn nötig. Darum war er heute nicht mit ihnen ausgeritten. Er hatte alles vorbereitet. Er rechnete mit einem Kampf.

Heganen hob die Hände, um für Ruhe zu sorgen. »Verehrte Weise vom Brunnen, ich respektiere Eure Entscheidung. Unsere jüngsten Uneinigkeiten ändern nichts daran, dass wir Euch zu tiefstem Dank verpflichtet sind. Euer Verlust wird uns schwer treffen. Aus diesem Grund … versteht Ihr gewiss, dass wir die Bestien nicht aufgeben können.«

Lärm brach aus, halb Jubel, halb Pfeifen.

»Außerdem«, brüllte Heganen über die anderen Stimmen hinweg, »außerdem muss ich Euch bitten zu bleiben, bis die Verantwortlichen des feigen Angriffs auf die Königin gefasst sind! Niemand verlässt Ivenhall, solange nicht klar ist, wer dahintersteckt!«

Der Lärm war kaum noch zu übertönen. Elfen und Menschen schrien sich wüste Beschuldigungen zu. Laurien packte ihren Schwertgriff und ging rückwärts, bis sie nur noch zwischen ihren Leuten stand und nicht mehr in der Nähe von Menschen.

Dann, inmitten der Aufregung, verbreitete sich ein anderer Ruf: »Die Elfen sind zurück! Sie haben Gefangene gemacht!«

Tatsächlich kam ein Fackelzug die Königsstraße herauf. Es waren Savionne und ihre Legion – mit zwei Gefangenen. Alle reckten die Köpfe.

Blut und Schmutz machten die Gesichter der beiden Männer beinah unkenntlich. Erst als sie in den Hof geführt wurden, sahen die Versammelten, dass es Menschen waren. Keine Elfen. Laurien biss die Zähne zusammen. Sie erkannte sie wieder. Einer der beiden Gefangenen war ein Ritter Fürst Githeons und enger Freund von Perakín. Der andere war ein standesloser Rebell, den man ebenfalls oft in Perakíns Nähe sah.

Die beiden wurden vor Heganen und Kanemô geführt. Schweigen breitete sich über den gesamten Hof aus. Laurien suchte Perakín in der Menge; er stand neben seinem Vater, bleich wie der Tod.

Einer der Gefangenen spuckte vor der Königin auf den Boden.

Der andere rief: »Lang lebe die Rebellion!«

Andere wiederholten den Ruf. Für mehrere Atemzüge hallten ihre Stimmen von den Mauern wider, doch es war bei Weitem nicht die Mehrheit der Rebellen. Fürst Githeon trat vor und ohrfeigte den Gefangenen, der damit begonnen hatte. Kurz entstand ein Gerangel, da die Gefangenen um sich traten, und die Rufe schienen sich für einen Moment in Kampfschreie zu verwandeln.

Doch dann wehte die helle Stimme der Königin über den Lärm. »Das sind nicht die Täter!«

Kanemô hatte sich erhoben. Sie zeigte auf die Gefangenen. »Diese Männer haben nicht die Kriechglut nach mir geworfen. Es waren Elfen.«

Laurien schnappte nach Luft. Eine glatte Lüge!

»Das ist nicht wahr«, stieß Savionne aus.

So verdutzt, wie die Gefangenen dreinblickten, konnte daran

kein Zweifel bestehen. Doch die Menschen achteten nicht mehr auf die beiden Männer.

Heganen erhob sich nun ebenfalls. »Die Elfen sollen in ihre Heimat ziehen. Aber die Verschwörer, die die Königin töten wollten, werden hier ihre Strafe erhalten: Erinian, Heerführer der Elfen, und Laurien, Befehlshaberin der Wasserschwerter. Ergreift sie!«

Laurien sah Heganen in die Augen, als er mit dem Finger auf sie zeigte. Das war nicht der Mann, an dessen Seite sie drei Jahre gefochten hatte. Der an das Gute geglaubt hatte, aller Umstände zum Trotz. Der Mann, der jetzt auf sie zeigte, war nur noch eine leere Hülle.

Heganens Krieger stürmten auf Erinian und Laurien zu. Erst das Klirren der ersten Klingen, die aufeinanderprallten – Savionne hatte sich zwischen Erinian und die Menschen gestellt –, riss Laurien aus ihrer Starre.

»Der Eisenturm!«, brüllte Erinian. Pfeile schossen von seiner Bogensehne, bohrten sich in seine Angreifer, aber auch in Menschenkrieger, die den Eisenturm bewachten.

Laurien blieb keine Zeit, nur zuzuschauen. Das Doppelschwert eines Mannes, der Margond hieß und so manches Lied mit ihr am Lagerfeuer geschmettert hatte, fegte auf sie zu. Laurien wich zurück; die Klinge zerschnitt den Saum ihres Waffenrocks. Ohne nachzudenken ließ sie Margond mit dem Schwung seines Streiches mitgehen und trat ihm im richtigen Augenblick so heftig gegen das Knie, dass er ächzend stürzte und die Krieger hinter sich gleich mitriss. Von der Seite griff Patokas sie an, einer von Heganens treuesten Generälen. Er hatte nie einen Hehl daraus gemacht, dass er den Elfen misstraute. Laurien konnte nicht mehr ausweichen, sie musste seinen Schlag parieren. Das Schwert bebte unter der Wucht. Wieder und wieder sauste seine Klinge auf sie nieder, bis Laurien sie an ihrer Klinge abgleiten ließ, den Schwertgriff in ihren Händen drehte, dicht an ihn herantrat und mit einer schnellen, beinah beiläufigen Bewegung seine Kehle aufschlitzte.

Blut spritzte ihr gegen die Wange.

Es ist eine Lüge, wollte sie sagen. *Wir sind unschuldig!*

Aber sie brachte keinen Ton heraus. Patokas' Augen traten aus den Höhlen, so sehr verfluchte er sie mit seinem Blick, während er zu Boden sackte. Aber Laurien war schon davongewirbelt, duckte sich unter einem Schwert hindurch, ließ ihre Waffe über dem Kopf rotieren und spaltete einem Mann den Rücken, ehe dieser Savionne erschlagen konnte, die über einen Verwundeten gestolpert war. Der Mann brach schreiend über ihr zusammen und Savionne erledigte ihn mit einem raschen Stich. Laurien half ihr auf.

»Vernichtet die Bestien!«, rief Alarion irgendwo in der Nähe, umgeben von Erinians Bogenschützen, die jeden niederstreckten, der sich den beiden Weisen vom Brunnen näherte. »Kein Rückzug, bevor der Eisenturm in Flammen steht!«

Tatsächlich hatten die Elfen die meisten Portale des Eisenturms besetzt. Rauch quoll aus den ersten Fensteröffnungen, und Laurien glaubte Schreie zu hören, die nicht aus menschlichen oder elfischen Kehlen stammten. Sie verfolgte, wie Perakín und eine ganze Gruppe von Menschenkriegern den Weg zu einem weiteren Portal in den Eisenturm freigaben, damit die Elfen mit Fackeln eindringen konnten.

»Tötet die Elfen!«, schrie Heganen. »Tötet die Elfen!«

Er selbst beteiligte sich jedoch nicht am Kampf, sondern stand umgeben von seinen Leibwächtern bei der Königin. Nicht einmal seine eigenen Befehle befolgte er mehr!

Diese kurze Ablenkung bezahlte Laurien beinah mit dem Leben. Haarscharf entging sie einem Axtstreich, der ihr die Schulter vom Nacken getrennt hätte, wäre sie nicht im letzten Moment abgetaucht. Sie wich zurück, griff dann an und kassierte einen Ellenbogenstoß gegen die Brust, bei dem ihr die Luft wegblieb. Doch sie erstach ihren Gegner, unsauber, ungeschickt und hässlich, wie es in einer Schlacht fast immer war. Der Mann – ein Mann, den sie nie sonderlich gemocht hatte, der aber dennoch ihr Mitstreiter gewesen war, ihr Begleiter durch die Territorien – rutschte langsam von ihrer Klinge, und Laurien musste mit dem Fuß nachhelfen, um sich gegen den nächsten Angreifer zur Wehr setzen zu können. Vernichten. Niedermetzeln. Solange sie konnte. Bis sie dran war.

Als sie das nächste Mal aufblickte, schwer atmend und die Wimpern von Schweiß verklebt, hatte sich Heganen mit seinen Leibwächtern seitwärts bewegt. Sie kämpften jetzt um einen der Eingänge in den Eisenturm. Laurien sah, dass sich Kanemô in ihrer Mitte befand. Und sie begriff, dass Heganens Schergen den Turm nicht verteidigen wollten – sondern der Königin den Weg zu den Bestien ebnen.

Auch Savionne und ihre Krieger hatten die Gefahr erkannt. Sie fochten erbittert gegen die Königsmänner. Heganens Verteidigung fiel … Savionne holte mit einem Kurzspeer aus. Als würde die Zeit dickflüssig werden, beobachtete Laurien, wie die Waffe durch die Luft glitt und Heganen unterhalb des Kinns mitten in den Hals traf.

Mehrere Schreie des Entsetzens hallten über den Hof.

Heganen taumelte in die Arme seiner Krieger. Seine Augen kreisten. Dann griffen seine Hände ins Leere, wieder und wieder, bis er den Speer zu fassen bekam. Schwerfällig zog er die Waffe heraus. Kein Blut quoll hervor. Die Wunde war ein schwarzes, vertrocknetes Loch.

Seine eigenen Männer wichen vor ihm zurück wie vor einem Gespenst.

»Tötet die Elfen!«, rief Heganen wieder. »Tötet die Elfen!«

Er warf den Speer nach Savionne, die völlig schockiert war. Sie duckte sich nicht tief genug und der Speer traf sie an der Schulter und riss sie zurück. Ihre Krieger sprangen vor und das Schlachtgetümmel ging weiter. Heganen schwang sein Schwert von einer Seite zur anderen wie ein gelangweiltes Kind, das mit einem Stock spielt, aber niemand traute sich, ihn anzugreifen. Sein Hals war getroffen!

Laurien tappte fassungslos näher. Und dann sah sie mitten im Gewühl Kanemô. Kanemô, die niemand mehr beachtet hatte. Sie schlüpfte zwischen den Kämpfenden hindurch, fiel auf die Knie, rappelte sich auf … und verschwand im Eisenturm.

»Nein«, keuchte Laurien.

Sie rannte hinterher.

Kanemô hatte in dem Pulk aus Leibwächtern wie in einem Schiff aus Leder und Eisen geschwankt.

Zieh den Speer raus, hatte sie Heganens Leib in Gedanken befohlen. *Zieh ihn raus, verdammt noch mal!*

Endlich war es ihm gelungen. Die Reaktionen der umstehenden Männer waren schlimmer gewesen als erwartet. Hätte der Speer ihn in die Brust getroffen, wäre es glaubwürdiger gewesen, dass er es überlebte und einfach weiterkämpfte. Aber niemand konnte mit einem Loch im Hals weiterleben.

Es war nicht mehr zu ändern. Sie hatte Heganen den Speer nach der Elfenkriegerin werfen lassen und zu ihrer Erleichterung traf er. Und dabei wurde ihr mit einem Mal klar, dass sie die Verwirrung für sich nutzen sollte. Der Schaden war entstanden – jetzt musste sie einen Vorteil daraus ziehen!

Während noch aller Augen auf Heganen gerichtet waren, war sie hinter den Elfen vorbei in den Turm geschlüpft. Drinnen könnte sie geradewegs einem Elfen in die Arme laufen. Es war sogar wahrscheinlich. Aber wenn sie es nicht wenigstens versuchte, waren die Bestien verloren. War Ivenhall verloren!

Ein Pfeil trudelte an ihrer Nase vorbei und traf jemanden neben ihr. Sie drückte sich gegen die Mauer.

Für einen Moment schloss sie die Augen. Dann stolperte sie weiter zwischen den Kämpfenden hindurch. Um sie herum bewegten sich Elfen und Menschen nun wieder im Kampf, zu schnell, um diesen komplizierten Todestanz zu verstehen. Ein Schlag traf sie, oder vielleicht wich sie ihm aus und wurde nur gestreift – jedenfalls verlor sie das Gleichgewicht, fiel zu Boden und kroch ein Stück, bis sie sich wieder aufrappeln konnte. Sie sah nun die gewundene Treppe, die durch den Eisenturm führte. Eine Gestalt stürzte schreiend herab, eine weitere folgte.

Kanemô stieg über Tote und Verwundete hinweg die unebenen Stufen aus reinem Eisen empor. Sie fühlte die Anwesenheit der Bestien wie die zarte, undeutliche Erinnerung an einen Traum, auch wenn sie sie noch nicht sehen konnte.

Ein Elfenkrieger erschien auf dem Treppenabsatz über ihr, hob sein Schwert und ließ es auf sie niedersausen. Kanemô zog den Kopf ein. Doch nicht Eisen traf sie, sondern eine Schulter. Die Schulter eines Leibwächters, der dazwischengegangen war. Funken sprühten von den Klingen, die wieder und wieder aufeinanderklirrten. Dann verlor der Elf das Gleichgewicht und Kanemôs Beschützer schleuderte ihn über das Geländer.

Er drehte sich zu ihr um, das Schwert erhoben. Es war Perakín.

»Zurück«, befahl er.

Doch in seinen Augen glomm Furcht. Sie erkannte, dass es die Furcht der Hilflosigkeit war. Weil er ihr nicht wirklich etwas antun konnte.

Sie versuchte an ihm vorbeizukommen, ungeachtet seines Schwertes, doch er hielt sie zurück. Eine Weile rangen sie miteinander, stolperten eine Stufe hoch und drei abwärts.

»Verräter«, keuchte sie.

Plötzlich stieß er sie zur Seite. Als sie sich umsah, begriff sie, warum: Drei Elfenkrieger waren auf der Treppe erschienen und Perakín musste sich verteidigen.

»Haltet die Königin auf!«, brüllten mehrere Stimmen.

Sie rannte aufwärts, erreichte das erste Stockwerk. Ringsum waren Gittertüren und dahinter Käfige, in denen Schatten umherhuschten. Durch eine Fensteröffnung schoss ein brennender Pfeil und brachte für einen Moment gerade genug Licht, um die Werkatzen zu erkennen.

Sie waren riesig. Ihre unheimlichen menschlichen Gesichter mit den langen, flachen Schnauzen und den hellen Augen schwebten durch die Dunkelheit. Ihr Atem erfüllte die Luft wie das Rumoren von mahlenden Steinen.

Kanemô eilte zum nächsten Käfig. Ein Speer flog an ihr vorbei und klapperte gegen die Steinwand. Die Tür war nicht mit einem Schloss versehen, zum Glück. Sie musste nur den Riegel zurückschieben. Dann schwang sie die Tür auf – gerade rechtzeitig, um sich hinter den Gitterstäben vor dem Schwerthieb einer Elfenkriegerin in Sicherheit zu bringen, die ihr gefolgt war. Noch mehr Elfen stürmten die Treppe herauf. Doch ehe die Kriegerin zu einem Stich durch die Stäbe ausholen konnte, flutete eine dunkle

Masse aus dem Käfig. Der Kopf der Elfe verschwand in dem riesigen Maul, dann segelte ihr Körper durch die Luft, als wäre er leicht wie ein Blatt, und landete auf den Elfen, die ihr nachdrängten.

Ein Gefühl durchrann Kanemô wie warmes Wasser. Sie begriff, dass es ihr Blut war, das sie fühlte – das zauberische Blut ihrer Vorväter, reine, unanzweifelbare *Macht*. Selbst ohne Herz war ihr diese unbeschreibliche Geborgenheit nicht zu nehmen.

Sie kam hinter der Tür hervor und ließ ihre Hand durch das goldene, etwas raue Fell der Werkatze gleiten. Inzwischen hatte die Bestie zwei weitere Elfen getötet, die anderen waren nach unten geflohen. Die Werkatze neigte den Kopf und strich ihr mit einer kühlen, feuchten Nase den Arm hinauf. Dabei starrten die Augen geradewegs in ihre … kluge grüne Augen, in denen ein uralter Hass erstarrt zu sein schien. Die Werkatze gehorchte ihr nicht aus Liebe. Sie gehorchte ihr aus einem Zwang heraus, der namenlos war und unbestreitbar wie die Gesetze der Natur. Und viel verlässlicher als Liebe.

Kanemô lief von Käfig zu Käfig und riss die Türen auf. Nicht in jedem war eine Bestie, doch insgesamt traten fünf prachtvolle Werkatzen aus den Schatten.

»Greift an«, sagte Kanemô leise, obwohl sie es nicht aussprechen musste, damit die Werkatzen verstanden. »Tötet die Elfen.«

Die Bestien sprangen die Stufen hinab, und Kanemô hörte die Schreie, die folgten. Sie selbst stieg weiter nach oben. Sie beeilte sich, aber sie rannte nicht mehr. Niemand würde ihr jetzt mehr folgen, zumindest für eine Weile nicht.

Im zweiten Stock waren ringsum identische Käfige, doch darin befanden sich keine Werkatzen. Sie befreite nur einen einzigen Nardenbären, eine der atemberaubendsten Bestien überhaupt:

Wenn er aus dem Zauberkessel kam, war seine Form nicht auszumachen, denn er war rundum in so langes, feines graues Fell gehüllt, dass er wie eine Rauchwolke wirkte. Erst durch die Nahrung, die er in den ersten Wochen in dieser Welt erhielt, und den Raum, in den man ihn sperrte, nahm er unter seinem Fell feste Gestalt an. Dieses Exemplar musste mit Fleisch gefüttert und in einem weitaus größeren Käfig gehalten worden sein als dem, in dem er jetzt steckte. Sein Schädel erhob sich zwei Mannslängen über Kanemô, als er sich geduckt aus dem Käfig zwängte. Die Tatzen waren breit wie Schilde. Mit seinem Maul hätte er einem Pferd den Kopf abbeißen können. Die schwarzen Augen rollten in den Höhlen, um auf Kanemô herabzublicken, und etwas überraschend Hilfloses lag in seinem Blick. Aber auch dieselbe klare, kluge Kälte wie in den Augen der Werkatzen. Kanemô spürte das Beben seiner Schritte wie einen Herzschlag in sich widerhallen. Es gelang ihm gerade so, die Treppe hinunterzutappen, und sein Fell streifte dabei alle Wände.

Kanemô lief weiter, weiter nach oben. Im dritten Stock waren alle Käfige leer bis auf einen brennenden Strohballen, in dem ein Feuerpfeil steckte. Auch von unten zuckte Flammenschein herauf. Aber es gab noch mehr Stockwerke, sie konnte noch nicht umkehren. Sie erklomm die Stufen in den vierten Stock. Aufgeregtes Krächzen empfing sie. Hier waren keine Käfige, sondern Stangen an den Wänden befestigt, und auf den Stangen hockten drei – nein, vier – Greife!

Kanemô entfuhr ein Seufzen, so schön waren diese Geschöpfe. Ihre Gesichter waren fast noch menschlicher als die der Werkatzen, mit geheimnisvollen dunklen Augen, einem leicht gekrümmten Schnabel, scharf genug, um einen Schädel aufzuhacken, und einer Musterung des Gefieders, die ihnen Ähnlichkeit mit langhaarigen blassen Frauen verlieh. Vor allem wenn sie ihre mächtigen Flügel spreizten, wirkten sie wie Frauen, die Flügel wallendes Haar und die Schwanzfedern ein ausgestellter Rock. Kanemô löste die Ketten an ihren Klauen. Vom Stockwerk über ihr wallte so viel Rauch herab, dass ihr die Augen tränten. Es schien unmöglich weiterzugehen. Aber das Feuer war vielleicht nur an einer Stelle ausgebrochen und darüber befanden sich noch Bestien.

Sie schlang die Arme um den Hals des größten der vier Greife und schwang sich auf seinen Rücken. Das Geschöpf erduldete ihre Ungeschicktheit, die hauptsächlich ihrem langen Kleid geschuldet war. Sie zerriss den Stoff, damit sie im Nacken des Greifs sitzen konnte. Er schwankte unter ihrem Gewicht. Eigentlich waren Greife nicht geeignet, jemanden durch die Lüfte zu tragen. Sie hoffte, dass sie leicht genug war, um es zu überleben. Es war jedenfalls der einzige Weg, höher in den Turm vorzudringen.

Sie schmiegte sich an das weiche Gefieder des Geschöpfes.

»Hinaus«, flüsterte sie.

Die Greife segelten durch die Fenster in den Abgrund. Der Wind riss sie fast herunter. Sie klammerte sich mit Armen und Beinen fest, während die Bestie in Spiralen abwärts trudelte. Doch dann sammelte sich die Luft unter ihren Schwingen, und sie rauschten über den Palast hinweg, wenn auch unsicher.

Kanemô hob den Kopf, sodass sie mehr sehen konnte. Weit unten im Hof wurde noch immer gekämpft. Die Werkatzen und der Nardenbär hatten deutliche Lücken in die Reihen der Elfen gerissen. Soweit sie es erkennen konnte, waren die meisten Bestien noch am Leben.

»Setz mich an einer höheren Stelle im Eisenturm ab«, befahl sie dem Greif. Mittlerweile sah man hier und da Flammen im Turm zucken, aber das hieß nicht, dass schon alles verloren war. Sie würde ihr Leben riskieren, um so viele Bestien wie möglich zu retten.

Den übrigen Greifen gab sie eine andere Anweisung. Sie wollte es nicht aussprechen, also dachte sie es nur: *Tötet so viele Elfen, wie ihr könnt.*

Teil vier:

Ein Gefäß für Schatten

1

Als Laurien zum ersten Mal gegen König Sagamenon in die Schlacht gezogen war, hatte sie gehofft, die Bogenschützen und Sichellanzenträger würden sich um die Bestien kümmern wie geplant. Sie war erst sechzehn Winter alt gewesen und nicht erfahren genug, um zu wissen, dass jede Heerformation, und sei sie noch so ausgeklügelt und gut eingespielt, früher oder später in Chaos zerfiel. Die Elfen und Rebellen mochten versuchen, die Bestien aus der Ferne zu erledigen – es gelang ihnen nur im Idealfall. Mit dem Kurzschwert, das für schnelle Attacken aus nächster Nähe gedacht war, hatte Laurien plötzlich einer Werkatze gegenübergestanden, die aus dem Schlachtgetümmel direkt auf sie zusprang, Dutzende Pfeile im Leib, das Maul triefend vor Blut … Genauso war es auch jetzt, als eine Werkatze aus dem Eisenturm direkt auf sie zupreschte.

Laurien hechtete im letzten Moment zur Seite und entging den Fängen nur, weil die Werkatze sich für einen Krieger entschied, der ebenfalls ausweichen wollte. Sie begrub ihn unter ihren Tatzen und biss zu. Laurien nutzte die Gelegenheit, um ihr Schwert in die Flanke der Werkatze zu bohren. Knurrend ließ die Bestie von dem Mann ab, um sich auf Laurien zu stürzen. Laurien widerstand dem Drang zurückzuweichen – nie hatte jemand sich vor einer Werkatze gerettet, indem er zurückwich – und rollte sich stattdessen unter ihr hindurch. Dabei zog sie die Klinge über deren Bauch. Die Werkatze sprang hoch und plötzlich war Laurien direkt unter dem Maul. Der heiße Atem wehte über sie hinweg, und für einen Augenblick erinnerte sie sich deutlich an den Schmerz der Kriechglut, die sie verätzt hatte.

Sie stach mit dem Schwert empor, doch es ritzte die Bestie nur am Maul. Eine Tatze versuchte sie niederzudrücken. Rasch rollte sie sich zur Seite. Pfeile hagelten von allen Seiten und bohrten sich nicht nur in die Werkatze, sondern auch rings um Laurien in den Boden. Unerwartet trat die Bestie mit einer Hintertatze auf sie. Eine der Klauen schrammte über ihren Oberschenkel, grub sich durch Stoff und Haut. Endlich verschwand die Tatze – doch nur, weil die Werkatze sich umgedreht hatte, um nach Laurien zu schnappen. Im letzten Augenblick konnte Laurien ihr Schwert hochhalten und versenkte es zwischen den Fängen der Bestie. Blut und Speichel spritzten auf sie. Dann sackte der mächtige Leib über ihr zusammen. Mit Händen und Füßen versuchte sie das Gewicht aufzufangen, aber sie wäre wohl erdrückt worden, wären ihr nicht ihre Krieger zu Hilfe geeilt.

Als sie sich aufrichtete, vom Kampfrausch noch ganz leicht und schmerzlos, war der Hof deutlich leerer. Die Menschen hatten sich größtenteils auf die offene Treppe zurückgezogen, während die Werkatzen die Elfen angriffen. Der Eisenturm rauchte aus manchen Öffnungen, doch einige Portale wurden immer noch von den Menschen verteidigt.

»Da oben!«, kreischte jemand.

Sie blickte auf. Für einen Moment erkannte sie Frauenköpfe mit wehendem Haar, die durch die Schneeflocken und den Rauch segelten. Dann begriff sie. Greife! Plötzlich stürzten sie herab. Sie packten die Krieger und schlugen ihnen den Kopf mit ihren Schnäbeln ein oder erhoben sich mit ihnen in die Lüfte, um sie aus einiger Höhe fallen zu lassen. Die Bogenschützen taten ihr Bestes, um sie abzuwehren, aber in der flackernden Finsternis waren die Greife kein leichtes Ziel.

Und dann brach eine weitere Bestie aus dem Qualm hervor. Ein

Koloss aus silbrig schimmerndem Fell, das so lang war, dass man die Gliedmaßen darin nur schwer erkennen konnte. Doch deutlich prangte im Fell sein Gesicht – man musste es Gesicht nennen, denn wie die Werkatzen hatte die Bestie beunruhigend menschliche Züge. Nur dass dort, wo ein schwarzes Kinn zu sein schien, tatsächlich die Nase war, und sich darunter ein albtraumhaftes Gebiss verbarg.

Ein Nardenbär.

Laurien begannen die Knie zu zittern. Als die Rebellion gegen Ivenhall begonnen hatte, waren Drachen längst ausgestorben, aber sie konnte sich kaum vorstellen, dass sie furchteinflößender gewesen waren als ein Nardenbär. Sie sah ihn Dinge mit den Elfen tun, die sie nie wieder hatte sehen wollen. Pfeile durchbohrten ihn nicht, selbst Lanzen schienen ihm nur selten etwas auszumachen. Wasser war die einzige Möglichkeit, ihn zu besiegen. Wenn sein Fell nass war, wurde er schwerfällig, und die Klingen durchbohrten ihn leichter. Aber wie sollten sie hier schnell genug Wasser auftreiben?

Aus dem Eisenturm liefen jetzt Werkatzen, drei, fünf, sieben, neun. Und am Himmel schienen mehr Greife zu kreisen als zuvor.

»Rückzug!«, brüllte Erinian.

Es war der einzig vernünftige Befehl. Dennoch widersprach ihm Alarion im Pulk ihrer Leibwächter: »Der Eisenturm muss brennen! Setzt zuerst den Turm in Brand!«

Niemand hörte auf die Weise vom Brunnen, nicht einmal ihre Leibwächter. Alle flohen durch das Palasttor hinaus, auch Laurien. Die Bestien setzten ihnen nach, gefolgt von Heganens johlenden Anhängern.

Das Heer der Elfen zerfiel. Auf der Königsstraße waren sie leichte Opfer für die Bestien hinter und über sich, darum versuchten sich alle in die Seitengassen zu retten. Laurien rannte im Zickzack durch die Stadt, zusammen mit einem Dutzend ihrer Schwerkämpfer und einer weiteren Handvoll Krieger, die ihre Legion verloren hatte. Mal hörten sie das Hecheln einer Bestie oder das Schlagen von Flügeln und auch Schreie, die entweder aus ihrer Gruppe kamen oder einer Gruppe von Fliehenden in der nächsten Gasse. Die Stadt zeigte sich ihnen verschlossen und finster wie in der Nacht der Eroberung, nur dass diesmal keine Häuser brannten. Die Bewohner versteckten und verbarrikadierten sich. In der Dunkelheit sprangen direkt vor ihnen mehrere Elfen eine Treppe hinab – geradewegs in die Fänge einer Werkatze, die unsichtbar – bis auf die glühenden Augen – am unteren Absatz erschienen war. Laurien und ihre Krieger kamen ihnen zu Hilfe, und gemeinsam besiegten sie die Bestie, doch die Verluste waren hoch. In der Finsternis hatten sich die Elfen sogar gegenseitig verletzt.

Und nicht eine Kerze war entfacht worden, um ihnen zu helfen.

Als sie das Stadttor erreichten, waren die Greife und jene Elfen, die ein Pferd hatten besteigen können, bereits dort. Auf der Brücke herrschte ein grausames Gemetzel. Greife rissen Krieger und sogar Pferde aus der Menge der Fliehenden, trotz der Bogenschützen, die sich an der Stadtmauer postiert hatten, um den anderen Rückendeckung zu geben. Die Schreie der Fallenden hallten durch den Katzenrachen, doch nur selten stürzte ein Greif in die Schlucht hinab.

»Lauft, lauft!«, brüllte Erinian den Neuankömmlingen zu und scheuchte sie über die Brücke, während er selbst bei seinen Bogenschützen blieb, die unermüdlich die Greife in Schach zu halten versuchten und die Werkatzen beschossen, die von hinten angeprescht kamen.

Laurien blieb am Stadttor, um Heganens Männer und die Bestien abzufangen. Sie war unverletzt und wollte helfen, sie aufzuhalten. Die meisten ihrer Krieger schlossen sich ihr wortlos an. Scharen von Elfen rannten an ihr vorüber, viele trugen verwundete Kameraden. Wie viele hatten es bereits aus der Stadt geschafft? Hatten andere das zweite Stadttor im Norden erreicht und waren dort über den Katzenrachen entkommen? Fragen, die sie beiseiteschieben musste. Sie erledigten eine weitere Werkatze im fahlen Fackelschein des Tores und zwei Einhörner, auch wenn Laurien nicht wusste, was sich in den Seitengassen und auf den Treppen noch abspielte und wie viele Elfen in der Stadt feststeckten. Doch als der Nardenbär die Königsstraße herabgepoltert kam, gespickt mit Pfeilen und im Maul einen abgerissenen Arm, war auch für Laurien der Zeitpunkt gekommen, über die Brücke zu fliehen.

Erinian und die Bogenschützen folgten direkt hinter ihr und ihren Kriegern. Sie verließen Ivenhall, wie sie gekommen waren: kämpfend gegen Bestien und Königstreue. Doch damals waren sie auf ihren Sieg zugesteuert, erfüllt vom Mut ihrer Überzeugung. Nun flohen sie in die Finsternis des Landes mit nichts als der nackten Angst um ihr Leben.

Als sich das erste Tageslicht in die Nacht wob, hatte sich das Heer der Elfen noch mehr zerstreut. Laurien wanderte mit einer etwa dreihundertköpfigen Gruppe durch die Wälder, darunter Erinian und die beiden Weisen vom Brunnen. Im Grau der Dämmerung hielt sie Ausschau nach Savionne, entdeckte die ältere Schwertkämpferin aber nicht unter den erschöpften, blutbespritzten Gestalten. Immer wieder sah sie vor ihrem geistigen Auge, wie Heganen die Lanze aus seinem Hals zog und nach Savionne warf.

Hoffentlich ist sie nicht zu schlimm verwundet, dachte Laurien immer wieder, *hoffentlich hat sie ein Pferd zum Reiten.*

An die Möglichkeit, dass Savionne es nicht geschafft hatte, den Hof zu verlassen, wollte sie gar nicht denken.

In einem Tal, vor Blicken geschützt hinter Pinien und Felsen gelegen, wagten sie schließlich gegen Mittag eine Rast. Die ganze Nacht waren sie verfolgt worden, anfangs von Bestien, später nur noch von den Schergen des Königs auf Pferden. Bei einem dieser Zusammentreffen hatten sie ihre Verfolger besiegt. Seitdem hörten sie nur noch das Knarzen der Stämme, den rauschenden Wind und das Hämmern eines Spechts durch die Baumwipfel hallen.

Sie lutschten Schnee und vereiste Zweige, um ihren Durst zu stillen, und kümmerten sich um die Verwundeten, so gut es ging. Wer bis hier gekommen war, hatte ohnehin keine allzu schlimmen Verletzungen, mit Ausnahme einiger weniger Krieger, die sich schwer verwundet auf einem Pferd gehalten hatten und jetzt kaum noch die Kraft besaßen, aus dem Sattel zu steigen. Alarion und Niran kümmerten sich um sie, wobei Laurien ahnte, dass sie die Verwundeten nicht mehr heilen konnten und nur noch auf einen möglichst schmerzfreien Tod vorbereiteten.

Die Bogenschützen benutzten die wenigen Pfeile, die sie noch hatten, um Wild zu jagen. Unter allen aufgeteilt, machte das geröstete, ungesalzene Fleisch niemanden satt, aber es war besser als nichts.

Dicht standen die dreihundert Krieger um das Feuer und nahmen ihr bescheidenes Mahl zu sich. Schließlich zog Alarion ihr Findelicht unter dem Gewand hervor, einen tropfenförmigen weißen Stein, der ebenmäßiger wirkte als die meisten Findelichter, die Laurien bisher zu Gesicht bekommen hatte. Nur die Weisen vom Brunnen wussten mit ihren Findelichtern tiefgründige Zauberei zu wirken.

»Niran und ich werden alle unsere Krieger hierher lotsen«, sagte Alarion. »Wenn wir genug sind, können wir den Angriff auf Ivenhall planen.«

Erinians Miene war abzulesen, dass er Zweifel hegte, aber er widersprach nicht direkt: »Hundertzwanzig Truppen sind noch im Reich verteilt, um die Territorien zu sichern. Wir müssen sie zurückholen.«

Alarion nickte. »Welcher Ort wäre geeignet, um sich zu sammeln?«

Sie berieten eine Weile und entschieden sich für die in der Rebellion eroberte Burg Adlerhöhe, nur eine Tagesreise von ihrem momentanen Standort entfernt. Die Elfen hatten an der Eroberung mitgewirkt und kannten die Burg gut. Außerdem wussten sie, dass dort kaum Rebellen stationiert waren.

Dann murmelten die beiden Weisen vom Brunnen lautlose Beschwörungen und malten mit ihren Findelichtern durch die Luft, bis die Steine aufglühten. Laurien wusste von ihrem eigenen Findelicht, das Faisah ihr vor seinem Tod geschenkt hatte und das sie wie er Zeit seines Lebens an einem Band um ihren Oberarm trug – lang und schmal, eher ein Kristallsplitter als etwas Rundliches –, dass sie entsprechend aufleuchteten, wenn man sie nach der Himmelsrichtung befragte, in der Madgar Yhs lag. Doch nie hatte ihr Findelicht oder das eines anderen so starkes Licht ausgestrahlt wie die der Weisen vom Brunnen. Nirans Findelicht, nur daumengroß und spiralförmig gekrümmt, hatte sogar einen grünlichen Schimmer. Laurien fragte sich, ob das auf seine außerordentliche Zauberkraft hinwies oder ob sein Findelicht im Gegenteil seit seiner Geburt so war und festgelegt hatte, dass Niran ein Weiser vom Brunnen sein würde.

Die beiden Weisen schienen danach noch erschöpfter als vorher und baten, dass man sie auf Pferden reiten ließ. Sie setzten ihren Weg nach Adlerhöhe fort.

Laurien schob ihren Ärmel hoch und betrachtete ihr Findelicht. Wenn sie den Arm auf Alarion und Niran richtete, schimmerte es leicht auf, als verfinge sich ein Sonnenstrahl in dem transparenten Stein.

Sie wanderten durch die hügeligen Wälder, bis das Tageslicht hinter den Baumkronen versickerte. Grüppchen von Elfen schlossen sich ihnen aus allen Richtungen an, geleitet von ihren Findelichtern, und es sprach sich herum, dass sie sich auf Burg Adlerhöhe sammelten.

In der Abenddämmerung öffneten sich die Wälder und vor ihnen lagen verschneite Bauernhöfe, Felder und Fischteiche. Darüber thronte auf einem Hügel eine fassrunde Burg. Sie teilten sich auf und steuerten von allen Seiten auf die Burg zu, wobei sie auf Spuren im Schnee achteten: Doch abgesehen von ein paar wenigen Fuß- und Hufabdrücken auf der Straße war nichts zu sehen. Die Schergen des Königs waren ihnen nicht zuvorgekommen.

Die Wachen am Burgtor staunten nicht schlecht, als sie die Elfenkrieger vor sich sahen, ließen sie aber ein. Nur zwölf Elfen und dreißig Rebellen hielten die Burg. Sie hatten so wenige Vorräte, dass sie als Erstes ins Dorf aufbrechen mussten, um Nahrung für die Neuankömmlinge zu beschaffen. Alarion stellte sicher, dass es Elfen waren, die gingen.

Im rußigen Speisesaal der Burg, in den sich die Anwesenden mehr schlecht als recht quetschten, erklärte Alarion, was geschehen war.

»Heganen hat sich gegen die Rebellion gewendet. Nun haben wir den Beweis, dass er die Tochter König Sagamenons geheiratet hat, um Macht über die Bestien zu erlangen. Die Königin ist ein einfältiges junges Ding, das ihm blind gehorcht. Obwohl sie selbst eine Halbelfe ist, hat sie die Bestien auf uns losgelassen.«

Laurien fragte sich, ob Alarion das wirklich glaubte oder ob sie Heganen als den Schurken darstellte, um die Menschen gegen ihn einzunehmen.

Die dreißig Menschen hörten mit blassen Gesichtern zu. Einige murrten, dass sie von Anfang an gegen die Hochzeit gewesen seien, doch die meisten zeigten nicht, was sie fühlten und dachten. Wenn sie weiter zu Heganen hielten, würden sie es im Kreis von Hunderten Elfen gewiss für sich behalten.

Alarion wirkte nicht sehr zufrieden über die verhaltenen Reaktionen. Natürlich nicht. Auch Laurien hätte sich gewünscht, die Menschen würden sich ihnen mit Eifer anschließen. So aber dämmerte ihnen allen allmählich, in welcher Situation sie sich befanden. Die Stimmung wurde merklich frostiger im Lauf des Abendmahls.

Als es Zeit war, sich zur Nachtruhe zu begeben, war es Niran, der mit seiner unverhohlen hochmütigen Art die Dinge beim Namen nannte: »Keiner verlässt die Burg.«

Immerhin befahl er den Menschen nicht, ihre Waffen abzulegen. Noch nicht.

Am nächsten Tag trafen noch mehr Elfen ein, geleitet von ihren Findelichtern. Laurien fiel bei jedem vertrauten Gesicht ein Stein vom Herzen, doch zugleich wurde ihre Sorge um Savionne immer größer. Erst abends, als sie sich für ein weiteres karges Abendmahl im Speisesaal versammelten, traf noch eine versprengte Gruppe von Kriegern ein, und diesmal war Savionne unter ihnen.

Laurien fiel ihrer Freundin so stürmisch in die Arme, dass

Savionne aufstöhnte. Erst jetzt sah Laurien, dass ihre Schulter bandagiert war, und sie stammelte eine Entschuldigung.

»Wahrscheinlich hatte ich es nötig, eingerenkt zu werden«, beruhigte Savionne sie. »Bitte sag mir, dass es auf dieser Burg Bier oder Wein gibt, denn sonst muss ich weiterziehen.«

Laurien sorgte dafür, dass Savionne am ersten Mahl teilnahm – inzwischen waren sie so viele, dass sie in zwei Gruppen aufgeteilt nacheinander speisen mussten –, und stellte einen großen Krug Dunkelbier vor die Schwertkämpferin. Savionne spülte das Getränk fast in einem Zug hinunter und seufzte. Dann berichtete sie Laurien, Erinian und den beiden Weisen vom Brunnen, was vorgefallen war.

Savionne und ihre Legion hatten Ivenhall vorletzte Nacht nicht verlassen, sondern sich in der Stadt versteckt. Sie waren davon ausgegangen, dass sie den Palast wieder einnehmen würden, sobald die Bestien besiegt waren. Sie hatten einige Greife und Einhörner getötet, aber Heganens Anhänger waren in der Überzahl gewesen, hatten die ganze Stadt nach Elfen durchkämmt und Jagd auf jede gemacht, egal ob Hohe Elfe oder Nachtelfe, ob Krieger oder Bürger. Die menschliche Bevölkerung Ivenhalls hatte den Elfen nicht geholfen, sondern sie im Gegenteil mehr als einmal verraten. Schließlich gaben Savionne und ihre Krieger auf und verließen die Stadt, wobei mehr als die Hälfte von ihnen den Verfolgern zum Opfer fiel. Den übrigen gelang die Flucht nur, weil sie in den Armenvierteln einen Felsspalt im Boden fanden, der unter der Stadtmauer hindurch in den Katzenrachen führte. Durch die Schlucht waren sie bis in den Wald gelangt.

»Es ist ein gefährliches Terrain«, sagte Savionne. »Risse lauern zwischen den Felsen, tief genug, um in den Tod zu stürzen. Wasserfälle und wilde Bäche sind nur schwer zu umgehen. Es ist reines Glück, dass der Rest von uns es unversehrt hindurchgeschafft hat.«

»Warum erfahren wir erst jetzt, dass es einen Geheimweg gibt?«, murmelte Alarion. »Wer weiß, wer vorher von ihm wusste – und damals der Belagerung der Rebellen entkam.«

Sie tauschten Blicke.

Dann sagte Savionne: »Als Ihr den Zauberkessel zerstörtet, wollen manche einen Drachen gesehen haben, der sich in die Lüfte erhob. Ich habe ihn nicht gesehen, aber ich habe mir erlaubt, mich umzuhören. Um ehrlich zu sein, ich wusste schon seitdem von dem Geheimweg. Er entstand in jener Nacht, als der Zauberkessel zerstört wurde, weil die Erde in den Armenvierteln bebte. Aber warum bebte die Erde? Und vor allem: warum im Katzenrachen, so weit vom Zauberkessel entfernt?«

»Ihr hättet uns sofort davon berichten müssen«, erklärte Niran, bleich vor Zorn.

Savionne schien das nur zu amüsieren. »Ich bin manchmal vergesslich. Aber da wir nun schon beim Thema sind: *Ist* ein Drache aus dem Zauberkessel gestiegen? Ich kann mich nicht erinnern, dass Ihr zu den Gerüchten je Stellung bezogen habt.«

Dass die Weisen vom Brunnen schwiegen, löste stilles Entsetzen aus. Laurien hatte bis jetzt die Anzeichen als bloße Phänomene der Zerstörung des Zauberkessels abgewunken – den Geruch nach Kriechglut, das Brüllen, die Böen aus der Finsternis, die von mächtigen Schwingen hätten herrühren können. Doch nach dem Kampf gegen die Bestien war die Vorstellung von einem Drachen nicht mehr so leicht abzuschütteln.

»Wenn es einen Drachen gäbe, hätte er uns dann nicht längst angegriffen?«, gab Niran endlich zurück.

Laurien erstarrte innerlich. Das war nicht gerade die Antwort, die sie sich gewünscht hatte. Es war vielmehr gar keine Antwort. Konnte es wirklich einen *Drachen* geben?

»Jedenfalls kann es für uns von Vorteil sein, dass es einen geheimen Weg nach Ivenhall gibt«, wechselte Alarion das Thema. »Wir werden uns mit den restlichen Weisen vom Brunnen beraten, was als Nächstes zu tun ist. Auch wenn der Geheimweg nützlich erscheint – ich würde nicht sofort einen Trupp Attentäter losschicken, um Heganen zu meucheln.«

Savionne nickte. »Ihr habt also auch meine Lanze gesehen.«

»Ja«, sagte Alarion. Sie hatten alle beobachtet, wie Savionnes Lanze Heganens Kehle durchbohrte – und der König mit der tödlichen Wunde einfach weiterkämpfte.

»Woher könnte Heganen einen Zauber haben, der ihn unverwundbar macht?«, fragte Erinian.

»Kein Zauber, der mir bekannt ist, macht unverwundbar«, entgegnete Alarion.

»Mir fällt nur ein Grund ein, warum jemand nicht sterben kann«, murmelte Niran. »Weil er bereits tot ist.«

Am nächsten Morgen riefen Niran und Alarion die obersten Befehlshaber des Heeres wieder in der Speisehalle zusammen.

»Wir haben uns mit den neun Weisen zu Hause beraten«, sagte Alarion, ohne darauf einzugehen, wie. »Wir wollen die Feindseligkeit der Menschen gegen unser Volk nicht schüren, indem wir einen offenen Krieg gegen ihren König führen. Aber wenn wir seinen ärgsten Gegner unterstützen, sind wir immer noch auf der Seite der Menschen. Also werden wir genau das tun.«

»Perakín«, sagte Laurien sofort.

»Ja, der jüngste Sohn von Fürst Githeon«, bestätigte Alarion.

»Er hat sich immer offen gegen Heganens Vermählung mit der Königstochter ausgesprochen und er genießt die Bewunderung und Unterstützung vieler Rebellen. Er hätte die Möglichkeit, Heganen zu stürzen. Mit unserer Hilfe.«

»Ich bezweifle, dass Perakín Heganens Platz einnehmen will«, gab Savionne zu bedenken. »Die Männer, die das Attentat auf Königin Kanemô verübt haben, waren zwar seine Anhänger, aber sie haben nicht auf seinen Befehl gehandelt. Nicht einmal mit seinem Einverständnis.«

Mit einem herablassenden Lächeln erwiderte Niran: »Er wird seine Haltung ändern, wenn er sich der Unterstützung von Madgar Yhs gewiss ist.«

Laurien ertappte sich dabei, wie sie wünschte, Perakín würde das Angebot der Weisen vom Brunnen ablehnen, einfach nur, um dieses Lächeln von Nirans Gesicht zu wischen. Es ärgerte sie, dass die Weisen vom Brunnen glaubten, sie könnten jeden zu ihrer Marionette machen. Aber sollte er wirklich ablehnen, weil er immer noch zu Kanemô hielt – selbst nachdem er gesehen hatte, was sie die Bestien tun ließ –, wäre das noch schlimmer. Laurien wurde bei der Vorstellung flau im Magen.

Alarion fuhr an Savionne gewandt fort: »Du und deine Krieger, ihr habt einen Geheimweg durch den Katzenrachen genommen, um zu fliehen. Könnt ihr Niran nach Ivenhall führen, um mit Perakín zu sprechen? Wir wissen, dass der Fürstensohn sich oft bei einem Krankenlager in einer verfallenen Villa mit seinen Anhängern trifft. Dort müsst ihr ihn abfangen und ihm sagen, dass Madgar Yhs hinter ihm steht, wenn er sich gegen Heganen erhebt.«

»Er wird sich nicht gegen die Königin wenden«, sagte Laurien, bevor Savionne antworten konnte. Ihre Stimme zitterte. Sie schluckte. »Er hat die Königin beschützt. Vor seinen eigenen Leuten. Um ihretwillen wird er Heganen nichts tun.«

Alarion musterte sie verwundert. Las in ihrem Gesicht. Doch es war Niran, der schließlich sagte: »Wenn du mehr über Perakín weißt als wir, dann sprich jetzt.«

Laurien ließ den Kopf hängen. Sie musste … nein, sie konnte es nicht sagen. Sie schloss die Hände zu Fäusten. »Königin Kanemô muss in den Jahren im Mondtempel Zauberkünste erlernt haben. Wie viel Macht Heganen ihr eingeräumt hat, ist doch merkwürdig. Und nun scheint er unsterblich zu sein – oder ein lebender Toter. Und auch Perakín hat sie vor seinen eigenen Anhängern beschützt.«

»Schönheit und Jugend sind keine Zauberei, auch wenn sie auf die meisten Männer eine ähnliche Wirkung haben«, sagte Alarion schlicht. »Aber ich stimme dir zu, dass Heganen verzaubert ist. Nur glaube ich nicht, dass Kanemô die Fäden in der Hand hält.«

»Ich habe eine seltsame Narbe auf der Brust der Königin gesehen«, fuhr Laurien unbeirrt fort. »Wie ein Stern, ganz ebenmäßig. Wie kommt so eine Narbe zustande?«

An Nirans und Alarions Blicken merkte sie, dass sie endlich ernst genommen wurde.

Laurien überwand sich und sagte: »Ich will mitkommen und mit Perakín sprechen. Ich glaube, ich kann ihn überreden, sich mit uns gegen Heganen zu verbünden – *und* gegen die Königin.«

Eine Weile schwiegen die Weisen. Dann lehnte sich Alarion zurück. »In Ordnung.«

»Wehe, ihr kommt nicht zurück«, murmelte Erinian.

»Wenn nicht, bin ich in Horigels Wieherndem Schaf versackt«, sagte Savionne. »Ein ausgezeichneter Froscheierlikör hat dort den Krieg überdauert.«

Laurien, die schon zu einer ernsthaften Antwort angesetzt hatte, schloss den Mund wieder und lächelte. »Ich auch.«

Sie war eine viel schlechtere Lügnerin als Savionne.

2

Nie hatte Kanemô ein Geschöpf so weinen hören wie den Nardenbären. Es klang wie die Echos eines Erdrutsches – beängstigend und so bestürzend, wie nur eine große Zerstörung sein konnte.

Eimer um Eimer Wasser wurde auf Kanemôs Befehl hin über das Geschöpf gegossen, bis sein rauchfeines langes Fell wie ein Teppich von ihm herabhing und ihn zwang, zu Boden zu sinken. Nun wurden die Pfeile sichtbar, die in seinem Körper steckten. Es waren mehr als ein Dutzend.

Kanemô schickte die Stallmeister und Diener fort, bis sie mit Sagrik allein war, den sie unter dem Vorwand, Musik zur Erheiterung hören zu wollen, dieser schwierigen Angelegenheit beiwohnen ließ.

»Dann wollen wir mal«, sagte er, sobald sie allein waren, krempelte die Ärmel hoch und packte den ersten Pfeil. Kanemô schloss ihre Arme um die Schnauze des Nardenbären, um ihn zu besänftigen. Doch obwohl sie ihm innerlich befahl, ruhig auszuharren, stieß er ein Heulen aus, dass die Luft zum Zittern brachte, als Sagrik den Pfeil aus seinem Fleisch zog.

Schwarzes Blut troff hervor, das grünlich und silbrig glänzte wie altes Eisen. Einen Pfeil nach dem anderen entfernte Sagrik aus der Bestie.

»Die meisten sitzen nicht tief«, schnaufte der Zwerg, während er den richtigen Winkel suchte, um die Geschosse zu ziehen.

»Wird er überleben?«, fragte sie.

»Bestien sind sehr widerstandsfähig. Sie können fünfzehn oder zwanzig Jahre in unserer Welt überleben, wenn man sie mit Blut und neugeborenen Tieren füttert. Ihre Wunden heilen anders als unsere. In den Büchern, die Ihr besitzt, müssten Rezepte für Heiltränke stehen.«

»Ich werde es nachschlagen.«

Nachdem sie den Nardenbären versorgt hatten, gab Kanemô den Dienern Anweisungen, wie sie ihn zu füttern hatten – seit der Eroberung durch die Rebellen hatten die Bestien keinerlei Nahrung erhalten. Dann kümmerten sie und Sagrik sich um die Werkatzen, Einhörner, Greife und die beiden Rogstiere, die wie wandelnde, moosüberzogene Felsen aussahen. Nur zwei Drittel der Bestien hatte die Vertreibung der Elfen überlebt. So blieben ihr wenige, schmerzhaft wenige Bestien – gerade genug, um Macht zu demonstrieren, aber nicht genug für eine weitere Schlacht. Wenn doch nur der Zauberkessel nicht zerstört worden wäre!

»Meine Königin, darf ich Euch an eine weitere Aufgabe erinnern, die Ihr nicht aufschieben solltet?«, fragte Sagrik leise, als sie die Treppe durch den Eisenturm hinabstiegen. Er beugte sich vor. »Der Fürstensohn, Perakín … Wenn er Heganen nicht stürzt, werden es seine Anhänger für ihn tun, und zwar bald. Ihr müsst Ihn unter Eure Kontrolle bringen.«

Sie ballte die Fäuste in den Falten ihres Gewandes. »Ich weiß.«

Es war nicht zu verhindern gewesen, dass Heganens Leibarzt Ertegrad seine Wunde behandelte. Der alte Mann riss die Augen auf, blinzelte und bekam den Mund kaum wieder zu, als er den König im kühlen Winterlicht sah. Die Lanze hatte einen gut daumenlangen Einstich in Heganens Hals hinterlassen. Und obwohl Kanemô ihr Bestes getan hatte, Fleisch- und Hautfetzen hineinzustopfen oder vorsichtig abzuschneiden, konnte eigentlich niemand Zweifel daran hegen, dass diese Wunde tödlich war.

»Ich glaube, ich hatte erstaunliches Glück, dass die Lanze nur meine Muskeln getroffen hat«, ließ Kanemô den König sagen, während sie selbst im Schatten des Raumes saß und Schneestups streichelte.

»Erstaunliches Glück«, wiederholte Ertegrad stotternd.

»Trotzdem sollte die Wunde genäht werden, oder nicht?«, half Heganen nach.

Der Leibarzt schien ein Kopfschütteln unterdrücken zu müssen. »Ja … ja, das sollte genäht werden.«

Er bereitete seine Utensilien vor. Heganen lehnte seufzend den Kopf zurück.

»Habt Ihr sonst Beschwerden?«, fragte Ertegrad, während er ein Pferdehaar durch die Nadel fädelte.

»Ich fühle mich geschwächt. Vermutlich der Blutverlust. Und das Sprechen tut weh.«

»Ihr solltet Euch schonen. Ich stelle keine Fragen mehr.«

Als der Arzt ihn berührte, wich er jedoch gleich wieder zurück und stieß einen Laut des Entsetzens aus.

»Was ist?«, fragte Heganen.

»Ihr …«, stammelte Ertegrad, »… friert?«

»Es ist Winter«, lachte Heganen, hörte aber sogleich wieder damit auf, da Kanemô merkte, dass seine Wunde aufriss, wenn er lachte. Er winkte ungeduldig. »Näht schon!«

Ertegrad gehorchte, wobei er jedoch mit einem Zittern zu kämpfen hatte und sich immer wieder für seine Ungeschicktheit entschuldigen musste. Kanemô ließ Heganen gelegentlich vor Schmerz aufstöhnen und hoffte, dass es ungefähr zu den Stichen des Arztes passte.

Als die Wunde genäht und bandagiert war, fasste Heganen den alten Mann im Nacken und zog ihn zu sich heran. »Du musst schwören, dass du meinen Gesundheitszustand für dich behältst.

Kein Wort zu niemandem, verstanden? Meine Gegner dürfen nicht wissen, dass ich auch nur einen Kratzer habe.«

Dafür war es natürlich längst zu spät, denn alle hatten gesehen, wie die Lanze ihn getroffen hatte. Aber was sollte Heganen sonst sagen? *Niemand darf wissen, dass ich tot bin?* Das verstand der Arzt auch so.

»Meine Lippen sind versiegelt, selbstverständlich«, sagte Ertegrad.

»Du bist der Einzige, der Bescheid weiß. Wenn etwas herauskommt, weiß ich, dass du geredet hast!« Heganen lächelte und klopfte Ertegrad auf die Schulter.

Später, als im Thronsaal Gericht abgehalten wurde, ließ Kanemô mehr Vorsicht walten als mit dem Leibarzt. Heganen trat mit schwerfälligen Schritten ein, gestützt auf ihren Arm, und als er sich auf den Thron sinken ließ, lehnte er den Kopf zurück und winkte drei seiner treuesten Generäle zu sich, um ihnen leise zuzuraunen: »Sprechen fällt mir schwer. Wiederholt für die anderen meine Worte.«

Die Männer willigten ein. Das Vertrauen, das Heganen ihnen entgegenbrachte, lenkte die drei in ihrer Eitelkeit hoffentlich ab – ebenso wie der Neid die anderen ablenken sollte, die er nicht für diese Aufgabe auserkoren hatte.

Der Gerichtsprozess begann. Etwa fünfzig Männer, die sich geweigert hatten, den Eisenturm gegen die Elfen zu verteidigen, mussten sich verantworten. Weitaus mehr hatten sich Heganens Befehl widersetzt, zu viele, um jeden Einzelnen zu bestrafen. Aber der Prozess sollte vor allem der Abschreckung dienen.

Kanemô ließ Heganen eine Ansprache über Brüderlichkeit und das Ziel der Rebellion halten, die von seinen drei Generälen lautstark wiederholt wurde, damit alle sie hörten. Jubel erscholl. Dann wurden die Angeklagten vor den König gerufen, einzeln oder in Gruppen, je nachdem, wie weit ihr Ungehorsam gereicht hatte. Die meisten baten um Gnade und schworen Heganen Treue, und Kanemô ließ Heganen milde urteilen, teilweise durch Abstimmung der Generäle und Berater, die schließlich im Kampf ebenso im Stich gelassen worden waren wie er. Nur bei den wenigen starrköpfigen Gegnern, die Heganen einen Verräter an der Rebellion nannten, blieb Kanemô nichts anderes übrig, als mit Härte durchzugreifen. Sie war froh, dass sie nicht selbst das Todesurteil aussprechen musste, sondern es Heganen überlassen konnte.

Ihr Blick wanderte zu Fürst Githeon und Perakín. Perakín verfolgte das Geschehen vollkommen ausdruckslos. Sie hatte ihn nicht angeklagt, trotz des Vorfalls im Eisenturm. Sein Vater war immerhin Heganens wichtigster Verbündeter. Und Sagrik hatte recht: Sie musste bei ihm anders vorgehen …

Hinter Perakín standen die beiden Männer, die das Attentat auf sie verübt hatten. Auch sie waren nicht angeklagt worden, obwohl sie den Kämpfen tatenlos zugesehen hatten, nachdem ihre Kameraden ihnen die Fesseln gelöst hatten. Kanemô musterte sie. Diese Männer hatten sie töten wollen – und wollten es wohl immer noch. Aber Kanemô hatte sie mit ihrer Lüge geschützt, und wenn sie sie vor Gericht zerrte, bestand die Gefahr, dass die Männer aus lauter Stolz ihre Schuld zugaben. Dann würde das Kanemô als Lügnerin und Intrigantin gegen die Elfen bloßstellen.

Nach dem Gerichtsprozess, der sich bis zum Abend hinzog, hielt Heganen eine weitere kurze Ansprache, in der er seine Mitstreiter beschwor, nicht zu ruhen, ehe alle Elfen aus Ivenhall vertrieben waren und das Reich wahrhaftig den Menschen gehörte. Die Halle erzitterte vor Jubel.

Noch vor Sonnenaufgang des nächsten Tages bat Kanemô Perakín, sie auf einen Ausritt in den Katzenrachen zu begleiten. Dort unten wuchsen Kräuter, aus denen sie einen Heiltrank für die Bestien herstellen wollte.

Als Perakín in den Hof kam, ließen die Schatten unter seinen Augen und Wangenknochen ihn beinah krank wirken. Ihm fehlte klar und deutlich Schlaf. Auch Kanemô hatte in dieser Nacht wenig Ruhe gefunden. Sie hatte die Bücher über die Zauberkunst der Könige nicht nur nach Heiltränken für die Bestien durchblättert, sondern auch nach Hinweisen, ob der Zauberkessel wieder entstehen könnte. Zu wissen, dass ihr Überleben und die Zukunft Ivenhalls davon abhingen, machte es schwer, die Bücher zuzuklappen und zu Bett zu gehen.

»Braucht Ihr mich überhaupt?«, fragte er nach einer Verneigung und betrachtete die drei Werkatzen und zwei Einhörner hinter ihr.

Sie schwang sich auf das Einhorn, das für sie auf die Knie gegangen war. »Ich würde mich mit Euch sehr viel sicherer fühlen. Stört es Euch, auf einem Einhorn zu reiten? Ich wollte Euch ein Pferd satteln lassen, aber Pferde neigen zur Nervosität, wenn Bestien in der Nähe sind.«

Er wandte den Blick ab. »Ich würde ein Pferd bevorzugen.«

»Keine Angst. Das Einhorn wird Euch gehorchen wie ein gewöhnliches Pferd. Besser sogar.«

Er schien mit sich zu ringen, als das Einhorn für ihn auf die Knie ging, und machte keinerlei Anstalten aufzusteigen. Für einen Moment verlor Kanemô sich in der Vorstellung, wie sie sich ihn gefügig machte … Und wie es wäre, seinen toten Körper zu beherrschen. Abscheu regte sich in ihr und versickerte nicht so schnell wie sonstige Gefühlsregungen. Sie durfte es sich nicht anmerken lassen.

»Bitte«, sagte sie mit belegter Stimme.

Er überwand sich und bestieg das Einhorn. Während sie den Hof verließen und auf der Königsstraße durch die dunkle Stadt ritten, mied er ihren Blick. Doch er versuchte die Schatten am Himmel auszumachen, deren Flügelschlag sie begleitete. Kanemô hatte sich für ihre Leibgarde auch drei Greife ausgesucht. Die letzten drei, die nicht zu schwer verwundet waren, um zu fliegen.

Als sie das Stadttor passierten und in den Katzenrachen hinabritten, ging gerade die Sonne auf. Ein klarer Wintertag brach an und die Schlucht wirkte dadurch nur umso finsterer. Die Greife, die bis jetzt über ihnen gekreist hatten, flogen voraus und durchglitten den Abgrund, der trüb vor Nebel war. Nur selten sah man einen Greif von oben und Kanemô staunte wieder über die Geschöpfe: Ihre Federmusterung erweckte den Anschein, als hätten sie ein weinendes weißes Gesicht auf dem Rücken.

»Egal, was man von den Bestien hält – dass sie schön sind, ist unbestreitbar«, sagte Kanemô.

»Ihre Schönheit ist schwer zu bemerken, wenn sie einen zerfleischen wollen.«

»Sie sind Furcht einflößend«, gab Kanemô zu. »Das müssen sie auch sein. Doch selbst Albträume können eine Schönheit besitzen, die nicht zu übersehen ist. Ich glaube sogar, die Anmut der Bestien ist, was ihre Gegner am meisten einschüchtert.«

Er sagte nichts, aber sie spürte, dass er anderer Meinung war. Sie musste das Thema wechseln, ihn dazu bringen, sich ihr zu nähern. Und hatte er nicht zugegeben, in sie verliebt zu sein? Es sollte also einfach werden.

Die Einhörner stiegen den steilen Pfad entlang der Klippe mit graziler Sicherheit hinab und die Werkatzen verursachten mit ihren Pfoten kaum ein Geräusch. Doch der Abgrund war schwindelerregend: Wo der Nebel sich hob, stürzte der Blick in unfassbare Tiefe. Das Gebirgswasser, das die Iven speiste, glitzerte hier und da auf dem Grund der Schlucht. Trotz der Gefährlichkeit des Terrains genoss Kanemô die Aussicht.

»Ihr seid jung und habt nie einen anderen König als meinen Vater erlebt«, bemerkte sie nach einer Weile. »Aber jahrtausendelang haben Könige das Volk mithilfe der Bestien vor Feinden beschützt. Und nun haben die Elfen uns unsere Zauberkunst genommen, um uns zu unterdrücken, so wie sie es mit dem alten Volk der Zwerge getan haben.«

»Ihr nennt mich jung. Dabei seid Ihr jünger als ich«, entgegnete er leise.

»Auch ich habe nicht die besten Erfahrungen mit dem Königtum gemacht. Als Fürstensohn ist es Eure Aufgabe, Eure Leute zu beschützen, im Zweifelsfall sogar vor einem König. Aber meine Aufgabe ist es, an die gesamte Menschheit zu denken, wie meine Vorväter es getan haben. Die meisten jedenfalls.«

»Ihr müsst Euch nicht vor mir für Eure Gräueltat rechtfertigen«, sagte er. »Und Ihr müsst Euch auch nicht selbst belügen.«

Sie schloss die Finger fester um die Hörner im Nacken des Einhorns. Wie konnte er es wagen! Aber ob sie wollte oder nicht, seine Aufrichtigkeit hatte etwas Entwaffnendes.

»Die Elfen …«, begann sie, verstummte aber, als sie ihn ansah.

Ihm standen Tränen in den Augen. »Ihr habt nicht das getan, was Ihr für richtig haltet. Ihr habt das getan, was Euch als einzige Möglichkeit erschien. Euer Vater war grausam. Ein Irrer. Und Euer Gemahl ist gut zu Euch, aber nichtsdestotrotz wurde er durch seine Macht korrumpiert. Ihr seht nicht, dass Ihr Euch von ihnen lossagen könnt. Aber das könnt Ihr. Weil Ihr nicht so seid wie Euer Vater oder Gemahl.«

Seine Worte brachten etwas in ihr zum Erzittern.

Sie ritten unter herabhängenden Felsen hindurch, an denen meterlange Eiszapfen hingen. Es roch nach Feuchtigkeit und nicht weit entfernt erkannten sie einen Wasserfall im Nebel. Der Weg schlängelte sich tiefer und tiefer hinab. Kaum Tageslicht drang hierher; alles war Schatten und Dunst. Die Wurzeln dürrer Nadelbäume krallten sich an die Klippen, ansonsten versuchte keine Pflanze, hier unten zu überleben. Endlich erreichten sie den Grund der Schlucht, der hier noch sehr viel höher lag als andernorts. Wasser strömte in Bächen vorbei, hatte sich in Teichen gesammelt, die nun vereist waren, und stürzte in einiger Entfernung über Klippen.

Kanemô ließ die Bestien innehalten. »Woher wollt Ihr wissen, dass ich nicht so bin?«

Perakín versuchte zu antworten, aber dann sprang er nur vom Einhorn, ging ein paar Schritte und kletterte auf einen Felsbrocken neben einem kleinen See, der von mehreren Strömen gespeist wurde und dessen Wasser über einen Wasserfall abfloss. Nach einem Moment stieg auch Kanemô ab und kletterte auf den Felsbrocken.

»Wieso liebt Ihr mich?«, fragte sie tonlos.

»Ihr müsst mich für kaltherzig halten, dass Ihr überrascht seid. Wahrscheinlich, weil ich mit Frauen geschlafen habe, in die ich nicht verliebt war.«

Sie starrte zu ihm auf.

Das Rauschen des Wassers war nicht besonders laut und doch übertönte es fast seine Worte: »Es war nicht dasselbe mit dir. Es war … Ich habe das Gefühl, dich wirklich gesehen zu haben.«

Sie sank in die Hocke, Kleid und Umhang wie eine große Blüte aus Stoff um sich. Das war also geschehen: Jemand, der so aussah wie sie, hatte *mit ihm geschlafen.* Wer, wenn nicht Sagrik? Der Gedanke war so abstoßend, dass sie die Augen zukniff.

»Es ist so, wie du gesagt hast«, fuhr er fort. »Alles kann seine Bedeutung verlieren. Vor einem Jahr hätte ich noch mein Leben dafür gegeben, jeden einzelnen Verwandten des Königs zu töten. Und jetzt träume ich nur davon, dich zu berühren. Ganz gleich, welches Massaker du mit den Bestien angerichtet hast. Auch ich habe gemordet – für meinen Vater, für mein Volk, und wofür ich mich am meisten schäme, für eine bessere Welt. Kein Verbrechen ist grässlicher als diese Dummheit. Ich dachte, mir bliebe nichts anderes übrig als zu kämpfen. Und oft gab es tatsächlich keinen anderen Weg. Aber warum brauchen wir immerzu einen Weg? Ich will innehalten. Mit dir.«

Er nahm ihre Hand in seine, die warm war und schwielig vom Umgang mit Waffen. Sie erschauderte. Ihr war, als würde seine Berührung etwas in ihr heilen. Selbst wenn eine Täuschung seine Liebe geweckt hatte – konnte die Vertrautheit zwischen ihnen trotzdem echt sein? Oder wurde auch sie getäuscht …

Lange saßen sie einfach da, Hand in Hand, in einer Welt aus Nebel und Wasserrauschen. Sie wusste, was sie tun musste, aber sie konnte sich nicht rühren. Schließlich war er es, der ihr Haar zurückstrich und sie küsste. Ganz einfach, als hätten sie es schon immer getan. Sie hörte auf zu atmen. Sie musste es nur zulassen, und dann, so wie mit Heganen …

Sie drückte ihn von sich weg und vergrub das Gesicht in den Händen. Sie musste sich darauf konzentrieren, nicht zu schluchzen. Was war nur los mit ihr? Sie hatte es schon einmal getan. Es war so einfach. Doch als sie glaubte, sich wieder im Griff zu haben, kamen ganz falsche Worte hervor: »Du bist verliebt. Du siehst nicht klar.«

»Es ist genau anders herum. Ich sehe dich klar, *weil* ich dich liebe.«

Sie war sich seines Körpers neben ihrem bewusst. Sie spürte, wie es wäre, in seine Arme zu sinken. Wie sehr sie sich danach sehnte, machte ihr Angst. Und es dauerte mehrere schmerzliche Atemzüge, bis die Angst aus ihrer Brust gesaugt wurde.

»Ich bin verflucht.«

»Wenn du verflucht bist, bist du auch diejenige, die den Fluch brechen kann.«

Die Angst flatterte in ihr, ein Vogel mit gestutzten Flügeln. Vielleicht war es nicht nötig, Perakín zu töten. Vielleicht liebte er sie ja genug.

»Schwöre Heganen die Treue und sag deinen Anhängern, dass sie dasselbe tun müssen«, befahl sie.

»Ich finde, ich habe mich eindeutig ausgedrückt. Die Rebellion ist für mich tot. Ich werde für niemanden mehr Partei ergreifen.«

Sie rührte sich nicht, bis er sie an sich zog. Es fühlte sich so richtig an, von ihm gehalten zu werden … Sie ließ zu, dass er ihren Nacken küsste, ihre Wange – ihren Mund. Sein Atem mischte sich mit ihrem, zitternde Wärme, in der sie schmolz. Er legte die Hand um ihren Hinterkopf und bettete sie behutsam auf die Erde. Sah sie an. Etwas in ihren Augen ließ ihn zögern.

Sie berührte seine Wange. Das Bedürfnis, die Wahrheit mit ihm zu teilen, war überwältigend. »Ich würde dich lieben«, hörte sie sich wie aus weiter Ferne flüstern, »wenn ich könnte.«

Sie ertrug nicht, wie er sie ansah. Sie wandte sich ab, stand auf und schwang sich auf ihr Einhorn. Ohne sich noch einmal umzudrehen, stürmte sie mit den Bestien davon.

Kanemô fand Sagrik im Pavillon ihrer Mutter, in dem er die Bücher für sie versteckt hatte. Obwohl Sagrik in sein Flötenspiel vertieft schien und die Bodenklappe geschlossen war, vermutete Kanemô, dass er bis jetzt heimlich in den königlichen Schriften gelesen hatte.

»Meine Königin«, sagte er mit seiner irritierenden Männerstimme. »Wie war Euer Ausritt in den Katzenrachen?«

Sie antwortete nicht, da sie mit Schneestups rang, die fauchend in der Tür stehen blieb und sich Sagrik nicht nähern wollte. Aus irgendeinem Grund fürchtete sich die Werkatze jedes Mal vor ihm. Sie musste wahrnehmen, dass er magisch maskiert war. Kanemô zwang sie einzutreten, doch die kleine Bestie rannte sofort unter eine Liege und verkroch sich darunter.

Kanemô hatte Verständnis. Sagriks Anblick war auch ihr so zuwider, dass sie stattdessen eine Weile nur das kalte Mittagsmahl betrachtete, das ihre Dienerinnen ihr auf dem Tisch angerichtet hatten: Brot, eingelegte Früchte, Käse, Wachteleier … Sie verspürte keinen Appetit.

Hinter ihr entlockte Sagrik der Flöte eine kurze Melodie, ehe er sie fragte: »Also habt Ihr Euren Leibwächter … zurechtgewiesen?«

Sie wollte ihn rundheraus fragen, warum er sich als sie ausgegeben und dafür gesorgt hatte, dass Perakín sich in sie verliebte. Aber ihr fehlte der Mut.

Sie nahm ein gekochtes Wachtelei und schlug es an der Tischkante auf. »Perakín wird Heganen nicht stürzen.«

»Wart Ihr also … erfolgreich?«

Er beobachtete sie und kam von selbst auf die Antwort. Er seufzte verhalten. »Wir können uns keinen Fehler erlauben. Um Ivenhall zu retten, müssen wir Wunder vollbringen – darauf solltet

Ihr Euch konzentrieren. Und Euch nicht an Kleinigkeiten stören, die durchaus zu handhaben wären.«

»Welche Wunder müssen wir vollbringen?«

»Die Eroberung von Madgar Yhs«, sagte er schlicht. »Der Brunnen der Hohen Elfen ist der letzte Zugang zum Nebel. Der letzte Weg, um Bestien zu schöpfen. Und vielleicht noch vieles mehr … Wer weiß.«

»Habt Ihr das in den Büchern gelesen?«, fragte Kanemô mit gespielter Ruhe.

»Ich beschäftige mich schon mein ganzes Leben lang mit den Machenschaften der Elfen«, antwortete er ausweichend.

»Und wie soll ich in Madgar Yhs einfallen, wenn niemand außer den Hohen Elfen dorthin gelangen kann?«

»Ihr habt eine gute Freundin, meine Königin. Vielleicht wird ihr etwas einfallen. Bis dahin solltet Ihr Euch darum kümmern, Eure Macht zu festigen und die richtigen Verbündeten zu finden. Die Fürsten, die Heganen nur um Euretwillen als König akzeptieren, werden sich Eurem Eroberungszug anschließen. Die Elfen sind die gemeinsamen Feinde aller Menschen …«

Sie drehte sich zu ihm um. Seine Frauengestalt trieb sie fast in den Wahnsinn. »Ich weiß, was Ihr getan habt. Ihr habt Euch als mich ausgegeben und –« Sie presste sich die Hand auf den Mund. Auf ihre leere Brust. Was hatte sie nur getan? Nachts neben einem Toten zu schlafen, ihren Geist in einer Leiche wohnen zu lassen, ihren Körper Fremden zu überlassen! Der Ekel war überwältigend. Sie zitterte.

»Meine Königin!« Sagrik erhob sich, machte einen unschlüssigen Schritt auf sie zu.

»Warum?«, brachte sie hervor. »Was habt Ihr davon?«

»Ich weiß nicht, wovon Ihr sprecht. Aber was auch immer es

ist – wenn unsere Freundin etwas getan hat, dann nur zu Eurem Besten. Dessen könnt Ihr Euch gewiss sein.«

Sie versuchte für einen Moment, sich das vorzustellen. Hatte Liotan Perakín in sie verliebt gemacht, um ihren gefährlichsten Gegner auszuschalten? Aber so vieles konnte dabei schiefgehen. Es gab einfachere Mittel. Und sie hätte Kanemô davon erzählen können.

»Ihr lügt mich an, Sagrik. Was will Liotan wirklich mit meinem Herzen? Will sie meine Gestalt annehmen und regieren, sobald ich alle Gefahren aus dem Weg geräumt habe? Das würde passen. Erst macht sie Heganen zu einer Maske, hinter die ich schlüpfen kann – dann werde ich eine Maske für sie. Und wo kommt Ihr dabei ins Spiel? Werdet Ihr Liotan weiterhin dienen, wenn sie sich als Königin ausgibt? Oder wartet auch Ihr auf Eure Gelegenheit wie ein Parasit?«

Er rang die Hände. »Königin Kanemô … Nichts davon ist wahr. Die Herrin Löwenzahn und ich sind treue Anhänger der Könige von Ivenhall, nicht mehr und nicht weniger. Uns vereint der Hass auf die Elfen, die Euer Volk zugrunde richten wollen, wie sie unseres zugrunde richteten! Ich flehe Euch an, schenkt mir Vertrauen. Habe ich Euch je falsch beraten? Hat die Herrin Löwenzahn Euch nicht geholfen, zu Eurem Recht zu kommen und Macht zu erlangen?«

Kanemô atmete tief aus. Vielleicht gab es wirklich eine andere Erklärung, warum Liotan oder jemand anders in ihrer Gestalt Perakín in sie verliebt gemacht hatte. Doch in diesem Moment fiel ihr Blick auf Schneestups, die immer noch unter der Liege kauerte und mit ihren großen, allzu menschlichen Augen jede von Sagriks Bewegungen verfolgte, die Lefzen hochgezogen, als gebe es in ihrem Maul noch Zähne, die sie blecken könnte.

Die Herrin Löwenzahn. *Löwenzähne.*

Der Beutel Klauen und Zähne, den Sagrik Liotan gebracht hatte.

Heganen hatte gesagt, Schneestups sei mit den Verstümmelungen in den königlichen Gemächern gefunden worden – zu denen Sagrik als Bibliothekar und Berater Zugang gehabt haben musste.

Ruhig, ohne sich ihren schrecklichen Verdacht anmerken zu lassen, nahm sie das Käsemesser. »Sagrik, komm her. Iss mit mir.«

Als Sagrik am Tisch Platz genommen hatte, packte sie ihn an seinem Handgelenk und setzte die Messerspitze unter einen seiner Fingernägel.

»Wie habt Ihr es gemacht, Sagrik? Habt Ihr die Werkatze gefesselt? Habt Ihr erst die Klauen gezogen oder erst die Zähne?«

Er war wie erstarrt. Auch Kanemô war geschockt: Aus ihren Augen tropften Tränen auf den Tisch. Sie weinte … Sie konnte noch weinen!

Sagriks Körper zuckte. Ein Licht schien über ihn zu gleiten, und plötzlich umklammerte Kanemô nicht mehr das Handgelenk einer Frau, sondern das des Mannes, der er wirklich war.

Er zuckte immer noch, obwohl die Verwandlung vollzogen schien. Er zuckte vor Lachen.

»Ach, süße Kanemô … Ihr seid sehr klug. Wie es sich für eine Königin gehört. Es ist wahr: Ich könnte Euren Platz einnehmen, aber warum sollte ich? Ich bin der beste Freund, den Ihr habt. Soll ich Euch ein Geheimnis verraten?«

Sie ließ ihn entsetzt los, aber bevor sie zurückweichen konnte, packte er nun im Gegenzug ihren Arm. Sein Griff kam ihr eisern vor.

»Euer Vater beauftragte mich nicht, Euch vor den Rebellen in Sicherheit zu bringen. Er beauftragte mich, Euch zu töten, damit niemand mit Eurer Hilfe den Thron beschmutzen könnte. Ich habe für Euch Hochverrat begangen. Warum? Ich sage Euch, warum.«

Er zog sie heran und presste seinen Mund auf ihren. Seine Zunge zwängte sich zwischen ihre Lippen. Sie wehrte sich, kämpfte gegen ihn an, aber er drückte sie gierig an sich, und als sie es endlich schaffte, das Gesicht abzuwenden, streifte sein Kichern feucht ihre Wange. Sie fühlte, wie er über ihr Ohr leckte.

»Ich werde als Zauberer die Welt regieren, und du wirst meine Dienerin sein, meine kleine Bestie mit den gezogenen Zähnen. Herzlos, wie du bist, wird dein Schicksal dich nicht lange mit Kummer erfüllen. Du wirst auf meinen Schoß krabbeln und dich streicheln lassen und mich nur ein klein wenig hassen können, selbst wenn ich dich misshandeln sollte.«

Sie versuchte das Käsemesser zu ergreifen, aber er umklammerte sie immer noch, tastete ihren Körper ab und kniff sie lachend. Ihre Finger kratzten über das Tischtuch und rissen es herunter, dass Teller und Besteck klirrend zu Boden fielen.

Schritte waren draußen zu hören. Ihre Leibwächter. Doch ihr blieb keine Zeit, darüber erleichtert zu sein. Sagrik zerrte sie hinter einen Fenstervorhang und umschloss ihre Kehle.

»Du bleibst brav versteckt und zählst bis zweihundert. Verstanden?«

Sie schnappte vergeblich nach Luft. Er musste es für ein Nicken halten. Er wandte sich ab, um den Leibwächtern entgegenzulaufen, da stieß sie das Käsemesser in seinen Nacken. Zumindest ein Stück weit. Er taumelte zur Seite und das Messer fiel zu Boden. Dennoch drang Blut aus der Wunde. Eher verblüfft als zornig starrte er sie an. Dann schien wieder ein Lichtreflex über ihn zu gleiten … Kanemô kniff geblendet die Augen zusammen. Im nächsten Moment stand sie sich selbst gegenüber.

Oder jedenfalls einer merkwürdigen Kopie von ihr. Alles wirkte ein wenig falsch, so als wären Haut und Fleisch nicht richtig über das Skelett gezogen worden. Sagrik ging rückwärts aus dem Raum, eine Hand an seinen blutenden Hals gepresst.

»Königin! Alles in Ordnung?«, fragte draußen einer der Leibwächter.

»Ich bin gestürzt. Aber es geht mir gut«, flüsterte Sagrik, um sich nicht durch seine Stimme zu verraten.

Kanemô stand wie erstarrt hinter dem Vorhang. Wie sollte sie erklären, dass es zwei von ihr gab? Sie konnte schlecht sagen, dass sie ihr Herz gegen einen Zauber eingetauscht hatte, um Heganen zu töten. Ihr blieb nichts anderes übrig, als sich zu verstecken.

Sagrik entfernte sich rasch. Und dann hörte sie nur noch das Blut in ihren Ohren rauschen und ihren eigenen Atem, der sich lange, lange nicht beruhigen wollte.

3

Die Nacht war wolkenlos und das Land lag silberhell im Mondlicht. Darum brachen Laurien, Niran, Savionne und zwölf Elfenkrieger frühzeitig auf, anstatt erst auf den Morgen zu warten. Ihre Pferde galoppierten durch die Schattenmuster der blattlosen Bäume und ihr Atem wehte davon. Alles in Laurien sträubte sich dagegen, nach Ivenhall zurückzukehren, wo die Bestien der Königin lauerten. Aber nur sie wusste, was Perakín mit Sicherheit davon abbringen würde, zu Kanemô zu halten. Auch wenn sie hoffte, dass es nicht nötig werden würde, ihr Geheimnis preiszugeben …

Als es Tag wurde, ließen sie die Pferde verschnaufen und schliefen ein wenig. Sie hatten ihre Umhänge aus Marué, an denen man sie schon von Weitem als Elfen erkannt hätte, gegen grobe dunkle Wollumhänge eingetauscht. Eingewickelt in den ungewohnten Stoff war ihre Rast ungemütlicher als sonst – der Wollstoff war kratzig und feucht von Raureif. Bald setzten sie ihren Weg fort. Obwohl sie dieselbe Strecke erst vor Kurzem zurückgelegt hatten, brauchten sie dank der Pferde diesmal weniger als halb so lang. Schon am Nachmittag sahen sie in der Ferne die Felsplateaus aufragen, auf denen Ivenhall thronte. Entlang der Iven, die in wilden Strömen über die Klippen stürzten, ritten sie zur Königsstadt. Als sich eine Schlucht auftat und der Katzenrachen begann, ließen sie die Pferde im Schutz von Pinien zurück. Ab hier kamen sie nur noch zu Fuß weiter.

Die Nacht brach an. Geisterbleich tastete sich das Mondlicht in die Tiefe, doch bald ragten die Klippen zu beiden Seiten so hoch auf, dass kaum noch Helligkeit zu ihnen herabdrang. Sie beschlossen, für ein paar Stunden zu rasten, bis die Sonne wieder aufgehen würde. Dicht an dicht legten sie sich nieder. Eisiger Nebel schwebte über den Bächen, die in schmalen Adern wie schwarzes Blut durch die Felsen rannen oder weiß schäumend über das Gestein stürzten. In der feuchten Luft froren sogar die Elfen.

Laurien wusste nicht, ob sie überhaupt geschlafen hatte, als sie die Augen aufschlug und sah, dass es Tag wurde. Sie verzehrten ein wenig ihres Proviants und streckten ihre steif gefrorenen Glieder.

»Wir müssen nach oben«, sagte Savionne. »Haltet Ausschau nach geeigneten Stellen, um hinaufzuklettern.«

Sie stiegen Geröllberge empor, wo immer sie konnten. Manchmal wurde die Schlucht jedoch so schmal und die Wände ringsum wurden so steil, dass sie umkehren und es an einer anderen Stelle versuchen mussten, die sie zuvor noch als zu gefährlich eingestuft hatten. Im Zwielicht balancierten sie über schmale Grate, zogen sich an Felsvorsprüngen empor und sprangen über klaffende Abgründe, aus denen der kalte Hauch vollkommener Finsternis drang. Wie viel Zeit verging, ließ sich hier unten nicht sagen, denn der Tag blieb eine Ahnung – weit, weit oben, wo der Himmel wie eine Narbe leuchtete.

Endlich erreichten sie eine Spalte im Gestein, gerade breit genug für die Elfen.

»Das ist es«, sagte Savionne. »Hoffen wir, dass es nach oben nicht schwieriger ist als nach unten. Immerhin können wir jetzt Licht machen.«

Sie zündeten die Laternen an, die sie mitgebracht hatten, und stiegen hinein. Wasser rann ihnen entgegen. Sie folgten dem schwachen Strom. Mächtige Felsbrocken hingen über ihnen, teilweise so tief, dass sie auf allen vieren vorankriechen mussten. Doch immerhin drohte ihnen hier kein Sturz in den Abgrund. Es war nur sehr, sehr eng. Gelegentlich löste sich ein Steinchen unter einem Fuß und fiel dem nächsten auf den Kopf, aber es verletzte sich niemand ernsthaft. Wie an einer unebenen Leiter kletterten sie langsam, aber stetig nach oben. Trotz der Kälte schwitzte Laurien vor Anstrengung. Schließlich mischten sich Holztrümmer und Backsteine ins Geröll und sie krochen in die Ruinen von eingestürzten und niedergebrannten Häusern.

Es war bereits Nacht und nicht weit entfernt schimmerte Kerzenschein durch die Ritzen von Fensterläden und Türen. Für einen Augenblick fragte sich Laurien, ob sie tatsächlich nur einen Tag oder nicht doch zwei Tage für den Weg durch die Schlucht gebraucht hatten, so erschöpft fühlte sie sich. Eine Weile blieben sie in den Trümmern sitzen, kamen zu Atem und ließen einen Wasserschlauch und einen Sack mit getrockneten Fleischstreifen herumgehen. Laurien nahm eine Handvoll Schnee von einer Mauer und wusch sich damit das erhitzte Gesicht. Dabei war ihr schmerzlich bewusst, wie hoffnungslos ihre Eitelkeit war. Als würde es einen Unterschied machen, ob sie schmutzig und verschwitzt vor Perakín trat oder nicht ... Immerhin tat es gut, sich frischer zu fühlen.

Dann schlichen sie durch die Armenviertel bergauf, über schmale Treppen und an eng stehenden Hütten vorbei, kurz darauf über Marktplätze, einen Bogen um gediegene Gasthöfe und Geschäfte machend, bis die Straßen breiter wurden und herrschaftliche Ruinen unter dem Schnee aufragten. Schließlich fanden sie die halb verfallene Villa, in der das Krankenlager errichtet worden war. Inzwischen waren neue Mauern aus den Trümmern hochgezogen worden. Es roch nach Eintopf, Kerzentalg, und wie eine Drohung, nach der süßen Fäulnis von Krankheit.

Die Krieger blieben an der Straßenecke zurück. Nur Niran und Laurien schlichen näher heran und spähten durch die Fensterläden. Drinnen waren alle Krankenlager belegt. Vielleicht waren es sogar mehr geworden. Eine Handvoll Männer und Frauen pflegte die Kranken oder kochte Bandagen über dem großen Herdfeuer aus. Einer von ihnen war Perakín.

Er wirkte blass und hohlwangig. Die Sanftheit seiner Augen hatte sich zu einer Traurigkeit verdunkelt, die Laurien wehtat. Lange harrten sie und Niran am Fenster aus und beobachteten ihn, wie er mit einem Kranken sprach und ihm half, sich zu waschen. Endlich trug er einige Nachttöpfe nach draußen. Laurien und Niran schlichen bis zu dem Lichtkreis, der aus der offenen Tür fiel, und nahmen die Kapuzen ab.

Perakín fuhr zusammen, als er sie entdeckte. Doch er hatte sich gleich wieder gefasst, stellte die Töpfe ab und lehnte die Tür an. Nur noch ein Schimmer fiel jetzt durch die Ritzen nach draußen, gerade genug, um Umrisse voneinander zu erkennen.

»Guten Abend, Perakín«, sagte Niran.

Perakín sah sich um. »Ich kann euch helfen, die Stadt zu verlassen, wenn …«

»Wir sind gerade erst zurückgekehrt. Deinetwegen.«

Perakín verstummte.

»Die Hohen Elfen haben beschlossen, dich zu unterstützen«, fuhr Niran fort, direkt und stolz, wie er war. »Wir beobachten dich seit einiger Zeit. Du sollst der neue Anführer der Rebellion sein!«

Laurien glaubte Perakín ansehen zu können, dass er am liebsten zurückgewichen wäre.

»Du musst keine Befehle von uns ausführen«, sprach Niran weiter. »Verlass dich nur darauf, dass wir dich unterstützen werden. Wann und wie auch immer du vorgehen wirst … Sobald du uns ein Zeichen gibst, werden wir unsere Krieger schicken, um dir zu helfen.«

Die Stille, die diesem Angebot folgte, schien sich über die ganze Stadt auszubreiten.

»Nein«, sagte Perakín endlich. »Ich kann damit nichts anfangen.«

Laurien spürte, wie sich Niran neben ihr anspannte. Damit hatte der Weise vom Brunnen nicht gerechnet.

»Du wirst es allein nicht schaffen«, begann Niran, doch Perakín unterbrach ihn.

»Ich kämpfe nicht.«

»Stattdessen überlässt du dein Volk der Tyrannei?«, entgegnete Niran ungläubig. »Dann war alles, was du bisher geopfert hast, umsonst.«

»Das war es so oder so«, sagte er leise.

Nun war es Niran, dem die Worte fehlten. Schließlich fragte er: »Ist es wegen der Königin? Du empfindest etwas für sie … nicht wahr?«

Perakíns Blick irrte zu Laurien, einen Herzschlag lang nur, aber das genügte, um ihr den Magen zu verknoten.

»Glaubst du, nachdem sie ihre Bestien gegen uns, das Volk ihrer eigenen Mutter, gehetzt hat, wird sie dich verschonen?«, spottete Niran. »Du bist lebensmüde, wenn du nicht auf die Gefahr reagierst, in der du schwebst.«

»Ich habe euch meine Antwort gegeben«, sagte Perakín ruhig. »Auch wenn ich verabscheue, was eurem Volk angetan wurde – ich werde Heganen nicht für euch stürzen.«

Wieder warf er Laurien einen Blick zu, und diesmal glaubte sie, Bedauern darin zu erkennen. Er wandte sich um und wollte wieder ins Haus gehen.

»Sie ist nicht die, in die du dich verliebt hast«, hörte Laurien sich sagen.

Perakín blieb stehen.

Ihr Herzschlag dröhnte ihr in den Ohren. »Ich war es. Ein Zauber …« Sie schluckte, »Ich habe einen Zauber angewendet. Die Nacht draußen bei den Scheiterhaufen. Ich war es.«

Langsam drehte er sich zu ihr um.

Laurien schnappte nach Luft. Sie hatte die Luft angehalten und es klang wie ein Schluchzen. Vielleicht *war* es ein Schluchzen. Sie wollte im Erdboden versinken.

Perakín öffnete den Mund. »Warum?«

Sie hasste sich dafür, wie ihre Stimme zitterte: »Ich wollte … weil … ich dich … liebe.«

Er sagte nichts.

»Du weißt nicht, wer sie ist«, fuhr sie fort, bemüht, gefasst zu klingen, aber sie scheiterte kläglich. »Ein böser Zauber umgibt sie. Wenn du dich nicht gegen Heganen erhebst, musst du Ivenhall verlassen.«

Sie sah seine Kieferknochen hervortreten, als er die Zähne zusammenbiss. »*Ihr* solltet Ivenhall verlassen – bevor ich Alarm schlage.«

Laurien wusste nicht, wie lange sie reglos dastand. Irgendwann fasste Niran sie am Arm und wollte sie mit sich ziehen. Tränen verschleierten ihren Blick und Perakín verschwamm zu einem Schemen.

Doch bevor sie sich wegdrehte und Niran folgte, griff sie unter ihren Ärmel und löste ihr Findelicht. Es war die einzige Erinnerung an Faisah, die sie besaß – ihr kostbarster Besitz. Sie wischte sich die Tränen aus den Augen und sah Perakín an.

»Wenn du fliehen musst. Madgar Yhs steht dir immer offen.« Sie legte ihr Findelicht auf den Treppenabsatz vor dem Haus. Sie wollte sagen, dass sie bereue, ihn getäuscht zu haben, aber die

Worte lagen ihr so schwer auf der Zunge wie Steine. Sie öffnete den Mund … und brachte nichts hervor.

Ohne Abschied lief sie Niran hinterher.

Schweigend stiegen sie alle den Geheimweg in den Katzenrachen wieder hinab. Laurien war so ungeschickt, dass sie mehrmals ausrutschte, sich die Hände und Knie aufschürfte und einmal Kiesel auf Niran niederregnen ließ. Doch Niran sagte nichts. In gewisser Weise war das schlimmer als jeder Wutausbruch.

Wahrscheinlich würde sie vor das Tribunal der Weisen gestellt. Die Folgen ihrer Tat waren schwerwiegend. Und dass sie so lange verschwiegen hatte, was sie wusste, war unverzeihlich. Sie hätte es viel früher beichten müssen – den Elfen ebenso wie Perakín.

Wie er sie angesehen hatte.

Sie wollte tot umfallen.

Stattdessen kletterte sie den beschwerlichen Weg zurück, wo noch mehr Leute erfahren würden, was sie getan hatte, und sie verurteilen würden. Und es wäre gerecht … Fast wünschte sie, sie würde stürzen und sich das Genick brechen. Aber als ahne Niran, was sie dachte, ging er stets vor ihr, sodass sie sich nichts hätte antun können, ohne ihn mit ins Verderben zu reißen.

Als sie auf dem Grund des Katzenrachens ankamen, traten sie mit ihren Lampen unter einen Felsvorsprung, der vor Schnee geschützt war, und machten eine Rast. Laurien konnte nichts essen. Sie wickelte sich in ihren Umhang und weinte im Schutz der Dunkelheit stumme Tränen, bis sie sich auch dafür zu sehr schämte. Endlich kam der Schlaf und löschte ihr Bewusstsein.

Ein Geräusch weckte sie. Hatte sie Schritte gehört? Sie blinzelte. Es war kaum heller geworden. Nur das Rauschen der Wasserfälle war jetzt zu hören.

Ringsum schliefen ihre Gefährten. Sie fragte sich, ob Niran es den anderen schon erzählt hatte.

»Erzähl mir ganz genau«, flüsterte Niran neben ihr, »wie du die Gestalt der Königin annehmen konntest.«

Laurien biss die Zähne zusammen. Dann erzählte sie von der Begegnung mit der zauberkundigen Halbelfe, von dem Kupferartefakt und wie sie sich für eine Nacht verwandeln konnte. Sie sprach so leise, dass Niran wahrscheinlich nicht alles verstand, aber er unterbrach sie nicht. Erst als sie geendet hatte, verlangte er das Kupferartefakt.

Laurien hatte es bis jetzt in ihrem Gürtel aufbewahrt. Sie holte es hervor und schob es ihm zu. Niran steckte es unter seinen Umhang, ohne es zu untersuchen.

»Ich habe es niemandem gesagt«, flüsterte Niran dann.

Sie hob ihren Blick und begegnete seinem. Obwohl sein aufwendig geflochtenes Haar zerzaust war und sein Gesicht müde, wirkte er hoheitsvoller denn je.

Und dann setzte er hinzu: »Ich *werde* es niemandem sagen.«

Einen Moment wagte sie nichts zu erwidern, aus Angst, ein falsches Wort könne dazu führen, dass er seine Meinung änderte. »Warum?«

Er schloss die Augen. Als sie schon glaubte, er sei wieder eingeschlafen, erwiderte er: »Ich weiß, wie es ist, ohne Hoffnung zu lieben.«

Sie hätte eher mit allem anderen gerechnet als damit. Dass ausgerechnet der stolze Weise unglücklich verliebt sein sollte! Aber in wen?

Ein Knirschen und Krachen setzte ein, als würden die Felsen sich auftun.

Innerhalb eines Wimpernschlags waren alle wach und aufgesprungen. Die Schlucht bebte – vom Widerhall eines Gebrülls, das weder Mensch noch Tier ausstoßen konnte.

Es schien von weiter oben zu kommen. Laurien blickte auf – und sah einen Schatten durch die Nebel der Schlucht gleiten, der alles verdunkelte.

Einen Schatten mit Flügeln.

Wieder brachte das Gebrüll die Luft zum Zittern. Etwas glühte auf und schmolz ein Loch in die Wolken. Für einen Augenblick wurde ein dunkelgrün geschuppter Leib sichtbar, Klauen, ein gezackter Schwanz.

Abermals ertönte das Fauchen und wie ein langsamer Blitz glomm Feuer am Himmel auf.

Dann war der Drache davongeglitten.

4

Perakín war verändert, als Kanemô nach dem Frühstück aus ihrem Gemach trat – sie sah es ihm so deutlich an, dass sie beinah vor ihm zurückgeschreckt wäre.

Er liebt mich nicht mehr, durchzuckte es sie.

Aber schon im nächsten Moment war sie nicht mehr sicher, wie sie seinen Gesichtsausdruck deuten sollte. Hatte er doch beschlossen, sich gegen sie und Heganen zu verschwören? Obwohl es sie nicht überrascht hätte, ließ sie sich von ihm und ihren anderen drei Leibwächtern zur Bibliothek begleiten wie schon an den Morgen davor.

Der Palast war erfüllt von Stille, nur ihre Schritte schickten Echos durch die langen Flure und Hallen. Kanemô beobachtete, wie abwechselnd ihr Schatten über Perakíns Schatten hinauswuchs und umgekehrt, wann immer sie ein Fenster passierten.

Die Bibliothek lag nicht weit von den königlichen Gemächern entfernt, doch sie traten durch ein Dutzend Türen, die zu Zeiten der Könige streng bewacht worden waren. Nun hatte jeder Zugang zur Bibliothek, der sich dafür interessierte. Aber wer interessierte sich schon für alte Schriften, die nicht mal die Weisen vom Brunnen für wichtig genug erachtet hatten, um sie zu verbrennen?

Als sie das hohe, fensterlose Gewölbe betraten, dessen Wände wie Honigwaben Vertiefungen besaßen und von Treppen und offenen Galerien gesäumt wurden, roch es nach verkohltem Papier. Kanemô hob die Handlampe, in der tatsächlich noch Kriechglut waberte, und drehte den Schraubmechanismus, sodass Reibung entstand und das träge Gas sich entzündete. Sie wollte sparsam mit der Kriechglut umgehen, also beließ sie es bei einem schwachen gelbgrünen Licht.

»Kannst du lesen?«, fragte sie Perakín.

Er nickte.

»Dann hilf mir, alle Bücher und Schriften zusammenzutragen, die mit dem Kleinen Volk, den Zwergen, zu tun haben. Damit beschäftige ich mich heute.«

Er schloss die Türen. Die anderen Leibwächter blieben draußen. Er kam ihrem Befehl aber nicht nach, sondern stand wie angewurzelt da, von ihr abgewandt.

Sie beobachtete ihn. Wenn er ein Attentat verüben würde, dann jetzt. Sie hielt sich an der Tischkante fest. Wenn er ihr etwas antat, würde sie sich nicht wehren. Sie schluckte schwer.

»Wusstest du es?«, fragte er.

»Was?«

Er kehrte ihr noch immer den Rücken zu. Fast als könne er es nicht ertragen, sie anzusehen.

»Dass ich getäuscht wurde.«

Da sie nicht antwortete, drehte er sich endlich zu ihr um. Das Lächeln auf seinem Mund erreichte seine Augen nicht. »Die Ironie ist, dass ich das Mädchen längst mochte, das sich für dich ausgegeben hat. Oder ich dachte es zumindest.«

»Welches Mädchen?«

»Laurien. Ich kann mir vorstellen, warum sie es getan hat. Aber du – du wolltest, dass ich dich liebe, damit du mich manipulieren kannst.«

Sie versuchte den Mund zu öffnen, um es zu bestreiten, aber es gelang ihr nicht. Reglos stand sie da, erwiderte seinen Blick.

»Hexe«, sagte er leise. »Hast du auch Heganen verhext? Ist er deshalb so geworden?«

Sie atmete zitternd aus. Die Angst, die in ihrer Brust aufsprang, erlosch wieder und wieder, wie eine Flamme, die nicht überlebt. Sie wurde plötzlich ganz kraftlos.

»Ich habe mein Herz hergegeben. Um Macht zu haben. Um nicht mehr hilflos zu sein. Dass andere meine Gestalt annehmen können, wusste ich nicht. Ich wollte ... dich umbringen ... aber ich habe nicht versucht, deine Liebe zu gewinnen. Das ist die Wahrheit.«

Er starrte sie an. Als könne er an ihrem Gesicht ablesen, ob sie log. Sie hoffte, er konnte es.

»Wer hat dein Herz?«

»Liotan, eine Zauberin vom Volk der Zwerge, irgendwo in den Sümpfen. Löwenzahn. Sie und ihr Diener Sagrik wollen die Elfen vernichten und die Menschen beherrschen. Wahrscheinlich haben sie schon meinen Vater gelenkt. So wie mich.«

»Warum sagst du mir das alles?«

Sie sah ihn an. Warum war es unerträglich, sich vorzustellen, dass er nichts mehr für sie empfand? Dass es nie wirklich etwas mit ihr zu tun gehabt hatte? »Ich weiß es nicht.«

»Du stehst nicht unter Heganens Einfluss, sondern es ist umgekehrt«, stellte er fest.

Ihr Schweigen gab ihm recht. Sie fühlte förmlich, wie er sich innerlich verhärtete, weil er an das Massaker an den Elfen dachte.

»Ich kann nichts empfinden«, flüsterte sie. »Weder Angst noch Reue noch Liebe. Aber ich will von dir geliebt werden. Nicht, um dich zu kontrollieren. Einfach weil ... du gut bist. Weil ich nicht mehr lebendig begraben bin, wenn du da bist. Ich weiß nicht, warum du mich auf diese Weise berührst. Vielleicht gibt es keine Erklärung. Ich hoffe, es gibt keine. Perakín ...«

Er wandte sich ab. Einem Teil von ihr wäre es lieber gewesen, er würde ihr etwas antun als zurückzuweichen. Da war ein Beben in ihr, ein Ringen von Widersprüchen, doch nichts davon brach an die Oberfläche.

»Der Mondtempel, in dem ich aufwuchs, liegt an der Küste des Nordmeeres«, sagte sie leise. »Als Kind habe ich oft von dem Reich unter der Meeresoberfläche geträumt, vom Reich der Fische und Seeungeheuer. Ihre Welt ist die Dunkelheit. Aber es lebt sich leicht darin, geradezu schwerelos. Sie kennen keinen Grund und keinen Himmel. Unsere Welt kommt mir ganz ähnlich vor. Die leichtlebige Finsternis, in der wir treiben. Ich bemühe mich, zu treiben wie die anderen, aber ich finde es anstrengend – ich muss untertauchen und die Luft anhalten. Bei den Göttern, ich muss die Luft anhalten, wenn ich unter Leuten bin, und so tun, als würde ich nicht ersticken. Aber wenn ich auftauche, bin ich einsam. Es ist, als wäre ich nass und kalt und schwer, niedergedrückt vom Himmel. Und ich weiß, ich muss bald wieder die Luft anhalten und untertauchen, denn beides ist unerträglich – die Finsternis unten ebenso wie das blendende Licht oben, das Zusammensein ebenso wie das Alleinsein.«

Er sah sie an. Sein Misstrauen schien zu wanken.

»Ich werde diese Zauberin finden«, sagte er. »Und dein Herz zurückholen.«

Nun wurde sie misstrauisch. »Weshalb?«

»Für dich.«

Etwas passierte mit ihrem Gesicht. Sie musste die Augen zukneifen. Aber das konnte nicht mehr verhindern, dass sie zu weinen begann. Was seine Worte in ihr auslösten, war größer als die Leere in ihr. Es umschloss die Leere und machte sie zu einer Wunde.

Sie schluchzte. Dann fühlte sie seine Hand an ihrer Wange. Sanft und flüchtig.

Als sie aufblickte, hatte er die Bibliothek verlassen.

Den ganzen Tag lang verbarg sich Kanemô in der Bibliothek und weinte. Es war, als würde die Leere in ihr, die jetzt eine große, offene Wunde war, Tränen verlangen, um damit gefüllt zu werden. Und traurig zu sein, verwirrt und gerührt und ängstlich, fühlte sich so gut an, dass sie nicht anders konnte, als dankbar zu sein. Sie *fühlte* wieder etwas. Irgendwie hatte Perakín das ermöglicht, indem er sie wieder und wieder überrascht hatte. Sie umschlang sich selbst wie ein Kind, das verloren gegangen war und nun gefunden wurde.

Nachmittags war sie so zittrig, als hätte sie tagelang weder geschlafen noch gegessen. Unschlüssig blickte sie zur Tür, ohne sich überwinden zu können hinauszutreten. Am liebsten hätte sie sich für immer in der dämmerigen Bibliothek versteckt … oder zumindest, bis er wiederkam.

Falls er wiederkam.

Wenn er seine Meinung nicht änderte.

War es möglich, dass er das wirklich für sie tat?

Sie stand auf, glättete ihre tränennassen Kleider und trat an eins der schmalen, hohen Fenster, lehnte den Kopf gegen das Buntglas. Er war vermutlich schon dort draußen, irgendwo im verschneiten Land. Die Ahnung eines Schmerzes glomm in ihr, und sie fasste sich an die Narbe auf ihrer Brust, als könnte sie das Gefühl mit der Hand greifen.

Ein fernes Kreischen erscholl. Sie zuckte zusammen. Und da, im Dunst jenseits der Stadtmauern, erhob sich ein Schatten.

Feuer glühte in den Wolken auf und erlosch wieder. Mächtige Schwingen zerteilten für einen Moment die Schneewogen. Das Geschöpf stieg weit hinauf in die Lüfte und flog davon.

Kanemô starrte noch zum Himmel, als der Drache längst verschwunden war, unfähig zu sagen, ob sie geträumt hatte.

Sie rannte durch den Palast, den aufgeregten Stimmen nach, die aus dem Thronsaal kamen. Als sie eintrat, schlug ihr ein Gestank nach Fäulnis entgegen, der sie zurücktaumeln ließ. Doch nicht Heganen saß auf dem Thron.

Es war ihr Vater. König Sagamenon.

Seine blassblauen Augen fixierten sie. Ein Lächeln spannte sich über sein flächiges, knochiges Gesicht, das im Widerschein all des Goldes und der Edelsteine, die ihn schmückten, selbst zu leuchten schien. Dann regte sich etwas hinter ihm in der Dunkelheit. Rote und gelbe Schuppen glänzten auf. Ein Drache.

Die Versammelten sanken auf die Knie.

»Tochter«, sprach König Sagamenon amüsiert. »Habe ich dir etwa erlaubt zurückzukommen?«

Und Kanemô begriff, dass er nie von Heganen erschlagen worden war, sondern sich versteckt hatte, und dass er sie jetzt für alles, was sie getan hatte, bestrafen würde –

Aber warum stinkt er dann wie eine Leiche?

Mit einem Schrei, der nur als Ächzen aus ihrem Mund drang, wachte sie auf. Das Blut rauschte in ihren Ohren. Für einen Moment wusste sie nicht, was wahr war und was Traum. Doch dann sah sie Heganen am anderen Ende des Gemachs im Bett liegen und erinnerte sich. Ihr Vater war tot. Es war alles gut. Aber der Drache – den hatte sie wirklich gesehen.

Sie stand zitternd auf. Seit einigen Tagen schlief sie nicht mehr neben Heganen im Bett, sondern mit Schneestups auf einem Fell vor dem Kamin. Heganen stieß sie zu sehr ab. Nun trat sie zu ihm und betrachtete ihn im matten Schimmer der Kaminglut, die Luft anhaltend, um nicht das Lilienöl zu riechen, mit dem sie seinen Fäulnisgestank übertünchte. Er wirkte mehr denn je wie eine Leiche. Wer hätte gedacht, dass ein Toter getötet werden konnte?

Aber die Wunde an seinem Hals war nicht folgenlos geblieben. Sie würde ihn nicht mehr lange benutzen können und musste Vorkehrungen für die Zeit nach seinem offiziellen Tod treffen.

Sie befahl ihm, den Mund zu öffnen, damit sie hineinspucken konnte. Sofort spürte sie, wie sich die Verbindung zwischen ihren Körpern erneuerte – wie sie in den kalten, modernden Körper hineinglitt wie in eine feuchte Eisenrüstung. Obwohl sie Heganens Erinnerung schon oft danach durchsucht hatte, tat sie es noch einmal und erlebte erneut, wie er König Sagamenon auf der Treppe zwischen Hof und Palast erschlagen hatte. An einem kalten Herbstabend, als die Luft schwer von Rauch gewesen war und die Stadt vor Schlachtlärm bebte. Die Erinnerungen waren blasser denn je; bald würde von Heganen tatsächlich nichts mehr übrig sein als ein Kadaver. Trotzdem war eins sicher: Er hatte König Sagamenon getötet. Ihr Vater war tot.

Wer also hatte den Drachen erschaffen?

Sie ließ sich wieder vor den Kamin sinken, Schneestups an sich gedrückt, und vergrub das Gesicht im langen, etwas rauen Fell der Werkatze. Ihre letzte Begegnung mit Sagrik kam ihr in den Sinn. Sie hatte ihn unterschätzt.

Plötzlich war sie sicher, dass Perakín ihr Herz nicht zurückbekommen würde. Er würde gegen die Zauberei der Zwerge nichts ausrichten können. Noch dazu, wenn sie einen Drachen hatten – wahrscheinlich hatten sie dafür ihr Herz gebraucht. Das Blut der Könige von Ivenhall. Wie dumm, wie dumm sie gewesen war!

Es klopfte an der Tür. Eine Dienerin meldete, dass ihr erster Ritter von seiner Reise heimgekehrt sei, und für einen verwirrten Moment dachte sie, Perakín wäre wieder da. Aber gemeint war sein Bruder Gerothen.

Sie ließ sich ankleiden, dann empfing sie Gerothen. Er war unrasiert, trug einen Umhang, an dem Meersalz klebte, und schlammverkrustete Stiefel. Offenbar hatte er sich nach seiner langen Reise nicht einmal die Zeit für ein Bad genommen, sondern war geradewegs zu ihr geeilt.

»Königin. Ich war auf der Insel Kandassos, wie Ihr befohlen habt. Im Turm war keine Gefangene namens Iriobal. Unter den Frauen dort gab es nur eine Nachtelfe. Sie war eine Greisin und behauptete, in den Sümpfen geboren worden zu sein. Euren Brief habe ich ungeöffnet zurückgebracht.« Er zog den Brief unter seinem Wams hervor. Das Papier sah aus, als wäre es mehr als einmal nass geworden.

»Danke, Gerothen.« Kanemô nahm den Brief zurück und zerriss ihn nachlässig. Sollte sie ihrer Mutter eines Tages begegnen, würde sie ihr nichts mehr zu sagen haben.

Ihr Ritter versuchte, nicht die Fassung zu verlieren, während sie den Grund, weshalb er die letzten Wochen unterwegs gewesen war, ins Kaminfeuer streute. Sie beobachtete ihn aus den Augenwinkeln. Wie wenig er mit seinem Bruder Perakín gemein hatte. Obwohl sie sich gewisse Merkmale teilten – die Form von Kopf, Nase, Schultern –, fehlte Gerothen die Zartheit seines jüngeren Bruders.

»Ich habe gehört, dass die Hohen Elfen mit uns gebrochen haben«, sagte Gerothen. »Ich muss mit Heganen sprechen. Ist er da?«

»Er ist noch immer geschwächt. Was Ihr ihm zu sagen habt, könnt Ihr bei der morgendlichen Versammlung vortragen.«

»Ich muss persönlich und unter vier Augen mit ihm sprechen.«

»Heganen hat Anweisung gegeben, dass ich alle Botschaften für ihn entgegennehmen soll.«

Gerothen deutete eine Verneigung an. »Dann bitte ich ihn morgen bei der Versammlung um eine Audienz unter vier Augen.«

Kanemô spannte sich an. Sie wollte nicht, dass Gerothen vor allen Verbündeten und Generälen um ein Gespräch bat, bei dem sie ausgeschlossen wäre. Als er sich schon zum Gehen wandte, rief sie ihn zurück: »Wartet hier, ich frage ihn, ob er Euch empfängt.«

Sie ging ins angrenzende Gemach, in dem Heganen im Bett lag. Die Fenstervorhänge waren noch zugezogen, nur der Kamin spendete Licht. Sie zündete noch mehr Weihrauch an.

»Dein treuer Anhänger Gerothen ist zurückgekehrt. Willst du ihn sehen? Er hat dir etwas Wichtiges mitzuteilen. Ja? Dann hole ich ihn herein«, murmelte sie.

Sie ging zurück und bedeutete Gerothen, dass er eintreten dürfe.

»Lass die Tür auf«, flüsterte Heganen aus der Dunkelheit. »Ein wenig frische Luft.«

Gerothen blieb auf der Schwelle stehen, bestürzt von dem Gestank. Dann gab er sich einen Ruck und trat ein. Er ließ die Tür einen Spalt offen.

Kanemô lehnte sich an den Spalt und lauschte.

»Mein König. Heganen!«

Kanemô ließ Heganen schwach lachen. »Frag mich bloß nicht, wie es mir geht. Ich lebe. Mehr gibt es nicht zu sagen.«

»Oh, verflucht seien die Elfen! Ich habe ihnen nie getraut.«

»Zu Recht.«

Gerothen atmete hörbar aus. Vielleicht hatte er bis zu diesem Moment die Luft angehalten. »Wegen der Elfen muss ich mit dir sprechen, König. Ich habe auf meinem Rückweg erfahren, dass sie sich auf Burg Adlerhöhe sammeln, um einen Angriff vorzubereiten. Davon wollte ich mich mit eigenen Augen überzeugen, also bin ich hingeritten. Als ich nach Adlerhöhe kam, sah ich eine verschlossene Burg, die in Flammen stand. Und … Heganen, ich habe einen Drachen gesehen.«

Für einen Moment glaubte Kanemô, sich verhört zu haben. Sie lehnte sich näher an den Türspalt.

»Was?«, fragte Heganen.

»Einen Drachen. Die Elfen haben versucht, ihn abzuschießen, aber die Pfeile sind an seinen Schuppen einfach abgeprallt. Die Flammen, die er gespuckt hat … Das letzte Mal, als ich einen Drachen gesehen habe, war ich noch ein Kind. Dieser war noch größer als einst die Drachen von König Sagamenon.«

Kanemô hielt sich am Türrahmen fest.

»Ich dachte, der Drache gehört dir. Oder der Königin. Immerhin hat er die Elfen angegriffen«, sagte Gerothen. Er klang beinahe flehend.

»Ich … ja«, stammelte Heganen. »Die Königin hat den Drachen für mich erschaffen.«

Was sollte sie ihn sonst sagen lassen? Aber es gefiel ihr nicht. Ganz und gar nicht.

»Auf deinen Wunsch?«, fragte Gerothen zweifelnd.

»Die Königin tut nichts, was ich ihr nicht befehle. Ich habe sie unter Kontrolle.«

Gerothen schwieg. Sein Schweigen war beunruhigender als Worte. Kanemô wich von der Tür zurück und ballte die Fäuste.

5

Laurien und ihre Gefährten erreichten Burg Adlerhöhe bei Nacht. Doch der Himmel wurde heller, je näher sie kamen.

Die Burg stand in Flammen.

Sie zügelten ihre Pferde am Waldrand und starrten auf die Burg, die wie zum Leben erwacht in blutrotem Licht pulsierte und Ascheflocken aushauchte. Wie viele Elfen waren auf der Burg gewesen? Tausende hatten sich hier versammelt. Und Erinian …

Laurien wollte den Gedanken nicht zu Ende denken. Sie sah das Feuer, aber sie weigerte sich zu verstehen.

Schließlich schlug Niran vor, sie sollten ins Dorf reiten, um die Leute dort zu befragen. Laurien hatte das Gefühl, nicht mehr wirklich anwesend zu sein. Alles zog wie im Traum an ihr vorüber. Wie sie an dem Bauernhaus klopften. Wie die Bewohner, die ihnen öffneten, widerwillig erzählten, dass ein Drache die Burg in Brand gesetzt habe.

Ein Drache.

Laurien hatte das Geschöpf gesehen, das sich aus dem Katzenrachen erhoben hatte. Und doch konnte sie es nicht glauben. Es stimmte also. Ein Drache war entstanden, kurz bevor die Weisen vom Brunnen den Zauberkessel vernichtet hatten. War es ein Unfall gewesen? Kaum vorstellbar. Jemand hatte den Drachen im Katzenrachen lauern lassen, um die Hohen Elfen anzugreifen. Aber wer? Und warum? Und warum ausgerechnet jetzt?

»Die Bestie kreiste den ganzen Tag über der Burg«, sagte eine alte Bäuerin. »Dann flog sie davon, Richtung Norden.«

»Und die Elfen?«, fragte Niran.

Die Alte zuckte die Schultern. »Ihr seid die ersten, die vorbeikommen.«

Und da, wachgerüttelt von der Teilnahmslosigkeit der Frau, begriff Laurien endlich, was passiert war. Sie waren tot. All ihre Krieger und Mitstreiter und Alarion und Erinian. Verbrannt.

Sie verließen die Bauern, stolperten in die Dunkelheit davon, und Laurien verzerrte das Gesicht, ohne weinen zu können.

Sie suchten den Waldrand nach Spuren von Überlebenden ab, doch sie fanden nichts. Schließlich ließen sie sich unter den Bäumen nieder, um sich auszuruhen, aber niemand schlief. Sie beobachteten den Brand. Nur langsam schrumpften die schrecklich tanzenden Flammen. Als irgendwann im Lauf des nächsten Tages nichts mehr als Rauch hinter den verrußten Mauern emporstieg, wagten sie es, sich der Burg zu nähern.

Das hölzerne Tor war bis auf die Trümmer und Eisenbeschläge verschwunden. Sie betraten den Burghof. Asche wirbelte in der Luft wie schwarzer Schnee. Sie hielten sich die Umhänge vors Gesicht. Nein, hier hatte niemand überlebt.

Sie gingen. Sattelten die Pferde und ritten in den Wald. Laurien fragte sich nicht ein einziges Mal, wohin. Niran hatte die Führung übernommen. In der Dämmerung erreichten sie ein Dorf, ließen die Pferde versorgen und quartierten sich in einem Gasthof ein, in dem sie die einzigen Gäste waren. Die Bewohner kamen neugierig dazu, um ihnen Fragen zu stellen. Auch hier waren vor ihnen keine Hohen Elfen vorbeigekommen. Laurien sagte kein Wort, aber sie beobachtete die neugierigen Menschen und hatte das Gefühl, in ihren Augen Schadenfreude zu entdecken. Dass die Menschen den Elfen misstrauten, schmerzte sie normalerweise nicht so sehr wie jetzt. Aber Erinian und all ihre Krieger, die ihre Freunde, ihre Familie gewesen waren, hatten die Rebellion nicht unterstützt, damit Madgar Yhs Macht über die Menschenreiche erlangte. Sie hatten wirklich an den guten Zweck der Rebellion geglaubt. Sie hatten für die Menschen gekämpft, waren für sie gestorben – und nun freuten sich diese Leute über ihren Tod!

Laurien hätte das Schwert ziehen und alles kurz und klein schlagen können. Ihr eigener hilfloser Zorn tat ihr noch mehr weh, und sie pustete zitternd in ihren Eintopf, der längst nur noch lauwarm war.

Als Savionne und ihre Krieger sich zum Schlafen legten, trat Niran zu Laurien und sagte: »Trink noch eine heiße Milch mit mir.«

Sie setzten sich etwas abseits der anderen an ein Fenster. Die Wirtin hatte in Ermangelung der geschäumten Butternussmilch, die die Elfen gern tranken, eine Kanne sehr verdünnter und mit Holunderblüten parfümierter Winterwurzelmilch und zwei Tassen bereitgestellt. Niran schenkte ein. Er trank und maß sie mit seinen kleinen tiefbraunen Augen.

»Ich habe das Gefühl«, begann er endlich, »dass der Drachenmacher, Königin Kanemô und die geheimnisvolle Doppelgängerin der Königin, die dir den Verwandlungszauber gegeben hat, miteinander zu tun haben. Wenn sie nicht gar ein und dieselbe Person sind.«

»Das habe ich mir auch schon überlegt«, sagte sie, vor Scham unfähig, seinen Blick zu erwidern. »Vielleicht ist Kanemô in den Jahren im Mondtempel zu einer großen Zauberin erzogen worden.«

Niran schüttelte leicht den Kopf. »Wir wissen aus sicherer Quelle, dass sie im Mondtempel aufwuchs, aber alle Schein- und Trugzauber sind Zwergenkunst und werden in einem Mondtempel sicher nicht gelehrt. Doch selbst wenn sie heimlich eine Lehrerin vom Kleinen Volk hatte – warum würde sie Doppelgängerinnen von sich selbst in die Welt entlassen, die Dummheiten begehen und sie in Gefahr bringen könnten?«

Laurien biss sich auf die Lippe. Auch das hatte sie sich unzählige Male gefragt.

»Es passt nicht zusammen«, murmelte Niran nachdenklich. »Die Gestalt eines anderen anzunehmen, klingt nach der Zauberei der Zwerge. Sie beruht auf Artefakten und hat oft mit Täuschung zu tun. Aber die Zauberei, mit der die Könige von Ivenhall Bestien aus dem Nebel holen, beruht auf Blut. Das heißt, ein Band wird geflochten zwischen dem Blut des Zauberers und dem Nebel. Denn einst haben die Menschen uns nachgeahmt.«

»Uns?«

»Vor vielen Jahrhunderten, bevor Madgar Yhs gegründet wurde, lebte unser Volk in Ilian, dem Reich der ungeteilten Quellen. Dämonen des Nebels, sogenannte Lindwürmer, schützten unser Reich vor den Menschen und insbesondere den Zwergen, die damals die Welt beherrschten. Doch es war ein Pakt, der auf Blut beruhte … nur in wem elfisches Blut floss, den ließen die Lindwürmer passieren. Am Ende rächten sich die Dämonen dafür, dass wir sie gefangen hielten und missbrauchten, und ihretwegen ging unser altes Reich unter. Danach beschlossen die Elfen, nie wieder Blutzauber zu wirken. Aber die Menschen hatten sich etwas davon abgeschaut. Zwei Jahrhunderte später gelang es dem ersten König von Ivenhall, einen Pakt mit dem Nebel zu schließen, der ebenfalls auf Blut beruhte – allerdings nur dem Blut seiner Familie, nicht seines ganzen Volkes.«

Laurien hatte davon nichts gewusst, und ihr wurde klar, um wie viel größer die Welt für Niran sein musste, der gelehrt war und weit in die Vergangenheit geblickt hatte, während sie zum Kämpfen ausgebildet worden war. Und wofür …? Ein Stich des Neids durchfuhr sie, aber sie rang das Gefühl nieder, indem sie sich daran erinnerte, dass Erfahrungen nicht gegeneinander aufgewogen werden konnten.

Laurien zögerte, dann überwand sie sich und stellte eine Frage, die einfältiger kaum klingen konnte: »Was ist der Nebel eigentlich?«

Zu ihrer Verwunderung antwortete Niran mit vollem Ernst: »Genau das habe ich mich mein Leben lang gefragt. Ich glaube, am ehesten versteht man den Nebel, indem man ihn sich ganz buchstäblich als Nebel vorstellt – einen ungreifbaren Stoff der Wirklichkeit, bevor er sich zu Orten und Dingen verfestigt. Und darum kann man aus ihm alles formen und schöpfen und wahr werden lassen; nur die eigene Vorstellungskraft ist die Grenze.«

»Und das Talent zur Zauberei, oder nicht?«

Niran lächelte traurig, und Laurien fragte sich, ob sie den Gelehrten je zuvor hatte lächeln sehen. »Zauberei ist nichts anderes als die Vorstellungsgabe, wie etwas Unmögliches möglich wird.«

Etwas Unmögliches … Ja, das hatte der Verwandlungszauber ihr in jener Nacht mit Perakín gewährt. Niran schien zu wissen, woran sie dachte, und beobachtete sie gnadenlos.

»Wen liebt Ihr?«, fragte sie leise.

»Das spielt keine Rolle mehr.« Er drehte die Tasse in den Händen. »Er ist tot.«

Laurien blickte zu ihm auf. Sie zählte eins und eins zusammen. »Hat Gajadis sich geopfert?«

Sie sah, wie weh es ihm tat, seinen Namen zu hören. Seine Kieferknochen traten hervor. Nach einer Weile antwortete er: »Er hat behauptet, er wüsste eine Methode, in den Zauberkessel zu steigen, ihn zu brechen und zurückzukehren. Ich konnte es mir nicht vorstellen, aber er war der Gelehrtere von uns beiden, also habe ich ihm vertraut. Wie lange er es versucht hat, weißt du. Zu lange. Im Nebel ist jemand zu uns heraufgestiegen und hat einen Drachen erschaffen, direkt vor unserer Nase. Auch Gajadis muss es bemerkt haben. Kurz darauf hat er sich umgebracht, noch immer eins mit dem Zauberkessel, und das verfluchte Ding ist in tausend Scherben zerfallen.«

Eine Weile schwiegen sie.

»Wenn er mehr Zeit gehabt hätte, vielleicht hätte er …«, sagte Niran leise, beinah ächzend. Er hielt die Tasse so fest, dass sie in seinen Händen zitterte.

Sie machten sich am nächsten Morgen auf den Weg nach Madgar Yhs. Laurien dachte an die Tausenden Krieger, die die Heimat vor drei Jahren verlassen hatten – und bei der Vorstellung, dass nur zwölf zurückkehren würden, wurde ihr ganz schlecht. Aber sie schob den Gedanken beiseite. Das immerhin hatte sie im Krieg gelernt.

Sie hielten sich abseits der Straßen und mieden das offene Land. Der Schnee bedeckte den Waldboden nur dünn, sodass sie gut vorankamen. Abends rochen sie Rauch. Eine ihrer Kriegerinnen kletterte einen Baum hinauf, um nach der Ursache Ausschau zu halten.

»Ein großes Feuer«, stammelte sie, als sie wieder unten war, und zeigte in die entsprechende Himmelsrichtung.

»Es könnte auch einen anderen Grund dafür geben«, meinte ein Krieger.

»Wir werden es herausfinden«, beschloss Niran.

Sie lenkten die Pferde gen Osten und der Rauchgeruch wurde immer stärker. Noch etwas anderes lag in der Luft: der unverwechselbare beißende Gestank nach Kriechglut. Laurien musste würgen. Sie schob sich den Umhang vor Nase und Mund.

Als sie das Ufer einer der Iven erreichten, folgten sie dem Flusslauf, bis das Feuer nach einer Biegung sichtbar wurde. An der runden Form der Lehmhütten und den länglichen Barken, die noch im Wasser trieben, erkannten sie, dass es ein Dorf der Nachtelfen gewesen war.

Wehklagen wehte durch die Nacht. Doch niemand war zu sehen, der noch lebte. In den Flammen schienen Leichen zu liegen … Laurien sah nicht genauer hin.

Sie ritten auf der anderen Seite des Flusses entlang. Auch manche Baumkronen brannten. Das Feuer war von oben gekommen.

Das Weinen verklang, oder es wurde zu leise, um es noch im Rauschen des Windes auszumachen.

Am nächsten Morgen erreichten sie ein Tal voller großer Felsbrocken, unter denen man geschützt schlafen konnte. Sie wollten gerade von den Pferden steigen, da hörten sie Stimmen – leise und immer wieder von Schweigen unterbrochen. Laurien glitt aus dem Sattel und schlich sich näher.

Im Schutz mehrerer Gesteinsbrocken entdeckte sie eine Gruppe zerlumpter und verrußter Gestalten. Ihr Herz machte einen Sprung.

»Odarha!«, stieß sie aus.

Die Bogenschützin blickte auf, erkannte sie und flog ihr entgegen. Sie umarmten sich. Odarha war in Erinians Legion gewesen und hatte auch schon vor dem Krieg ihre Ausbildung in Madgar Yhs zusammen mit Laurien gemacht.

Laurien blickte über die Schulter der Bogenschützin und entdeckte noch weitere vertraute Gesichter aus dem Heer.

»Ihr lebt«, murmelte sie, unfähig, mehr zu denken. »Ihr lebt!«

Niran, Savionne und die Krieger waren inzwischen nachgekommen und alle fielen sich in die Arme. Dann ließen sie sich nieder, und Laurien und ihre Gefährten teilten die Vorräte, die sie erworben hatten. Im blassen Tageslicht sah Laurien, wie mitgenommen die Krieger wirkten. Doch sie waren alle unverletzt; Verbrennungen hatten nur einige Fremde, die ebenfalls in der Gruppe saßen und allem Anschein nach Nachtelfen aus dem zerstörten Dorf am Fluss waren. Der Geruch von Haut, die Kriechglut verätzt hatte, brannte Laurien in der Nase, verstärkt von ihrer Erinnerung, die übermächtig zurückkam. Immerhin gab es keine Schwerverletzten. Die hatten es wohl gar nicht erst aus dem Dorf herausgeschafft.

Die Krieger berichteten, dass sie nicht auf der Burg gewesen waren, als der Drache kam, sondern in den umliegenden Dörfern Vorräte gesammelt hatten. Das hatte ihnen das Leben gerettet.

»Und ihr seid die Einzigen …?«, fragte Laurien mit belegter Stimme.

Die Bogenschützin nickte.

Laurien schloss die Augen. Erinian. Und all die anderen, die ihr so oft das Leben gerettet hatten, und nicht nur auf dem Schlachtfeld – auch mit ihrem Lachen, mit ihrer Albernheit, ihrer Freundschaft. Tot. Ohne Abschied. Nachdem sie längst gesiegt hatten … Es war so grausam sinnlos.

»Habt ihr den Drachen gesehen?«, fragte Niran.

Odarha biss die Zähne zusammen, als fiele es auch ihr schwer, sich die Wahrheit einzugestehen: »Ja. Wir sind ihm sogar gefolgt.

Bis zum Elfendorf am Fluss. Aber wir kamen zu spät, um sie zu warnen.«

»Wo ist der Drache jetzt?«, fragte Savionne. Auch ihre Stimme war voller Schmerz über den Verlust ihrer Kameraden.

»Wahrscheinlich bei der Königin. Wir haben gesehen, dass ein paar wenige Lanzen und Pfeile in seinem Bauch steckten. Um die muss sie sich wohl kümmern. Unser Heer … ist nicht wehrlos untergegangen.«

Eine Weile schwiegen sie alle, versuchten irgendetwas Gutes in all dem Grauen zu sehen, und sei es auch noch so winzig.

Dann fragte Laurien: »Habt Ihr die Königin bei dem Drachen gesehen?«

Odarha schüttelte den Kopf. »Aber wer sonst sollte den Drachen erschaffen haben?«

Alle Blicke richteten sich auf Niran.

Von der hoheitsvollen Miene des Weisen ließ sich jedoch nichts ablesen. »Wir sollten nach Madgar Yhs zurückkehren und dabei keine Zeit verlieren. Mit dem Reiten können wir uns abwechseln.«

»Was ist mit den Dörfern der Nachtelfen entlang der Iven?«, fragte einer von Odarhas Kriegern nach. »Es scheint, als würde der Drache Jagd auf uns alle machen, ungeachtet dessen, ob wir in Madgar Yhs geboren wurden oder hier, ob wir Krieger sind oder einfache Fischer. Wir müssen die Leute warnen.«

Niran vermied es, die zusammengekauerten Dorfleute anzusehen. Schließlich stimmte er zu: »Wenn es kein zu weiter Umweg ist.«

Sie ließen die verletzten Dorfbewohner auf die Pferde steigen und brachen auf.

An einem niedergebrannten Dorf nach dem anderen kamen sie vorbei. Im Ufergestrüpp und im Wald fanden sie vereinzelt angststarre Frauen, Männer, Kinder und Greise, denen die Flucht gelungen war und in deren blanken Augen sich noch das Feuer zu spiegeln schien. Sie nahmen die Überlebenden mit, gaben ihnen ihre Umhänge und teilten ihren Proviant. Manche hatten Verletzungen, die sie nicht heilen konnten. Sie in den letzten Stunden ihres Lebens zu begleiten, war so schmerzhaft, als hätten die Jahre des Krieges Laurien nie abgestumpft. Seit sie wusste, dass fast alle ihre Freunde und Kameraden tot waren, fühlte sie sich wieder wie ein Kind – hilflos.

Sie erreichten eine Anhöhe, von der aus sie etwa eine halbe Tagesreise südlich eine Festung erblickten, um die sich eine Stadt und Felder drängten. Es war die Handelsstadt Kathun, die sie im Zuge der Rebellion erobert hatten – die Stadt, in der Laurien und Perakín sich kennengelernt hatten. Ein äußerer Bereich der Stadt stand in Flammen. Sie wussten, dass es in Kathun ein Viertel gab, das von Nachtelfen bewohnt wurde.

»Bei den Geistern von Wind und Erde«, flüsterte Niran. Dann verfiel auch er in Schweigen.

Hunderte Flüchtlinge hatten Kathun verlassen. Oder waren vielmehr von den menschlichen Bewohnern verjagt worden, als klar wurde, dass der Drache es nur auf die Elfen abgesehen hatte.

Nun eilten die Nachtelfen in die Wälder, manche mit Bündeln, andere barfuß und vollkommen mittellos. Laurien und ihre Gefährten versuchten die versprengten Gruppen, so gut es ging, aufzusammeln und zusammenzuführen.

»Wir reisen nach Madgar Yhs«, erklärte Laurien ihnen. »Wenn wir es dorthin schaffen, sind wir sicher.«

Sie sah in den verstörten Gesichtern die Hoffnung aufschimmern, die auch sie vor Jahren verspürt hatte, als Faisah sie aus dem Elend nach Madgar Yhs geholt hatte. Sie beschloss, diese Leute zu retten, koste es, was es wolle.

Es wurde eine Herausforderung, alle zu ernähren. Die Bogenschützen gingen auf die Jagd, während Laurien und einige weitere Krieger zu den umliegenden Menschensiedlungen ritten, um Nahrung aufzutreiben. Zum Glück machten ihre Schwerter genug Eindruck, sodass die Menschen mit ihnen teilten. Aber in ihren Blicken lag unverhohlenes Misstrauen. Sie mussten von dem Bruch zwischen Heganen und den Elfen gehört haben – und dazu wohl noch einen Haufen Gerüchte. Laurien und die Krieger ritten einen weiten Umweg und wechselten dabei mehrmals die Richtung, nur für den Fall, dass jemand ihnen folgte.

Im Morgengrauen weckte sie ein Fauchen, das wie ein Erdbeben durchs Land fuhr. Die Pferde wieherten. Rasch sprangen ein paar Krieger auf und beruhigten sie, doch ansonsten rührte sich niemand. Der Wald war nicht dicht bewachsen, doch unter den Felsen waren sie nicht zu sehen. Laurien spähte nach oben. Der Himmel war blendend weiß. Und dann glitt direkt über ihnen der Drache vorbei, so tief, dass ein geworfener Stein ihn hätte treffen können.

Es sah unwirklich aus, ein so gigantisches Geschöpf durch die Lüfte gleiten zu sehen, aber schließlich war es auch kein Wesen dieser Welt. Die Knochen eines Drachen wogen weniger als Fischgräten, und die Kriechglut, die sich in ihrem Atem bildete, war leichter als Luft. Scheinbar endlos zog der Leib über sie hinweg. Die Schuppen an Brust und Bauch schillerten in allen Nuancen von Grün und Gelb. Der Luftzug seines Flügelschlages war so stark, dass die Zedern ihre Schneekappen abschüttelten.

Und fort war er.

Laurien hörte ihren Puls wie Paukenschläge in den Ohren, hörte das schwere Atmen ihrer Gefährten.

Eine halbe Ewigkeit verstrich. Dann erscholl abermals das Fauchen, als der Drache Kriechglut in die kalte Luft ausatmete, doch ferner diesmal. Hinter den Zweigen der Bäume glaubte Laurien den Drachen in einiger Entfernung durch die Wolken schneiden zu sehen, aber sicher war sie nicht.

Mit wackeligen Knien brachen sie auf und versuchten sich von allen Lichtungen und nicht bewaldeten Hügelkämmen fernzuhalten. Selbst die Kranken und Schwachen gingen schnell. Die Angst ließ sie ihre Erschöpfung vergessen. Bis nach Madgar Yhs waren es noch viele Tagesmärsche, selbst wenn sie den schnellsten Weg durch die Sümpfe nahmen. Würden sie den Augen des Drachen so lange entgehen?

Mitten in der Nacht hörten sie von fern abermals das Fauchen des Drachen. Sie wanderten gerade an einer der Iven entlang und versteckten sich, so gut es ging, im Ufergestrüpp. Den Reitern blieb nichts anderes übrig, als sich mit den Pferden unter Bäume zu stellen. Sie warteten. Warteten. Zwar war es finster, weil der Mond hinter Wolken verborgen war, aber der Schnee reflektierte auch das kleinste bisschen Helligkeit, und wenn der Drache direkt über ihnen seine Glut ausatmete, würde er sie gewiss entdecken. Tatsächlich sahen sie bald eine Flamme am Himmel, die sich an einem mächtigen Leib zerteilte. Eine Weile beobachteten sie seinen Atem, der wie ein Feuersignal über dem Wald aufglomm und erlosch, aufglomm, erlosch. Doch er entfernte sich.

»Dem Himmel sei Dank«, stieß jemand aus.

»Seltsam«, murmelte Savionne, die dicht neben Laurien im Gebüsch kauerte.

Auch Laurien traute ihrem Glück nicht so recht. Es hatte beinah so gewirkt, als hätte der Drache absichtlich einen Bogen gemacht, bevor er sie entdeckte.

6

Kanemô saß bei den Versammlungen im Thronsaal nicht mehr auf dem Hocker neben Heganen, sondern stand an seiner Seite, eine Hand auf seiner Schulter, um seine geflüsterten Worte laut zu wiederholen. Das Morgenlicht fiel hinter ihr durch die Buntglasfenster und tauchte ihre Schultern in Silber, Gold und Kupfer, ganz so wie einst bei ihrem Vater. Der ganze Hofstaat – wenn man die Rebellen so nennen konnte – hatte sich heute Morgen eingefunden, denn die Fürsten des Ostens waren angereist, um Heganen ihre Treue zu schwören.

Einer nach dem anderen kniete vor dem Thron in ihrem Schatten nieder und sagte den Schwur auf. Dabei wanderten ihre Blicke von dem bleichen, mehr tot als lebend aussehenden Heganen zu Kanemô ... Ja, es war kein Geheimnis mehr, wer wirklich regierte. Seit ihre Bestien die Elfen verjagt hatten, war sie tatsächlich Königin von Ivenhall. Sie merkte es an Kleinigkeiten: Wie man sie ansah, wie man ihr Fragen stellte und verstummte, damit sie sprechen konnte.

»Ich danke Euch, meine Brüder. Ihr habt heute nicht nur mir, sondern Ivenhall und allen Menschen Eure Treue geschworen. Lasst uns gemeinsam Wächter des Friedens und der Freiheit der Menschen sein!«, sagte sie danach, als hätte Heganen ihr die Worte zugeraunt. Tatsächlich ließ sie ihn nur sinnlos murmeln, denn das kostete sie weniger Kraft. Es war genug verlangt, seinen Gestank aus nächster Nähe zu ertragen.

Man applaudierte. Sie beugte sich wieder zu Heganen hinab. Als sie sich aufrichtete, sprach sie: »Aber unsere Rebellion ist noch nicht vorbei. Die Feinde der Menschen verbergen sich im gesamten Reich. Die Hohen Elfen in Madgar Yhs überlegen unermüdlich, wie sie Streit und Zwietracht zwischen uns säen, unser Land einnehmen und die Menschen ihrer Schätze berauben können.« Sie beugte sich wieder hinab und fuhr dann fort: »Meine Gemahlin, unsere gute Königin, konnte die Machtergreifung der Elfen im letzten Augenblick abwenden und uns die letzten Überreste der Zauberkunst unseres Volkes bewahren. Sie wird uns mit ihren Bestien, dem Stolz Ivenhalls, verteidigen! Kämpft Ihr mit uns?«

Alle brüllten ihre Zustimmung. Kanemô zweifelte nicht daran, dass das Auftauchen eines Drachen diese Inbrunst bei Heganens Anhängern geweckt hatte. Auch die Fürsten des Ostens hatten sich erst jetzt dazu bequemt, ihnen die Treue zu schwören. Zu ihrer Hochzeit hatte sich noch keiner blicken lassen.

Und tatsächlich ergriff einer der Nordfürsten das Wort: »König Heganen – wir folgen Euch, wohin Ihr wollt und wann Ihr wollt, denn Ihr seid ein gerechter König. Ebenso Euch, Königin Kanemô … Darf man Euch denn mit dem Titel Drachenmacherin ansprechen?«

Es war förmlich zu spüren, wie alle die Luft anhielten.

»Das darf man«, sagte sie laut.

Und wieder wurde gejubelt. Aber die Gesichter, in die sie blickte, waren angstverzerrt. Wenn es nur wahr wäre! Doch der Drache gehorchte wahrscheinlich Liotan. Ob die Zwergin Kanemô noch unterstützte, obwohl Sagrik sich gegen sie gewendet hatte? Der Angriff auf das Elfenheer erweckte jedenfalls den Eindruck. Doch Kanemô wollte sich darauf nicht verlassen … Ein Drache, der Tausende Elfen auf Burg Adlerhöhe verbrennen konnte, würde auch den Palast von Ivenhall in Flammen aufgehen lassen können.

»Es gibt viele Gerüchte über Eure Bestien«, meldete sich nun ein anderer Fürst des Ostens zu Wort. »Wollt Ihr aufklären, was nun stimmt und was nicht?«

Kanemô nickte, wandte sich Gerothen zu und bedeutete ihm vorzutreten. »Mein treuer Ritter Gerothen kann Euch berichten, was er vom Elfenheer weiß.«

Gerothen gehorchte und wiederholte, was er schon Heganen gemeldet hatte.

Während alle gespannt zuhörten, stellte sich Kanemô vor, wie die Nachricht verbreitet wurde, dass ihr Drache so gut wie alle Elfenkrieger auf einen Schlag getötet hatte. Wo auch immer Perakín war, er würde davon erfahren. Würde er ihr dann noch ihr Herz zurückbringen? Bestimmt hatte der Drache auch Laurien umgebracht.

»Die Ironie ist, dass ich das Mädchen längst mochte, das sich für dich ausgegeben hat.«

Er würde es ihr nicht verzeihen. Das nicht.

Sie hatte das Gefühl, keine Luft zu bekommen. Sie versuchte es sich nicht anmerken zu lassen.

Was geschehen war, war geschehen, und wahrscheinlich zu ihrem Besten. Aber sie musste Perakín finden, bevor er ihr Herz fand … und ihn irgendwie von der Wahrheit überzeugen. Nur hatte sie eine dunkle Ahnung, dass er ihr nicht glauben würde.

Was sie dann würde tun müssen, daran wollte sie erst denken, wenn es so weit war.

Nach dem Empfang zogen sich Heganen, seine engsten Berater und Kanemô in einen der angrenzenden Räume zurück.

»Wie lange dauert es, bis alle unsere Truppen sich in Ivenhall gesammelt haben?«, ließ Kanemô Heganen fragen.

»Ihr wollt die Territorien sich selbst überlassen?«, fragte Fürst Githeon zweifelnd zurück. Er schien, ebenso wie sein Sohn Gerothen, seit dem Erscheinen des Drachen eher misstrauischer als vorher, ganz anders als der Großteil der Rebellen.

»Ivenhall zu schützen, ist wichtiger, als die Territorien zu halten«, sagte Kanemô ungeduldig. »Die Territorien können wir danach zurückerobern.«

»Wonach?«, fragte Fürst Githeon.

»Die Elfen planen eine Eroberung.« Sie musste sich überwinden fortzufahren: »Mein Drache hat ihr Heer zerschlagen, aber solange die Weisen vom Brunnen in Madgar Yhs in Sicherheit sind, werden sie versuchen, uns mit ihren Zauberkünsten zu besiegen. Auch haben sie Unterstützer in vielerlei Gestalt. Ich werde ein Heer brauchen, um auszuziehen und unsere Feinde zu vernichten. Wir brauchen alle Krieger, die wir haben.«

»Und Euren Drachen«, sagte Fürst Githeon argwöhnisch.

Kanemô nickte nur. »Der Drache wird uns voranfliegen.«

Das war keine Lüge. Sie würde dem Drachen folgen, bis sie Liotan fand. Und dann würde sie ihr Herz zurückverlangen, koste es, was es wolle.

Sie wusste, dass sie im Grunde nichts hatte, womit sie ihr Herz zurückverlangen konnte. Oder womit sie einen Drachen besiegen könnte. Sie brach nur auf, weil alles besser war, als hier zu sitzen und zu warten.

Zu warten und anzuerkennen, dass sie so hilflos war wie eh und je.

Laurien und ihre Truppe wanderten tagelang durch die Sümpfe, ohne einer Seele zu begegnen. Anfangs schützten sie noch Bäume – über und über mit Schlingpflanzen bewachsen – vor Blicken von oben. Aber je weiter sie kamen, umso flacher wurde das Land. Zum Glück schmolz der Schnee. In der warmen Luft dampfte der Frost aus der Erde und sie wanderten die meiste Zeit durch dichte Nebelschwaden oder Nieselregen.

Schließlich führte der Holzbohlenweg, dem sie folgten, geradewegs in eine Wandernde Stadt hinein – im Dunst sahen sie den Schädelberg erst, als sie unmittelbar davorstanden. Sie freuten sich, denn ihr Proviant war aufgebraucht. Nacheinander traten sie unter einem massiven Felsvorsprung hindurch und der Schein Aberhunderter Torflichter strömte in den trüben Nachmittag hinaus.

Laurien hatte bisher zwei Schädelberge betreten – vor drei Jahren, als die Elfen Madgar Yhs verlassen hatten, um die Rebellen zu unterstützen. Damals wie heute versetzte der Anblick sie in Staunen: Der Schädelberg wirkte von innen, als wäre er einmal flüssig gewesen und erhärtet, während das Gestein zähe Fäden gezogen hatte. Es gab Erhöhungen, die wie riesige Pilze aufragten, und Verbindungswege dazwischen, in die teilweise Stufen gemeißelt waren. Zusätzlich zu den natürlichen Wegen hatten die Bewohner Hängebrücken gebaut, die kreuz und quer die Terrassen und Steininseln verbanden, und neben den Höhlen und Tunneln, die den Berg durchlöcherten, klebten Gebäude aus Holz und Teer wie Schwalbennester an den Klippen.

Laurien glaubte erst, dass es in dieser Stadt weniger Wasserfälle und Pflanzen gab und sie überhaupt kleiner wirkte als die anderen beiden, die sie kannte. Dann fiel ihr auf, dass es nur so schien, weil die Stadt so überfüllt war.

Menschen, Elfen, Nachkommen der Zwerge und Tiere bevölkerten die freien Plätze, blockierten die Tunnelgänge und drängten sich in den Höhlen und vor den Behausungen. Vor allem

Elfen. In großen Gruppen saßen sie beieinander, Bündel auf dem Schoß oder unter sich. Noch mehr Flüchtlinge!

»Wo kommt ihr her?«, fragten ihre Schützlinge im Vorbeigehen.

»Liliendorf am Rand der Sümpfe.«

»Aus dem Fürstentum Ipitas.«

»Unser Dorf lag auf den Hundert Inseln zwischen den Iven.«

Die Elfen waren von überallher geflohen.

»Wir sind nur noch in den Sümpfen sicher«, sagte ein Alter kopfschüttelnd.

Laurien betete, dass er recht behielte.

Sie steuerten eine Ebene an, auf der Stände und Garküchen in duftendem Dampf lagen. Gegen Silbermünzen mit der Prägung von Madgar Yhs wurden ihnen lange Bänke aufgestellt und Spezialitäten in heißen Steinkesseln aufgetragen: frittiertes Brot und gefüllte Klöße, Gerstensuppe mit Speck und scharfer Eintopf aus Winterwurzeln und Fleisch, das womöglich von Fröschen oder Schlangen stammte und unter Gewürzen und Kräutern zum Glück unerkannt blieb. Nachdem sie so lange gehungert hatten, mussten sie sehr langsam essen, doch am liebsten hätte Laurien alles auf einmal hinuntergeschlungen.

Sie zwang sich, die Schüssel abzusetzen, und beobachtete eine Weile die Leute auf den Terrassen, Brücken und Balkonen. So viele Elfen, die ihr Zuhause verloren hatten … Auf einem Plateau weiter unten sah sie einen Mann mit der Frisur der Rebellen, der mit einer Gruppe Elfen sprach. Er sah aus wie …

Laurien erhob sich.

»Was ist?«, fragte Niran, der neben ihr saß.

»Bin gleich zurück«, murmelte sie, stieg über die Bank und drängte sich durch die Menge um die Garküchen, eine Treppe hinunter und bis ans Geländer einer Hängebrücke. Er war es.

»Perakín«, stieß sie aus.

Aber er hörte sie nicht. Natürlich nicht, er war viel zu weit weg. Im Lärm des Schädelbergs hätte er sie auch auf drei Meter Entfernung kaum verstanden.

Sie eilte, so gut es ging, über die Brücke, murmelte Entschuldigungen und hastete dann eine Treppe hinunter, die sie in eine Sackgasse führte. Sie war zu aufgeregt, um den Weg zu ihm zu finden. Als sie sah, wie er sich von den Elfen verabschiedete und seinen Weg ins Innere eines hohlen Felsens fortsetzte, kletterte sie kurzerhand über das Dach eines Hauses und sprang von dort aus auf das Plateau. Ringsum wurden erschrockene Laute ausgestoßen, die Perakín mitbekam. Er drehte sich um. Als sie sich aufrichtete, trafen sich ihre Blicke.

Sie wollte tief durchatmen, auf ihn zugehen und ihn begrüßen, aber ihr Körper gehorchte ihr nicht. Wie angewurzelt stand sie da, nur den Kopf drehte sie instinktiv so, dass ihr Haar die entstellte Gesichtshälfte beschattete.

Er wusste, was sie getan hatte.

Für einen Moment bereute sie, ihm hinterhergelaufen zu sein. Dann kam er auf sie zu und die Erleichterung in seinem Gesicht ließ sie alles andere vergessen.

»Du lebst!« Seine Arme schwangen vor und wieder zurück, als hätte er sie eigentlich umarmen wollen.

»Du auch.« Sie schluckte. »Was machst du hier?«

Er atmete hörbar aus, und sie merkte, dass er ihre Frage nicht mitbekommen hatte. »Ich dachte, ihr wärt alle …«

Sie nickte. »Fast alle.«

»Ich bin froh. Ich meine, dass du lebst.«

»Ich auch. Du auch. Lebst.«

Sie ahnte, dass dies das unbeholfenste Gespräch ihres Lebens war. Aber solange er sie mit Augen voller Erleichterung ansah, spielte nichts sonst eine Rolle.

Dann irrte sein Blick zur Seite. Laurien wandte sich um. Niran war erschienen.

Perakín deutete eine Verneigung an. »Weiser vom Brunnen. Es ist gut, Euch unversehrt zu sehen.«

»Und ich freue mich, dass du deine Meinung geändert hast«, sagte Niran mit einem kleinen Lächeln.

Doch es verging ihm, als Perakín erwiderte: »Das habe ich nicht.«

In die unangenehme Stille, die folgte, schlug Laurien vor: »Lasst uns einen Ort finden, wo wir reden können.«

Sie kehrten in einem Gasthof ein, der an eine Klippe gebaut war und von mehreren schmalen Balkonen den Trubel der Stadt überblickte. In einer nestartigen Sitznische rückten sie zusammen, von geflochtenen Wänden geschützt vor dem Lärm der Stadt und vor neugierigen Augen und Ohren.

Eine kleine Frau zwergischer Abstammung brachte ihnen schaumige Butternussmilch und knusperige Haselhörnchen, nachdem sie im Voraus bezahlt hatten. Angesichts der vielen Flüchtlinge war das Vertrauen in die Zahlungsfähigkeit der Elfen wohl gesunken.

Laurien musste drei Haselhörnchen auf einmal essen, weil sie vorhin bei Weitem nicht genug gehabt hatte, um die Tage des Hungerns wettzumachen. Perakín beobachtete sie aus den Augenwinkeln. Sie schätzte, dass es nun ohnehin zu spät war, sich nicht vor ihm zu blamieren. Trotzdem schob sie sich danach nur noch ein Haselhörnchen in den Mund. Auch er nahm sich eins.

»Ich habe Ivenhall vor einem halben Mond verlassen«, begann

Perakín. »Einen Tag, nachdem wir uns gesehen haben. Den Drachen habe ich nur einmal flüchtig am Himmel erblickt. Aber die Nachtelfen, die vor ihm fliehen mussten, sind überall in den Wandernden Städten der Sümpfe. Ich bin von einer zur nächsten gereist und es werden immer mehr.«

»Musstest du wegen uns fliehen?«, fragte Laurien.

»Ich bin nicht geflohen. Ich bin aus freien Stücken aufgebrochen und niemand hat mich am Gehen gehindert.« Er zögerte. »Es gibt keinen Beweis, dass die Königin den Drachen erschaffen hat, oder? Es könnte auch jemand anders mit dem Blut der Könige von Ivenhall sein. Irgendein Verwandter des Königs, der überlebt hat.«

Es tat Laurien weh, dass er nach Ausreden für Kanemô suchte.

»Möglich«, bestätigte Niran, »aber unwahrscheinlich. Um ehrlich zu sein, *jede* Erklärung, die mir bisher einfiel, ist unwahrscheinlich.«

Perakín beäugte die beiden, als wäge er ab, ob er ihnen vertrauen könne. Er trank seine Butternussmilch in fast einem Zug aus. Laurien fiel auf, dass auch er etwas abgemagert wirkte, die Wangen hohl und das Handgelenk schmaler als in ihrer Erinnerung.

»Was habt ihr jetzt vor?«, fragte Perakín.

»Wir müssen zurück nach Madgar Yhs«, sagte Laurien. »Was dann zu tun ist, werden die Weisen vom Brunnen entscheiden. Aber ein offener Krieg gegen Heganen wird kaum zu stemmen sein nach unseren Verlusten – und solange es den Drachen gibt.«

»Also plant ihr immer noch einen Umsturz von innen«, murmelte er. »Vielleicht haben wir dann doch dasselbe Ziel. Aber der Umsturz, den ich mir wünsche, kommt aus einem noch viel tieferen Inneren, als ihr es euch vorstellt.«

Niran schob ihm seinen eigenen Becher Butternussmilch hin, damit er weitertrank und redete.

»Ihr seht auch so aus, als könntet ihr ein bisschen Rahm vertragen«, sagte Perakín mit einem Lächeln in den Augen, nahm den Becher aber und trank. »Ich habe all mein Geld ausgegeben. Und durch die Rebellion wären Nahrungsmittel auch dann knapp, wenn nicht Tausende bettelnder Elfen durch die Sümpfe ziehen würden.«

Niran lehnte sich aus ihrer Nische in den Gang und rief der Wirtin zu, sie möge ihnen eine warme Mahlzeit bringen. »Die Münzen an meinem Gürtel werden uns bis Madgar Yhs bringen«, erklärte er schlicht.

»Danke«, sagte Perakín.

»Erzähle mehr von dem Umsturz, den du dir wünschst«, sagte Niran, um keinen Zweifel zu lassen, wie Perakín das Essen bezahlen sollte.

Einmal mehr ärgerte Laurien sich über die Härte, die die Weisen vom Brunnen den Menschen gegenüber zeigten. Kein Wunder, dass die Menschen ihnen nicht trauten. Aber sie sagte nichts.

»Ich möchte nicht, dass es noch einen Machtwechsel gibt«, erklärte Perakín, nachdem er einen Moment nachgedacht hatte. »Sehr viel Leid ist entstanden, weil wir gegen König Sagamenon in den Krieg gezogen sind. Vielleicht mehr Leid, als er je angerichtet hätte, wäre er an der Macht geblieben. Nun sitzt seine Tochter auf dem Thron. Ich maße mir nicht mehr an zu entscheiden, wer geeigneter wäre zu regieren. Ich weiß, es klingt grausam angesichts des Massakers, das ihre Bestien angerichtet haben. Aber so denke ich nun mal.«

Er verfiel in Schweigen, blickte auf das Gewimmel der Stadt hinab. »Möglich, dass es die Königin ist, die den Drachen auf die

Nachtelfen hetzt. Doch selbst wenn … Ich werde nicht gegen sie in den Krieg ziehen. Ich kann erklären, warum.«

Das Essen kam. Es unterschied sich nicht besonders von dem Eintopf mit Brot, den Laurien und Niran schon zuvor gegessen hatten. Alles schien knapp zu sein. Doch Perakín aß mit großem Appetit und auch Laurien und Niran nahmen sich noch eine Portion.

Während des Mahls sprachen sie nicht, aber Laurien fühlte, dass Perakín nur so tat, als beobachte er das Stadttreiben. Er maß sie mit Blicken. Schließlich stellte er seine leere Schüssel ab und fuhr sich übers Gesicht. Er wirkte müde und auch Laurien fühlte sich angenehm schläfrig nach dem Eintopf.

»Sie ist herzlos«, sagte er unvermittelt. »Sie kann jede Grausamkeit begehen, weil sie nichts fühlt. Jedenfalls hat sie mir das gesagt.«

»Kanemô?«, fragte Niran zur Sicherheit nach.

Perakín nickte. »Sie behauptet, ihr Herz gegen irgendeinen Zauber getauscht zu haben, der ihr Macht verleiht. Über Heganen hat sie jedenfalls Macht.«

Niran und Laurien starrten ihn an.

»Dass sie sich mir anvertraut hat, gibt mir Hoffnung«, fuhr er leise fort. »Darum bin ich aufgebrochen. Um ihr Herz zu finden und es ihr wiederzubringen. Das meine ich mit einem Umsturz von innen. Ohne Blutvergießen.«

Laurien konnte förmlich spüren, wie die Gedanken durch Nirans Kopf ratterten. Aber er stellte die offensichtlichste Frage zuerst: »Wer hat ihr Herz?«

»Eine Hexe vom Kleinen Volk. Ihr Name ist Liotan – Löwenzahn. Ich suche die Wandernden Städte nach ihr ab. Das Merkwürdige ist, dass viele Leute sie zwar zu kennen scheinen, aber niemand viel von ihr hält. Eine Tränkemischerin und Talismanverkäuferin, die den Ruf hat, niemanden zu heilen, ja, nicht mal jemandem zu schaden, weil ihre Arzneien so wirkungslos sind. Scheinbar verkauft sie auch Marmeladen und eingelegte Eier. Vielleicht tarnt sie sich als freundliche Händlerin, und niemand weiß, was sie wirklich kann. Oder jemand hat sich als sie ausgegeben, um unerkannt zu bleiben.« Er warf Niran einen Blick zu. »Ich frage mich auch, was die Hexe mit dem Herzen anfangen will.«

»Einen Drachen erschaffen, zum Beispiel«, sagte Niran sofort. »In Kanemôs Herz fließt das Blut der Könige von Ivenhall. Damit hätte eine Zwergin sich als Blutsverwandte des Königs ausgeben und aus dem Zauberkessel schöpfen können.«

Perakín nickte langsam. »Ich habe mich schon gefragt, ob das geht.«

»Aber vielleicht hat Kanemô das verlorene Herz auch nur erfunden, um dich loszuwerden«, warf Niran ein.

»Ich habe die Narbe auf ihrer Brust gesehen«, erinnerte Laurien ihn. »Als wäre etwas in sie eingedrungen – oder aus ihr herausgerissen worden.«

Eine Weile dachte jeder still für sich darüber nach.

»Wisst ihr, was ich nicht ganz glauben kann?«, sagte Niran dann. »Dass eine Zauberin, die so viel Wissen und so viel Talent besitzt, einer Königstochter das Herz zu nehmen und damit kurz vor Zerstörung des Zauberkessels noch einen Drachen zu erschaffen, mit dem Drachen nichts anderes anfängt, als Nachtelfen zu töten.«

»Ich werde sie fragen«, sagte Perakín schlicht. »Wenn ich sie finde und Kanemôs Herz zurückhole.«

Laurien konnte sich nicht entscheiden, ob sie bestürzt oder beeindruckt sein sollte von so viel naiver Entschlossenheit. Aber es wunderte sie nicht, dass er seine Pläne unabhängig von der Aussicht auf Erfolg fasste.

»Wie hast du vor, das Herz zurückzuholen?«, fragte Niran.

»Das überlege ich mir, wenn ich sie gefunden habe. In irgendeiner der Wandernden Städte muss sie schließlich sein und …«

Er verstummte. Ein Dröhnen ließ die Erde erzittern. Dann erhoben sich Schreie in der Stadt. Perakín und Niran beugten sich aus dem Fenster, nur Laurien blieb wie festgefroren sitzen.

Sie konnte sie riechen.

Die Kriechglut.

7

»Er ist da«, stammelte Niran.

Laurien konnte sich immer noch nicht rühren. Sie versuchte auch nicht, wie Perakín und Niran hinunterzuspähen, was unter ihnen vor sich ging. Sie wollte es gar nicht wissen. Aber auch wenn sie nichts sah, sie *hörte* alles.

Kreischende Stimmen brachten die Luft zum Kochen. Die meisten schrien wortlos, nur ein paar machten sich die Mühe, die anderen vor dem Offensichtlichen zu warnen: »Feuer!«

Ein Heulen brauste durch die Wabengänge im Westbereich der Stadt. Es wurde jäh hell und wieder dunkel. Rauch, dick, schwarz und stinkend, quoll durch die Eingänge.

»Alle fliehen«, stammelte Niran. »Wir müssen die Stadt verlassen.«

»Und zu Tode getrampelt werden?« Perakín wies auf die Aufgänge auf der anderen Seite der Stadt.

Es herrschte ein heilloses Gedränge. Dann strahlte Licht auf, und eine neue Flut von Schreien ebbte auf, als alle wieder von den Eingängen flohen. Der Drache musste den Berg umkreisen.

Laurien beobachtete Perakín. Sah, was er sah, in seinem Gesicht gespiegelt, und ballte die Fäuste. Sie würden hier sterben, gefangen wie Kaninchen im Bau. Die Luft wurde beißender und es wurde schwerer zu atmen.

Der Gasthof begann zu beben. Die Balkone knickten in der Mitte ein; Tische und Bänke rutschten aufeinander zu, geflochtene Wände falteten sich zusammen wie gebrochene Vogelflügel. Niran, Perakín und Laurien stürzten übereinander, versuchten sich gegenseitig festzuhalten und die Köpfe vor gleitenden Möbeln einzuziehen. Sie schafften es gerade noch, sich in einen Türrahmen zu ziehen, und klammerten sich fest, bis das Gebäude knarzend und knackend in Schieflage zum Stillstand kam. Eine Hitzewoge fauchte über das Dach hinweg. Laurien schnappte nach Luft, ohne welche zu bekommen. Funken regneten auf die Stadt nieder. Dann schlugen Rauchwolken über ihnen zusammen.

Hustend und würgend taumelten sie aus dem Gasthof, angerempelt von Leuten, die sie im Qualm nicht sehen konnten. Unterhalb der Eingangstreppe war die Luft einigermaßen klar geblieben. Sie drängten sich an die Felsen.

Das Feuer war durch die Wabengänge gekommen; der Drache musste es direkt in den Berg gespien haben. Bei allen Ausgängen stießen diejenigen, die aus der Stadt fliehen wollten, gegen diejenigen, die aus den Gängen ins Innere der Wandernden Stadt rannten. Im Durcheinander schienen Kämpfe auszubrechen. Laurien sah, wie Elfen über die Erde nach draußen geschleift wurden.

»Der Drache greift wegen der Elfen an«, brüllte jemand. »Raus mit den Elfen!«

Tatsächlich wurden immer mehr Elfen von der Menge nach draußen gedrängt.

Der Berg rumorte. Laurien ließ den Blick schweifen. Leute, überall. Wo würde das Feuer als Nächstes hereinschießen? Mehrere Herzschläge lang wartete sie … doch nichts geschah. Nur der Lärm der Kämpfenden wurde immer lauter.

»Unsere Leute«, stieß Niran aus und deutete auf ein tieferes Stockwerk. Ihre Krieger waren elfischen Flüchtlingen zu Hilfe geeilt und setzten sich gegen aufgebrachte Sumpfbewohner zur Wehr.

»Der Drache scheint weg zu sein«, meinte Perakín.

Tatsächlich lag die letzte Attacke nun einige Zeit zurück. Aber vielleicht wartete er nur draußen. Wieso sollte er abziehen?

»Da sind welche!«, schrie die Wirtin und zeigte auf Laurien und Niran.

Eine Gruppe von Menschen mit Knüppeln rannte auf sie zu. Laurien hatte ihre Hand schon am Schwertknauf, aber Perakín zog sie zurück.

»Es sind zu viele«, sagte er. »Komm!«

Sie flohen. Alle Brücken und Plätze waren entweder voller Leute oder verlassen, als wäre ein Ort sicherer als der andere – in der Massenpanik schienen die wenigsten klar zu denken. Ihre Verfolger blieben zurück, doch andere tauchten auf. Jemand warf Steine nach ihnen, und Niran wurde getroffen, aber er lief weiter. Als sie ihre Krieger erreichten, waren diese bereits in einen Wabengang gedrängt worden. Die aufgebrachten Menschen stießen und schubsten Laurien, Niran und Perakín zu ihnen.

»Ich glaube, der Drache ist abgezogen!«, rief Perakín den Elfen zu, die im Gang kauerten und die nächste Feuersbrunst erwarteten.

»Draußen wird es kaum schlimmer sein können als hier drinnen!«, schrie Laurien grimmig und zog mehrere Flüchtlinge auf die Füße, damit der Weg frei wurde.

Die Menschen warfen immer noch Steine und andere Gegenstände nach ihnen, um sie zu vertreiben. Die Elfen hatten nichts als derbe Beschimpfungen zurückzugeben. Schließlich verließen die meisten den Schädelberg.

Eine kalte, feuchte Nacht empfing sie. Über den Seen trieben Nebel, die im Mondlicht schimmerten. Und noch etwas schimmerte fern am Himmel: der aufglühende und wieder erlöschende Atem des Drachen.

»Er fliegt tatsächlich fort«, staunte Niran.

Hunderte Elfen starrten ihm nach, zu verblüfft, um zu jubeln.

Die Flüchtlinge sammelten sich auf einer sumpfigen Wiese unweit der Stadt. Auf Baumstämmen und gestohlenen Flößen harrten sie die Nachtstunden aus, den Himmel im Blick. Doch der Drache zeigte sich nicht mehr. Aus dem Schädelberg hallte immer wieder Kampflärm herüber, weil offenbar Elfen versuchten, sich Einlass zu verschaffen, um ihr Hab und Gut zu holen.

Weder Laurien noch sonst jemand konnte verhindern, dass sich die Nachricht verbreitete, Hohe Elfen seien unter ihnen – und auf dem Weg nach Madgar Yhs. Die meisten Nachtelfen hatten gehofft, in den Sümpfen sicher zu sein, aber nun blieb ihnen nur noch eine Hoffnung.

»Ihr müsst sie mitnehmen«, sagte Perakín zu Niran und Laurien.

Sie kauerten nebeneinander auf dem Holzbohlenweg, der zur Wandernden Stadt führte, und Laurien war froh, dass sie kein Feuer entfachen konnten. In der Dunkelheit fühlte sie sich neben ihm wohler.

»Madgar Yhs ist der letzte Ort, der ihnen bleibt.«

»Madgar Yhs ist viel zu klein, um all die Nachtelfen aufzunehmen«, warf Niran ein.

»Uns bleibt nichts anderes übrig«, stimmte jedoch auch Laurien zu. »Zumindest, bis wir den Drachen besiegt haben.«

Niran blickte zum Himmel, an dem eine Flut von Sternen funkelte. Aber von der Bestie war nichts zu sehen. »Wieso greift der Drache nicht an? Es ist, als wollte er die Elfen nur aus den Städten und Dörfern verjagen. Wozu, wenn nicht, weil der Drachenmacher will, dass die Nachtelfen nach Madgar Yhs wandern?«

Perakín zog die Luft ein, offenbar von einer Erkenntnis getroffen. »Madgar Yhs! Nur Hohe Elfen finden den Weg dorthin, Euer Reich ist geheim. Aber Tausende Flüchtlinge lassen sich nicht geheim halten. Erst recht nicht, wenn man sie von oben beobachten kann.«

Laurien spürte, wie sie eine Gänsehaut bekam. »Aber warum? Um Madgar Yhs anzugreifen? Dann weiß Kanemô wohl nicht, dass niemand ohne Findelicht oder die Hilfe der Weisen vom Brunnen in Madgar Yhs eindringen kann, nicht einmal ein Drache.«

»Kanemô ist nicht die Drachenmacherin«, erklärte Perakín erneut mit einer Überzeugung, die Laurien erschreckte.

Er liebte Kanemô also immer noch ... oder ihren Körper. Ganz gleich, welcher Charakter sich darin verbarg. Laurien wollte darüber nicht nachdenken. In gewisser Weise war es schlimmer, Perakín zu verachten als sich selbst.

»Hoffen wir, dass der Drachenmacher nicht weiß, was er tut«, sagte Niran nachdenklich. »Vor den Toren von Madgar Yhs haben wir vielleicht die Möglichkeit, den Drachen zu besiegen.«

Eine Weile schwiegen sie, jeder für sich grübelnd.

Dann sagte Perakín: »Scheint so, als hätten wir denselben Weg. Die Hexe Liotan folgt euch mit ihrem Drachen. Also tue ich es auch.«

Sobald die Dämmerung kam, brachen die Flüchtlinge auf. Sie nahmen dem Holzbohlenweg, weil die Sümpfe anders nicht zu durchqueren waren. Selbst dieser Weg verschwand gelegentlich unter Wasser, denn der Schnee war geschmolzen und noch dazu fiel immer wieder Nieselregen. Die Luft war Dampf, und Laurien konnte kaum Niran sehen, der vor ihr ritt. Im grauen Nichts war das Donnergrollen von Abertausend Schritten hinter ihr umso gespenstischer, durchsetzt von ängstlichen Stimmen, Schluchzern und Seufzern.

Abends ließen sich die Elfen auf dem Weg nieder, um halbwegs trocken zu schlafen, und im Nebel glommen kleine Lagerfeuer auf. Laurien erfuhr, dass die Leute auf dem Weg Frösche und Schlangen gefangen hatten, die sie nun verzehrten. Ihren Kriegern war es sogar gelungen, ein paar Vögel zu schießen, die sie mit den anderen teilten. Als Laurien die Pferde auf eine Sumpfwiese führte, wo sie grasen konnten, beschloss sie, Wache zu halten – für den Fall, dass jemand vor Hunger eine Verzweiflungstat beging. Sie hoffte, dass sie die Pferde nicht würden schlachten müssen. In der nächsten Wandernden Stadt bekamen sie vielleicht Proviant.

Doch als sie zwei Tage später ausgehungert und erschöpft bei einer Gruppe runder, durchlöcherter Felsen ankamen, die durch zahllose Hängebrücken verbunden war, wurde ihnen der Einlass von bewaffneten Menschen und Zwergen verwehrt.

»Der Drache tötet euch so oder so, aber wir wollen nicht mit verbrennen«, schrie eine Frau von einem Balkonvorsprung aus Fels herunter.

Andere stimmten ein und warfen Steine und Abfälle nach ihnen.

»Ich gehe hinein und kaufe, so viel ich kann«, sagte Perakín.

Sie gaben ihm ihre Münzen.

Tatsächlich kam er mit ganzen Säcken voller Zwieback und Nüssen, Winterwurzeln und Trockenfleischstreifen wieder, und er ging noch ein zweites und drittes Mal los, bis sie kein Geld mehr auszugeben hatten. Doch es war immer noch nicht genug, um alle auch nur für einen einzigen Abend zu versorgen.

Perakín ging auch mit dem Geld anderer Elfen in die Wandernde Stadt, um Nahrung zu besorgen, bis er schließlich mit einem blauen Auge und einer aufgeplatzten Lippe wiederkam.

»Jetzt verkaufen sie mir nichts mehr«, sagte er mit einem Grinsen und spuckte Blut aus.

Bevor sie die nächste Wandernde Stadt erreichten, kamen ihnen bereits Hunderte Nachtelfen entgegen, die von dort vertrieben worden waren. Der Drache hatte auch diese Stadt angegriffen. Doch offenbar hatte man den Elfen mehr Zeit gegeben oder sie hatten auf der Flucht geplündert, denn sie hatten Nahrung und frisches Wasser bei sich. Als sie hörten, dass Hohe Elfen unter ihnen waren und sie nach Madgar Yhs mitnehmen würden, machten sie auf dem Weg kehrt, um sich ihnen anzuschließen.

Laurien empfand es als Trost, dass sie so zahlreich heimkehren würden, nachdem das Heer vernichtet worden war. Aber sie sah Niran an, dass er anders darüber dachte. Im Vergleich zu ihr war er ja von Geburt ein Hoher Elf … Sie erinnerte sich wieder, wie beklemmend es oft gewesen war, als Nachtelfe in Madgar Yhs zu leben – denn auch wenn niemand etwas Abfälliges über ihre Herkunft gesagt hatte, war ihr doch durch unzählige kleine Gesten und Bemerkungen vermittelt worden, dass es eine Rolle spielte. Sie hatte sich nie getraut, wütend zu werden, solange es nur um sie selbst gegangen war. Aber nun schwor sie sich, für die Nachtelfen einzustehen.

Nach acht erbärmlichen, von Hunger und Nässe geplagten Tagen veränderte sich endlich die Landschaft. Es ging bergauf, und immer mehr Bäume erhoben sich um sie. Wasserläufe strömten ihnen entgegen. Sie konnten die Sumpfstraßen verlassen und wanderten durch Frühlingswiesen voller gelber und weißer Dotterblumen, die essbar waren. Kaninchen und sogar Wildschweine und

Rehe wurden erlegt, und es gab genug Reisig, um Lagerfeuer zu entfachen.

Am nächsten Morgen erreichten sie die Sommerwälder. Wie Riesen, die feierlich ihre Arme ausbreiten, empfingen sie die Birken und Weiden, die Eichen und Buchen mit silbrigen Blattsprösslingen. Der Boden war von ihren Wurzeln so durchzogen, dass sie wie auf wilden Treppen tiefer in den Wald hineinsteigen konnten. Es duftete nach Frühling. Laurien erinnerte sich, wie sie zum ersten Mal von Faisah hergebracht worden war, neun oder zehn Winter alt und bis dahin nur den Gestank von Städten gewohnt. Damals war es Herbst gewesen ... und die Süße der Luft hatte ihr Tränen in die Augen getrieben.

Als sie abends das Lager aufschlugen, herrschte beinah fröhliche Stimmung. Es wurde Fleisch gebraten, und Alte und Kinder bauten Angelruten, um in den Morgenstunden an den Flüssen zu fischen. Laurien ging umher, redete mit den Leuten. Hier und da wurde sogar musiziert ... Alles war wie vor drei Jahren, als das Elfenheer aus Madgar Yhs losgezogen war, um die Rebellion zu unterstützen, nur kehrten sie diesmal mit Heimatlosen wieder, von denen die meisten noch nie eine Waffe in den Händen gehalten hatten. Und Laurien beschlich das Gefühl, dass es so besser war.

Sie entdeckte Perakín unweit einer singenden Gruppe im Gras sitzend. In der Dämmerung hätte sie ihn fast nicht wiedererkannt. Sie trat zu ihm und bot ihm ein paar Stängel Zuckergras an, die sie gepflückt hatte. Er nahm an, und dann saßen sie eine Weile nebeneinander, nicht sehr nah, aber auch nicht jeder für sich, hörten dem Gesang zu und saugten die süße Milch aus den Stängeln. Der laue Abend durchströmte Laurien mit einer Friedlichkeit, nach der sie sich so lange gesehnt hatte.

»Es … tut mir leid«, murmelte sie.

Er hatte sie nicht gehört. »Hm?«

Alles in ihr spannte sich an. »Es ist Schlafenszeit.«

Sie stand auf und ging.

Die Wälder wurden immer prachtvoller, je weiter sie vorankamen. Zedern mit Stämmen, so dick, dass man sie zu fünft nicht hätte umfassen können, bildeten mit ihren Kronen weit, weit oben ein Dach, das nur grün gefärbte Lichtstrahlen durchließ. Wo Sonnenschein auf den Waldboden drang, blühte ein Gestrüpp aus Blumen und Ranken. Bäche sprudelten an moosüberzogenen Steinen und Wurzelgeflecht vorüber, und sie fingen genug Fische, sodass niemand hungern musste.

Der Zug der Flüchtlinge verlangsamte sich deutlich. Immer mehr Grüppchen blieben halbe Tagesreisen zurück oder entfernten sich, um zu jagen und Essbares zu sammeln. Laurien konnte förmlich spüren, wie der Gedanke umging, sich hier niederzulassen. Die Hohen Elfen hätten es erlauben müssen, da die Sommerwälder seit jeher ihr Gebiet waren. Aber es wäre ihnen gewiss auch lieber, dass die Nachtelfen hier ihre neue Heimat fanden, anstatt Einlass nach Madgar Yhs zu fordern.

Doch wie eine Erinnerung daran, warum sie auf der Flucht waren, tauchte eines Nachts der Drache auf.

Schreie hallten durch den Wald. Laurien war wach und wusste, was passierte, noch ehe sie das Feuer zwischen den Bäumen aufglühen sah. Gestalten rannten kreuz und quer durch das Unterholz. Manche wurden in den Flammenstrahl getaucht, der aus dem Himmel stürzte. Laurien sprang auf, um nicht von den Leuten zu Tode getrampelt zu werden, die ringsum geschlafen hatten und nun die Flucht ergriffen.

Sie presste sich mit dem Rücken gegen einen Baum, spürte die Schultern anderer an ihren Schultern, die sich ebenfalls still verhielten. Es nützte nichts zu rennen; der Drache konnte sie überall angreifen.

Sie hörten in den Baumkronen das Rauschen des Luftzugs, den sein Flügelschlag verursachte, und Laub und Zweige rieselten herab. Der Geruch von Kriechglut war überwältigend.

Laurien klammerte sich an die Baumrinde unter ihren Händen, doch die erwartete Feuersbrunst blieb aus. Nur Windstöße fauchten durch die Bäume. Bald darauf war nichts mehr zu hören außer dem Wimmern der Verletzten und dem Weinen ihrer Angehörigen.

Laurien, Niran, Savionne und ihre Krieger liefen hin, um zu helfen. Wo das Feuer herabgeschossen war, zuckten noch Flammen auf der Erde. Die Toten waren zu entsetzlichen Gebilden verbrannt, bei deren Anblick Laurien der Atem stockte. Immerhin musste es ein schneller Tod gewesen sein.

Sie kümmerten sich um die Verletzten, so gut es ging. Zum Glück waren es nicht viele.

Als der Morgen graute, befahl Niran, die Lager abzubrechen und weiterzuziehen. Angst trieb die meisten an, keine Zeit zu verlieren. Nur ein paar Angehörige weigerten sich, um bei den Toten Wache zu halten, wie es Tradition war. Nicht einmal der Drache konnte sie dazu bringen, die Toten zurückzulassen. Laurien konnte sie verstehen. Einer der Krieger, Bayahel, gab ihnen sein Findelicht, damit sie später nach Madgar Yhs gelangen konnten. Laurien stiegen Tränen in die Augen, als sie es beobachtete. Es war gut möglich, dass die Leute nie nachkommen würden und Bayahel sein Findelicht für immer aufgab. Auch Perakín stand dabei und sah zu. Dann richtete er seinen Blick auf Laurien und etwas Fragendes und zugleich Wissendes lag darin. Sie fürchtete, er wolle ihr das Findelicht zurückgeben – und sie verstand selbst nicht, warum sie sich davor fürchtete. Sie spürte, dass sie seinen Blick mit Grimmigkeit erwiderte, wandte sich ab und ging weg.

Sie wanderten schnell und in angespanntem Schweigen. Die Freude der letzten Tage war verschwunden. Sie waren wieder Flüchtlinge, hilflos und in Erwartung des nächsten Angriffs. Aber die Tatsache, dass der Drache viel weniger Schaden angerichtet hatte, als er gekonnt hätte, gab Laurien zu denken. Und bestimmt nicht nur ihr.

»Der Angriff sollte die Leute in Angst versetzen«, sagte sie zu Savionne und Niran, als sie einen kleinen Anhang erklommen hatten, kurz innehielten und die Scharen hinter sich betrachteten. »Damit keiner auf die Idee kommt, sich hier niederzulassen. Sie sollen alle nach Madgar Yhs fliehen.«

Niran nickte. »Je mehr Flüchtlinge nach Madgar Yhs strömen, umso leichter ist es für den Drachenmacher, ebenfalls einzudringen. Wahrscheinlich in verwandelter Erscheinung. Vermutlich ist er oder sie längst unter uns.«

Laurien ließ den Blick über die Aberhundert Elfen schweifen, die unter den Bäumen dahinwanderten.

Als Kanemô mit den Bestien und den Truppen der Rebellen aus Ivenhall auszog, fühlte sie sich noch sicher und beschützt inmitten der schwer gepanzerten Reihen. Doch sobald sie den Katzenrachen überquert hatten und der ohnehin etwas schwächliche Jubel des Volkes verklungen war, erstreckte sich ringsum das weite Land, und sie kam sich darin winzig vor … Sie blickte in den Himmel, in dem Frühlingswinde die Wolken jagten, und stellte sich vor, wie sie und das Heer von oben aussehen mussten. So wie Kellerasseln, wenn man einen Stein anhob.

Sie reisten Richtung Norden, den Sümpfen entgegen, und erreichten nach zwei Tagen Adlerhöhe. Oder das, was von der Burg übrig geblieben war. Die Steinmauern standen größtenteils noch, doch innen war alles verkohlt. Ein Ring aus Asche umgab die gigantische Ruine, als hätte sich ein Schatten über sie gelegt. Kanemô schluckte schwer. Wenn ein einziger Drache diese Zerstörung anrichten konnte, war es kein Wunder, dass die Könige von Ivenhall so viele Jahrhunderte regiert hatten und selbst die Hohen Elfen ihr Reich nicht erobern konnten.

Ihr war schwindelig bei der Vorstellung, wie viel Macht nun in Liotans Händen lag. Aber besser Liotan als Sagrik. Sie betete, dass die beiden sich überworfen hatten.

Auf ihrer Reise entlang der Iven kamen sie an niedergebrannten Dörfern und halb verwüsteten Städten vorbei. Kanemô erkannte im schmelzenden Schnee die Überreste von verbrannten Frauen, Männern und Kindern, auch Tieren. Lumpengestalten ergriffen humpelnd vor ihnen die Flucht. Am liebsten hätte sie ihnen nachgerufen, dass sie zurückkommen und sich helfen lassen sollten. Aber das durfte sie nicht. Sie musste so tun, als wäre die Zerstörung ihr Werk, und Stolz zeigen.

Als sie die Stadt Kathun erreichten, deren elfische Viertel völlig dem Erdboden gleichgemacht worden waren, ließ sie Heganen eine Ansprache halten. Er beschwor die Einheit der Menschen gegen ihre Feinde und versprach seinem Volk Freiheit und Eigenständigkeit. Kanemô war verwundert, wie sehr alle ihm zujubelten.

Doch als sie an weiteren Städten vorbeikamen, begriff sie, dass die Menschen sich am Besitz der geflohenen Elfen bereichert hatten. Die elfischen Viertel und Siedlungen, die nicht verbrannt waren, schienen geplündert. Und wer konnte es den Leuten verübeln? Die Rebellion hatte vielen vor allem Armut und Hunger gebracht.

Nachts im Lager fand sie kaum Schlaf. Der Wind strich mit Geisterfingern und heulenden Stimmen um ihr Zelt, und sie dachte daran, dass die Massaker an den Elfen tatsächlich ihre Schuld waren, denn sie hatte Liotan ihr Herz gegeben. In den kurzen Phasen, in denen sie in Träume abdriftete, erschien ihr die Mutter mit hasserfüllten Augen oder sie hörte ihren Vater irr lachen. Beide, das wusste sie, wollten sie am liebsten tot sehen. Niemand hatte sie je geliebt, nicht einmal ihre Eltern. Außer Perakín … auch wenn er getäuscht worden war. Dass er ihr das Herz zurückbringen wollte, konnte doch nur bedeuten, dass er von ihr geliebt werden wollte, oder? Warum würde er ihr Herz suchen, wenn nicht, weil er sie wirklich liebte?

Aber tagsüber, während sie durch das von den ersten warmen Sonnenstrahlen berührte Land ritten, gab sie sich solchem Wunschdenken nicht hin. Selbst wenn Perakín geglaubt hatte, in sie verliebt zu sein, würde die Grausamkeit des Drachen ihn davon heilen. Und ihm würde dämmern, dass er sie nur mit Laurien verwechselt hatte.

Laurien … Nun erinnerte sie sich, wie die Elfenkriegerin sie oft angestarrt hatte. Ob sie gewusst hatte, wessen Aussehen sie sich lieh? Wahrscheinlich war es nicht einmal ihr vernarbtes Gesicht gewesen, weswegen sie sich Perakín nur in Verkleidung zu nähern gewagt hatte, sondern vielmehr ihr Stolz. Laurien hatte nicht so gewirkt, als würde sie je Gefühlsregungen offen zeigen.

Sie kamen durch schwarze Wälder, tropfend vor Tauwasser. Je weiter sie sich von Ivenhall entfernten, umso stärker wurde

Kanemôs Gewissheit, dass sie nicht zurückkehren würde … Vielleicht war es ein Fehler gewesen, Perakín nachzureisen. Aber im Palast hatte sie sich noch hilfloser gefühlt als hier draußen.

Eines Morgens, als die Nadelbäume noch im gleißenden Morgenlicht dampften und Kanemô Heganens Leib befahl, sich zu erheben, blieb er reglos auf seinem Lager ausgestreckt. Sie horchte in ihn hinein und es war, als fasse sie einen kühlen Stein an. Nichts … nichts war mehr da.

Sie ließ ihre Spucke in seinen Mund tropfen. »Wach auf!«

Sie musste dreimal in seinen Mund spucken, bis er endlich blinzelte und sich unendlich langsam aufsetzte. Als er den Kopf drehte und sie ansah, landete eine Fliege auf seinem Auge.

Teil fünf:

Der Klang von Schnee auf Eisen

1

Der Weg der Elfen durch die Sommerwälder wurde immer verschlungener. Laurien hätte schwören können, dass sie im Kreis liefen: Über Treppen aus Wurzelgeflecht stiegen sie Hänge hinauf und wieder hinab, umrundeten nebelverhangene Wasserfälle und wanderten durch Felsschluchten, die sich in Spiralen zu krümmen schienen. Doch so war es auch das erste Mal gewesen, als Faisah sie nach Madgar Yhs gebracht hatte. Und die Findelichter von Niran, Savionne und den anderen Elfenkriegern wiesen ihnen mit ihrem Glimmern den Weg.

Dann lichtete sich der Wald und vor ihnen ragten Klippen auf, so hoch, dass sie die Wolken berührten. Bei genauerem Hinsehen erkannte man jedoch, dass es keine Felsen waren – sondern versteinerte Bäume. Bis zur Unkenntlichkeit verschlungen, bildeten sie einen Wall, über und über mit Ranken, Moos und Wildblumen überwuchert. Unzählige Vögel nisteten in Höhlen und Nischen und die Luft war erfüllt von ihrem Gesang. Wenn man das Dickicht lange genug absuchte, fand man darin Äste und Wurzeln, die zu geschwungenen Treppen geformt waren, und Vertiefungen zwischen den Stämmen, die hohe Tore bildeten. Aber alle waren verschlossen.

Die Nachtelfen und auch Perakín staunten nicht schlecht. Ein paar abenteuerlustige Kinder begannen den Baumwall hochzuklettern, und schließlich trauten sich auch die Erwachsenen, die steinharten Stämme zu berühren.

Niran und die hohen Elfen stiegen eine der natürlichen Treppen empor und hielten ihre Findelichter an die Tore. Eigentlich hätten sich die Bäume teilen und den Weg nach Madgar Yhs freigeben müssen. Doch nichts geschah.

Als Niran sich zu Laurien umdrehte, wirkte er beinahe erleichtert. »Zu viele Fremde sind hier. Wir werden warten müssen.«

»Hoffentlich nicht, bis der Drache kommt«, erwiderte sie, ohne sich den bissigen Ton verkneifen zu können.

Sie ließen sich an dem Baumwall nieder. Der Morgen verstrich, dann der Mittag. Erst als die Sonne bereits hinter dem Wall zu verschwinden begann, geriet etwas zwischen den versteinerten Bäumen in Bewegung. Erst glaubte Laurien, der Wind spiele nur mit den Ranken, doch eins der Tore öffnete sich tatsächlich. Die Zweige schienen zum Leben zu erwachen und teilten sich wie die Finger einer uralten Hand. Aus dem grünen Dämmer dahinter traten drei Gestalten in feinsten Gewändern aus Marué. Es waren Weise vom Brunnen.

Laurien und die Hohen Elfen erhoben sich. Auch die Flüchtlinge bemerkten nun die Hohen Elfen und Stille breitete sich über dem Lager am Waldrand aus.

Die drei Weisen vom Brunnen ließen ihre Blicke schweifen. Es waren zwei Frauen und ein Mann – Sahelas, ein breit gebauter Gelehrter mit schwindendem Haar und vorgewölbter Stirn, der immer ein wenig grimmig darüber zu sein schien, von seinen Schriften weggerissen zu werden, die Greisin Weyane, so klein und schmächtig, dass sie eine Halbmenschin hätte sein können, und Iriobal, einstige Königin von Ivenhall, Mutter von Kanemô.

Iriobal war von kühler, beinah erschreckender Schönheit. Mit den Jahren schien sie nicht gealtert zu sein, nur strenger wirkte sie. Laurien musste daran denken, dass sie König Sagamenon geheiratet hatte, um hinterhältig die Drachen von Ivenhall zu vergiften. Und dass sie ihre eigene Tochter bei dem Tyrannen zurückgelassen hatte, ohne zu bedenken, was diese Kälte aus einem Kind machen konnte. Laurien hatte selbst nicht gerade eine liebevolle Mutter gehabt, aber wenigstens war ihre nicht so berechnend und hart gewesen.

Schließlich wandten die Weisen sich Laurien und den Hohen Elfen zu.

»Liebe Kinder«, sagte Weyane und breitete die Arme aus. »Wie gut, euch unversehrt zu sehen. Kommt herein. Wir wollen sprechen.«

»Unsere Brüder und Schwestern bitten um Einlass«, erinnerte Savionne. »Und wir erwarten jederzeit einen Drachen.«

Das Lächeln der alten Weisen blieb unerschüttert: »Gewiss. Darüber reden wir.«

Sie bedeutete ihnen, ihr zu folgen. Es war unmissverständlich, dass die Einladung nur ihnen galt, nicht den Flüchtlingen.

»Geht«, sagte Perakín, als Laurien sich unschlüssig zu ihm umdrehte. »Wir laufen nicht weg.«

Sie musste lächeln. Auch er lächelte ein wenig. Dann folgte sie den Hohen Elfen durch das Tor.

Ein knorriger Gang aus verschlungenem Wurzelgeflecht nahm sie auf und hinter Laurien wuchs das Tor mit ohrenbetäubendem Knarren und Knacken wieder zu. Vom Ende des Gangs drang ein grüner Schimmer zu ihnen. Sie gingen ihm entgegen und kamen auf der anderen Seite des Baumwalls in Madgar Yhs an.

Laurien blieb stehen. Der Anblick des Elfenreiches war so beeindruckend wie beim ersten Mal. Die gigantischen versteinerten Bäume wuchsen wie silberweiße Türme in die Höhe, durchsetzt von Fenstern, Balkonen und Terrassen und über unzählige Hängebrücken miteinander verbunden. In den Baumkronen weit oben hingen Nesthäuser – und natürlich die langen, spinnwebfeinen Gräser, aus denen der Marué-Stoff gewoben wurde. Manche waren noch grün und steif, andere wehten bereits weiß und weich in der Brise, bereit, von den Ältesten verwebt zu werden.

In der Ferne rauschten Wasserfälle, die auf der gegenüberliegenden Seite über den Baumwall stürzten und sich zwischen den mächtigen Wurzeln zu Seen und Teichen sammelten. Das Licht der untergehenden Sonne fiel in goldenen Fächern durch die Kronen und ließ Insekten und Pollen wie winzige Sterne leuchten.

Laurien musste sich einen Ruck geben, um den anderen zu folgen. Sie atmete tief die Luft ein, die wie nirgendwo sonst nach den Kräutern und Gräsern duftete, die die Elfen anbauten. Irgendwann während des Krieges hatte sie die Hoffnung verloren, Madgar Yhs je wiederzusehen. Und nun war sie doch zurück … zu Hause. Ja, endlich wagte sie, sich einzugestehen, dass sie es als Zuhause empfand. Der Gedanke an Faisah, der nie mehr heimkehren würde, lastete schwer auf ihrem Herzen.

Sie stiegen eine Wurzeltreppe hinab ins Große Tal und die Weisen vom Brunnen hielten inne.

»Ihr seid gewiss erschöpft von eurer langen Reise«, sagte die alte Weyane. »Wir haben Lager in den Quartieren der Krieger vorbereitet. Wenn euch dort die Leere bedrückt, seid ihr aber herzlich eingeladen, bei den Weisen vom Brunnen zu nächtigen. Und deine Gemächer, Niran, sind so, wie du sie zurückgelassen hast.«

»Ich glaube«, erwiderte Laurien, »wir alle werden uns schwertun, Ruhe zu finden, solange die Flüchtlinge nicht untergebracht sind.«

Keiner der Krieger widersprach.

»Könnten wir etwas essen und dabei reden?«, fragte Niran diplomatisch.

»Aber natürlich.« Weyane wies in eine Richtung. »Das Essen wird gerade vorbereitet, aber manches dürfte bereits fertig sein.«

Sie folgten den Weisen durch das Große Tal, das wie eine offene Halle den Mittelpunkt des Reiches bildete. Steinquader lagen im Zentrum auf dem Boden, aber an den Rändern wucherten Teppiche aus Moos und die Wurzeln der Bäume umschlossen den Platz wie die Tentakel von Seeungeheuern eine Insel.

Elfen kamen überall aus den Bäumen oder traten auf die Balkone und Äste, um sie zu sehen und sich zu verneigen. Viele weinten still, denn es gab wohl keine Familie, die nicht einen Angehörigen verloren hatte.

Der Platz endete an einer riesigen versteinerten Weide, deren Wurzeln einen See einfassten und zugleich Brücken darüber schlugen. Es war der Baum, in dessen Mitte der Brunnen von Madgar Yhs verborgen lag. In den Pagoden der Äste lebten und studierten die Weisen vom Brunnen. Nur wer ihre Erlaubnis hatte, durfte die Weide betreten.

Sie überquerten eine Brücke und betraten eine kleine Halle, durch die ein Bach rann. Das Wasser warf Lichtreflexe an die hellen Wände und die runde, von Wurzelwerk verschnörkelte Decke. Eine Tafel war gedeckt. Sie nahmen Platz. Junge Schüler der Weisen kamen über Treppen herein und brachten frisch gebackenes Brot und kalte Pasteten. Eines der Kinder flüsterte, dass das warme Essen noch dauern würde, und die Weisen nickten.

Laurien hätte sich gern mit dem Essen zurückgehalten, um ihre Solidarität mit den Nachtelfen zu zeigen, aber ihr Wille war nicht stark genug. Sie griff wie alle anderen nach dem warmen Brot und konnte kaum abwarten, es mit der Pastete zu bestreichen, ehe sie es sich in den Mund stopfte. Sie hatte so lange gehungert und so lange nichts Salziges mehr gegessen, dass sie für eine Weile an nichts anderes mehr denken konnte als ans Essen.

Als die Schüler gegrillten Fisch und Kräutersalate brachten, war

Laurien bereits ein wenig schlecht. Sie lehnte sich zurück und trank von dem Honigwein, der in den Kelch vor ihr eingeschenkt worden war, ohne dass sie es bemerkt hatte. Träge Behaglichkeit breitete sich in ihrer Körpermitte aus und stieg langsam bis in ihren Kopf.

Schließlich ergriff abermals Weyane das Wort: »Wir sind alle sehr erleichtert, dass ihr wohlbehalten zurückgekehrt seid. Es grenzt an ein Wunder, dass ihr dem Drachen entkommen seid. Ich frage mich, wie er die Aberhundert Flüchtlinge übersehen konnte.«

Niran berichtete, wie sie zu dem Schluss gekommen waren, dass der Drachenmacher nicht wirklich die Nachtelfen ausrotten, sondern den Weg nach Madgar Yhs finden wollte.

»Und ihr habt ihm den Weg gezeigt«, stellte Iriobal fest. Ihr Gesicht war vollkommen ausdruckslos, nur die Härte in ihrer Stimme verriet, wie zornig sie war.

»Wir hatten keine Wahl«, entgegnete Niran. »Der Drache griff an, wann immer es so aussah, als würde sich unsere Reise verzögern oder sich eine Gruppe abspalten.«

»Warum durfte sich keine Gruppe von dem Flüchtlingszug abspalten?«, fragte Weyane.

Laurien öffnete den Mund, aber Niran war schneller: »Wir glauben, der Drachenmacher befindet sich unter den Flüchtlingen und will Eintritt nach Madgar Yhs erlangen. Je mehr Flüchtlinge, desto unübersichtlicher ist die Situation.«

Laurien erhob sich. »Verehrte Weise – das ist nur eine Vermutung. Ich glaube, der Drachenmacher ist niemand anders als die Königin von Ivenhall. Und sie hat den Flüchtlingszug genutzt, um Madgar Yhs zu finden, aber sie ist nicht unter den Flüchtlingen.«

»Das denke ich auch«, kam Savionne ihr zu Hilfe, die verstand, was auf dem Spiel stand. »Der Drachenmacher ist die Königin.«

»Und sie befehligt den Drachen von Ivenhall aus?«, fragte Niran spöttisch.

»Sie ist mit ihrem Heer in die Sommerwälder eingerückt«, warf Iriobal ein.

Laurien blieb der Atem weg. Auch die anderen Krieger wirkten geschockt.

»Sie … verfolgt uns?«, stammelte Niran.

Sahelas, der grimmige Weise, nickte und verschränkte die Arme. »Die Spuren der Flüchtlingskarawane führen sie direkt hierher. Sie und einige Tausend Menschenkrieger.«

Diese Neuigkeit ließ Laurien und die anderen für eine Weile verstummen.

Schließlich sprach Weyane zu ihnen: »Ihr seht erschöpft aus. Ruht euch ein wenig in euren Quartieren aus. Die Weisen wollen sich beraten.«

Die Aufforderung war eindeutig. Savionne und ihre Krieger erhoben und verneigten sich, nur Niran blieb sitzen.

»Wir müssen die Flüchtlinge reinlassen!«, beharrte Laurien. »Jeden Augenblick könnte es zu spät sein.«

Die Mienen der Weisen wirkten verschlossen. Es stand Laurien nicht zu, den Weisen zu sagen, was zu tun war, aber das war ihr egal.

»Niran«, sagte sie, »du weißt, was ihnen droht. Du hast es gesehen.«

Niran hob den Blick und sah sie an. Es war ihm anzumerken, dass er sich dazu zwingen musste.

»Danke, Laurien«, sagte er und nickte ihr zum Abschied zu.

»Sie können das nicht machen!«, stieß Laurien aus, als sie den Weidenbaum verließen und zu den Quartieren der Krieger gingen. »Wollen sie die Flüchtlinge etwa vor dem Wall sterben lassen? Nach allem, was sie durchgemacht haben?«

Inzwischen war es Abend geworden und Laternen überall in den Baumtürmen setzten blaue und goldene Lichtkleckse in die Dämmerung.

»Sie können«, sagte Savionne leise. »Und sie werden.«

Laurien fehlten die Worte. Stumm gingen sie dahin. Sie hörten aufgeregte Stimmen in den Bäumen und gelegentlich klatschte und jubelte ihnen eine Gruppe zu. Manche der Krieger winkten zurück, aber Laurien und auch Savionne konnten nur grimmig zu Boden starren.

Die Quartiere der Krieger lagen an einem See, umgeben von Wiesen, auf denen die Übungen stattgefunden hatten. Der Anblick der verlassenen Kampfplätze, der dunklen Fenster in den Buchen und des Wassers, auf dem sich nichts als der blasse Mond spiegelte, schnürte Laurien die Kehle zu. Hier war sie mit ihren Kameraden und Freunden zu Hause gewesen. So viele, die nie wieder heimkehren würden … Die Trauer um die Toten, um Erinian und auch Faisah, schmerzte sie so heftig wie lange nicht mehr, und sie fragte sich, was Madgar Yhs ihr ohne sie alle noch bedeuten konnte.

»Savionne!«, schrie eine Stimme, die ihr bekannt vorkam.

Mehrere Gestalten kamen eine Treppe aus den Quartieren heruntergerannt. Im Schein ihrer schwankenden Laternen erkannte Laurien sie nicht gleich. Und als sie ihn sah, konnte sie seinen Namen nicht aussprechen, so überwältigt war sie.

Erinian.

Er umarmte Savionne, sah Laurien, zerrte sie mit in seine Arme, und dann tanzten sie zu dritt im Kreis und ringsum fielen immer mehr Leute in die Umarmung ein, bis sie ein riesiges Knäuel lachender und weinender Elfen bildeten.

»Wie?«, stammelte Laurien.

»Wir dachten, ihr wärt tot!«, stieß Erinian aus.

»Und wir dachten dasselbe von euch«, erwiderte Savionne. »Gut, dass wir uns geirrt haben.«

Ohne sich loszulassen, gingen sie nach drinnen.

Laurien hatte die Hallen, die sich durch die versteinerten Bäume hindurch erstreckten, noch nie so leer erlebt. Ihre Schritte und Stimmen hallten weit und in den Stockwerken über ihnen war es dunkel. Erinian führte sie in einen Schlafsaal, in dem ein großes Kaminfeuer brannte und ein Balkon den Blick auf die Sterne freigab. Zwei Dutzend Bogenschützen und einige Schwertkämpfer lagerten hier und alle fielen sich in die Arme.

Nach und nach kamen immer mehr Krieger. Offenbar hatten viele nach dem Bruch zwischen den Hohen Elfen und Heganen die Territorien, in denen sie stationiert gewesen waren, verlassen und waren direkt nach Madgar Yhs heimgekehrt und nicht zur Adlerhöhe gezogen.

»Mehr als dreitausend von uns sind zurückgekommen«, erzählte Erinian.

Laurien fühlte förmlich, wie ihr leichter ums Herz wurde. Sie nahmen vor dem Feuer Platz, tranken geschäumte Butternussmilch und erzählten sich, was ihnen zugestoßen war.

Erinian und seine Truppe war auch ausgerückt, um aus den umliegenden Dörfern Nahrung zu beschaffen, als der Drache Adlerhöhe angriff. So hatten sie das Massaker überlebt. Danach waren sie nach Madgar Yhs geritten, um die Weisen von der Katastrophe zu unterrichten. Sie hatten genug Proviant gehabt, um die Wandernden Städte in den Sümpfen meiden zu können, und so hatten sie von der Verfolgung der Nachtelfen nichts mitbekommen. Sie waren bereits vor acht Tagen in Madgar Yhs angekommen.

»Täglich treffen noch ein paar unserer Krieger aus den befreiten Territorien ein. Aber es werden weniger, weil die Menschen sich überall gegen uns wenden. Inzwischen gelingt wohl kaum noch jemandem die Flucht«, erklärte Erinian.

Eine der Kriegerinnen stieß einen Fluch aus. »So zeigen die Menschen ihren Dank, dass wir sie von diesem Tyrannen befreit haben!«

Andere stimmten ärgerlich zu.

»Ihr Hass gegen unser Volk kommt nicht von ungefähr«, warf Laurien ein. »Die Weisen vom Brunnen waren in der Vergangenheit nicht nur auf das Wohl der Menschen bedacht. Wenn das überhaupt je eine Rolle für sie gespielt hat.«

Sofort widersprachen mehrere, doch sie wichen dabei Lauriens Blick aus. Nur Savionne lächelte ihr ein wenig zu. Ja, Savionne hatte es sich mit den Weisen vom Brunnen schon vor langer Zeit verscherzt – und die Weisen hatten keine Gelegenheit ausgelassen, sie das spüren zu lassen. Jetzt, da Laurien als Heeresführerin abgesetzt worden war, galt auch sie als in Ungnade gefallen. Und die übrigen Krieger hüteten sich davor, ihre Partei zu ergreifen.

Sie nippte an ihrer Butternussmilch, um ihr verkniffenes Gesicht zu verbergen.

Laurien erwachte, bevor die Sonne aufging, ohne sich erinnern zu können, wie sie eingeschlafen war. Das Feuer im Kamin war bis auf die Glut heruntergebrannt und vom Balkon hauchte der nach Pflanzen duftende frische Atem der Dämmerung herein. Ringsum lagen ihre Kameraden auf geflochtenen Matten wie sie.

Leise erhob Laurien sich und trat nach draußen. Eine Bogentreppe führte vom Balkon hinunter zum Ufer des Sees. Eine Weile wanderte sie in der Dämmerung am Schilf entlang, dann kletterte sie auf eine Wurzel, die ins Wasser hinausragte wie ein Steg, und setzte sich an den äußersten Rand. Der Himmel und die Sterne spiegelten sich im See wie ein Schneegestöber, festgefroren in der Zeit.

Wie oft sie hier während ihrer Ausbildungsjahre genau so gesessen hatte, um den Tag zu erwarten. Wie voller Hoffnungen und Wünsche sie gewesen war, bebend voll davon. Und nie hätte sie sich vorstellen können, wie schnell sie altern würde. Nur drei Jahre … Sie verfolgte, wie die Sterne verblassten, wie alles eisengrau wurde und dann das erste glühende Rosa des Tages zwischen den Bäumen zu schimmern begann. Die Zeit blieb nicht stehen, für niemanden. Und Tausende vor den Toren von Madgar Yhs würden sterben und in der Erinnerung der Lebenden zu Schreckgespenstern der Vergangenheit werden, wenn man sie nicht bald einließ.

Laurien erhob sich und lief zu den Weisen vom Brunnen.

Als sie sich der Weide näherte, bemerkte sie ein Stück vor sich Savionne. Sie rief ihren Namen und schloss zu ihr auf.

»Ich will die Weisen fragen, wie ihre Nachtruhe war … und sie damit beenden«, erklärte Savionne grimmig.

»Wir haben lange genug gewartet«, stimmte Laurien zu. Sie vermutete, dass Savionne sich ebenso wie sie schämte, vor lauter Behaglichkeit eingeschlafen zu sein, während die Leute vor den Toren von Madgar Yhs um ihr Leben bangten.

Als sie jedoch eine Brücke über den See nehmen wollten, zog sich die steinerne Wurzel wie ein Tentakel vor ihnen zurück. Die plötzliche Bewegung der Weide ließ die Erde beben und das Grollen ging Laurien durch Mark und Bein.

Savionne seufzte. »Das funktioniert also immer noch einwandfrei.«

Als die Wurzel langsam wieder zurück ans Ufer wuchs, machte Savionne einen Sprung darauf zu und das Spektakel wiederholte sich. Diesmal lachte Laurien mit der Schwertkämpferin über das kleine Erdbeben.

»Was ist hier los?«

Sie wandten sich um und entdeckten die alte Weyane auf einem Balkonvorsprung, das weiße Haar offen bis zur Hüfte wie Marué-Gras. In anderen Fenstern erschienen nun andere Weise, manche schlaftrunken verwirrt, andere sichtlich verärgert.

»Wir würden den Brüdern und Schwestern draußen gern die Tore öffnen«, rief Savionne ihnen zu. »Aber natürlich nicht ohne Eure Erlaubnis.«

Weyane schien sprachlos von so viel Respektlosigkeit. Dann verschwand sie im Inneren des Baumes.

Auch die anderen Weisen zogen sich zurück. Laurien und Savionne warteten. Die Sonne ging auf. Licht fädelte sich durch die Baumkronen und die Vögel begannen immer lauter zu singen. In den Bäumen ringsum erwachte das Leben, und mehr und mehr Schaulustige sammelten sich, die das Beben der Erde ebenfalls bemerkt hatten.

Schließlich traten die Weisen vom Brunnen aus der Weide und überquerten den See, bis sie vor Laurien und Savionne standen. Laurien erkannte an ihren Mienen, wie sie entschieden hatten, noch bevor sie zu sprechen begannen.

»Wir können die Nachtelfen nicht aufnehmen«, sagte Weyane in sanftem Ton. »Das Risiko ist zu groß, dass unter ihnen die Hexe ist, die den Drachen befehligt. Wenn sie einen Drachen aus dem Zauberkessel rufen konnte, ehe er zerstört wurde, gelingt es ihr womöglich auch, aus unserem Brunnen zu schöpfen, wenn sie sich erst eingeschlichen hat. Die Gefahren sind unabsehbar.«

Laurien hörte die Worte und konnte sie doch nicht verstehen. Ringsum begann die Menge zu tuscheln.

»Und deswegen müssen Tausende sterben?«, fragte Savionne fassungslos.

»Wir lassen uns damit nicht erpressen«, erwiderte einer der Weisen, Sahelas. »Und wir können nicht ganz Madgar Yhs in Gefahr bringen, um andere zu retten.«

Laurien unterdrückte den unsinnigen Impuls, ihr Schwert zu ziehen. Was würde es bringen? Nichts. Ebenso wenig wie Flehen und Bitten. Der Beschluss der Weisen war so unverrückbar wie der Wall von Madgar Yhs, und mit einem Mal begriff Laurien, was Madgar Yhs schon immer gewesen war, seit Jahrhunderten, nicht erst seit heute: kein Reich von geheimnisvoller Schönheit und Weisheit, sondern ein Hort der Angst. Aus Angst kapselten sich die Hohen Elfen vom Rest der Welt ab. Aus Angst wollten sie die Menschen aus der Ferne beherrschen. Und all die Anmut und Magie des Ortes begann Laurien abzustoßen.

Sie entdeckte Niran unter den Weisen. Die Schatten um seine Augen waren rötlich, als hätte er die ganze Nacht nicht geschlafen. Doch seine Haare waren sorgfältig zurückgeflochten und er trug nicht nur saubere Kleider, sondern auch besonders edle.

»Kommst du mit? Wir werden einen Heiler brauchen«, fragte sie.

Niran wäre fast einen Schritt zurückgewichen. Er schwankte. »Ihr könnt nicht raus, das wäre …«

»Selbstmord?«, beendete Savionne den Satz für ihn. »Mögen die Götter bewahren, dass Hohe Elfen sterben! Das heißt, für etwas anderes sterben als die Weisen vom Brunnen.«

»Schweig«, donnerte einer der Weisen, ein mittelalter großer Mann namens Gotaris. »Abermals vergisst du deinen Platz, Schwertkämpferin.«

Savionne nahm die Kette ab, an der sie ihr Findelicht trug, und ließ es zu Boden fallen. »Ich habe hier nichts mehr verloren.« Sie wies mit einem Kopfnicken in die Richtung, aus der sie gestern durch den Baumwall gekommen waren.

Laurien setzte sich in Bewegung. Sie warf Niran einen letzten Blick zu. »Bestimmt wirst du noch ein langes, glückliches Leben führen.«

»Von dir muss ich mir kein schlechtes Gewissen einreden lassen, nicht von dir!«, stieß er aus.

Laurien wandte sich ab und ging, mit Savionne an ihrer Seite, und versuchte an nichts anderes zu denken. Savionnes Krieger, die dazugekommen waren, warfen ihre Findelichter ebenfalls zu Boden und folgten ihnen durch das Große Tal. Das Volk der Hohen Elfen sah ihnen nach.

Niemand schloss sich ihnen an.

2

Kanemô ritt unter Pinien dahin, durch Lichtvorhänge und kühle Schatten, und versuchte ihre rasenden Gedanken zu beruhigen. Am liebsten hätte sie ihren Kopf an einem Felsen aufgeschlagen, um den Druck zu verringern.

Neuerdings empfand sie wieder Angst. Ihre Gefühle stürzten zwar in die Leere, aber es geschah langsamer. Es blieb genug Zeit, um die Angst als solche wahrzunehmen. Und alles wegen Perakíns Worten.

Sie versuchte sich auf die Frühlingsdüfte zu konzentrieren, aber der faulige Geruch, der aus der Sänfte hinter ihr drang, hing ihr in der Nase. Da Heganen sich nicht mehr im Sattel halten konnte, hatte Kanemô ihm eine Sänfte bauen lassen. Acht Soldaten trugen die Konstruktion, die Kanemô mit ihren schwersten Stoffen verhängt hatte, aber das bannte die Fliegen und den Gestank kaum. An den argwöhnischen oder ängstlichen Blicken der Soldaten konnte sie ablesen, dass bereits Gerüchte im Heer kursierten. Sie musste seinen Tod bald verkünden. Aber würden Männer wie Fürst Githeon und Gerothen ihr danach noch folgen? Heganen war die einzige Sicherheit, die einzige Quelle der Macht, die sie je wirklich besessen hatte.

Heute Abend, sagte sie sich. Es wäre glaubhaft, wenn er nach einem anstrengenden Tag seiner Wunde erlag. Aber das hatte sie sich auch schon letzte Nacht gesagt.

Sie schlugen ihr Lager in der Dämmerung auf. Die Bäume waren so mächtig, dass sie das Tageslicht weit oben abfingen und nur wenig Unterholz wuchs. Dadurch war es leicht für das Heer, sich niederzulassen. Kanemô kletterte zu Heganen in die Sänfte, während das Königszelt aufgebaut wurde, um ihm in den Mund zu spucken und so das Band zwischen ihnen zu erneuern. Es war abscheulich. Sie hatte das Gefühl, in ein Grab voller Würmer zu steigen, und ihre Gedanken durchdrangen sein kaltes Fleisch kaum noch. Sie versuchte, ihn sprechen zu lassen ... Es kam nur ein Blubbern aus seiner Kehle. Eine Welle von Ekel überfiel sie. Kanemô taumelte aus der Sänfte, weil sie glaubte, sich übergeben zu müssen.

»Ist alles in Ordnung?«, fragte Ertegrad der Leibarzt zaghaft, der in der Nähe stand. Er hatte in den letzten Tagen geholfen, Heganen in die Sänfte und wieder heraus zu heben. Der Zustand des Königs war für ihn kein Geheimnis.

»Nein«, sagte Kanemô zittrig. »Ich glaube, es geht ihm nicht gut. Er redet wirr.«

Der alte Mann näherte sich mit Fassung, schlug den Vorhang zurück und hielt die Luft an.

»Mein König«, stammelte er.

Kanemô drehte sich nicht um, aber sie wusste, dass Heganen sich nicht rührte. Sie ließ einfach zu, dass er tot blieb.

»Könnt Ihr mich hören?« Ertegrad schluckte. Er fühlte nicht nach seinem Puls. Hob nicht die Lider seiner halb offenen Augen an. Alle Hinweise, dass Heganen tot war, ignorierte er schon seit der Vertreibung der Elfen aus dem Palast – deshalb hatte Kanemô ihn ja als Leibarzt behalten.

»Ich glaube, er ist tot«, sagte sie leise.

Ertegrad zuckte zusammen. »Ihr meint –«

»Er ist tot.« Ein Kichern kitzelte sie im Hals. Sie versuchte es zu unterdrücken, aber es war zu spät. Sie hielt sich die Hand vor den Mund und hoffte, es klang wie ein Schluchzen.

Der Leibarzt verstand, legte nun die Finger an Heganens Halsschlagader und bestätigte: »Er ist tot.«

Heganens Generäle traten näher. Der Satz wiederholte sich, ging von Mund zu Mund und wurde rings um Kanemô Wirklichkeit wie ein sich ausbreitendes Feuer. Ihre beiden Zofen kamen und nahmen sie in die Arme, was gut war, da dadurch ihr Kichern gedämpft wurde und noch mehr wie Weinen klang. Als sie sich halbwegs wieder im Griff hatte, schob sie die Frauen beiseite und stand auf.

Inzwischen hatte sich eine Menge um sie versammelt, und die Vorhänge der Sänfte waren beiseitegezogen, sodass alle den Leichnam sehen konnten.

»Er ist seiner Verletzung erlegen«, sagte Kanemô. »Fast einen Mond hat unser König mit einer Wunde gelebt, die jeden normalen Mann sofort in den Tod gerissen hätte. Heganen war größer als wir alle … aber am Ende war auch er nur ein Mensch. Die Lanze der Elfe hat ihn getötet. Rache!« Sie ballte die Fäuste und hob die Arme. »Rache!«

»Rache!«, stimmte jemand mit ein, dann noch einer und noch einer, bis alle im Chor brüllten: »Rache!«

Kanemô drehte sich im Kreis, sah den Generälen und Kriegern in die wutverzerrten Gesichter. Sie hatte es geschafft, vorerst. Sie hatte die Angst der Männer in Hass verwandelt.

Sie fühlte wieder das Lachen in sich aufsteigen, kalt und fremd, als hätte es nichts mit ihr zu tun. Sie grub die Fingernägel in ihre Handflächen, bis der Schmerz ihr Tränen in die Augen trieb.

Sie verbrannten Heganen auf einem Scheiterhaufen, dessen Flammen fast bis in die Baumkronen reichten und den Wald in zuckende Schatten tauchten. Es wurde gesungen und auf Schilde getrommelt, was bei den Rebellen das einzige Bestattungsritual war. Kanemô studierte die Gesichter der Rebellen. Wo würden sich zuerst Gruppen bilden, um sich gegen sie zu verschwören? Sie beobachtete vor allem Fürst Githeon und Gerothen. Beide wirkten vor Trauer wie versteinert, und sie konnte nicht sagen, ob es nur eine Maskerade war.

Kanemô beschloss, die ganze Nacht am Scheiterhaufen zu wachen, so wie einige von Heganens treuesten Anhängern. Während sie dort mit gesenktem Kopf kniete, die Hitze des Feuers an der Stirn, merkte sie, wie sich ihr Körpergefühl veränderte. Es war, als kehre ein Teil von ihr zurück, der bis jetzt draußen in der Kälte gelegen hatte. Zugleich fühlte sie sich kleiner, geradezu geschrumpft. War es früher schon so eng in ihr gewesen? Sie erinnerte sich nicht mehr. Es fehlte ihr, auf das Gedächtnis eines anderen zurückgreifen und einen anderen Körper lenken zu können.

Die Augen fielen ihr immer wieder zu. Lange dauerte es, bis der Morgen graute. Als ihr abermals das Kinn auf die Brust sank und sie hochzuckte, glaubte sie, eine Bewegung im Wald hinter dem Feuer wahrzunehmen. Sie blinzelte. Tatsächlich … eine Werkatze. Eine ihrer Werkatzen schlich dort unter den Bäumen dahin!

Die Bestien mussten, anders als die Pferde, nachts nicht angebunden werden, weil sie sich niederließen, wo Kanemô es ihnen befahl. Umso erstaunter war sie, die Werkatze zu sehen. Es konnte nur eins bedeuten. Alles in ihr zog sich zusammen.

Liotan. Oder Sagrik.

Kanemô erhob sich. Neben ihr döste Gerothen, und für einen Moment erwog sie, ihn zu wecken und mitzunehmen. Aber er durfte nichts davon wissen. Sie zog sein Schwert aus der Scheide. Er schnarchte auf, kam aber nicht zu sich.

Mit dem Schwert schritt sie am Feuer vorbei. Die Waffe war schwer, aber nicht so schwer, wie sie erwartet hatte. Wie eine Fackel hielt sie sie vor sich, und tatsächlich spiegelte das glatte Eisen das Feuer, sodass ein matter Schimmer ihr den Weg leuchtete.

Die Werkatze schlich vor ihr her. Kanemô horchte in die Bestie hinein. Da war ein Zwang, dem sie unterlag … ein Befehl, unverständlich, aber wahrnehmbar für Kanemô. In Gedanken rief sie ihre übrigen Bestien, und sie spürte, wie die Geschöpfe sich erhoben und ihr nachgeschlichen kamen.

Bei einer Lichtung hielt die Werkatze inne, knurrte und legte sich nieder. Ein riesiger Baum war hier umgestürzt und ein Dickicht aus jungen Bäumen wehte in der Brise. Alles war in Bewegung und die Frühlingsblätter blinzelten wie Abertausend graue Augen im Zwielicht.

»Komm raus!«, sagte Kanemô.

Ein Lachen erscholl, kaum lauter als das Zirpen einer Grille.

»Mit Schwert, sieh an! Vielleicht brauchst du gar keinen neuen König an deiner Seite. Ich wollte dir schon deinen treuen Ritter Gerothen vorschlagen … aber du scheinst seinen Bruder vorzuziehen«, flüsterte eine Stimme, die Kanemô kannte.

Auf dem umgestürzten Baum, mitten im Wogen der jungen Pflanzen, saß Liotan, und Kanemô war nicht sicher, ob sie schon die ganze Zeit dort gewesen war. Ihr hoher Hut verbarg wie immer alles außer ihrem Grinsen mit den spitzen Zähnen.

»Endlich habe ich dich.« Kanemô spürte, wie ihre Bestien sich näherten. Sie befahl auch der Werkatze, die sich zwischen ihr und Liotan befand, zu ihr zu kommen, aber die Bestie legte nur die Ohren an und knurrte wie fernes Donnergrollen.

Liotans Grinsen wurde breiter. Wem würden die Bestien gehorchen?

»Du hast mich doch schon die ganze Zeit auf deiner Seite gehabt«, lachte die Zwergin mit ihrer merkwürdig erloschenen

Stimme. »Ich konnte mich nur nicht zeigen. Sagriks Verrat muss dich in Zweifel gestürzt haben. Das verstehe ich. Auch ich bin erschüttert.«

»Bist du das?«

»Männer!« Liotan schüttelte den Kopf. »Sie sind die besten Diener, solange sie sich unentbehrlich fühlen. Aber sobald sie merken, dass man auch ohne sie zurechtkommt, wollen sie einem die Beine brechen. Sie wären rührend, wenn sie nicht so bösartig wären, nicht wahr?«

»Bist du hier, um mir Ratschläge zu erteilen?«

»In der Tat«, sagte die Zauberin. »Denn Ratschläge brauchst du, Königin. Setz dich neben mich.«

Da Kanemô stehen blieb, das Schwert erhoben, seufzte Liotan, sprang vom Baumstamm und näherte sich ihr durch das Dickicht der jungen Bäume. Neben der Werkatze blieb die Hexe stehen, wie um zu beweisen, dass sie die Bestien nicht zu fürchten hatte.

»Wer befehligt den Drachen, du oder Sagrik?«, fragte Kanemô.

»Glaubst du, wir wären noch am Leben, wenn der Drache auf Sagrik hören würde?«, zischte Liotan. »Der Drache ist meine Schöpfung! Ich habe ihn aus dem Zauberkessel geschöpft, kurz bevor die Elfen ihn vernichteten. Mit deinem Herzen … Und darum soll er unser beider Wächter sein. Wir werden ihn gemeinsam befehligen. Du und ich.«

So viel Stolz schwang in ihrer Stimme mit, dass Kanemô ihr glaubte – jedenfalls den Teil über den Drachen.

»Warum tötest du die Elfen?«

»Ist das nicht, was du willst? Ich tue es für dich. Für uns.«

Das jedoch nahm Kanemô ihr nicht ab. Aber sie gab sich zögernd. »Wo ist Sagrik?«

»Sagrik ist nicht unser größtes Problem, zumindest noch nicht.

Wichtiger ist, du hast dem Fürstensohn von unserem Geheimnis erzählt. Perakín!«

Kanemô biss sich auf die Lippe. Er hatte Liotan also tatsächlich gefunden! Ihre Freude schlug sofort in Sorge um. Mit einem Mal war sie sicher, dass die Hexe ihn umgebracht hatte. Es gab keinen Grund, warum sie ihn mit dem, was er wusste, am Leben hätte lassen sollen.

Liotan lachte, und es klang, als würden Fingernägel über Holz kratzen. »Es kann nur einen Grund geben, warum du es ihm gesagt hast. Und dass du nun schweigst, bestätigt es. Kanemô, Kanemô … War es nicht dein Ziel, kalt wie Schnee zu sein und hart wie Eisen? Ich habe es dir so leicht gemacht zu herrschen. Aber du hast in die reine Leere deiner Brust eine Schwärmerei gepflanzt.«

Ihr fiel das Atmen schwer. Perakín. Wie hatte sie ihn nur gehen lassen können! Sie war so dumm, und er – oh, er war der größte Narr von allen!

Sie hörte leise Schritte auf dem Moos. Die Bestien waren gekommen.

Langsam holte sie Luft und versuchte gefasst zu erscheinen. »Du hast ihn getötet. Nicht wahr?«

»Keineswegs. Ich musste das geringere Übel wählen. Kanemô … Er hat dein Herz.«

»Du hast es ihm gegeben?«

»Nicht ich – du. Als er es verlangte, hatte ich keine andere Wahl, als es ihm zu geben. Weil du ihn liebst. Weil dein Herz ihm längst gehörte.«

Diese Eröffnung schockierte sie fast so sehr, wie sein Tod es getan hätte. Das Schwert wurde schwer in ihren Händen. Sie musste es senken.

»Perakín hat sich den Elfen angeschlossen«, fuhr Liotan ohne Mitleid fort. »Er bringt dein Herz nach Madgar Yhs, damit die Weisen vom Brunnen dich besiegen können.«

Eine Weile konnte sie nichts anderes tun, als diesen Worten nachzulauschen. Etwas in ihr wollte sich zusammenkrümmen und sterben. Stattdessen hob sie das Schwert wieder, die Spitze auf Liotan gerichtet.

»Wegen dir. Wegen deines Drachen.«

»Hättest du zugelassen, dass die Hohen Elfen Ivenhall vollständig besetzen und zu einer Provinz von Madgar Yhs machen? Nur damit der zweitgeborene Sohn irgendeines kleinen Fürsten dich mag? Gehst du so mit deiner Verantwortung als Königin um?« Liotan schnalzte mit der Zunge. »Wir haben keine andere Wahl gehabt, als den Drachen zu wecken und die Elfen zu vertreiben. Du solltest mir dankbar sein! Auf mich war immer Verlass. Und du? Ich habe dir alles gegeben, damit du herrschen kannst. Und das hast du daraus gemacht! Sich zu verlieben, obwohl man kein Herz hat – das muss man erst mal zustande bringen!«

Kanemô umklammerte das Schwert. »Wer bist du wirklich? Was bezweckst du? Und Sagrik?«

Liotans Gesicht lag im Schatten ihres großen Hutes, und ihre Ärmel wehten in der Brise, sodass sie für einen Moment kaum von einer kleinen Tanne zu unterscheiden war. »Du verlangst Antworten, die du schon kennst. Lass mich dir lieber sagen, was du noch nicht weißt. Es gibt nur einen Weg, um dich zu retten – dich und das Reich der Menschen, bevor ihr von den Elfen vernichtet werdet wie einst mein Volk. Du musst Zaubermacht gewinnen. Nur mit Zauberei sind die Elfen zu besiegen. Aber der letzte Zugang zum Nebel ist der Brunnen von Madgar Yhs. Also müssen wir dorthin gelangen … nach Madgar Yhs!«

Sagrik hatte dasselbe behauptet. Selbst wenn es stimmte, traute Kanemô Liotan kein Stück mehr als Sagrik. Sie befahl den Bestien, Liotan zu umschleichen. Vielleicht gelang es der Hexe, eine Werkatze zu verwirren, aber ob sie alle Bestien abhalten konnte, wenn Kanemô zum Angriff rief? Das würde sich zeigen.

»Du und ich gegen die Elfen«, sagte Kanemô nachdenklich. »Ich würde mich wohl darauf einlassen … wenn ich nicht wüsste, dass du mein Aussehen allen möglichen Leuten verleihst, unter anderem Elfen!«

Liotan war für einen Moment verstummt. Dann sagte sie: »Ich kann es erklären.«

»Bestimmt hast du eine Erklärung, warum es nur zu meinem Besten war.«

»Ja und nein.« Sie seufzte angespannt. »Als die Elfen dabei waren, den Zauberkessel zu zerstören, musste ich schnell handeln. Ich habe deine Gestalt angenommen und mithilfe deines Herzens aus dem Nebel geschöpft. Hätte ich es nicht getan, hätten wir keinen Drachen! Aber ich wusste nicht, ob mich jemand dabei sehen würde. Darum habe ich der Heerführerin der Elfen den Zauber gegeben, kurzfristig wie du auszusehen – damit die Elfen wissen würden, dass jeder deine Gestalt annehmen kann und dass nicht unbedingt du diejenige warst, die den Drachen erschuf, selbst wenn man dich gesehen hatte.«

Kanemô war verwirrt, weil sie keine so glaubwürdige Erklärung erwartet hatte. Was Liotan sagte, ergab mehr Sinn als alle böswilligen Motive, die Kanemô sich für sie überlegt hatte.

Dennoch, überzeugt war sie nicht.

»Ich verstehe, dass du mir nicht mehr trauen kannst, nachdem Sagrik sein wahres Gesicht gezeigt hat«, sagte Liotan. »Aber ich verlange nicht, dass du etwas für mich tust. Ich gebe dir nur einen

Ratschlag, und wenn du vernünftig bist, wirst du erkennen, dass ich recht habe. Du musst in Madgar Yhs einfallen. Du musst aus dem Brunnen der Elfen einen neuen Zauberkessel machen, um die Zauberei der Menschen zu retten und dir ein Heer von Bestien zu erschaffen.«

»Und du willst nichts als mir helfen.«

»Ich will, dass Madgar Yhs untergeht.« Liotan kam ein wenig näher, die Hand ausgestreckt. »Wir könnten es schaffen, du und ich. Freundinnen!«

Kanemô rührte sich nicht. Aber sie war auch nicht mehr sicher, ob sie die Bestien gegen Liotan hetzen sollte.

»Wir werden zusammen reisen, und die Rebellen werden glauben, der Drache gehorche dir. Dann wird auch niemand wagen, dir die Schuld an Heganens Tod zu geben …«

Kanemô biss sich auf die Lippe. Es stimmte, sie konnte den Drachen gebrauchen. Und besser war es allemal, wenn er in ihrer Nähe war, anstatt irgendwo Massaker anzurichten, für die sie die Verantwortung übernehmen musste. Sie senkte den Blick, senkte das Schwert.

In dem Moment kam etwas durch das Gras herangeschossen, sprang an Liotan hoch und riss ihr den Hut vom Kopf. Schneestups!

Die kleine Werkatze ließ den Hut gleich wieder los und schlug einen Haken, um sich fauchend hinter Kanemô zu verstecken. Liotan stieß einen Fluch aus – mit einer Stimme, die nicht ihre war. Sondern Sagriks.

Kanemô gefror das Blut in den Adern. Unter dem Hut war ein Turm aus Haaren zum Vorschein gekommen und mitten darin saß das breite, krötenhafte Gesicht von Sagrik. Der grinsende Mund der Hexe, das erkannte Kanemô nun, war nichts als eine

Kette aus spitzen Zähnen, die er auf der Brust trug. Sagrik und Liotan – sie waren eine Person.

Kanemô's Gedanken überschlugen sich.

Aber sie hatte sie doch zusammen gesehen. In der Hütte der Hexe. In der Hütte, die nichts anderes als ein Spiegelkabinett aus Kupferwänden gewesen war …

Seine Augen fixierten Kanemô mit der Gier eines Raubtiers und er lachte dunkel.

Tötet ihn!, befahl sie den Bestien, doch einen Augenblick zu spät. Sie spürte, wie ihr Befehl in den Bestien gegen eine Mauer prallte. Die Einhörner und der Nardenbär stellten sich auf die Hinterbeine und verharrten unschlüssig. Die Werkatzen duckten sich, die Zähne gebleckt, und die Rogstiere scharrten mit den Hufen. Nur Schneestups fauchte ihn an.

»Glaubst du, die Bestien gehorchen dir mehr als mir? Dir, die keinen Schimmer von Zauberei hat – nur weil in dir das Königsblut fließt?«, höhnte er. »Ich studiere die Zauberbücher seit Jahren. Ich bin der größte Zauberer, den es je gegeben hat, ich –«

Kanemô machte einen Satz nach vorn und ließ das Schwert auf ihn niedersausen. Sagrik hob den Arm, um sich zu schützen, und heulte auf. Die Klinge schnitt durch Stoff, Haut und Fleisch und traf mit einem dumpfen Knirschen auf den Knochen.

Kanemô stolperte zur Seite, hob die Waffe ein zweites Mal und schlug erneut zu, doch ein Einhorn stieß sie von der Seite an. Es war nur ein Schubser, aber er reichte, um Kanemô zwei Schritte weit ins hohe Gras zu schleudern. Das Schwert flog ihr aus den Händen.

»Miststück!«, schrie Sagrik.

Kanemô tastete im Gras herum. Wo war das Schwert? Sie

spürte, wie sich Sagriks Wille in den Bestien gegen ihren aufbäumte. Eine Flutwelle, die höher und höher wuchs.

Ein Windstoß rauschte über die Lichtung. Endlich entdeckte sie das Schwert, als es im fahlen Morgenlicht aufglänzte. Sie streckte sich danach – in diesem Moment brachte ein Fauchen die Luft zum Zittern. Sie drehte sich um, musste die Augen gegen den Wind zusammenkneifen.

Ein mächtiger Schatten erhob sich am Himmel. Sein Flügelschlag wirbelte Laub und Zweige auf, und als er sich auf einem Baum niederließ, knickte der mächtige Stamm wie ein Grashalm um.

Der Drache reckte den Hals, bis sein Kopf direkt vor Kanemô innehielt. Ihre Haare wehten ihm entgegen, als er durch die Nüstern einatmete. Zwischen den Reißzähnen, jeder lang wie ein Arm, quoll der betäubende Gestank der Kriechglut hervor. Kanemô starrte in diese Augen, pulsierende schwarze Schlitze, um die sich goldene und hellblaue Blitze rankten wie in polierten Edelsteinen. Und sie spürte, dass etwas Verwandtes zwischen ihr und der Bestie war.

Alle Härchen an ihrem Körper stellten sich auf. Das Geschöpf war nicht von dieser Welt. Und doch bestand eine Verbindung zwischen ihm und ihr. Er unterlag ihrem Willen, ob er wollte oder nicht. Und sie spürte ihn, seine ungeheuerliche Macht und seine Qual, gefangen zu sein, als wäre sein Leib ihr eigener. So nah waren sie sich, obwohl sie einander ein Rätsel waren – einander für immer ein Rätsel bleiben würden.

Sagrik war inzwischen auf den Nacken des Drachen geklettert und setzte sich rittlings zwischen zwei Wirbelhörner. Der Drache erhob sich. Die ersten Sonnenstrahlen ließen seine Schuppen aufglänzen, die am Bauch gelb waren und auf dem Rücken grünlich schwarz schillerten.

Sagrik und Kanemô sahen sich in die Augen. Hass und Schmerz verzerrten Sagriks Gesicht. Er riss den Mund auf und plärrte – wortlos, so wie ein zorniges Kleinkind. Dann erhob sich der Drache in die Lüfte. Nur zwei Flügelschläge später war er verschwunden, und die wiegenden Bäume beruhigten sich, abgesehen von dem einen, der unter dem Gewicht des Drachen zersplittert war.

Kanemô atmete schwer. Sie wollte sich aufrichten und fiel wieder ins Gras zurück. Erst jetzt wurde ihr klar, dass sie nicht damit gerechnet hatte zu überleben.

Sie lebte.

Schneestups schob den Kopf unter ihre Hand und fuhr mit der rauen Zunge über Kanemôs Gelenk. Kanemô warf einen Blick auf die übrigen Bestien, die wie Statuen ringsum sie ausharrten. Als hätten sie nie etwas anderes getan, als ihr zu gehorchen. Als hätten sie sie nicht zerfleischt, wenn Sagrik es befohlen hätte.

Warum also hatte Sagrik es nicht befohlen?

3

Als Laurien, Savionne und ihre Krieger aus dem Tor traten, empfing sie eine jubelnde Menge. Selten hatte Laurien sich so furchtbar gefühlt wie in diesem Moment. Langsam begriffen die Flüchtlinge, dass sie sich zu früh gefreut hatten. Hinter ihnen wuchs der Wall aus Bäumen grollend und knackend wieder zu und spätestens da erstarben die letzten jubelnden Stimmen.

Perakín kam angelaufen. Laurien bemerkte ihn und ein Blick genügte, damit er verstand. Es brach ihr das Herz.

»Sie nehmen uns nicht auf«, sagte Savionne schlicht.

Die Stille breitete sich wie ein Leichentuch von den vordersten Reihen nach hinten über die Aberhundert Versammelten aus.

Dann wurden empörte Rufe laut. Klagen. Schluchzen.

Wir müssen ihnen sagen, dass die Königin anrückt, dachte Laurien, aber Savionne schien es nicht über sich zu bringen.

Also trat Laurien vor. Sie rief: »Und wir erwarten das Heer von Ivenhall!«

Nun erklangen Schreie. Unruhe brach aus, aber wohin sollte man fliehen? Die Menge schwankte unschlüssig. Wartete auf weitere Nachrichten, auf Anweisungen, was zu tun war – auf irgendeine Hoffnung, an die man sich klammern konnte.

Laurien schluckte. Suchte nach etwas, das sie den Elfen geben konnte. Kurzerhand beschloss sie: »Wir gehen zu den Wasserfällen, die wir auf dem Weg hierher gesehen haben! An den Klippen und im Wasser können wir uns noch am besten vor dem Drachen in Sicherheit bringen.«

Sie hatte damit gerechnet, dass Widerspruch aufbranden würde, denn es war noch weniger als ein dürftiger Plan – es war eher *gar kein* Plan –, aber die Leute waren zu ratlos, um zu protestieren.

»Bitte!«, schrie eine Frau mit einem Kind auf dem Arm. Dann rannte sie auf den Baumwall zu und versuchte an den Wurzeln emporzuklettern. Andere folgten ihrem Beispiel, weil sie verzweifelt hofften, so den Baumwall zu überwinden. Unfähig, es zu verhindern, beobachtete Laurien, wie manche stürzten und andere dabei mitrissen oder unter sich begruben. Es war ein Chaos.

»Lasst den Unsinn!«, brüllte Savionne. »Ihr kommt niemals über den Wall!«

Doch kaum jemand hörte auf sie.

»Die Bäume lassen niemanden auf die andere Seite!«, schrie Savionne in die Menge.

»Zu den Wasserfällen!«, rief Laurien.

Savionne und ihre Krieger folgten ihr und wiederholten: »Zu den Wasserfällen! Zu den Wasserfällen!«

Einige kamen mit ihnen.

Nicht weit entfernt umschlossen die Wurzeln der Wallbäume große Felsbrocken. Wasser stürzte von einer Quelle aus den Tiefen des Gesteins über diese Felsen, sammelte sich etwa dreißig Schritte tiefer in einem kleinen See und floss von dort in Bächen durch den Wald. Zwischen den Felsbrocken gab es Höhlen, in denen man sich verstecken konnte, und das Wasser war zwar kein verlässlicher Schutz vor Kriechglut, aber besser als nichts. Laurien und Savionne halfen den Flüchtlingen, an den Klippen ein Versteck zu finden. Andere begriffen, dass dort weder genug Platz noch Schutz war, und flohen auf eigene Faust in den Wald.

Lärm brach hinter ihnen los. Laurien blickte sich um: Anscheinend öffneten sich die Tore! Sie rannte hin, das Herz schon überlaufend vor Erleichterung. Doch aus der Öffnung im Baumwall traten nur Erinian und seine Handvoll Bogenschützen. Hinter ihnen schlossen sich die Stämme wieder.

Laurien verlangsamte ihren Schritt. Die Flüchtlinge umringten die Krieger, und als sie begriffen, dass sie immer noch nicht eingelassen wurden, sondern ihnen lediglich ein Dutzend Bogenschützen zu Hilfe gekommen waren, war für manche die Enttäuschung zu groß. Sie sackten zu Boden und blieben mit glasigem Blick sitzen.

»Erinian!« Laurien lief die letzten Schritte auf ihn zu und fiel ihm in die Arme, nur um ihn gleich wieder von sich zu schieben. »Was macht ihr hier draußen?«

»Dasselbe wie ihr.« Er atmete zitternd aus. »Ihr hättet mich wirklich wecken können. Schließlich bin ich euer Heerführer. Aber … zum Donner mit den Beschlüssen der Weisen!«

Laurien musste lachen, obwohl es schmerzte. Sie umarmte Erinian ein weiteres Mal. Zusammen gingen sie zu den Wasserfällen und diesmal folgten ihnen mehr Flüchtlinge.

Es gab kaum sinnvolle Vorbereitungen zu treffen. Nachdem sie versuchten, die Flüchtlinge, so gut es ging, in Verstecken unterzubringen, berieten sie sich, aus welchen Richtungen der Drache kommen könnte und wo sich die Bogenschützen postieren sollten. Erinian und seine Krieger hatten so viele Waffen mitgebracht, wie sie tragen konnten. Unter den Flüchtlingen gab es einige, die als Jäger mit Pfeil und Bogen umgehen konnten und sich freiwillig meldeten. Sie wurden mit Waffen ausgestattet.

Dann gab es nicht mehr viel zu tun.

Den Baumwall kletterten noch immer Flüchtlinge empor, und man konnte einzelne Gestalten weit, weit oben sehen, wie sie gefährliche Hangeleien und Sprünge versuchten. Obwohl Laurien nicht hinschauen wollte, zog es ihren Blick doch immer wieder in die Höhe, und sie bangte mit den Verzweifelten, ganz gleich, wie aussichtslos ihre Mühen waren. Eigentlich sollte sie hoffen, dass niemand so weit nach oben gelangte, dass die Bäume sich zu regen begannen und sie abschüttelten …

Dann stürzte tatsächlich jemand. Eine Liane musste gerissen sein oder vielleicht war derjenige ausgerutscht. Unerträglich lange fiel er in die Tiefe, und sein Kreischen hallte durch den Wald, dass Vogelschwärme aufflatterten.

»Laurien«, sagte jemand hinter ihr, fasste sie an der Schulter und drehte sie zu sich um. Es war Perakín.

Sie sah zu ihm auf und versuchte auszublenden, was sie hinter sich hörte. Doch natürlich lauschten sie beide auf das schreckliche Ereignis, und sie versuchten beide, ein Zucken zu unterdrücken, als der Schrei abrupt endete.

»Lass uns ein Stück gehen«, sagte er und schob sie vor sich her, ohne auf ihr Einverständnis zu warten. Sicher wollte er sie ablenken, um sich selbst abzulenken, aber es war ihr recht.

Sie gingen nebeneinanderher. Goldenes Frühlingslicht fädelte sich durch die Baumkronen und glitzerte auf dem Wasser. Die Schönheit ihrer Umgebung machte sie nur noch beklommener. Laurien steuerte ein schattiges Stück Ufer an, kletterte auf einen Felsen und fing Wasser aus einem kleinen Sturzbach auf, um sich das Gesicht damit zu benetzen.

Sie bemerkte, dass Perakín sie beobachtete. Als sie seinen Blick erwiderte, sagte er leise und gefasst: »Ich habe dich lange bewundert. Wusstest du das?«

Sie spürte einen Kloß im Hals, der ihr das Sprechen unmöglich machte. Sie deutete ein Kopfschütteln an.

Er begann gedankenverloren gegen einen Felsen zu treten. »Ich dachte, du blickst auf mich herab, weil ich kein großartiger Krieger bin. Oder weil ich ein Mensch bin. Oder aus sonst einem Grund. Aber du bist nicht hochnäsig. Du bist feige.«

Er machte eine Pause, weil es ihm offenbar schwergefallen war, das auszusprechen.

Laurien verharrte reglos und versuchte sich auf die eiskalten Wassertropfen zu konzentrieren, die über ihr Gesicht rannen. »Warum sagst du mir das?«

»Ich fürchte, ich werde sonst nicht mehr die Gelegenheit haben. Und ich wollte dir diese Dinge schon so lange sagen. Du versteckst dich hinter deiner Stärke – deiner unzugänglichen, glatten Stärke«, fuhr er fort. »Weil du Angst hast, dass man dich nur mögen kann, solange du dein eigentliches Wesen nicht zeigst. Vielleicht steckt hinter deiner Kriegerinnenfassade wirklich nichts Liebenswertes. Aber das Risiko, das herauszufinden, musst du eingehen. Denn sonst bist du nie da. Und es geht nur darum. Um nichts anderes geht es, als da zu sein in deinem eigenen Leben. Mit jemandem, den du liebst und der dich liebt.«

Sie schloss die Augen. Tränen mischten sich in die Wassertropfen auf ihren Wangen. Sie hoffte, dass er es nicht merkte … und dann wurde ihr bewusst, dass sie selbst jetzt noch versuchte, vor ihm die Fassade zu wahren. Sie vergrub das Gesicht in den Händen und schluchzte.

Sie war erbärmlich. Eine Lügnerin. Und ein Feigling, wie er gesagt hatte.

Behutsam nahm er ihre Hände. »Schau mich an.«

Sie konnte es nicht. Er stand direkt vor ihr und ihre Tränen tropften auf ihre zitternden Hände in seinen.

Er hob ihr Kinn, ganz leicht, fast mehr eine Geste als eine Berührung. Dann sah er sie an, ihre Narben, ihre zusammengepressten Lippen, um nicht zu schluchzen.

»Ich habe keine Ahnung, ob die Person, in die ich verliebt bin, wirklich existiert, oder ob ich sie mir zwei Jahre lang nur eingebildet habe. Wahrscheinlich bleibt mir nicht genug Zeit, es herauszufinden. Aber ich wollte, dass du es weißt. Dass ich in dich verliebt war, die ganze Zeit.«

Sie starrte ihn an. Und endlich konnte sie sagen, was ihr so lange auf dem Herzen lag: »Es tut mir leid.«

Er bewegte den Kopf ein wenig, nicht ganz ein Nicken, nicht ganz ein Schütteln. »Du hättest es nicht tun müssen. Bei den Göttern, das hättest du nicht.«

»Ich liebe dich«, flüsterte sie.

Sein Seufzen schien ein winziges Lachen zu enthalten. »Darauf bin ich inzwischen auch gekommen.«

Sie wollte ihn küssen, aber im letzten Moment traute sie sich doch nicht und ließ ihre Stirn an seine Brust sinken. Er berührte ihre vernarbte Wange und hob abermals ihr Gesicht. Sie waren sich so nah wie seit ihrer gemeinsamen Nacht nicht mehr.

Schreie.

Sie fuhren zusammen und blickten auf. Elfen rannten in alle Richtungen davon. Über den Baumwipfeln erschien der Drache.

Laurien und Perakín drängten sich zwischen die Felsen. Der Drache raste am Baumwall von Madgar Yhs entlang und spie Feuer. Viele der Elfen, die dort emporkletterten, stürzten in die Tiefe, nicht zu unterscheiden von brennenden Ästen und Ranken.

Im Flug neigte der Drache den Kopf, und mit einem Fauchen, das die Erde erzittern ließ, spie er Flammen über die Erde. Fliehende Gestalten, Bäume, Felsen, alles versank für Augenblicke im Feuer. Laurien und Perakín duckten sich unter das eisige Wasser, als der Drache geradewegs über sie hinwegsegelte. Doch nur sein Schatten fiel über sie. Er holte gerade Atem.

Der Luftstrom seines Flügelschlags fegte Laub und Zweige auf sie herunter. Perakín hob zum Schutz seinen Arm. Dann war der Drache fort.

Eine schwarze Narbe prangte auf der Erde, wo sein Feuer alles niedergebrannt hatte, und stinkende, glimmende Kriechglut dampfte davon auf. Einige, die zu den Verbrannten eilen wollten, gerieten in die Kriechglut und stießen Schmerzensschreie aus. Ansonsten war die Stille nach dem Angriff gespenstisch. Laurien meinte die Aberhundert Elfen in den Felsnischen und hinter den Wasserfällen vor Angst keuchend atmen zu hören. Aber vielleicht war es nur ihr eigener und Perakíns Atem hinter dem Wasservorhang des kleinen Sturzbachs.

Perakín spannte den Bogen, den er von Erinian bekommen hatte, und legte einen Pfeil auf die Sehne. Ihnen beiden war klar, wie wenig das gegen den Drachen ausrichten würde, aber nichts zu tun, war schlimmer. Er wischte sich das Wasser aus den Augen. Laurien bemerkte, dass er zitterte, überwand ihre Scheu und legte ihre Arme um ihn, damit er nicht so fror. Auch er zögerte, dann zog er sie näher zu sich heran, eine Hand um ihre Taille. So aneinandergekauert, den Bogen zwischen sich, warteten sie darauf, dass die Bestie zurückkehrte. Sie lehnte das Gesicht an seinen Hals, spürte die Wärme seiner Haut, dachte an all das Glück, das sie verpasst hatte.

Schließlich legte er den Bogen beiseite, strich ihr Haar zurück und küsste sie. Zart, wie nur ein Abschiedskuss es sein konnte. Denn nichts anderes war es.

Flüsternd erzählten sie sich, was in den letzten zwei Jahren geschehen war. Perakín sprach davon, wie er seine Schwester Aritamé aus der Geiselhaft ihres Feindes befreit hatte und wie sie auf der Flucht getötet worden war. Wie er eingesehen hatte, dass alles

Kämpfen nur das Gegenteil von dem bewirkte, was man sich wünschte. Wie die Schuld am Tod seiner Schwester ihn verfolgte, und wie er jeden Tag gehofft hatte, dass sie, Laurien, noch lebte. Auch sie gab Dinge preis, die sie nie zuvor ausgesprochen hatte. Jeder wusste, dass sie bei dem Versuch, Faisah zu retten, von der Kriechglut entstellt worden war. Aber sie hatte selbst nie über Faisahs Tod gesprochen. Bis jetzt. Sie hörten einander zu, ohne allzu viele Fragen zu stellen. Sie hielten sich in den Armen, während sie die Geheimnisse miteinander teilten, die sie nicht mit ins Grab nehmen wollten.

»Ich wünschte, du hättest mir früher gesagt, was du für mich empfindest«, sagte Laurien dann.

»Ich habe es mehrfach probiert, mit dir zu reden. Du hast jedes Mal das Weite gesucht.«

Sie erinnerte sich daran. »Aber nur, weil ich mich so geschämt habe. Je mehr ich dich mochte, umso mehr habe ich mich selbst gehasst.«

»Ich weiß nicht, ob ich dich küssen oder schütteln soll.«

»Beides könnte helfen.«

Er drückte sie an sich. Sie fühlte seinen Atem im Haar, seine Hand, die ihren Kopf sachte hielt. Langsam näherten sich ihre Lippen, als würde die Zeit stillstehen und der Moment nie vergehen, wenn sie es schafften, Reglosigkeit vorzutäuschen.

Dann hörten sie den Drachen. Er war zurück.

Diesmal rauschte er über sie hinweg, ohne Feuer zu speien. Perakín war bereits durch den Wasservorhang gesprungen und schoss einen Pfeil auf ihn. Das Geschoss traf die Bestie am Bauch, doch es konnte das Schuppenkleid nicht durchdringen. Andere Pfeile prallten ebenso an dem Drachen ab.

Der Drache stieg mit kräftigen Flügelschlägen höher.

»Da!« Laurien zeigte auf die Gestalt, die im Nacken der Bestie saß. Sie entfernte sich rasch, aber noch konnte man erkennen, dass es keine andere als Kanemô war. Ihr helles Haar wehte im Wind.

Der Drache flog steil am Baumwall empor. Er versuchte offenbar, darüber hinweg nach Madgar Yhs zu gelangen. Als er die Baumkronen erreicht hatte, wirkte er beinah nur noch wie ein großer Vogel, so fern war er. Ein atemberaubender Kampf entbrannte.

Zweige schossen aus dem Dickicht und schlugen nach dem Drachen. Die Bestie geriet ins Trudeln, doch sie fing sich wieder und spie Feuer in die Laubkronen. Kleinere Feuer loderten dort auf. Der Drache zog einen Kreis und stieg noch höher, um über die Bäume hinwegzufliegen. Doch aus den Wipfeln schossen abermals Lianen und Zweige und schlangen sich um die Klauen des Drachen, seinen Hals und Schwanz und versuchten sogar, die schlagenden Flügel zu umwickeln. Der Drache stieß ein Brüllen aus. Die Bäume schienen ihn aus der Luft zu zerren … Er spie Flammen und versengte seine lebendigen Fesseln. Neue schossen nach. Der Kopf des Drachen verhedderte sich in den Schlingen. Er konnte sich nicht mehr in der Luft halten. Heulend stürzte er in das wogende grüne Meer der Wipfel.

»Kanemô«, stieß Perakín aus und schüttelte den Kopf, als wollte er sich selbst widersprechen: »Nein, sie war es nicht, es war die Hexe in Kanemôs Gestalt.«

Aber er schien sich nicht ganz überzeugen zu können. Während die Elfen unten bereits in zaghaften Jubel ausbrachen und auch in Laurien mit jedem Herzschlag, den der Drache verschwunden blieb, Erleichterung aufstieg, wirkte Perakín hin- und hergerissen.

Laurien fasste ihn an der Schulter. »Egal, wer im Nacken des Drachen saß – wenn sie tot ist, umso besser!«

Er sah sie an, als wäre sie eine Fremde. »Es ist nicht Kanemô.«

Da brach eine Feuersbrunst in den Baumkronen los. Aus dem Rauch und der wirbelnden Asche schoss der Drache hervor. Er überschlug sich in der Luft, weil ihn noch immer Lianen hielten. Doch die letzten rissen und der Drache stürzte in die Tiefe ... Mitten in seinem trudelnden Fall öffnete er die Flügel und schaffte es, dem Tod davonzusegeln. Aber man konnte sehen, dass ihm schwer zugesetzt worden war. Einer seiner Flügel schien zerfetzt und er kippte immer wieder zu einer Seite weg. Er rauschte über sie hinweg und spie Feuer auf die Elfen. Innerhalb von Sekunden starben so viele von ihnen ... Dann war er über dem Wald verschwunden.

Laurien hatte die Augen geschlossen und traute sich lange nicht, sie zu öffnen. Sie wollte die Überreste der Zerstörung nicht sehen. Endlich strich sie sich das nasse Haar aus der Stirn. Plötzlich war ihr kalt.

»Vielleicht stirbt der Drache an seinen Verletzungen«, murmelte sie, ohne wirklich daran zu glauben. »Doch selbst wenn, befehligt die Königin immer noch ein Heer. Sie wird alle niedermetzeln lassen, die ...«

»Es war nicht Kanemô«, beharrte Perakín. »Sie hätte das nicht getan.«

»Ihr eigenes Volk angreifen? Sie *hat* es getan. Wir waren dabei. Im Palasthof!« Laurien schluckte. »Und ich kann sogar nachvollziehen, warum sie das Volk ihrer Mutter hasst. Ich habe die Weise Iriobal erlebt.«

»Und ich habe Kanemô erlebt. Sie saß nicht auf dem Drachen, der die Leute verbrannt hat.«

Laurien wich vor ihm zurück. Die letzten Stunden mit ihm rückten in weite Ferne. Wahrscheinlich hatte er sich nur zu all den schönen Worten hinreißen lassen, weil das Ende kurz bevorstand. Solange er in Kanemô etwas Gutes sah, wie konnte er da in sie, Laurien, verliebt sein?

Sie ballte die Fäuste. Es war ihre eigene Schuld. Sie wandte sich ab und lief an den Verstecken der Elfen in den Felsen entlang. Perakín sagte nichts. Er kam ihr nicht nach. Und sie sagte sich, dass es jetzt Wichtigeres gab.

Laut rief sie: »Der Drache ist verletzt! Wenn er stirbt, haben wir eine Chance, dem Heer der Königin zu entkommen! Wir müssen fliehen!«

»Wohin?«, fragte jemand.

»Irgendwohin.«

Einige folgten ihrer Aufforderung und liefen davon, in verschiedene Richtungen, blindlings in den Wald. Laurien sah ihnen nach, von so tiefer Mutlosigkeit ergriffen, dass sie sich für einen Moment nicht rühren konnte. Selbst wenn der Drache nicht mehr aus der Luft auf sie Jagd machen würde und sie am Heer der Königin vorbeikamen – wohin sollten sie gehen?

Sie waren verloren.

»Laurien ...!«, rief Perakín irgendwo hinter ihr.

Sie wollte sich nicht umdrehen. Sie wollte seine Ausreden, was Kanemô betraf, nicht hören. Sie setzte sich in Bewegung, lief schneller, begann zu rennen. Einfach nur fort, unter den Bäumen dahin, ins Nichts der Welt hinein, so wie die anderen.

4

Gerothen schleuderte die Elfe vor Kanemô zu Boden. »Die ehemalige Heerführerin! Was sollen wir mit ihr machen?«

Kanemô betrachtete Laurien. Sie blutete an der Lippe. Sie musste sich gewehrt haben, als sie und der erbärmliche Haufen Nachtelfen, der sich im Hintergrund drängte, von den Rebellen aufgegriffen worden waren.

Die Elfe spuckte aus und starrte Kanemô an. Eine Ruhe lag in ihrem Blick, die schlimmer war als Zorn oder Angst. Kanemô fröstelte und ließ die Werkatzen hinter sich so nah kommen, dass sie ihren warmen Atem im Nacken spürte.

»Wir werden hier für die Nacht lagern. Bereitet alles vor und bringt dann die Elfe in mein Zelt«, befahl Kanemô.

Der Sonnenuntergang versickerte zwischen den Baumwipfeln. Während das Lager aufgebaut wurde und das Abendessen gekocht, wurden die Elfen in einen Gitterwagen gesperrt. Kanemô beobachtete die Gefangenen aus einiger Entfernung. Sie sahen nicht aus wie Krieger und auch nicht wie Hohe Elfen. Was sollte sie mit ihnen anfangen?

Sie wollte sie nicht töten, aber konnte sie sie denn laufen lassen, wo doch alle Welt glaubte, sie würde die Elfen mit ihrem Drachen ausrotten? Die Tatsache, dass der Drache dem Heer *vorausflog* und sich nie mit ihr gezeigt hatte, sorgte schon für genug Argwohn unter den Rebellen.

Als ihr Zelt aufgebaut war, brachte man ihr Laurien, gefesselt an Händen und Füßen.

»Lasst uns allein!«, befahl sie. Zum Schutz hatte sie ohnehin immer eine Werkatze bei sich, die auch jetzt abseits des Fackelscheins im Halbdunkel lag und alles aus großen, stummen Augen beobachtete. Und natürlich Schneestups.

»Spioniert Ihr für Madgar Yhs?«, fragte sie Laurien rundheraus.

»Die Hohen Elfen«, sagte Laurie langsam, »haben die Flüchtlinge nicht in Madgar Yhs eingelassen. Sie haben mit keinem von ihnen auch nur ein Wort gewechselt.«

Kanemô nahm Schneestups in die Arme und kraulte die kleine Werkatze, bis sie schnurrte. »Wie weit von hier ist Madgar Yhs?«

Die Frage schien Laurien zu verwundern. »Wisst Ihr das nicht nach Euren Ausflügen mit dem Drachen?«

Sie zuckte kaum merklich zusammen. Der Drache. Sagrik war also schon dort gewesen. Und wenn die Elfen geflohen waren, musste er sie angegriffen haben.

Perakín.

Sie klammerte sich an Schneestups. »Ist Perakín tot?«

»Wenn Ihr Euren Drachen erneut auf die Nachtelfen losgelassen habt, dann wird er tot sein.« Laurien machte eine Pause. »Habt Ihr?«

Die Hilflosigkeit, die sie empfand, war überwältigend. Und das Gefühl versickerte auch nicht wie früher. Nur ihre Kraft schien sie zu verlassen. Als sie sich endlich gefasst hatte, fragte sie: »Ich vermute, er ist nicht im Besitz meines Herzens, oder?«

Lauriens Gesichtsausdruck verriet ihr, was sie wissen wollte. Sagrik hatte gelogen – natürlich. Ihr Herz war also immer noch im Besitz von Sagrik. So kontrollierte er den Drachen. Und alle Bestien.

Deshalb hatte er sie auch nicht getötet. Wenn sie tot war, funktionierte ihr Herz nicht mehr.

Schneestups glitt aus ihren Armen und sprang maunzend davon. Kanemô ließ die Arme kraftlos sinken, so schwach war sie mit einem Mal. Sie beäugte Laurien, ihre verbrannte Gesichtshälfte. Angewidert sagte sie: »Ich weiß, dass du mein Aussehen gestohlen hast, um dich ihm zu nähern.«

Laurien senkte den Kopf. Nach einer Weile sagte sie: »Es stimmt. Ich dachte, er kann mich nur lieben, wenn … ich so aussehe wie Ihr. Aber Ihr habt mehr von mir geliehen als umgekehrt, ohne es zu wissen. Denn er sieht etwas Gutes in Euch. Obwohl Ihr ein Monster seid.«

Sie hatte leise gesprochen, aber ihre Worte trafen Kanemô wie Messerstiche. Ein Monster … Ja, nichts anderes war sie. Sie zitterte jetzt vor Schwäche. Wieso nur war sie so kraftlos? Sie wandte sich ihren Werkatzen zu, wollte nichts wie fort von Laurien. Die Bestien kamen angeschlichen und die große der beiden ging in die Knie. Kanemô setzte sich auf ihren Nacken und versank in dem langen, rauen Fell. Zusammen mit Schneestups ritt sie an Laurien vorbei aus dem Zelt.

Draußen war es Abend geworden, Lagerfeuer brannten. Kanemô kam an Männern vorbei, die sich vor ihr verneigten, aber es war alles nur Schein … keiner von ihnen würde wirklich für sie kämpfen. Auch über die Rebellen hatte sie im Grunde nicht die geringste Kontrolle.

Sie kam zu den Gefangenen. Der Anblick der Werkatzen versetzte sie sichtlich in Angst. Inzwischen waren noch mehr Nachtelfen im Wald aufgegriffen worden. Die Rebellen hatten so viele, wie nur hineinpassten, in den Gitterwagen gepfercht. Die übrigen wurden an einen Baum gefesselt. Keiner der weinenden und zitternden Gestalten schien je für oder gegen irgendetwas gekämpft zu haben. Es wäre besser, sie gleich zu töten. Die Rebellen, die sie bewachten, schienen dasselbe zu denken.

»Lasst die Elfen laufen!«, hörte Kanemô sich sagen. »Wir nehmen keine Flüchtlinge mehr gefangen.«

Erstaunt blickten die Rebellen zu ihr auf.

Ich bin die Königin, sagte sie sich selbst. *Auch ohne Heganen habe ich das Sagen. Und ich schulde niemandem eine Erklärung.*

Aber sie sah die Zweifel in den Augen der Männer. Sie waren Heganen gefolgt, weil er ihre Rebellion verkörperte. Sie hatten sich mit den Elfen verbündet, weil er es entschieden hatte, und sie hatten die Elfen aus Ivenhall vertrieben, weil er es befohlen hatte. Kanemô jedoch war die Tochter des Feindes. Wie lange würde die Angst vor dem Drachen die Rebellen davon abhalten, sich gegen sie aufzulehnen? Wie lange, bis sie sich einen neuen Gemahl nehmen musste? Sagrik hatte recht: Es würde Gerothen sein müssen, wenn nicht gleich sein Vater, Fürst Githeon, der mehr Einfluss auf die Fürstentümer hatte als irgendein anderer. Wieder überkam sie eine solche Erschöpfung, dass sie glaubte, von der Werkatze zu gleiten.

Die Rebellen banden die Elfen los und öffneten den Gitterwagen.

»Los, verschwindet!«, befahlen die Männer.

Aber die Elfen zögerten. Sie fürchteten wohl, die Werkatze würde sich auf sie stürzen, sobald sie sich in Bewegung setzten.

Kanemô ließ die Bestie kehrtmachen und zu ihrem Zelt zurückgehen. Vor dem Zelt stieg sie ab. Die Vorstellung überkam sie, dass Laurien sich in der Zwischenzeit von ihren Fesseln befreit und bewaffnet haben könnte und sie umbringen würde, sobald sie ohne die Werkatzen eintrat.

Sie ließ die Bestien trotzdem draußen warten und trat ein.

Laurien war in die Hocke gegangen, ansonsten schien sie sich nicht gerührt zu haben. Nun richtete sie sich auf. Immer noch gefesselt und anscheinend unbewaffnet.

Kanemô trat näher zu ihr. »Ich befehlige den Drachen nicht.

Aber ohne mich hätte der Drache auch nicht so viele Elfen töten können. Er wird mithilfe meines Herzens gelenkt.«

»Das glaubt Perakín«, sagte Laurien misstrauisch.

»Und wir wissen beide, wie gutgläubig er ist.« Kanemô blieb noch einen Moment vor Laurien stehen. Hatte die Elfe sich während Kanemôs Abwesenheit wirklich nicht bewaffnet? Vielleicht überschätzte sie Laurien. Sie ging durch das Zelt und ließ den Blick über ihre Sachen schweifen. Ein zierlicher Dolch, den sie immer im Innenfutter ihres Umhangs trug, lugte sogar unter dem Stoff hervor.

Nachdenklich zog sie ihn heraus und umschloss den kalten, mit Perlmutt besetzten Eisengriff. »Alles, was ich wollte, war, nicht mehr hilflos zu sein. Ich wollte nur die Kontrolle über mein Leben. Dabei habe ich nicht gesehen, wie viel in meinen Händen liegt. Ich kann Sagrik aufhalten und den Drachen besiegen.« Sie drehte sich zu Laurien um und musste lächeln. »Sag Perakín, dass er richtiglag.«

In einer fließenden Bewegung stieß sie sich den Dolch in den Unterarm und zog die Klinge bis zu ihrem Handgelenk. Sie war erstaunt, wie stark sie war. Stärker als ihr Schmerz. Sie wechselte den Dolch in die andere zitternde Hand und stach sich auch in den rechten Arm, doch ehe sie sich die Pulsadern ganz aufgetrennt hatte, war Laurien bereits zu ihr gestürzt. Die Fesseln waren abgefallen. Sie hatte sich also doch befreit …

»Schon gut«, murmelte Kanemô und versuchte sich Laurien zu entziehen, als sie ihr die Wunden mit ihrem Umhang abbinden wollte.

Das Blut strömte grell hervor, tränkte den Stoff, ihre Hände und den Teppich. Es war ein guter Anblick. Ein Zeichen, dass sie lebendig gewesen war, ausgehöhlt zwar, aber nicht ganz leer …

»Wenn ich tot bin, hat Sagrik keine Macht mehr über den Drachen«, sagte sie noch, aber Laurien schien sie nicht zu verstehen. Sie sank mit ihr zu Boden und kümmerte sich panisch um die Wunden.

Kanemô schaffte es nicht mehr, sich zur Wehr zu setzen. »Sag Perakín … hatte recht …«

Dunkelheit umschloss sie.

5

Perakín starrte in die Finsternis des Waldes. War es nur der Wind, der die tief hängenden Zweige rascheln ließ? Den Bogen gespannt, schlich Perakín vom Baumwall weg und an den Felsen und Wasserfällen entlang. Er hoffte, dass noch mehr Nachtelfen zurückgekommen waren.

Durch Zufall war Perakín, nachdem alle die Flucht ergriffen hatten, dem Baumwall näher gekommen und hatte bemerkt, dass die Stämme sich an einer bestimmten Stelle bewegten und öffneten. Es musste an dem Findelicht liegen, das Laurien ihm gegeben hatte. Als er es dann gegen den Wall gehalten hatte, war tatsächlich ein Durchgang entstanden. Er hatte so viele Elfen wie möglich herbeigerufen und hindurchgeschickt. Sie waren nicht wieder herausgekommen. Also vermutete er, dass die Hohen Elfen die Eindringlinge noch nicht entdeckt hatten – oder sich erbarmt hatten und sie in Madgar Yhs behielten. Vielleicht.

Seitdem war er am Baumwall auf und ab gelaufen, um Flüchtlinge einzusammeln und ihnen den Weg nach Madgar Yhs zu öffnen. Es klappte nur an der einen Stelle – offenbar eine Schwachstelle im Wall. Noch ein paar Elfen, die sich verirrt hatten, waren aus dem Wald gekommen, und er hatte auch sie durch den Baumwall gelassen. Bis das Heer von Ivenhall kam, würde er hier warten. Nicht nur, um Flüchtlinge in Sicherheit zu bringen. Er musste Kanemô sehen – und mit ihr reden, bevor er glauben konnte, dass sie es war, die den Drachen befehligte.

Du kannst ihr Herz nicht erweichen, wenn sie kein Herz hat, wiederholte zum hundertsten Mal die Stimme der Vernunft in ihm.

Aber das Mädchen, das er kennengelernt hatte, war nicht ganz verloren gewesen. Wenn er ihr einen Ausweg zeigte, würde sie ihn nehmen. Das wusste er.

Aus dem Wald drangen Geräusche, die eindeutig nicht vom Wind verursacht wurden. Es waren Schritte. Ein Umriss schälte sich aus der Dunkelheit … zu klein und breit, um ein Elf zu sein. Perakín legte einen Pfeil auf die Sehne.

Die Gestalt blieb am Waldrand stehen, sah sich um und näherte sich dann den Wasserfällen. Sie trug einen Umhang und keine größeren Waffen.

»Gib dich zu erkennen!«, rief Perakín.

Die Gestalt fuhr zusammen und hob die Hände. »Ich bin ein Freund! Ich bin für die Elfen und gegen die Königin und ihre Hexe.«

An der Stimme erkannte Perakín, dass es ein Mann war. Ohne den Bogen zu senken, trat er näher.

»Habe ich Madgar Yhs erreicht? Ich will zu den Hohen Elfen.« Der Mann hielt inne. Er schien nun zu bemerken, dass Perakín ein Mensch war. Ängstlich fragte er: »Wer seid Ihr?«

»Was willst du bei den Hohen Elfen?«

Der Mann warf Blicke um sich, ob er umzingelt wäre. »Ich … war ihr Diener. Ich habe ihnen beiden gedient, der Hexe Löwenzahn und der Königin. Aber ich habe es nicht mehr ausgehalten. Sie sind wahnsinnig. Bitte, ich suche Schutz vor der Königin und ihrer Hexe. Ich kann den Hohen Elfen behilflich sein!«

Perakín musterte den kleinen Mann. Er konnte sich nicht erinnern, diesen Diener je in Kanemôs Nähe gesehen zu haben. Von seiner Größe her könnte er zwergischer Abstammung sein. Dann gehörte er vielleicht zur Hexe Löwenzahn.

»Die Hohen Elfen lassen ihre eigenen Brüder und Schwestern

nicht rein, warum sollten sie mit dir Mitleid haben, einem Diener der Feinde?«

Der kleine Mann legte den Kopf schief. »Aber sind die Elfen nicht dem Drachen entkommen, indem der Weg nach Madgar Yhs sich ihnen öffnete? Das sagte jedenfalls die Königin bei ihrer Rückkehr. Diese Hoffnung hegte ich, als ich mich davongestohlen habe.«

»Königin Kanemô hat den Drachen geritten? Bist du dir sicher, dass sie es war und nicht die Hexe?«

»Natürlich. Sie ist grausam und herzlos. *Herzlos* … versteht Ihr?« Der Mann leckte sich über die Lippen und flüsterte: »Sie hat kein Herz.«

»Woher weißt du davon?« Perakín kniff die Augen zusammen. »Wer bist du?«

»Sagrik. Ich bin nur ein Diener. Ich diente bereits König Sagamenon als Bibliothekar und Berater. Ich sollte ihm helfen, einen Drachen aus dem Zauberkessel zu schöpfen, aber es gelang ihm nicht. So konnten die Rebellen ihn stürzen. Ich war ein überzeugter Anhänger des Königshauses. Ich glaubte – und glaube immer noch –, dass die Welt unter einem mächtigen Herrscher, einem Drachenmacher, besser ist als zerrissen zwischen gleichstarken Gegnern. Also brachte ich Prinzessin Kanemô zu der Hexe Liotan, um sie vor den Rebellen zu schützen. Kanemô wollte Macht und opferte dafür ihr Herz, und die Hexe half Kanemô, einen Drachen aus dem Kessel zu schöpfen, bevor die Hohen Elfen ihn zerstörten. Ohne Herz ist Kanemô noch grausamer als ihr Vater. Sie will alle Elfen töten … und danach wird das Morden weitergehen. Wenn ich ihr nicht Einhalt gebiete.«

»Du?«

Der Mann schien mit sich zu ringen. Schließlich holte er etwas unter seinem Umhang hervor. In der Dunkelheit war es kaum zu erkennen. Es hatte die Größe einer Faust und bewegte sich schwach – wie ein Vogel mit gebrochenen Flügeln.

»Ich habe ihr Herz. Ich konnte es der Hexe Liotan stehlen. Die Hohen Elfen wissen sicher, wie man die Königin mithilfe des Herzens töten kann.«

Perakín starrte auf den Schemen in Sagriks Händen. Bestimmt wussten die Hohen Elfen, wie Kanemô damit zu vernichten wäre. Aber würden sie zuerst versuchen, sie zu retten?

»Gib es mir!«, forderte Perakín.

Sagrik wollte das Herz wieder unter dem Umhang verbergen, doch er hielt inne, als er die Bogensehne knirschen hörte.

»Bitte«, wimmerte er. »Gnade! Das Herz ist meine einzige Chance, nach Madgar Yhs eingelassen zu werden. Wenn die Königin mich findet … Bitte, Asyl!«

»Ich lasse dich nach Madgar Yhs. Aber leg das Herz auf den Boden. Genau dort. Und geh zur Seite. Noch weiter!«

Als Sagrik mit erhobenen Händen zurückgewichen war, senkte Perakín die Waffe, kniete nieder und nahm das Herz. Es fühlte sich rundlich und uneben an, mit Vertiefungen und Wölbungen wie ein zusammengekauerter Vogel. Trotz seiner Härte war es leicht. Wenn es sich bewegte – bebende, atmende Bewegungen –, schien ein Hauch Wärme aus dem Inneren zu schweben.

»Wo ist Kanemô jetzt?«, fragte er.

Zitternd deutete Sagrik in eine Richtung. »Sie zieht mit ihrem Heer von Süden hierher. Sie wird noch in dieser Nacht den Wall von Madgar Yhs erreichen. Wir müssen uns verstecken, solange wir können. Ich und Ihr auch!« Als er merkte, dass seine Worte keine Wirkung zeigten, wimmerte er. »Ihr begeht einen Fehler. Das Herz ist unsere einzige Chance, sie zu besiegen.«

»Ich will sie nicht besiegen.«

Sagrik schluchzte und fiel auf die Knie. »Bitte, lasst mich nach Madgar Yhs. Asyl, Asyl, Asyl!«

»Beruhige dich.« Perakín ließ Sagrik aufstehen und suchte ihn ab. Aber er trug weder Waffen noch sonst verdächtige Dinge bei sich. Perakín gab ihm zu verstehen, vor ihm herzulaufen, und Sagrik dankte und flehte abwechselnd, er möge das Herz den Hohen Elfen bringen. Aber es gab nur eine Person, die das Herz haben sollte. Perakín teilte den Baumwall. Ihm kam der Gedanke, dass er das Kostbarste von beiden hatte, von Kanemô und Laurien – das Herz und das Findelicht. Und er wünschte, beides wäre ihnen nie abhandengekommen.

»Bitte«, sagte Sagrik ein letztes Mal, als er schon zwischen den Bäumen stand. »Das Herz!«

»Lauf«, befahl Perakín. Er sah dem kleinen Mann nach, der schluchzend in die Dunkelheit davontappte. Es würde ihn wundern, wenn die Hohen Elfen mit Sagrik Erbarmen haben würden. Aber das war nicht sein Problem. Wenn er Kanemô das Herz zurückgeben konnte, würde sich niemand mehr in Madgar Yhs verstecken müssen.

Langsam wuchsen die Bäume wieder zu. Aus der Tiefe des Walls drang Sagriks Schluchzen so verzerrt zu ihm, dass es beinah wie Gelächter klang.

Perakín lief in die Richtung, in die der Diener gewiesen hatte, stolperte über Wurzeln und Steine, ohne seine Schritte zu verlangsamen. Unter dem Umhang hielt er das Herz behutsam, als wäre es aus Glas. Er würde es Kanemô zurückgeben und sie würde geheilt sein. Er zweifelte nicht daran.

Er wanderte noch nicht lange durch die Finsternis, als er Stimmen und Lichter hinter den Bäumen bemerkte – jedoch nicht vor sich, sondern in westlicher Richtung. Er ging näher.

Unterhalb einer Klippe in einem kleinen Tal glühte in regelmäßigen Abständen Feuer auf. Im aufstrahlenden Licht sah er vor sich Gestalten umherlaufen, Steine werfen und sogar Pfeile nach unten abschießen. Es waren Nachtelfen. Und sie jubelten.

Perakín mischte sich unter sie, ohne dass jemand ihm Beachtung geschenkt hätte. Alle waren siegestrunken, tanzten im Kreis und fielen sich in die Arme. Er spähte über den Abgrund.

Unten im Tal lag der Drache. Sein riesiger, schlangenartiger Leib lag über Felsen und umgeknickten Bäumen und war über und über mit Wurfgeschossen gespickt. Offenbar hatten die Nachtelfen auch Felsbrocken von oben auf ihn hinunterfallen lassen, denn eine seiner Klauen war darunter zerquetscht und eins seiner Schädelhörner gesplittert. Mit jedem schweren Atemzug drang leuchtende Kriechglut aus seinem Maul und seinen Nüstern, doch ansonsten regte er sich nicht mehr.

»Wie habt ihr ihn besiegt?«, fragte Perakín.

Die Elfen fielen auch ihm in die Arme und klopften ihm auf die Schulter, als hätte er mitgeholfen, den Drachen zu erlegen. Sie deuteten auf einzelne Wunden, die sie verursacht hatten, und Perakín musste seine Frage mehrmals wiederholen und anders stellen, bis endlich eine Frau erklärte: »Er lag schon im Sterben, als wir ihn fanden.«

»Was hat ihn umgebracht?«, fragte Perakín.

Doch niemand konnte ihm darauf eine Antwort geben.

Vermutlich hatten die Bäume von Madgar Yhs den Drachen tödlich verletzt. Aber warum hatte der Diener Sagrik nichts davon gesagt? Warum hatte er das Herz gestohlen und wollte sich in Madgar Yhs verstecken?

Perakín ahnte, dass er belogen worden war und einen Fehler begangen hatte.

Er stieg den Abhang hinunter, um sich den Drachen genauer anzusehen. Ein merkwürdiges Gefühl wuchs in ihm ... als hätte er Mitleid mit der Bestie. Wie gigantisch sie aus der Nähe war! Die Schuppen waren teilweise groß wie Schilde und glänzten schöner als poliertes Metall. Das halb geöffnete Auge richtete sich auf Perakín. Im Aufglühen des Atems sah er sich in dem schwarzen Schlitz gespiegelt und blieb stehen.

Plötzlich glaubte er den Drachen zu verstehen – wortlos, als wären sie eins. All das Grauen, das die Bestie angerichtet hatte, war für sie ein Traum gewesen, der sich unverständlich und unaufhaltsam um sie entfaltete. Und wie konnte die Realität auch mehr sein für ein Geschöpf, das dem Nebel entstammte, in dem alles und nichts wirklich war? In diesem Moment begriff Perakín jedoch, dass auch er und jedes Geschöpf der Welt dem Nebel entstammte ... und dass nichts Bestand hatte. Weder Gedanken noch Gefühle noch gute Taten oder Verbrechen hatten einen festen Kern, alles strömte vorüber, verwandelte sich und verlor seinen Charakter. Darin lag die ganze Traurigkeit des Lebens. Und auch so viel Gnade.

Der Drache streckte eine Klaue aus. Ringsum schrien die Elfen Perakín zu, er solle zurückweichen, doch er trat noch näher. Die Klaue der Bestie, länger als ein Doppelschwert und ebenso scharf, richtete sich auf Perakíns Brust, richtete sich auf das Herz, das er unter dem Umhang trug, dicht an seinem eigenen Herzen.

Dann sackte die Klaue des Drachen zu Boden. Perakín ging ebenfalls auf die Knie. Ohne es zu beabsichtigen, war der Drache an seiner Brust entlanggeschrammt und hatte ihm Kleider und Haut aufgeritzt. Aber es war keine schlimme Wunde, nur ein

Kratzer. Perakín biss die Zähne zusammen und beschloss, es zu ignorieren.

Ein letztes Seufzen drang aus dem Rachen des Drachen und die Luft glühte auf. Dann trübte sich sein Auge.

Er war tot.

Nach und nach kamen die Elfen näher, jubelten und traten nach dem gigantischen Leichnam. Die Ersten versuchten bereits, Schuppen aus seiner Haut zu brechen.

Perakín ging rückwärts, eine Hand an Kanemôs Herzen. Ein Gefühl sagte ihm, dass Sagrik das Herz nicht gestohlen hatte, um Kanemô und der Hexe Einhalt zu gebieten … Wenn der Drache im Sterben lag und die Hexe das Herz nur gebraucht hatte, um ihn zu beherrschen, hatte es nun keinen Nutzen mehr für sie.

Doch einen Nutzen hatte Sagrik noch aus dem Herzen gezogen. Perakín hatte ihn nach Madgar Yhs gelassen.

Wer war Sagrik … wenn nicht die Hexe in Verwandlung?

Perakín schluckte schwer. Vermutlich hatte er einem gefährlichen Feind der Hohen Elfen geholfen. Doch es fiel ihm schwer, mit den Hohen Elfen Mitleid zu haben, die selbst so hart gegen die Flüchtlinge gewesen waren. Und wenn er das Herz Kanemô zurückgeben und sie damit retten konnte, war es ihm den Tausch wert.

Jemand kam auf die Idee, sich mit der Kriechglut des Drachen für den Kampf gegen die Menschen auszurüsten. Alle wollten mithelfen. Perakín staunte, wie schnell die Elfen es mit vereinten Kräften schafften, den Drachen zu zerlegen. Sie stachen seine Kehle auf und fingen die herausrinnende Kriechglut in abgerissenen hohlen Klauen auf. Auch Schuppen wurden wie große Schüsseln benutzt. Innerhalb kürzester Zeit hatten sie genug Kriechglut, um Hunderte zu verätzen.

Perakín drehte sich um und schlich davon. Er musste Kanemô finden, bevor die Elfen und Menschen aufeinandertrafen. Doch er war kaum aus dem Lichtkreis der Kriechglut getreten, als die Erde zu beben begann.

Die Bäume wogten wie Gräser. Perakín hielt sich einen Arm zum Schutz vor den herabprasselnden Zweigen über den Kopf. Aus der Ferne erscholl Donner, als würde die Welt einstürzen. Und dann das Krachen umstürzender Bäume.

Er rannte zu den Nachtelfen zurück. Niemand wusste, was geschah. Alle kauerten sich zwischen den Leichnam des Drachen und die Klippe, wo sie vor fallenden Bäumen geschützt waren.

Das Beben hörte und hörte nicht auf. Der Lärm war ohrenbetäubend. Es mussten Berge sein, die einstürzten. Aber wo gab es hier Berge? Das Einzige, was Bergen nahekam, war der Baumwall von Madgar Yhs …

Als endlich das letzte Rumoren durch den Wald hallte, wob sich bereits Tageslicht in die Dunkelheit. Perakín und die Elfen beschlossen, in die Richtung zu gehen, aus der der Donner gekommen war. Bewaffnet mit Schuppen, Klauen und Zähnen voll Kriechglut des Drachen machten sie sich auf den Weg.

Tatsächlich war das Beben von Madgar Yhs ausgegangen, denn bald lichtete sich der Wald, weil die Bäume umgeknickt waren – begraben unter Steintrümmern. Den Steintrümmern des Walls von Madgar Yhs.

Still wanderten Perakín und die Elfen zwischen Felsbrocken hindurch, die die Form von Zweigen, Blättern, Lianen und Wurzeln hatten. Hier und da schienen sich die zerborstenen Zauberbäume noch zu regen, zuckten mit einem Ast oder einer Wurzel und zerbarsten in Steinsplitter. Schließlich türmten sich die Trümmer so dicht und hoch, dass sie darüberklettern mussten. Die Steinbäume bewegten sich unter ihren Füßen kaum merklich, doch es genügte, um die Erde beben und grollen zu lassen. Schwer atmend erreichten sie den höchsten Punkt der Trümmer. Perakín hielt inne und ließ den Blick schweifen.

Der Baumwall von Madgar Yhs war beinah vollständig eingestürzt und hatte die umliegenden Wälder, Flüsse und Seen unter sich begraben. Eine Wüste aus verwobenen Steinbergen war über Nacht entstanden. In der Mitte lag das Reich der Hohen Elfen ungeschützt da.

Auch dort bemerkte er umgestürzte Bäume, deren Laub im Licht der aufgehenden Sonne ihr letztes lebendiges Grün zu verlieren schienen und zu porösem Elfenbein verblassten.

Perakín und die Nachtelfen wanderten hin. Die versteinerten Überreste der Bäume knirschten und zerbröckelten, wenn man auf sie trat. Herrliche Bauwerke, die in die Bäume gemeißelt gewesen waren, Balkone und Brücken stürzten ein und wölkten zu weißem und gelblichem Staub auf, sodass ein trockener Nebel die Welt verhängte. Kein Vogel sang. Es herrschte gespenstische Stille.

Neben einem Trümmerfeld aus geborstenen Bäumen und überschwemmten Bodenplatten entdeckten sie eine Gruppe von Hohen Elfen. Sie kauerten beieinander und weinten. Als sie die Neuankömmlinge bemerkten – und dass sie nicht zu ihnen gehörten –, wichen sie erschrocken zurück.

»Was ist passiert?«, fragte einer der Nachtelfen.

Und ein anderer: »Hat die Königin von Ivenhall das angerichtet?«

»Wo sind die Menschen?«, wollte eine Nachtelfe wissen.

Eine Frau trat vor, gestützt von einem Greis. Die Frau hatte eine blutende Wunde an der Stirn, doch sie schien es nicht zu bemerken. Ein Ausdruck des Schreckens lähmte ihr Gesicht, kaum unterscheidbar von träumender Ruhe. Etwas an ihr erinnerte Perakín an Kanemô.

»Die Menschen«, wiederholte sie, als hätte sie von ihnen noch nie gehört. »Sie waren nicht hier. Der Zwerg …«

Perakín spürte, wie der Boden unter ihm wankte. »Ein Zwerg hat Madgar Yhs zerstört?«

Die Augen der Frau richteten sich auf ihn, Augen von tiefem, schwerem Blau, und obwohl ihnen die Traurigkeit fehlte, die Kanemô besaß, war Perakín sicher, dass es eine Verwandte von ihr sein musste – ihre Mutter.

»Nicht der Zwerg«, sagte sie, »sondern Niran! Einer von uns. Ein Weiser vom Brunnen hat Madgar Yhs verraten. Er ist gestern Nacht verschwunden. Wir bemerkten, dass der Wall nicht mehr verschlossen war. Immer mehr Flüchtlinge kamen herein. Und schließlich auch der Zauberer vom Kleinen Volk. Er tötete jeden, der ihm in den Weg kam, und gelangte bis zum Brunnen. Da erst begriffen wir, wo Niran war. Er war in den Brunnen gestiegen. Er hatte den Wall geöffnet, sodass die Flüchtlinge eindringen konnten. Und dann …« Ihre Stimme versagte.

Der Greis, auf den die Frau sich stützte, sprach für sie zu Ende: »Als der Zwerg den Brunnen erreichte und daraus schöpfen wollte, muss Niran sich umgebracht haben. Er hat sich das Leben genommen, als er mit dem Brunnen eins war, und ihn so vernichtet.«

»Und ich habe ihm gezeigt, wie es geht«, stieß Kanemôs Mutter aus. Fast klang es, als würde sie lachen, doch es war ein Schluchzen ohne Tränen. »Er hat den Brunnen zerstört, wie Gajadis den Zauberkessel in Ivenhall zerstört hat! Madgar Yhs ist verloren. Der Brunnen ist verloren. Wir sind verloren!«

Der Greis wollte sie beruhigen und versuchte sie dazu zu bringen, sich mit ihm hinzusetzen, doch sie gab ihm eine schallende Ohrfeige. Mehrere Zuschauer zuckten erschrocken zusammen. Auch Perakín hatte es nicht kommen sehen.

»Du bist ebenso schuld, Triamen!«, fauchte sie den verdatterten Alten an. »Du hast Niran unterrichtet und ihn in den Rat der Weisen gewählt.«

Triamen erwiderte nichts, senkte nur den Kopf und setzte sich auf ein Trümmerstück. Kanemôs Mutter blickte sich argwöhnisch um und schließlich funkelten Tränen in ihren Augen.

»Worauf wartet ihr? Wollt ihr keine Rache dafür nehmen, dass wir euch den Eintritt in unser Reich verwehrt haben? Los, tötet uns! Freut euch! Madgar Yhs ist verloren!«

Niemand rührte sich.

Perakín wandte sich an die Nachtelfen. »Das Heer der Menschen wird bald hier sein. Ich werde sie erwarten. Aber ich will nicht, dass es zu einem Kampf kommt.«

»Wir haben genug Kriechglut, um ihnen einen hübschen Empfang zu bereiten!«, rief jemand.

Doch die meisten wirkten unschlüssig. Sie waren kaum zweihundert Leute und selbst mit der Kriechglut wäre ein Kampf gegen das Rebellenheer von Ivenhall aussichtslos. Die meisten begannen sich in Bewegung zu setzen, schlichen durch die Ruinen von Madgar Yhs – gewiss, um nach Schätzen zu suchen, die sie mitnehmen konnten. Perakín zweifelte nicht, dass sie fündig werden würden. Er sah bereits, wie manche Nachtelfen Kleider aus Marué aus eingestürzten Baumhäusern trugen und anzogen. So unterschieden sie sich auf den ersten Blick kaum noch von Hohen Elfen.

Vielleicht eint sich das Volk der Elfen nun, da ihr Reich untergegangen ist, dachte er.

Er kletterte auf einen Trümmerberg und wartete.

6

Kanemô träumte von Feuer.

Träge waberten die Flammen aus dem Maul eines Drachen. So träge, dass die Flammen sich eher wie Wasser bewegten. Fluten um Fluten, die in die Nacht davonströmten. Sie hätten glühend heiß sein sollen, aber weil sie wie Wasser waren, waren sie kühl.

Kanemô merkte, dass ihre Arme das Flussbett für das Feuer waren und der Rachen der Bestie war ihre Brust – ein Loch, eine Leere, die schluckende Bewegungen machte und unaufhörlich die schwere Glut hervorströmen ließ. Aber die Leere schrumpfte, wurde zu einer brennenden, pochenden Wunde. Und Angst überkam sie, als sie begriff, dass sie an dieser Wunde nicht sterben würde.

Sie würde mit ihr leben müssen.

Sie öffnete die Augen. Sie lag in ihrem Zelt und blickte auf die Stoffplane, die das Dach bildete. Lärm und Gedränge herrschte um sie herum. Sie hörte Laurien, die lautstark protestierte.

»Ich war das nicht, ich habe versucht, sie zu retten!«, rief die Elfe in das Durcheinander aus Schritten, Männerstimmen, klappernden Rüstungen und Waffen.

War wirklich nur ein Moment verstrichen, seit Kanemô das Bewusstsein verloren hatte? Ihr war, als wäre sie hundert Jahre tot gewesen.

Sie versuchte sich aufzurichten, schaffte es aber kaum, den Kopf zu heben. Ihre Dienerinnen bemerkten, dass sie wieder bei sich war, und stießen Laute der Erleichterung aus.

»Lasst Laurien …«, flüsterte Kanemô. Sie hörte sich selbst nicht, so schwach war ihre Stimme. Aber ihre Dienerinnen gaben den Befehl weiter und endlich kehrte Ruhe ein. Laurien, die schon halb aus dem Zelt gezerrt worden war, wurde losgelassen und trat an Kanemôs Lager.

Kanemô blickte an sich hinab. Sie trug Verbände, die Laurien aus ihrem Umhang gerissen hatte. Ihre Unterarme pochten vor Schmerz. Als wollte das Leben wutentbrannt von ihr wegstürmen. Als hätte es genug davon, in ihr gefangen zu sein.

»Man muss die Wunden nähen«, sagte Laurien.

Es kam Kanemô sehr fern vor, als befänden sich die anderen unter Wasser und sie an der Oberfläche, wo ihr Wellen gegen die Ohren klatschten. Undeutlich bekam sie mit, wie man den Leibarzt Ertegrad rief. Er nähte ihre Arme. Schmerz, der zu Schmerz getragen wurde, wie Eimer um Eimer Wasser. Doch Kanemô spürte es nur unbestimmt.

Was sie deutlich spürte, war Lauriens Hand, die ihre hielt.

Kanemô schwebte weiter zwischen dieser Welt und dem Nichts in einer Flut verzerrter Träume. Laurien bewachte sie. Schneestups lag neben ihr, den Kopf auf ihrer Schulter. Kanemô kam der Gedanke, wie seltsam es war, dass ausgerechnet ihr verwundeter Körper eine Elfenkriegerin und eine Bestie friedlich vereinte.

Dann begann die Erde zu beben. Hinter den Zeltplanen brach Panik aus, und Kanemô war sicher, dass Sagrik mit dem Drachen gekommen war, um sie alle umzubringen, bevor Kanemô sich das Leben wirklich nehmen konnte und damit auch ihm den Drachen. Aber keine Flammen loderten auf. Nur der Donner rollte durch den Wald und ließ den Boden erzittern, sodass Bäume umstürzten. Kanemô wusste nicht, was es war, aber sie hatte das Gefühl, als wäre das Beben eine Botschaft. Sie durfte nicht ohnmächtig werden. Sie musste in dieser Welt bleiben. Denn was immer geschah, sie war die Königin von Ivenhall. Sie trug Verantwortung.

»Es müssen die Baumwälle von Ivenhall sein, gegen die der Drache kämpft«, meinte Laurien. »Aber wie lange geht dieser Kampf? Was passiert dort?«

Kanemô betrachtete die Elfe. »Du sorgst dich um Perakín«, stellte sie fest.

Laurien antwortete nicht und das war Antwort genug.

»Wieso hast du verhindert, dass ich sterbe?« Und leiser, mit einem Kloß im Hals, setzte sie hinzu: »Bereust du es?«

Auch hierauf erwiderte Laurien lange nichts. Schließlich sagte sie: »Perakín hat an Euch geglaubt. Ich bin froh, dass er recht behalten hat und nicht ich.«

Zeit verstrich. Das Donnern hörte nicht auf. Kanemô bezweifelte, dass es nur das Werk des Drachen war. Aber dass Sagrik seine Finger im Spiel hatte, dessen war sie sich sicher.

»Ich habe Heganen getötet«, flüsterte sie schließlich, ohne die Augen zu öffnen. »In unserer Hochzeitsnacht.«

Sie konnte hören, wie Laurien den Atem anhielt.

»War er … ein guter Mann?«, fragte Kanemô, und nun konnte sie ihre Tränen nicht zurückhalten. Lautlos flossen sie ihr über die Schläfen, und sie wünschte, sie hätte die Kraft gehabt, ihre Hände zu heben und damit ihr Gesicht zu bedecken. So aber sah Laurien die Grimasse ihres Weinens.

»Er war ein guter Mann«, sagte Laurien nach einer Weile. Sie seufzte. »Bis zu Eurer Hochzeit.«

In gewisser Weise hätte es sich besser angefühlt, von Laurien gehasst zu werden. So musste Kanemô sich selbst hassen für das, was sie getan hatte. Sie zog die Nase hoch und verkniff sich weitere Tränen.

»Ich muss aufbrechen«, sagte sie. »Wenn Sagrik und sein Drache der Grund für die Erdbeben sind, bin ich die Einzige, die sie aufhalten kann.«

Laurien presste die Lippen zusammen. Doch schließlich nickte sie.

Kanemô reiste in der Sänfte, in der Heganen gelegen hatte, und Laurien bekam ein Pferd, um neben ihr herzureiten. Kanemô ließ ihre Bestien auf der anderen Seite der Sänfte laufen, um das Pferd nicht zu sehr zu beunruhigen. Die Menschen beäugten Laurien mit Argwohn, aber sie glaubten wohl, Laurien sei eine Verräterin und zu ihnen übergelaufen.

Inzwischen war der Donner verhallt. Sie ritten nun durch einen sehr ruhigen, nebelverhangenen Morgen. Alle Vögel schienen vor Schreck verstummt. Kanemô war es gewohnt, dass die Vögel ihren Gesang unterbrachen, wenn der Drache in der Nähe war, doch er tauchte nicht auf. Vor allem konnte sie keine Kriechglut riechen und das verwunderte sie.

Der Wald lichtete sich, denn die Bäume waren unter Trümmerbergen begraben.

»Der Wall von Madgar Yhs«, stieß Laurien tonlos hervor.

Sie fanden eine geeignete Stelle, um die Trümmer zu erklimmen. Krieger ebneten, so gut es ging, den Sänftenträgern den Weg. Was für merkwürdige Steine das waren … Sie sahen aus wie Bäume, hatten sogar die Form von Zweigen und Blättern, und zerbröckelten teilweise unter den Schritten der Männer. Kanemô kam der schreckliche Gedanke, dass der Drache alles verbrannt haben könnte. Aber es roch nicht nach Feuer.

Dann sahen sie Gestalten vor ihnen fliehen. Es waren Elfen – der Kleidung nach stammten sie aus Madgar Yhs. Kanemô ließ den Blick schweifen und glaubte überall Elfen zu sehen, die zwischen den Trümmern davoneilten. Nur eine Gestalt kam ihnen entgegen.

Ein Mensch. Perakín.

Kanemô bedeutete dem Heer stehen zu bleiben Als Perakín Laurien neben ihr entdeckte, hielt auch er inne. Sein Blick richtete sich auf Kanemô. Tränen schimmerten in seinen Augen. Ihre Sicht verschwamm ebenfalls, aber sie konnte noch sein Lächeln erkennen, das viel eher ein Licht auf seiner Stirn war als eine Bewegung des Mundes.

»Eure Mutter«, sagte Laurien in die Sprachlosigkeit des Moments hinein. Sie wies auf eine Gruppe von Hohen Elfen, die nicht weit entfernt im Schatten eines sternförmigen Gebildes herausgerissener Wurzeln standen. »Ich frage sie, was hier passiert ist.«

Schon trieb Laurien ihr Pferd an und galoppierte zu den Hohen Elfen. Es war offensichtlich, dass sie vor Perakín floh. Er sah ihr einen Moment nach, dann wandte er sich wieder Kanemô zu.

»Ich …« Sie schluckte. »Ich habe versucht, Sagrik aufzuhalten. Aber viel zu spät.«

Er deutete ein Nicken an, als wüsste er das längst. Sie musste nichts erklären. Dann griff er unter seinen Umhang und holte etwas hervor, das wie ein faustgroßer Klumpen Bernstein aussah. Darin befand sich etwas Vogelhaftes. Kanemô wusste sofort, was es war.

Er trat vor die Sänfte und hielt es zu ihr empor. Doch sie konnte sich nicht überwinden, es zu nehmen. Und wie sollte sie es überhaupt in sich einfügen? In dem versteinerten Herzen regten sich tatsächlich Flügel, doch sie wirkten gebrochen. Es war ein sterbendes Ding.

Hilfesuchend sah sie Perakín an und in dem Moment begriff sie. Ja, es war so offensichtlich, dass sie lachen musste. »Du hast mir mein Herz längst wiedergegeben, Perakín.« Sie fasste sich an die Brust, in der sie das Klopfen deutlich spürte: »Du hast es wieder wachsen lassen. Was du da hast, ist meine Vergangenheit. Bitte … behalte sie.«

Er senkte die Arme. Dann sah er sich zu den Hohen Elfen um und schüttelte den Kopf. »Was auch immer es ist, es verleiht Macht über die Bestien. Ich will es nicht.«

Sie wusste, dass sie ihn nicht würde überzeugen können. Widerwillig nahm sie das Herz an. Ihr altes Herz. Obwohl es ganz leicht war, musste sie es sofort in ihren Schoß sinken lassen. Die Wunden an ihren Armen glühten und Kummer überkam sie in schweren Wogen.

Er hatte sie gerettet, indem er an sie geglaubt hatte. Er hatte ihr ihr Herz zurückgegeben, aber nicht seins. Er liebte sie nicht.

Er liebte sie nicht.

Doch sie wusste auch, dass der Kummer vergehen würde, wie er kam. In Wogen – Feuer, so träge, dass es wie Wasser war.

»Danke, Perakín«, murmelte sie.

Dann bedeutete sie den Sänftenträgern, sie abzusetzen. Wackelig auf den Beinen, das Herz in den Händen, stieg sie aus. Aber die Schwäche ihres Körpers würde sie nicht aufhalten.

»Lasst uns zu den Hohen Elfen gehen«, rief sie den Generälen zu, »und ein Friedensabkommen aushandeln!«

7

Laurien konnte nicht glauben, was die Hohen Elfen ihr erzählten.

Niran. Er hatte die Tore heimlich geöffnet und denselben Tod in Kauf genommen wie Gajadis, um die Flüchtlinge zu retten.

Sie war so aufgewühlt von ihrer Rührung und ihrer Trauer, dass sie ihn nicht verteidigen konnte, als die Hohen Elfen ihn als Verräter beschimpften, der am Untergang von Madgar Yhs und an der Zerstörung des Zauberbrunnens Schuld trug. Doch es war ihr auch egal, was die zornigen und verzweifelten Weisen dachten. Sie waren alte Zauberer ohne Zauberkraft. Sie fragte sich nur, wie lange Niran sich schon von den anderen Weisen entfremdet gefühlt hatte. Wahrscheinlich spätestens, seit sich Gajadis geopfert hatte.

Dann musste sie daran denken, dass ihre letzten Worte an ihn nicht gerade freundlich gewesen waren. Das brach ihr das Herz. Wenn er doch bloß angedeutet hätte, was er plante! Aber so war er nicht gewesen.

Niran … Wie er an seinem letzten Morgen seine besten Gewänder angelegt und sich das Haar aufwendig frisiert hatte, wohl wissend, was ihm bevorstand. Es schmerzte, dass sie so falsch über ihn gedacht hatte.

Laurien sah sich um, als sie hörte, wie das Heer der Menschen anrückte. Allen voran gingen Kanemô, ihre Bestien und Perakín. Die Königin wirkte schöner denn je trotz ihrer Blässe und der Schatten unter den Augen. Zum ersten Mal konnte Laurien zugeben, dass sie gut zu Perakín passte, ohne dabei von Neid zerfressen zu werden.

Jedenfalls für einen Augenblick. Dann musste sie sich abwenden.

»Ich suche nach Verwundeten«, sagte sie, ließ ihr Pferd zurück und stapfte davon. Hinter sich hörte sie, wie Kanemô die Hohen Elfen ansprach und sich entschuldigte.

Laurien rutschte über Trümmer, und zerbrochenes Geschirr wurde sichtbar, der Arm eines Toten. Doch bevor sie Leichen barg, wollte sie nach Lebenden suchen. Es war merkwürdig, wie ihre Wut auf die Hohen Elfen einfach verflogen war. Sie verstand nun besser, warum sie die Flüchtlinge vor ihren Toren im Stich gelassen hatten. Sie hatten genau das gefürchtet, was nun eingetreten war.

»Laurien!«, rief Perakín.

Er hatte sie bereits erreicht, als sie sich nach ihm umdrehte. Nun stand er atemlos vor ihr.

»Irgendwann musst du aufhören, immer wegzurennen, Feigling.«

Sie spürte, wie ihr das Blut in die Wangen schoss, und dann – noch viel schlimmer –, wie sich ein dummes Grinsen in ihr Gesicht stahl. Sie senkte den Kopf und wollte weitergehen. Da hielt er sie fest.

»Schon wieder, unglaublich!« Ein kleines Lachen schwang mit, als er Luft holte. »Ich … habe noch das hier von dir.«

Er zog das Findelicht unter seinem Umhang hervor, das sie ihm gegeben hatte. Faisahs Findelicht.

»Es ist jetzt nutzlos, aber vermutlich bedeutet es dir trotzdem viel.« Er sah verlegen drein. »Mir bedeutet es auch viel. Darf ich es behalten?«

Sie sah ihm in die Augen und nickte.

Nun war es an ihm, dumm zu grinsen. Er schloss die Faust um

den glatten weißen Stein – offenbar ein wenig zu fest. Erschrocken öffnete er die Faust wieder. Nur Staub und Splitter waren übrig.

Einen Moment lang waren sie beide zu geschockt, um zu reagieren. Aber dann überkam Laurien eine Ruhe, die sie selbst überraschte.

»Nichts ist von Dauer«, sagte sie leichthin.

Dann beugte sie sich vor, schlang die Arme um seinen Hals und küsste ihn.

Danksagung

Ich hatte eine ganz bestimmte Hoffnung, als ich den Roman schrieb, der nun hinter dir liegt. Ich hoffte, dass ein Herz, das – aus welchen Gründen auch immer – verloren wurde, nicht wiedergefunden, nicht zurückerobert und nicht gestohlen werden muss. Sondern dass es einfach nachwächst. Still und in Ruhe, so wie ein Samen in der Erde.

Darüber wollte ich eine Geschichte schreiben, wohl wissend, dass Geschichten wie Prophezeiungen sind, die sich erfüllen, indem man an sie glaubt.

Ich danke Julian Kiefer, der gegangen und wiedergekommen ist, David Galdjie, der mir das Verlieren beigebracht hat, und Polydefkis, der meine Inspiration zu Perakín war. Ich danke Katrin Künzel von cbj, die immer ein offenes Ohr für mich hatte, und meinem Agenten Thomas Montasser, ohne den nichts möglich wäre. Vor allem danke ich Luitgard Distel für das fabelhafte Lektorat.

Und ich danke dir, dass du die Welt von Laurien, Kanemô und Perakín mit Leben erfüllt hast.

Jenny-Mai Nuyen
August 2021

www.jennymainuyen.de

© privat

Autorin

Jenny-Mai Nuyen wurde 1988 in München als Tochter deutsch-vietnamesischer Eltern geboren. Geschichten schreibt sie, seit sie fünf ist, und mit dreizehn verfasste sie ihren ersten Roman. Als großer Fantasy-Fan hat Jenny-Mai Nuyen alles verschlungen, was es an literarischen Vorbildern gab: von Lloyd Alexander über Michael Ende bis zu Jonathan Stroud und Christopher Paolini. Seit ihrem literarischen Debüt *Nijura – Das Erbe der Elfenkrone* wird sie als eine der aufregendsten Entdeckungen der letzten Jahre gefeiert. Nach einem Filmstudium an der New York University lebt Jenny-Mai Nuyen heute in Berlin und widmet sich ganz dem Schreiben.

Von Jenny-Mai Nuyen sind bei cbj erschienen:
Nijura – Das Erbe der Elfenkrone (31223)
Das Drachentor (31276)
Kalt wie Schnee, hart wie Eisen (31341)

Mehr über cbj auf Instagram unter @hey_reader